SISKIYOU COUNTY LIBRARY
3 2871 00329874 8

D0763026

HOY, JÚPITER

A

colección andanzas

Libros de Luis Landero
en Tusquets Editores

ANDANZAS

Juegos de la edad tardía

Caballeros de fortuna

El mágico aprendiz

Entre líneas: el cuento o la vida

El guitarrista

Hoy, Júpiter

FÁBULA

Juegos de la edad tardía

Caballeros de fortuna

El mágico aprendiz

El guitarrista

TEXTOS EN EL AIRE

¿Cómo le corto el pelo, caballero?

LUIS LANDERO
HOY, JÚPITER

1.ª edición: abril de 2007

Diseño de la colección: Guillemot-Navares

Tusquets Editores, S.A. - Cesare Cantù, 8 - 08023 Barcelona
www.tusquetseditores.com
ISBN: 978-84-8310-392-0
Depósito legal: B. 13.245-2007
Fotocomposición: Pacmer, S.A. - Alcolea, 106-108, baixos - 08014 Barcelona
Impreso sobre papel Goxua de Papelera del Leizarán, S.A. - Guipúzcoa
Impresión: Limpergraf, S.L. - Mogoda, 29-31 - 08210 Barberà del Vallès
Encuadernación: Reinbook
Impreso en España

Índice

Cuarta parte

A Lino Uruñuela,
que ha llegado a sabio sin dejar de ser niño

–¿Quién está allá abajo? ¿Quién se queja?

Quijote, Segunda parte, cap. LV

El argumento del drama consiste en que el hombre se esfuerza y lucha por realizar, en el mundo que al nacer encuentra, el personaje imaginario que constituye su verdadero yo.

José Ortega y Gasset

Primera parte

1
¿Posees ya uso de razón?

Cuando recuerda su pasado, la memoria siempre se detiene en la tarde en que estaba sentado a la sombra del eucalipto tutelar y oyó unos pasos grandes y apresurados que venían hacia él. No había tenido apenas tiempo de empezar a jugar. Aquellas piedrecitas eran todas jinetes, pero aún no había decidido si se trataba de árabes o de cowboys, si llevaban arcos o revólveres, y si estas cortezas formaban un fuerte o un castillo. O quizá eran bárbaros surgidos del Oriente y toda esta extensión significaba una estepa, y sería invierno. Oía, e imitaba con la voz, la crecida multitudinaria, el retumbar de los cascos, el fragor del avance, las cornetas, los gritos, los disparos, los relinchos, el zumbar de las flechas, y veía el tremolar de las banderas entre el polvo, las pellicas al aire, las insignias, las cabelleras, los plumajes. Todo encorajinado por la velocidad y el viento. O quizá eran los bandidos que mandaba el capitán Fosco, y en ese caso él, Dámaso Méndez, sería el defensor del fuerte. Y en esas fantasías estaba cuando oyó acercarse los pasos largos y resueltos, cada vez más poderosos, hasta que se detuvieron junto a él. Ahora se percibía bajo las suelas de las botas el leve crepitar de la arena y de las hojas y semillas resecas tras el largo verano.

–¿Qué haces otra vez tirado ahí en el suelo?

Dámaso salió del ensueño, pero por un instante una fina película de irrealidad se interpuso entre sus ojos y las cosas.

–Nada, estaba jugando.

–¿A qué?

–No sé, es una batalla.

–¿Te gustaría ser militar?

Como no sabía qué decir, levantó la cabeza y lo miró fugazmente para que no fuese a interpretar mal su silencio.

–Podías llegar a general. El general Dámaso Méndez. Cuando entraras en el cuartel, tocarían en tu honor la *Marcha de infantes*. ¿Te gustaría?

Miró otra vez desde el suelo sin saber qué decir.

–Bien, en cualquier caso no es bueno estar ocioso. ¿Es que todavía no sabes que la vida es breve y hay que caminar aprisa? ¿Lo sabes?

–Sí.

–Entonces ven conmigo y te pondré tarea. ¡Andando!

Siempre era así en aquellos tiempos. Él tenía once o doce años y el padre se había convertido en pedagogo y a todas horas se inventaba tareas para que el hijo se hiciera cuanto antes un hombre de provecho.

Se levantó, se sacudió los pantalones, las rodillas, se ajustó las sandalias de goma y corrió tras su padre. Uno tras otro, atravesaron la era bajo el sol aún cálido de septiembre. El trajín de la trilla había dejado la tierra desmenuzada y mezclada con el polvo del grano, sin una brizna de hierba, y por todos lados había restos de paja que el sol llenaba de destellos. A veces el viento se encolerizaba y armaba allí un remolino como el de los genios al salir de las lámparas mágicas. Las pajitas entonces se juntaban y se elevaban formando un surtidor muy alto, cada vez más alto y más furioso, girando tan deprisa que daba vértigo mirarlo, hasta que de pronto explotaba y el cielo se llenaba de chispitas de oro. Dámaso pensaba entonces en cómo el viento, que es invisible, a veces por un momento toma forma y se le puede ver, y él lo había visto, «he visto al viento», se decía por la noche en la cama, y había reconocido su cara ceñuda de monstruo, la mueca horrible con que había mostrado al mundo la inmensidad de su poder. Desde que hizo ese hallazgo, le gustaba observar el trajín y las huellas del viento, al inflarse una cortina, al agitarse una llama, al pasar una nube que a cada instante era la misma y era otra. Y sí, la vida resultaba misteriosa y bonita, pero ahora estaban a finales de septiembre y él tenía que apresurarse tras su padre como si hubiese llegado ya el invierno y fuese con retardo camino de la escuela.

Bajaron hacia la huerta entre los almendros, el padre abriendo la marcha, Dámaso trotando detrás, dando de vez en cuando una carrerita para no quedarse rezagado. Porque allí en las frondas de los árboles, y miró la morera, los chopos, el laurel, un alma sensible o temerosa podía ya presentir el temblor del invierno. Y un día el campo amanecería cubierto de escarcha, en cada hierba una gotita viva de cristal, y para entonces ellos estarían viviendo en la casa del pueblo, y habría empezado ya la escuela, y todo el discurrir del verano, que tan interminable parecía al principio, cuando aún estaba por vivir, se iría quedando atrás, más y más lejos, hasta que pareciera sólo un sueño. Un sueño. Y entonces, como anticipándose a ese momento, miró de verdad hacia atrás.

Vio la casa, una casa más bien modesta de labor, hecha de cal y de pizarra, pintada de blanco, el parral enmarcando la puerta, el poyo fresco de granito, y el ciruelo bravo que daba unos frutos venenosos, prohibidos de comer bajo pena de muerte, y del que sólo podía aprovecharse la sombra. O eso al menos le habían dicho sus padres. Allí, en aquella casa, vivían en el verano y en días sueltos del año. Y recuerda que una noche de junio, no lo olvidaría nunca, vio de lejos la casa, inscrita en una gran luna blanca que empezaba a ascender. La luz desmaterializaba las cosas, que parecían a punto de ponerse a flotar, y todo lo que el mundo tenía de incomprensible y de cruel quedó allanado en un instante por la belleza de aquella aparición.

*

La casa del pueblo, sin embargo, era grande, con dos plantas para vivir y otras dos para desvanes, además del corral y la cuadra, y arriba del todo un mirador desde el que se veía el pueblo entero, blanco y ocre, salpicado de naranjos y palmeras, con las torres de sus tres iglesias, sus viejas casonas blasonadas, la plaza de toros, la alta chimenea de ladrillos de la fábrica de la luz, el castillo en la cima de un cerro, y en la ladera el barrio medieval, con su maraña de callecitas estrechas y empedradas, y los barrios nuevos en la periferia, y más allá, de un lado había una llanura que se desvanecía en la distancia, y del otro un fondo de sierras azules que eran ya Portugal. Una sencilla casa de labranza, pero que Dámaso la recordaría ya siempre como en los tiempos en que andaba todavía a gatas por aquel mundo inmenso, y tan intrincado que parecía que nunca acabaría de explorarlo del todo. Así que se orientaba en ella siguiendo el curso de los zócalos, que lo conducían y extraviaban por zaguanes, escaleras, alcobas clausuradas, oscuros cuartos que servían de almacén o despensa, cámaras donde yacían arrumbados enseres polvorientos y antiguos, tinajas en cuyas oquedades la voz se deformaba en ecos de ultratumba, artesas tapizadas de telarañas, útiles metálicos roídos por el óxido, candiles, cribas, ratoneras, y cuando parecía que se había perdido sin remedio en aquel laberinto, los zócalos acababan devolviéndolo al punto de partida.

Así comenzó Dámaso a conocer el mundo, recorriendo aquellos zócalos rojizos o amarillos, pintados con brochas bastas que dejaban pelos y grumos en cada pincelada, y que corrían junto a los suelos de lanchas de granito, de ladrillos, de pizarra, de alegres y frescas baldosas de colores, siempre a gatas y confundido con las macetas y los muebles y cachivaches adosados a las paredes, casi como si fuese invisible, tan pequeño que nadie reparaba en él, y como los zócalos salían a la calle y entraban en otras casas, enlazando así todo el pueblo, a veces se le ocurría que podía seguir avanzando y traspasar los umbrales y descubrir la intimidad y los secretos de las vidas ajenas. Se sentía aventurero por aquellos caminos inciertos, enfrentando peligros, rehuyendo emboscadas, escapando de vagas presencias insidiosas que lo perseguían con un jadeo lúgubre por corredores y desvanes. El mundo era, pues, un lugar inseguro, lleno de asechanzas, de riesgos, de perfidias. Una tarde, sin embargo, se escondió en las alturas y allí estuvo esperando hasta que empezó a oscurecer. ¿Cuánto tiempo tardarían en llamarlo, en echarlo de menos? Al fin oyó la voz de su madre, y luego la de Natalia, extendiéndose por toda la casa: «¡Dáaamaso!, ¡Dáaamaso! ¿Dónde estás?». Y aquellas voces convirtieron de pronto el mundo en un lugar seguro, feliz y luminoso.

Pero lo primero que descubrió fue el universo de lo pequeño, de lo insignificante, de lo que se agitaba allí mismo, a ras del suelo, y donde podían encontrarse restos de tesoros que habían ido perdiendo o desechando los mayores. Una moneda, un muelle, una piedra de mechero, un botón de nácar, un corchete dorado. Y de pronto un gusano o una cochinilla que habían tomado aquel camino en busca de fortuna. Porque había muchos viajeros en los zócalos y era un gusto seguirles los pasos e imaginarse sus vicisitudes. Este pequeño escarabajo, vestido con su mejor traje, se había quedado huérfano e iba en busca del único pariente que le quedaba, un tío suyo –viejo, rico y gruñón– que tenía su casa en el estercolero del corral, y esta tijereta se había parado a preguntarle a una hormiga por dónde se llegaba al jazminero y la hormiga le indicaba con sus antenas, sigue esa senda y allí tuerce a la izquierda, y al llegar a la última aspidistra verás una grieta donde vive un ciempiés; pregúntale y él te informará. En invierno los zócalos rezumaban con la humedad y estaban solitarios y fríos, pero llegada la primavera, cuando la vida bulle y se pone en viaje, salían los insectos a conocer mundo y a fundar sus negocios. ¡Y era una alegría ver los caminos con aquel incesante ir y venir y conversar unos con otros, cada cual atareado en lo suyo, y todos con aquella urgencia de vivir...! Algunos viajeros se quedaban en las macetas, otros seguían hacia el corral, otros se pasaban la vida extraviados o dudosos y algunos morían de camino, porque siempre había caparachos secos, vacíos, y el menor viento aprovechaba, si uno sabía escuchar, para hacer allí su melodía. Ese mundo prolife- rante y mínimo fue lo primero que descubrió Dámaso en sus incursiones por la casa paterna.

Luego encontró otras maravillas. Por ejemplo las fotos antiguas de su madre. Alguna vez la había sorprendido en la soledad del dormitorio, mirando como hipnotizada aquellas fotos, embobada en la contemplación y evocación de su infancia y de su primera juventud, y el pueblo donde nació y se crió y había sido feliz. Santa Marta se llamaba aquel lugar que, más que pueblo, era un caserío grande, al que no había vuelto desde entonces, y de todo lo cual sólo quedaban aquellos retratos, que guardaba en un sobre con los bordes de luto. A Dámaso le gustaba mirarlos, y algunos eran tan de otro tiempo que sólo podían ser de gente ya muerta, y esa certeza hacía aún más hermoso y dramático el testimonio de quienes habían vivido y logrado momentos plenos de felicidad. En algunas fotos, su madre joven, o su madre niña, aparecía riendo, y era extraño, porque él apenas la había visto reír. Y la foto que más le gustaba era una en la que posaban por lo menos veinte personas tocando instrumentos musicales, gente de todas las edades, algunos muy viejos, otros mozos, y otros, como su madre, todavía niños, vestidos todos con ropas campesinas de diario, y se veía que por broma y por algún motivo excepcional, quizá la llegada de un merchante, habían interrumpido sus faenas para formar aquella especie de orquestina delante de unos chozos de bálago y retamas, y en primera fila estaba su madre haciendo que tocaba la flauta travesera. Una vez, mirando las fotos, a su madre le dio una risa que era casi un llanto, le salía como a empellones, hasta que lo reprimió y poquito a poco fue metiendo aquel ruido otra vez para adentro, y al final sólo quedó un hilito gutural que parecía una canción de cuna.

Y otro día encontró en sus andanzas una pistola en el cajón de un aparador desportillado y desechado ya por las termitas que había en el desván, en un estuche de piel y terciopelo, y era una pistola como de juguete, o de señorita, plateada y con cachas de nácar, y al lado seis balas envueltas en papel de seda. De qué oscuro fondo aventurero procedía aquel arma, y si su padre la había usado alguna vez, o para qué ocasiones del futuro estaría reservada, era todo un misterio. La vida resultaba, en efecto, oscura y misteriosa, pero regida siempre por un orden benéfico, donde cada cosa ocupaba el sitio exacto que le correspondía en un mundo feliz.

Le hubiera gustado compartir esos secretos con Natalia, pero ella era tan seria, tan perfecta, tan llena de criterio, que quizá le hubiera reñido por mirar donde no se debe. Como una vez que lo descubrió excuseando en la cómoda de su dormitorio, sus vestidos y blusas, sus calcetines, sus lazos, su ropa interior, que olía como él sabía que olía ella, sus manos, su pelo, su carne, su saliva cuando le escupió a la cara y le llamó sucio y asqueroso y le pegó (con aquella torpe y rabiosa obstinación de la mujer que se sabe débil e inútilmente cargada de razones) hasta hacerlo llorar. Lo que ella no sabía es que más de una vez él la había espiado, invisible en aquel mundo de zócalos y macetas en el que nadie reparaba, la había visto jugar y hablar con sus muñecas, la había visto dormir y había respirado la íntima fragancia de su aliento, la había visto peinarse con una lentitud soberana y gustosa antes de irse a dormir, y desnudarse en la penumbra de su cuarto, y siempre tan formal, tan pudorosa, tan pulcra, tan esbelta...

Y así vivió durante algunos años, libre e inocente, hasta que un día su padre lo descubrió deslizándose a toda prisa por la zona franca de los zócalos, se plantó ante él y le dijo desde las alturas con su voz de trueno:

–¿Quién eres tú y qué haces a gatas por el suelo? ¡Ponte en pie!

Él se levantó y se metió las manos en los bolsillos. ¿Cómo saber que ese gesto, ese momento, lo había convertido de golpe en un adulto?

–Nada.

–¿Nada? ¡A ver esos bolsillos!

Los fue vaciando cuidadosamente sobre el suelo. Un silbato hecho con un hueso de albaricoque, un cascarón de escarabajo, una calavera de ratón, un muelle, una canilla de máquina de coser, y otras menudencias de ese estilo, aunque la pieza más valiosa, que era también la más secreta, la dejó a salvo en lo más hondo del bolsillo. Colocó los objetos a sus pies, como si fuesen ofrendas, presentes exóticos para un rey.

–¿Qué porquerías son éstas? –y con la punta de la bota las fue examinando y desechando.

Dámaso no dijo nada porque intuyó que la respuesta estaba incluida en la pregunta.

–¿Y por qué vas a cuatro patas si puedes ir a dos?

Tampoco contestó, pero en prenda de su silencio bajó humildemente la cabeza.

–¡Mírame a la cara! ¿Cuántos años tienes?

–Cinco.

–¿Y posees ya uso de razón?

–Sí –vaciló Dámaso.

–Bien, pues entonces ha llegado la hora de hablar del porvenir. ¿Has pensado ya en lo que vas a ser de mayor?

Bajó otra vez la cabeza y aparentó quedarse pensativo. Las ofrendas estaban malamente dispersas por el suelo. En ellas vio Dámaso desbaratados y esparcidos los años de su infancia.

–¿Carpintero?

–No...

–¿Abogado?

–No sé...

–¿Médico, músico, aviador, poeta, herrero, comerciante?

Hubo una larga pausa, pero Dámaso era demasiado pequeño para responsabilizarse de ella.

–¿Todavía no lo sabes?

Dámaso negó con la cabeza.

–Pues tendrás que decidirte pronto. Ya no tienes edad para perder el tiempo. ¿O es que tampoco te has enterado de que la vida es breve? ¿Sabes al menos eso?

Dámaso siguió callado con la cabeza baja.

–Y que la vida es sueño, ¿tampoco lo has oído?

–No.

–Bien, pues ya lo sabes, y que ésa sea tu primera lección, que no has de olvidar nunca: la vida es sólo un soplo y un sueño, los años te atropellan, las edades vuelan, los imperios se desmoronan, cuando quieres darte cuenta hoy es ya mañana y mañana fue ayer. Te echas a dormir un rato, y al despertar descubres que se ha hecho ya tan tarde que no queda tiempo para nada, sólo para llorar la juventud perdida y hecha ya desperdicios. Así que si quieres llegar a algo, tienes que darte mucha prisa. En adelante, nada de andar tirado por el suelo. Y todas esas guarrerías, a la esterquera con ellas. Y, como no hay tiempo que perder, mañana mismo hablaré con el maestro y empezarás la escuela. ¿Has comprendido?

–Sí.

–Bien, entonces no hay nada más que hablar –y desapareció por el pasillo a grandes trancos.

2
Qué pasa cuando no pasa nada

Es una mañana de primavera y Tomás Montejo está en su habitación leyendo un libro: así empieza su historia, o al menos así la recuerda él siempre, y con una gran exactitud, como si la estuviera viendo en el teatro o en el cine. Una cama deshecha, una mesa de pino, dos sillas, unas pocas estanterías rebosadas de libros, un armario, una ventana que da a una callecita tranquila del barrio madrileño de Prosperidad. Está solo en casa. La mujer que le alquila el cuarto, doña Malva, salió a comprar hace ya rato. «¡Adiós, Tomasín!», oyó la vocecita de cristal a punto de quebrarse. Ruido de cerraduras, el golpe de la puerta, el zumbido del ascensor, voces en el portal, y luego en la calle, que se van extinguiendo. Ya el silencio ocupó el espacio dejado por el tumulto de las primeras horas de la mañana y ahora se dilata por todo el inmueble, casi por todo el barrio. Sólo en los bordes se percibe apenas el latir lejano de la ciudad.

El libro que está leyendo Tomás es *El tío Vania,* de Chéjov. Ha terminado el primer acto y ahora vuelve atrás y comienza a leer de nuevo, esta vez muy despacio, las primeras líneas:

> *Un jardín. Se ve una parte de la casa, con su terraza. En una avenida, bajo un viejo álamo, hay una mesa servida para el desayuno. Sillas, bancos. Sobre uno de los bancos, una guitarra. Un columpio. Son las dos de la tarde. Marina, una campesina vieja, de movimientos torpes, hace calceta junto al samovar. Cerca de ella, Astrov pasea arriba y abajo.*
>
> MARINA *(sirviendo un vaso de té):* Bebe, hijo.

ASTROV *(tomando el vaso con desgana):* No me apetece.

MARINA: ¿Prefieres un poco de vodka?

ASTROV: No. No todos los días tomo vodka. Además, hace bochorno.

(Pausa)

Ama, ¿cuántos años hace que nos conocemos?

Abre una navajita, aguza a conciencia el lápiz, hace un montoncito de limaduras y virutas y vuelve a leer, dos, tres, cuatro veces, el mismo fragmento. ¿Qué os sugiere este texto? ¿Qué destacaríais vosotros en él?, le preguntará esta misma mañana a sus alumnos. O te preguntarán a ti dentro de dos o tres años, cuando presentes la tesis o hagas oposiciones a la universidad. Cuando quiera, señor Montejo, le estamos escuchando, y entonces tú tendrás que hablar con brillantez y a la vez con rigor. Así que se concentra en las frases que ya se sabe casi de memoria, achica los ojos, se acaricia con el dorso de un dedo los labios fruncidos y una a una va eliminando las palabras, convirtiendo el pensamiento verbal en imágenes, solamente en imágenes. Su mente es ahora un cuadro de figuras nítidas, exactas. Ve la mesa y el servicio de desayuno (en la tetera se refleja una rama del álamo y entre el temblor de hojas se distinguen trocitos pálidos de cielo), la guitarra, el columpio, la mujer que hace calceta –sus manos presurosas–, el hombre que pasea; siente el bochorno de las dos de la tarde y el sabor del té frío. Un buen rato se abisma con los ojos cerrados en la contemplación minuciosa, sensual, de la escena. Luego, enciende un cigarrillo y vuelve al libro.

El lápiz está tan afilado que salta una mínima esquirla de la punta al apoyarlo en el papel. Subraya las palabras «desayuno», «guitarra», «columpio» y «bochorno». Hace una llamada y escribe al margen: «Guitarra que no suena, columpio que no se mueve, desayuno que nadie come, bochorno que anuncia una tormenta que aún tardará en llegar». Y, tras un rato de meditación, añade: «Inmovilidad, impotencia, hastío. Los objetos quieren decirnos algo, están a punto de convertirse en signos». Luego subraya «calceta» y «pasea arriba y abajo» y anota: «Los dos únicos movimientos trasmiten la sensación de rutina y de tedio», y de allí traza una línea cuya punta de flecha va a dar a la frase final: «¿Cuánto tiempo hace que nos conocemos?». ¿Cómo diría esta frase un buen actor? Y escribe: «Como si dijera: ¿Cuánto tiempo hace que nos pudrimos aquí? ¿Cuántos años de nuestras vidas llevamos perdidos estúpidamente? ¿Qué sentido tiene nuestra existencia?». Toma un lápiz rojo y hace una última llamada: «Qué pasa cuando no pasa nada: eso es lo que nos cuenta exactamente Chéjov».

Cerró el libro y miró otra vez por la ventana. A veces le daba por imaginar que una cámara lo grababa en secreto y que se emitían por televisión y en directo algunos pasajes de su vida privada. «La vida privada del profesor Montejo», episodio número 149. Entonces medía sus gestos, era consciente de cada uno de sus actos y se recreaba en ellos para aparecer ante el mundo como un hombre ejemplar. Y, convertido también él en espectador, se veía a sí mismo de lejos en una noble actitud contemplativa: un joven con un libro en la mano, entregado a la tarea ingente de indagar los misterios del mundo, de indagar por ejemplo por qué la monotonía de una tarde ficticia de hacía muchos años, en una remota provincia rusa, llegaba a nosotros cargada de sentido, incesante en su enigma, con todo su nudo inextricable de dulzura y horror. El libro, con su bullicio tan reciente de imágenes, de personajes, de conflictos en marcha, de palabras ansiosas por significar, era en sus manos algo vivo, cálido y palpitante como un pájaro.

Como un pájaro. Sí, esa misma sensación había tenido el día ya lejano en que, a los postres de una celebración familiar, de pronto dijo: «Me voy a mi cuarto a leer», y se levantó y se vio en el espejo del aparador. Tenía catorce años y era ya alto, y en ese momento le pareció que había en su cara una expresión grave, impropia de su edad. Sus padres, sus primos, sus abuelos, lo miraron entre irónicos y extrañados por el tono solemne que había usado para una frase tan banal. «Me voy a leer», repitió, como si se despidiera para un largo viaje.

Fue a su cuarto, se sentó junto a la ventana y abrió un libro, una edición crítica de *La vida es sueño,* de Calderón. Una hora y más estuvo leyendo sin apartar los ojos del libro ni la imaginación de lo que en él puntualmente sucedía. Al final de una escena cerró los ojos y, en una vertiginosa fuga de perspectivas, se vio tal cual leyendo en su cuarto, en su casa, en un rinconcito del barrio, de la ciudad, de España, del mundo, del cosmos, y se quedó admirado de sí mismo, de la imagen romántica del joven solitario y absorto entregado al estudio, la mente llena de un pulular de sensaciones, figuras, voces, movimientos, y el libro latiendo en sus manos como si tuviera vida propia. Y tanto o más que el texto le gustaban a pie de página las notas eruditas, donde a lo mejor se discutía una fecha, una mínima variante léxica, la veta oculta de un significado, pero también a veces una interpretación de alcance filosófico. Miró a la calle. Era invierno y llovía. Vio hojas muertas al viento, viandantes encorvados, luces entre la bruma, el cielo bajo y gris. Quitó los ojos de la calle y los puso en el libro. «Éste es mi mundo», se dijo. En él reinaría, y la armonía que había en los libros reinaría a su vez sobre él. Sería humilde y sería poderoso, rey y vasallo, mendigo y donador. Se sintió seguro, orgulloso y feliz. «Me voy para siempre a leer», eso es lo que tenía que haber proclamado al levantarse de la mesa.

Y a partir de entonces vivió ya para los libros. Sería lector, profesor, investigador, y quizá hasta escritor. Quizá sobre todo escritor. Una tarde se puso a escribir, redactó unas líneas y luego se detuvo sin saber cómo continuar pero sabiendo que tenía toda la vida por delante para consagrarla a esa misión, desde ahora sagrada. Autor de dramas y novelas. Pero ése era un anhelo que de momento lo guardaba muy hondo y en secreto. Antes, tendría que leer mucho, cientos, miles de libros. Y leía, y a veces le bastaba con demorarse en el olor balsámico de la cola, aspirar las partículas viejas de polvo en el papel, las vetas aromáticas que habían ido dejando allí otras manos, otros ambientes, el engrudo, la tela, la secreta fragancia de cada título, de cada colección, de cada autor. A veces, sin darse cuenta, arrancaba de los bordes trocitos de papel y los saboreaba mientras leía, mientras acariciaba el granulado, mientras subrayaba, o tomaba notas en los márgenes o se perdía en ensueños tras un punto y aparte. Para Tomás Montejo, Edipo, Melibea o Raskolnikov, eran tan reales o más que sus familiares y vecinos.

Si mira al pasado –ahora que tiene veintiséis años–, recuerda sobre todo los libros que leyó en cada época. Cada año, cada estación, trajo sus versos, sus historias y ensayos, sus sabores y olores, sus enigmas y su porción de conocimiento. Aprendió a tender puentes entre los libros, a contrastar estilos, temas y personajes, a excavar en los textos, a descubrir afinidades entre autores diversos, como si viviese en una gran ciudad y su círculo de amistades fuese ensanchándose cada día más y más. Y, entretanto, la familia se fue quedando atrás, hasta serle casi del todo ajena, y apenas tenía una vaga relación epistolar con sus padres, ya entregados a los mansos placeres de la jubilación.

Y ahora era catedrático de instituto, llevaba ya la tesis muy adelantada y tenía un buen montón de ideas para escribir obras de ficción. «¿No es ésa la vida a la que siempre has aspirado?», dijo en alto, porque a veces se hacía preguntas a sí mismo, en plan entrevista o careo con su propia conciencia. Y porque siempre le había gustado mucho el teatro. «Sí, en efecto», contestó. «Eso es lo importante, tener un proyecto de vida.» «¿Se considera usted entonces un hombre afortunado?» «Sí, estoy contento con mi tarea y con mi soledad. Ahí están mis libros, mis papeles. ¿Ve esas carpetas? Cada una guarda un proyecto, una obra en marcha. No debiera decirlo, pero me considero un hombre feliz.»

Los personajes de Chéjov, en cambio (y volvió al libro), no lograban nunca ser felices. ¿Por qué? ¿Por qué en general la gente no es feliz? ¿Qué es lo que pone de pronto un nublado de inquietud en los momentos dichosos y humedece los ojos con un velo de tristeza a través del cual el mundo se vuelve extraño, amenazante? En una de sus carpetas, titulada «Beatus ille», había ido reuniendo ideas y esbozos para escribir algún día un breve tratado sobre la felicidad.

«¿Por qué a la gente le cuesta tanto ser feliz?», piensa de nuevo, sin saber que esa pregunta contiene el germen del futuro, del futuro lejano y del que viene de camino y está ya a punto de ocurrir. Es una pregunta esencial, un pálpito profético, el emisario del destino que se presenta de urgencia una mañana, atraído por las líneas de un libro donde no ocurre nada, sólo una escena inmóvil, un bodegón, un instante perpetuado donde se condensa el dulce y melancólico oficio de vivir, la guitarra, el columpio, el desayuno, el bochorno, él mismo sentado junto a la ventana, el silencio, la mañana radiante de primavera. Lo cotidiano ha traído consigo lo excepcional, sin que él se hubiera dado cuenta. «¿Y qué extensión tendrá más o menos el tratado sobre la felicidad?» «Poca cosa, unas cuarenta o cincuenta páginas, aunque quizá...», pero en ese momento el reloj del salón da las diez. ¡Qué tarde se le había hecho!

Se levanta, se pone la chaqueta, agarra la cartera y echa una última mirada alrededor. ¿Todo en orden? ¿No olvidas nada? Y en eso está cuando suena el timbre de la puerta, un dinnng en tono agudo, y al ratito un donnng grave y cascado. ¿Quién será a estas horas? Bah, nada de importancia. Un hecho más que agregar al plácido discurrir de la vida. Cosas que pasan cuando no pasa nada.

3
Estampa idílica
Una pequeña hazaña

Otra vez se había quedado rezagado. Dio una carrerita y, enseguida, como urgido por un presagio, volvió a mirar atrás. Acababa de ver a Natalia bajo el eucalipto, observando cómo su padre y él se alejaban camino de la huerta. Estaba inmóvil, llevaba un vestido liviano de florecitas silvestres y el viento le movía el cabello y a veces le apuraba el vuelo del vestido y se lo ceñía tanto a la figura que por momentos parecía desnudarla. Dámaso miraba atrás y luego al camino y enseguida otra vez atrás. Era imposible imaginarse a una muchacha tan guapa como ella. En invierno, cuando se sentaban a la lumbre, a él le gustaba mirarla a hurtadillas, siempre tan seria, tan serena, los rasgos puros de su rostro exaltados al principio por la luz vehemente de las llamas y luego encendidos a intervalos, dorados cada vez más débilmente por el latido de las brasas. También le gustaba ver con qué esmero limpiaba cada noche sus zapatos, dale y dale con el cepillo y la bayeta hasta que los dejaba como espejos, y con el mismo primor cuidaba de su ropa, de sus cuadernos y sus libros, de su propia persona.

Aquellas noches junto al fuego eran momentos de una felicidad tan rebosante que a veces se hacía casi insoportable, por el miedo a perderla. Natalia lo ayudaba en los deberes, agarraba su mano con la suya y lo guiaba lentamente por los vericuetos de la caligrafía, y era como si los dedos de los dos fuesen bailando al compás de la frase, le leía o le contaba cuentos, jugaban al parchís o a la oca, le cortaba las uñas, lo peinaba, a veces le reñía por su desidia, lo ayudaba a organizar su colección de cromos de animales salvajes de todo el mundo. Ella era la que mejor sabía guardar silencio en esos momentos en que todos miraban como hipnotizados el trabajo incesante del fuego, mejor incluso que el padre, casi siempre torvo e insondable, pero que al rato se movía desazonado por algún pensamiento, atizaba los leños, formaba en un instante una revolución de chispas y centellas, y luego salía atufado por el humo y gargajeando a escupir al corral.

Pero un día de pronto se volvía alegre y parlanchín. Y ponía adivinanzas, contaba anécdotas, representando los diálogos como en el cine, cambiando la voz según lo fuese pidiendo la historia, hacía juegos de manos, se atrevía con alguna canción, y a veces también la madre se animaba y hacía en la pared sombras chinescas, imitaba el canto de los pájaros, contaba cuentos o sucesos reales de sus tiempos infantiles y adolescentes, allá en Santa Marta: un zorro manso que criaron de chico y les comía en la mano, una urraca a la que enseñaron a decir picardías, un manantial de agua con sabores de anís, un collar que se hizo con avispas vivas a las que les quitó el aguijón y enhebró por el culo con un hilo dorado, todas volando y zumbando alrededor del cuello, la joya más rara y preciosa que uno se puede imaginar. «¿Y dónde está Santa Marta?», le preguntaba Dámaso. «Muy lejos», decía ella, como si con ello hubiera dado la respuesta más exacta posible. Y todos entonces se quedaban callados y como maravillados ante el ensalmo de aquella lejanía.

Pero la mayoría de las noches el padre se sentaba vencido hacia delante con un codo en la rodilla y la mirada fija en el fuego, el ceño aborrascado, y con aquella capacidad suya para vivir apasionadamente la monotonía, para darle a cada instante un suspense, porque en su quietud había como un anhelo de acción, como un impulso reprimido, como si, aunque no pasara nada, todo estuviera a punto de ocurrir. Abismado en sus pensamientos, sólo decía alguna frase ocasional. La madre, por su parte, solía coser, picar patatas o verduras, trastear entre los cacharros, y si no hacía nada se quedaba con la vista en éxtasis, o bisbiseaba una oración, y a veces se notaba que la voz se le iba por un lado y la mente por otro, y entonces se le aflojaba el habla, y las plegarias se le hacían flanes en los labios. En esos instantes sólo se oía el ronroneo del gato junto al fuego. Junto a las brasas cubiertas de cenizas que el menor aire enardecía, igual que los silencios sufrían a veces el sobresalto de un suspiro.

Dámaso entonces miraba afuera, esperando, porque había un momento en que las cosas gravitaban en la luz última del atardecer, convertidas en espectros, hasta que enseguida la noche las borraba. Pero durante unos instantes uno lograba ver el alma de las cosas, tal como en otras ocasiones había conseguido verle la cara al viento. Y aunque el mundo se volvía entonces un lugar aventurado y peligroso, ellos estaban seguros entre ellos, amparados por el fuego, por el reducto del hogar, por la misma evidencia del bien. Él sabía ya que en tantos siglos y miles de años la tierra estaba toda llena de muertos, muertos hombres y muertos animales. El pan que comían, los frutos, el suelo que pisaban, todo estaba impregnado de muerte. Y algún día también ellos, los cuatro, padre y madre abajo, él y Natalia arriba, juntos ya para siempre. ¡Qué pena daba imaginar esas cosas! Se llevaba una mano sucia a la mejilla, y luego su madre se la limpiaba con la punta de un pañuelo mojado en saliva.

Pero sí, estar juntos, aunque no se hablaran ni se miraran, ése era todo el secreto de la felicidad. En el verano se bañaban juntos en la alberca, pescaban con cestas y cribas en el regato cuando el cauce iba bajo, barbitos, bogas y bermejuelas, dormían en la era los días de la trilla, cogían almendras y hacían culebras de mazapán en Navidad, iban juntos a buscar cardillos, setas, espárragos, criadillas, a apañar aceitunas, a castrar colmenas, a cazar pájaros con red, a pescar ranas de noche con linternas, a buscar nidos, a lagartos, y entre todos hacían licor de moras y de guindas, o embotaban tomates y pimientos y confitaban frutas, y hasta el gato y los perros parecían participar de esos momentos que el trabajo en común hacía maravillosos. Y a él lo mandaba todo el mundo, trae esto, ve a por aquello, estate quieto, despluma esa perdiz, remángate el jersey, dame, toma, y a él le encantaba que lo mandasen, ser útil, agradar a todos, sentirse importante en la familia. Y lo que más le gustaba era hacer trabajos en cadena: uno partía con un martillo las almendras, otro separaba el fruto de la cáscara, otro les quitaba la piel, otro las machacaba en el mortero. Iban pasando las cosas de mano en mano, todos sentados en asientos bajos, cada cual en lo suyo pero siempre juntos y solidarios.

Y lo mismo ocurría en las comidas. Por las mañanas comían migas, o pan frito, o sopa de tomate, a mediodía sólidos platos de legumbres y guisotes de caza, con entrantes de aceitunas perfumadas de tomillo y orégano, de rajitas de morcilla patatera, o unas ancas de rana, o un poquito de picadillo magro que tenía los sabores de la carne recién matada y asada en los rescoldos de la misma fogarata en que se chamuscó el cerdo, unas cucharadas de gazpacho de poleo, un platito de pestorejo, una sardinita portuguesa, bien churruscadita, y de postre quesadillas de cabra, natillas con semillas de amapolas tostadas y carne de membrillo. La cena eran huevos fritos con salchichas que tenían un cierto sabor a salazón, que el padre acompañaba con vino y los demás con bocados de cortezas untadas en el aceite aromado y caliente de la fritura, y por cima cualquier entretenimiento de alacena, algo de lomo, unas sobras del mediodía, una rebañadura de criadillas de tierra o de arroz con habas, esas habas que se comen con su vaina, deliciosamente amargas, que oscurecen el arroz y filtran apenas su fragancia a tierra fresca de huerta, y si querías más, una pera, unas nueces, un bizcocho, un bostezo final.

Sí, nada había que temer estando todos juntos. Pero acaso ese mundo había que defenderlo contra enemigos que estaban al acecho. Quizá por eso su padre escondía una pistola, además de la escopeta de caza, y se pasaba las horas cavilando, y por eso su madre rezaba y casi siempre estaba triste. Algo terrible amenazaba la armonía familiar. De esa sospecha, y de la cólera que le producía imaginar siquiera que alguien pudiese conspirar contra ellos, se alimentaban algunas de sus más sinceras fantasías infantiles. Entre otras cosas, tenía tres manías que equivalían a otros tantos conjuros. Una era decir: «Me acuerdo de todo. Me acuerdo perfectamente de todo», que lo había oído en una película y que tenía que repetir cada vez que salía y entraba en casa. Si no, ocurriría una desgracia. La otra manía era persignarse de repente, aunque estuviera en público. Metía la barbilla en el pecho, se ponía un poco de espaldas y con la mano se hacía un garabato en la cara. ¿Qué imploraba a Dios con ese signo borroso? Protección. Salud para todos. Ser acogido con benevolencia en el orden que gobernaba el mundo. Porque tenía miedo. No sabía por qué, pero se sentía amenazado, acechado por misteriosas fuerzas sobrenaturales. La tercera manía es que a un lado de la casa del campo se levantaba un monte muy greñudo, enmarañado de chaparros y jaras, erizado de riscos, que servía de escondite a una banda de malhechores, gente sin ley, capitaneada por el más grande y sanguinario forajido que conocían los tiempos. Como otros eran Drácula o Atila, éste se llamaba sencillamente el capitán Fosco. Sólo él, Dámaso, sabía que tenían su guarida en aquel monte, y los mantenía a raya con su sola presencia. De vez en cuando, para recordárselo, los amenazaba de lejos con el puño, o con un trozo de madera que llevaba en la cintura, y era un arma mortífera. Caminaba y de repente se volvía hacia el monte, el rostro deformado de ira. «¿Estás tonto o qué?», le decían su madre o Natalia si lo sorprendían en esa maniobra. Pero él sabía muy bien lo que hacía. ¡Que no se le ocurriera a aquel bandido pensar que un día lo encontraría desprevenido! Él vigilaba a todas horas. Y pensaba que si su padre supiera de su valor, de su astucia, de sus desvelos, estaría orgulloso de él. De Dámaso Molineri, porque ése era el nombre que había escogido para el héroe que libraba con el capitán Fosco y con su banda una guerra mortal.

Allí, junto a la lumbre, él recordaba todos aquellos peligros que los amenazaban y que por eso mismo hacían aún más valioso y acogedor el lugar que habitaban. Se hacía tarde y había que recogerse. Su padre era el encargado de partir y repartir el pan, y suyo era también el privilegio de matar el fuego y de apagar las luces cuando se iban a dormir. Se extinguían los últimos rumores y se hacía un silencio sin horizonte, sin orillas. No, no había que tener miedo a nada. Nunca a nada mientras permanecieran juntos. Ni siquiera a aquellos atardeceres tan cortos del invierno en que se sentía tan próxima, tan material, la angustia del tiempo que se escapa. La vida, en efecto, era breve. Y sin embargo también en el invierno era muy honda la angustia de que el verano estaba tan lejos que no acabaría nunca de llegar.

Miraba sobre el hombro sin dejar de trotar. Allí seguía bajo el eucalipto, quieta, alta, y hasta de lejos se notaba que estaba como enfurruñada por algo. Tenía trece o catorce años y a él lo consideraba no sólo un niño sino un intruso en su mundo de persona mayor. Porque sin que nadie se diera cuenta, casi de golpe, Natalia se había convertido en mujer. Todavía jugaba a las muñecas y a la comba, pero no hacía mucho que Dámaso la había sorprendido casi desnuda en la penumbra de su cuarto, con sólo unas bragas blancas, y aunque la visión resultó muy breve, fue un trance de tanta intensidad que tuvo tiempo de eternizarse en la contemplación fascinada de sus senos nacientes y ya altivos, y de aquel triángulo de sombra donde parecía ir a parar y a resolverse la suave ondulación que se iniciaba en la cintura. Aquella imagen lo perseguía muy a menudo, pero como no lograba recordarla con la precisión que le exigía su anhelo, tenía que imaginársela una y otra vez, y de tanto recomponerla ya no se acordaba del original y le resultaba todo enmarañado y medio inverosímil.

Una vez, años atrás –él era todavía muy niño–, consiguió para ella un regalo precioso, y ella le preguntó de dónde lo había sacado, de dónde, y lo agarró del brazo hasta hacerle daño, mientras lo fulminaba con los ojos, ¿a quién se lo has robado?, ¡vamos, di!, y a él se le hundió el mundo y durante un rato no supo qué decir.

¿A quién se lo has robado? Y a él nunca se le olvidaría aquel episodio, porque era la experiencia más singular y más heroica que había tenido hasta el momento. Recordaba bien que aquella casa era más grande y honda que la suya. Había ido con su madre, los dos de la mano, y había mucha gente reunida en una sala, todos sentados muy tiesos en sillas puestas contra la pared. Se oían llantos, suspiros, quejas, palabras de pesar. Sin premeditación, por aburrimiento y por hacer algo, salió al pasillo, que era muy ancho y de altas bóvedas tenebrosas donde reverberaban las palabras y parecía habitar un mundo de lamentos, y vio los zócalos que se perdían hacia lo oscuro. Entonces sucumbió a la tentación de seguirlos. Se puso a gatas, y amparado en la convicción de ser invisible, recorrió el pasillo hasta llegar a una pequeña habitación lateral extrañamente iluminada. Porque tras la puerta toda de cristales había candelabros y cirios cuyas llamas trémulas ponían en las paredes un continuo palpitar de luces y de sombras. Se levantó, abrió la puerta y avanzó atraído por una evidencia, como si ya hubiera visto muchas veces lo que habría de ver por vez primera cuando llegase y se asomase a aquel espacio ardiente custodiado por los candelabros y por el leve silbido de las llamas.

El féretro estaba calzado por unas tablas y el cadáver quedaba justo a la altura de sus ojos. Era el de un hombre grande y mayor, aunque no viejo, y Dámaso se detuvo ante él y contempló con fijeza pero sin asombro la intensa palidez de su rostro, la piel que parecía de pergamino, las manos cruzadas y enlazadas sobre el pecho, los párpados cerrados, el cabello peinado a conciencia y con la raya a un lado muy bien hecha, las mejillas cuidadosamente rasuradas, la expresión serena o quizá sólo impenetrable –el rostro que se había convertido en una cosa sin perder del todo su apariencia de vida–, y siguió mirando, esperando, porque tenía la horrible sospecha de que algo iba a suceder allí, de que aquella absoluta inmovilidad contenía una tensión que podía quebrarse de un momento a otro. El titilar de las llamas ponía en la cara del muerto una agitación de claroscuros que a veces parecía sugerir visajes y rápidos atisbos rencorosos. Parecía que todavía el alma no había abandonado del todo aquel cuerpo, que aún conservaba un hilito de vida, como el eco ilusorio que queda en las cuerdas de un instrumento musical después de extinguirse un acorde.

Vestía un traje marrón de invierno con chaleco, camisa almidonada blanca y corbata oscura, y zapatos negros lustrados a fondo. Olía a cera, a madera, a barniz, a cieno, a betún, pero todos esos olores sofocantes formaban un único olor, inconfundible, inconcreto, que no se parecía a ningún otro y que él sabía que nunca iba a olvidar. «Así que esto es la muerte», pensó, «esto es la muerte por los siglos de los siglos», y la evidencia del misterio no dejaba apenas lugar para el asombro.

Podía haber continuado allí mucho tiempo, porque por más y más que lo mirase, aquel acontecer era inagotable y no se acababa nunca de mirar, pero las voces y los llantos que llegaban rebotando en las bóvedas y el miedo a que sucediera algo, lo urgieron a volver. Y ya se disponía a irse cuando de pronto se detuvo con los ojos fijos en uno de los bolsillitos del chaleco. Algo había allí, algo abultaba y se veía apenas sin llegar a sobresalir. Algo dorado a lo que los cirios al enardecerse le arrancaban un mínimo reflejo. Dámaso sintió entonces un arrebato de codicia y se abandonó a la idea de apoderarse de aquel objeto, pero no para él sino para regalárselo a Natalia y ganarse así su indulgencia y su amistad. Y quizá hasta su admiración, porque aquel acto antes que un robo era una hazaña. Una hazaña real, y si se atrevía a ella entonces ya era digno de ser de verdad Dámaso Molineri, el héroe invencible de sus fantasías.

Entonces se llenó de valor. Se alzó de puntillas, extendió con lenta cautela una mano y durante unos instantes que le parecieron interminables urgó en el bolsillín forrado de raso intentando atrapar un objeto que se le resbalaba entre los dedos y se iba al fondo como si estuviera vivo y quisiera huir de él. Entretanto, oía las quejas y las congojas y los rezos amplificados y distorsionados por las bóvedas, y el chisporroteo de los cirios y el afán de su propia respiración. Maniobraba muy cerca de las manos del muerto y tenía miedo de tocarlas y sobre todo de que ellas lo tocaran a él. Tuvo que erguirse aún más para usar la otra mano y empujar al objeto por fuera y obligarlo a salir de lo que parecía más una madriguera que un bolsillo. En todo ese tiempo infinito, no miró la cara del muerto. Pensaba únicamente en Natalia, y tampoco se detuvo a examinar el botín sino que lo apretó fuerte en la mano y salió corriendo bajo el rumor de las bóvedas sin detenerse a cerrar la puerta, queriendo pensar sólo en Natalia pero pensando sin querer en el muerto, imaginando la furia con que lo habría mirado mientras él lo despojaba de su única pertenencia, y aturdido aún por el olor soporífero de la muerte.

Casi la misma furia con que Natalia tiró al suelo el regalo y se apresuró a limpiarse las manos en la falda. «Se lo robaste a un muerto», dijo, atónita, y dio un paso atrás con la cara llena de terror y de asco. «¡Fuera de aquí!, ¡y llévate eso lejos de esta casa! Y ten cuidado porque tarde o temprano el esqueleto vendrá a reclamarte lo que es suyo. ¡Y no quiero volver a verte nunca más!»

Pero el muerto no vino y Dámaso no se desprendió tampoco del objeto. Era un pequeño reloj de oro con una tapa de resorte, en cuyo interior había pegado un retrato de mujer, y al dorso unas iniciales entre un boscaje de arabescos.

Lo llevaba siempre en el bolsillo, y cada poco tiempo consultaba la hora. Y siempre que lo hacía se acordaba de Natalia, y le parecía ver la misma ira de entonces cuando la miraba ahora, bajo el eucalipto, ahora que empezaba ya a ser mujer y él a abandonar la edad dichosa de la infancia.

4
Una visita inesperada

Otra vez el timbre: dinnng, donnng. Alguna vecina que viene a comadrear con doña Malva, o a pedir un ramito de verde, así que abrió con la cartera en la mano y la respuesta en los labios, listo para salir, y vio enmarcada en la puerta a una muchacha, casi una niña, con una bata blanca, que trae colgada del brazo y apoyada en un gentil quiebro de cintura una cesta de mimbre cubierta por un paño blanco con cenefas azules. Parece sacada de un relato folclórico.

Pelo negro muy largo y muy planchado, flequillo infantil, inocencia y asombro en la fresca umbría de su mirada, voz cantarina y desenvuelta cuando dice que viene de parte de doña Malva a traer un pedido, andares esbeltos y graciosos cuando va a la cocina, manos pequeñas y bonitas, pero no delicadas, no frágiles, no educadas para la ociosidad, las uñas pintadas de rosa, cierta avidez en el tacto al sacar de la cesta panecillos y bollos y dejarlos muy ordenados sobre un plato. ¿No hay en ella un aire de simpleza, un pronto de vulgaridad? Y, sin embargo, también eso parece formar parte de su secreto encanto.

–¿Y entonces tú eres el huésped de doña Malva? –y mira a Tomás como si hubiera hecho una pregunta importantísima y esperase milagros de la respuesta.

Y debe de ser importante, sí, porque a Tomás le cuesta responder. Le sale un «sí» débil e impreciso, y de repente se siente angustiado y lleno de alarma.

–¿Y es verdad que tú eres catedrático?

Tomás, modesto y orgulloso, abre los brazos como ofreciendo disculpas.

–¿Y qué enseñas?

Y él piensa: «Dile cualquier cosa, muéstrale la puerta, déjala que se vaya. ¿Qué puede importarle a ella lo que tú enseñes o dejes de enseñar?».

Pero no. Mientras bajan juntos le cuenta que enseña Lengua y Literatura y que está haciendo una tesis para dar clases luego en la universidad. ¿Una tesis? Sí, un estudio sobre el teatro, porque él es un enamorado del teatro, y se adelanta a abrirle la puerta del ascensor y hace un gesto teatral para cederle el paso. ¿No le gustaba también a ella el teatro, ese artificio maravilloso donde todas las artes, la poesía, la pintura, la música, la danza, el color, la voz, el gesto, se juntan y armonizan para mostrar la vida en toda su mágica complejidad? Y ella, ingenua y pesarosa: «No he ido nunca al teatro, no sé ni cómo es».

Salen a la calle y se detienen frente a frente en la acera. «Eso es», piensa Tomás, «despídete, vete cuanto antes, huye, corre, vuela, dile: Encantado y adiós, que llego tarde a clase.» Luz fragante, cielo alto y azul, hojitas nuevas traspasadas de sol.

–Si quieres, puedes acompañarme un poco y contarme cosas del teatro, y cómo es la tesis esa que estás haciendo.

Así que, sin saber cómo, Tomás abandona su itinerario habitual y ahora camina al lado de aquella muchacha que se llama Marta, que tiene dieciséis años, que trabaja en la panadería de sus padres, que tiene dos hermanas mayores, y que resulta tan graciosa, tan atractiva, aunque es difícil definir qué tipo de belleza y de encanto es el suyo, porque su ingenuidad trasluce a veces una cierta malicia, y tan pronto parece una adolescente incauta como se vislumbra en ella a la mujer colmada de experiencia que algún día será o que acaso, sin saberlo ella misma, ya es, y lo mismo se pone solemne de tan seria que ríe por cualquier cosa, y unas veces es sofisticada y otras adorablemente vulgar, un nudo de contradicciones cuya rara conjunción resulta fascinante, magnética.

–¿Y no vas al instituto o al colegio?

–No, lo dejé, no me gusta estudiar –y lo mira de pronto arrepentida, reprimiendo con una mano en la boca una cómica exclamación de escándalo, porque no recordaba que estaba hablando con un profesor, y finge un gesto de severidad académica.

Lleva unos zapatos rojos y planos, tiene los pies pequeños y el caminar muy leve, como una bailarina de ballet. Tomás piensa que hay algo ascensional en ella, una fuerza, un soplo, que la aúpa en cada paso apenas pisa el suelo y la lleva como en volandas. «No era su caminar mortal», se le viene un verso a la memoria. Y sin embargo sus andares delatan una gracia natural que no llegará nunca a convertirse en elegancia. Morirá con el ímpetu generoso y espontáneo de la juventud, y lo demás será sólo afectación y parodia. Pero quizá esos presentimientos forzados, retóricos, son sólo un modo de defenderse del prodigio, porque a su lado Tomás se siente pesado y terrenal. Y eso que es alto, delgado y, sin ser especialmente guapo, sí resulta atractivo. Pero así y todo es desmañado en sus andares y maneras. Claro que, para una mente observadora, entrenada en las sutilezas del amor –arte femenino donde los haya–, la torpeza en el manejo del propio cuerpo debería proclamar las muchas horas de soledad y estudio que se necesitan para lograr que esa ineptitud sea el mejor y más fiable mensajero de la aristocracia del espíritu. Una contradicción acaso tan cautivadora como las de aquella muchacha que de vez en cuando entra en un portal o en un bar a dejar un pedido.

–¿Tienes prisa? ¿No? ¿Me esperas entonces un momento? Enseguida vengo –y según va se vuelve sobre el hombro para dejar en prenda de su ausencia una mirada pícara y una sonrisa angelical.

Y mientras espera (veintiséis años, catedrático de instituto, chaqueta de pana color miel, camisa blanca, pantalones vaqueros, tesis en marcha, «La poética del silencio en el teatro contemporáneo», y un horizonte más que prometedor de publicaciones, conferencias, congresos, tribunales, debates, honores académicos, además de su vocación secretamente atesorada de escritor), piensa: «Qué ridículo, qué absurdo es todo esto. ¿Se puede saber qué haces aquí a estas horas, esperando a una adolescente, ignorante y frívola, y un poco ramplona, como tantas y tantas alumnas, cuando tenías que estar ya en clase, comentando, exponiendo, interpretando a Chéjov, cumpliendo con tu deber?», y mira el reloj y otra vez se llena de un sombrío presagio de alarma. «Vete, huye, ahora que estás todavía a tiempo. Sigue tu senda, acuérdate de Hipólito, de Fausto, de Eneas, no permitas que nadie te aparte o te distraiga de tu misión en este mundo.» Pero luego, «¡Qué tontería!», piensa. «Te dejas seducir por los mitos y te asustan las fábulas. ¿Por qué vas a huir, a ver, de qué incertidumbres y peligros? ¿Cuál es tu drama, de dónde tus lamentos? Porque si quieres llegar algún día a ser escritor, tendrás que ir llenando al paso las alforjas con las experiencias propias del camino. Ensanchar tu corazón con libros y vivencias. Pero ¿por qué tienes que andar con tanto miedo por la vida?»

Y sigue esperando. Ahora le cuenta el argumento de *El tío Vania* para iniciarla en el teatro (al fin y al cabo está dando una clase, quién sabe si mejor y más provechosa que la que acaba de perder). Le describe la escenografía, la anima a imaginarse el jardín de una casa de campo, la indolencia de damas ataviadas con delicadas prendas estivales, suspiros y pamelas en torno a una mesa de té, la luz velada como por una gasa que le confiere al escenario una atmósfera de ensueño, y un fondo de ladridos y grillos, la guitarra, el columpio, el fastidio insufrible de un día plomizo de verano cuando no hay ilusiones ni ganas de tenerlas, y en primer plano la queja de un hombre viejo y feo, llamado Vania, un hombre de ideales, enloquecido de pronto ante el espectáculo de su vida malgastada y ya estéril. Fuera de eso apenas pasa nada, porque lo importante es justamente eso, contar qué es lo que pasa cuando no pasa nada, el relato invisible de nuestros días sin argumento, sin trama, sin apenas conflicto.

Con una sincera, casi trágica seriedad, como sólo un adolescente podría hacerlo, Marta se queda ceñuda, absorta, hasta que luego se detiene de golpe y se vuelve a Tomás con un acorde desmayado en la voz:

–¿Tú no eres feliz?

Y Tomás, que sí lo es, dice que no sabe, traiciona a su corazón cumpliendo órdenes del corazón, duda, cabecea, cita a Séneca y a Montaigne, se explaya en ese enigma donde desembocan finalmente todos los enigmas, y todo para concluir que él, como cada cual, a veces es feliz y a veces no.

–¿Y tú?

A ella le ocurre lo mismo, y se miran maravillados de la casualidad. ¿Cosas que le gustan? Leer revistas, tejer prendas multicolores, ir a bailar, al cine, cantar y escuchar canciones, salir con los amigos, y entonces se lo pasa muy bien, pero alguna vez le entra la murria y prefiere quedarse en casa, sola, sin ganas de nada, y el tiempo entonces se le hace infinito, y en esos momentos quisiera, pero aquí se calla, y él asiente, se miran, sonríen, y los dos se conjuntan en un largo silencio de solidaridad.

Eso ocurrió un martes. Cuando se despidieron, Tomás se sintió de nuevo angustiado. Se acordó de Calisto, de Romeo, de Werther, de Petrarca, de tantos y tantos que habían sucumbido al juego esencial de la vida, a la fatalidad disfrazada de promesa contra la que nada puede hacerse salvo huir lejos y para siempre, a la llamada dulce pero imperiosa de la naturaleza, al éxtasis ante el que los héroes y los sabios se vuelven mansos e ignorantes, a todo eso que él conocía muy bien por los libros y cuyo vislumbre existencial acababa de sentir como un relámpago, como un escalofrío tan hondo que le espantó que hubiera tanto abismo dentro de él, pero ya está, ya pasó, no fue nada, sólo un instante de fantasía, un accidente, una ilusión, un canto de sirena, un espejismo que se esfumaría enseguida al contacto con la realidad. De hecho, ya apenas se acordaba de ella. Por ejemplo, ¿cómo eran sus ojos? Ni idea. Los comparó con gotas de escarcha encendidas de sol, con violetas silvestres después de un aguacero, con charcos de lluvia iluminados por la luna, con piedras preciosas, unas claras, otras oscuras, otras entreveradas, porque no recordaba el color exacto y tenía que acudir a los despojos poéticos que andaban náufragos por su memoria de lector.

En un arranque de valor, o de responsabilidad pedagógica, le había preguntado al final, cuando ya se marchaba, si le gustaría ir al teatro el próximo domingo, y habían concertado una cita a la que él, desde luego, no pensaba acudir. Le mandaría con doña Malva una excusa cualquiera. Se supo tan seguro entonces de su decisión, le pareció tan inocente el suceso que acababa de ocurrir, que de pronto se sintió alegre, ágil, casi travieso, y ganas le dieron de dar un par de brincos y de echar a correr para recuperar el tiempo tan tontamente perdido. «En fin», se dijo, «cosas que pasan cuando no pasa nada.»

5
El padre
Siesta de verano
Todo un maestro

Mientras miraba de vez en cuando atrás para ver a Natalia, caminaban ya entre los naranjos y su padre le sacaba una buena ventaja. ¿Adónde irían?, ¿y a qué? Allí la tierra estaba recién labrada y, al tratar de correr, las sandalias se le hundían en los surcos húmedos y ganaba terreno con dificultad, como a cámara lenta, en tanto que su padre caminaba con trancos fáciles e incansables, sin alterar nunca el ritmo de su marcha. Daba la sensación de que hacía sencillas las distancias, de que nada podía oponerse a su avance, de que podía seguir andando y andando sin detenerse nunca.

Dámaso admiraba a su padre más que a nada en el mundo. Lo admiraba no por nada especial sino por muchas cosas juntas. Algunas tan pequeñas como por ejemplo sus botines rojos de becerro, que llevaba siempre muy brillantes y que le rechinaban al andar. En todo tiempo usaba los botines, y traje oscuro de género y sombrero de fieltro de ala rígida, también negro. Incluso cuando salía a cazar llevaba la misma indumentaria. Y sabía hacer las cosas con maña y con el justo esfuerzo. En otra época, pensaba Dámaso, podía haber sido explorador, pirata, sheriff, trampero, hombre invencible en lances arriesgados. También pensaba en cómo sería para el padre tener un hijo como él, un hijo llamado también Dámaso. ¿Cómo lo vería su padre? Él no sabía que su hijo tenía su propio mundo. Lo que había en su cabeza, él no podía saberlo. Si lo conociese bien, y conociese sus pensamientos, sus secretos, quizá lo quisiera más, y hasta estaría orgulloso de él. Pero no lo sabía. No sabía por ejemplo que un día metió un dedo en el agujero de una tarántula y contó hasta cinco, bien despacio. Y otra vez se obligó a levantarse en plena noche y subió al mirador, y allí estuvo un buen rato mirando la oscuridad del mundo, enfrentándose a ella. Y eso por no hablar del reloj que se había atrevido a robarle a un muerto. Pero nadie había sido testigo de esos actos que lo acreditaban como persona que por nada del mundo quisiera ser cobarde.

Igual que él, su padre debía de tener una vida secreta porque, en secreto, guardaba una pistola. Y luego bien a la vista estaban sus experiencias, sus destrezas. Entendía de todo, de carpintería, de herrería, de albañilería, era buen jinete, cazaba muy bien (él le había visto la puntería certera ya pintada en los ojos cuando se echaba un paso atrás y la escopeta al rostro), sabía hacer muchas clases de nudos, pescar, discutir de leyes, y nada en el mundo le era ajeno. Sabía el nombre de todas las cosas: ésa es la zumaya, ésta es la albahaca, allí está la melisa, aquélla es la sierra de la Raposa, ésta es la alcotana, o la escofina, o el borriquete, porque todas las herramientas, los animales, las plantas, las estrellas, los inventos, le eran familiares. Una vez que Dámaso tuvo unas fiebres malignas, él capturó un lagarto, lo correteó por la era, y cuando estaba sofocado y exhausto, con una navaja lo cortó por el medio y derramó la sangre sobre pecho y espalda y le dio con ella unos masajes y, después de un sueño profundo, cuando se despertó estaba ya curado.

De todo sabía, y le gustaba mucho ponerse a trabajar en cualquier cosa, pero sólo un poquito, y luego lo dejaba. Caía entonces en el hastío y, con él, en la tristeza, que podía durarle muchos días. Entonces se despreocupaba de la finca y de todo y disponía de mucho tiempo para darle vueltas y vueltas a su mundo interior, que debía de ser innumerable de experiencias y conocimientos, y a Dámaso le daba pena, y también miedo, porque su silencio sombrío era como una amenaza, o una quiebra, en la apacible vida familiar. Luego de pronto le volvía la alegría y las ganas de hacer y entonces era otra vez un hombre activo y hablador. Pero Dámaso se preguntaba qué cosas oscuras serían aquellas que habitaban tan hondas en él y que tanto lo atormentaban y ponían en peligro la armonía familiar.

Una tarde de agosto, sin embargo, entró a gatas en el dormitorio de sus padres y los oyó hablar en susurros. Era la hora de la siesta, la hora mortal en que sólo se oía el silencio y sus remotos accidentes. La habitación estaba a oscuras, insinuada apenas por unas rendijas de luz en las ventanas, y él se deslizó por la puerta entreabierta y aspiró el olor íntimo de los amados y admirados y misteriosos cuerpos de los adultos abandonados al descanso y al sueño, de las sábanas limpias y frescas, y sintió la presencia física del silencio cuando los susurros cesaban y quedaba flotando en el aire la pesadumbre de lo ya irremediablemente dicho y el presagio de las palabras que venían por los caminos del pensamiento pero que no habían sido todavía pronunciadas.

Al principio sólo captaba palabras sueltas, aunque pronto los ojos se acostumbraron a la oscuridad y el oído a los susurros. La voz de su padre era grave y llena de pesares.

–Ya pasó julio. Ya va de vencida el verano. Y yo tengo ya cuarenta y cuatro años.

–Y qué. Es todavía una buena edad –intentó conciliar la madre.

Pero le faltaba convicción. Hablaba como si despachase de carrerilla un recado o una plegaria.

–¿Es que no ves cómo se van los días? Parece que ayer mismo era invierno y que hace un rato era domingo, y ya estamos en verano y a jueves.

–Hoy es miércoles.

–Da igual. Hazte la cuenta de que ya es mañana. El tiempo vuela y la vida se escapa.

–Y qué se le va a hacer. Además los días son muy largos. Fíjate en lo que queda hasta que sea de noche.

–Cuarenta y cuatro años. Y en ese tiempo, ¿qué he hecho yo de provecho?

Tardó en responder a su propia pregunta, y cuando lo hizo hubo un roto trágico en su voz:

–Nada.

–Tienes una familia, tienes salud y eres todavía joven. Y vives como un señorito. No sé qué necesitas para estar conforme.

Pero el padre siguió atento a su queja.

–No me gusta el campo y nunca aprendí un arte o un oficio. Ni siquiera sé bailar o nadar, que sabe todo el mundo. ¿A que no adivinas lo que me hubiera gustado a mí aprender?

–Tocar el acordeón.

–Sí señor, y hubiera sido un gran acordeonista. ¿Te imaginas? –y con la boca y con el cuerpo, a juzgar por el rechinar del somier, hizo que tocaba el acordeón. «Adiós, muchachos, compañeros de mi vida, farra querida»–. O actor. Una vez vi una obra de teatro. Yo entonces era joven y me daba igual una cosa que otra. Vinieron con una carpa y fuimos a verlo. Se titulaba *Locura de amor.* Memoricé algunas frases. Decía la Reina: «Natural es que yo con exceso me alarme». Y el Rey: «No agraves tu amargura suprimiéndola en mi presencia. Llora, Juana mía, llora». Y la Reina: «Culpable yo, que con mis celos me empeñé en atormentarte; funesto amor el mío que conspiraba contra tu dicha». Y el Rey: «Calla, y no aumentes las crueles angustias que me devoran. Ven a mis brazos, santa mártir que yo inmolé». Y ahí se cayó desvanecido. Y la Reina: «¡Felipe!». Y el Rey: «Llegó la hora de mi muerte». Y cada cual con sus vestidos y su voz y sus gestos. Y los decorados, y las luces... Salí de allí convertido en otro. De haber podido, me habría enrolado con los cómicos para ver mundo y aprender de su arte. Hubiera sido un buen actor dramático, y también un buen músico.

–Todavía estás a tiempo para el acordeón.

–No, ya es tarde, para mí ya es tarde. Perdí la juventud y malgasté el talento. A estas alturas, de aprendiz de músico, sería el hazmerreír de la gente.

–Pues no aprendas. No hay necesidad de tocar el acordeón para ser feliz.

El padre no contestó. Parecía atormentado por algo y se le oía removerse en la cama.

–Pronto será otra vez invierno.

Hubo un largo silencio que Dámaso percibió como un túnel al fondo del cual se agitaba algo. Los espectros de las palabras todavía no dichas.

–Queda mucho verano. Todavía está todo agosto.

Pero ya el padre debía de estar pensando en otra cosa. Se oyó una risa ahogada.

–En el servicio militar conocí a uno –dijo entre toses– que era escribiente y sabía cantar ópera y dar saltos mortales. Estaba cantando y de repente atrasaba un paso para tomar espacio y daba en el aire la vuelta del carnero, sin perder el compás, y al salir del pinote enseñaba las palmas de las manos como mostrando en ellas los frutos intactos de su arte. ¿Cómo podrá haber gente así?

–¿Y qué mérito tiene eso? Era sólo un titiritero.

–Le llamaban Quirico, y era de Santiago de Compostela.

Y la madre:

–No te atormentes ya más y no estropees la siesta.

–¡Santiago de Compostela! Una vez en las ferias una gitana me leyó en la mano que moriría lejos de aquí –dijo en un tono irrebatible de nostalgia.

–Morirás donde Dios quiera, como todo el mundo.

–¿Dios? –dijo él con asombro y desdén–. Hablas de Dios como si existiera de verdad, cuando todos sabemos de sobra lo que hay después de muertos. ¿Te imaginas? Estaremos como ahora, así, tumbados bocarriba, muy quietos y callados. Si por lo menos allí pudiéramos hablar, y conejear –y otra vez le entró la tos y la risa–. Ése sí sería un buen paraíso, todos allí sesteando, de cháchara, sin cumplir años, para toda la eternidad.

La madre no contestó. Se vio que se había refugiado por voluntad propia en el silencio. Un silencio al que le tenía fe, y que parecía ya definitivo.

Dámaso pensó que al fin habían conseguido dormirse. Pero no: enseguida se oyeron otros susurros que él ya no distinguió, o que la memoria no supo luego imaginar o recordar. Y después frases inacabadas:

–Si se pudiera... si yo fuera capaz... alguien que me orientara... un comerciante o un taxista... –hasta que aquel como balbuceo derivó hacia una frase entera y con sentido:

–Deberíamos irnos de aquí. Los cuatro. Vender las tierras y la casa y huir para siempre de estas soledades.

Se le oyó respirar en la oscuridad, alentadas hondas y despaciosas que enseguida, cuando surgió en él otra idea, otras palabras, se hicieron cortas y anhelantes.

–Allí, en Madrid o en Barcelona, hay oportunidades para todos. ¿No has leído los periódicos? Cada cual elegirá su carrera o su oficio, se hará cargo de su destino. Y hasta podríamos poner un negocio.

–¿Tú un negocio? ¿Cuánto tiempo te duraría el antojo?

–Un bar, por ejemplo. Una cervecería moderna con aperitivos. Allí los chicos podrían estudiar y llegar lejos. A Natalia podríamos ponerle una tienda de modas, o un taller con cuatro o cinco tricotosas.

Luego otras frases truncas y después ya sólo palabras sueltas: «Médico», «automóvil», «gambas al ajillo», y algo inaudible con acento cómico, y otro largo silencio, quejas, forcejeos, y al final la voz de la madre, extrañamente firme, y en un tono de enojo:

–¿Y esta noche también irás?

–¿Quién habla de eso ahora?

Y la madre:

–¿Irás también hoy? –pero esta vez la voz era suplicante, y había en ella un temblor que se quebró en un sollozo reprimido, infantil. Se veía que no se atrevía a llorar fuerte.

El padre suspiró. Un suspiro que conmovió las capas más profundas del profundo silencio de la siesta.

–O acabar con todo de una vez –dijo aún.

Y ella, con la voz empañada de llanto:

–Estás loco –como maravillándose de una obviedad–, loco.

Se oyó acercarse muy de lejos un automóvil. Dámaso esperó a que estuviera cerca para, aprovechando el ruido, salir del dormitorio y regresar precipitadamente al suyo. «¿Y esta noche también irás?», había dicho la madre, y se echó a llorar. ¿Ir adónde, y además de noche?, se había preguntado mientras volvía a su cuarto, confundido entre el asombro y el temor. Y entonces volvió a intuir la posibilidad del desorden en un mundo que él creía perfecto. No entendía el llanto de su madre, y aún menos que su padre se quejara tanto de su suerte y no estimara sus propias y múltiples destrezas.

Continuó esforzándose, apresurándose, y cuando volvió a mirar atrás, habían bajado tanto que ya no vio a Natalia. Sólo la chimenea de la casa y el alto ramaje del eucalipto tutelar. Lo demás, también a lo lejos, era la tierra parda, los verdes oscuros del encinar y los jarales, los campos de rastrojo, el pasto reseco y polvoriento. Enseguida llegaron al regato. Aquélla era la parte más honda y ancha y de curso más lento. En las márgenes había zarzas, álamos e higueras.

–Siéntate aquí –le señaló un tronco en la orilla.

Sacó el reloj del bolsillo del chaleco y le dio cuerda. Cada acto parecía anunciar otro de mayor rango.

–Te quedarás aquí sentado hasta que yo vuelva, que será dentro de una hora. Sólo tienes que mirar el agua y recapacitar. ¿Tú has oído hablar en la escuela de los primeros filósofos?

–No.

–Pues así empezaron ellos, como tú estás ahora, mirando el agua, cómo viene y se va. No hay lección en el mundo más fácil y provechosa que ésta. Mira correr el agua, y así veremos si hay o no en ti dotes de pensador.

Guardó el reloj y se alejó entre la maleza de la orilla. Y Dámaso se quedó escuchando sus pasos hasta que el rumor del agua los borró.

El caudal bajaba encajonado entre paredes de tierra corroídas por las crecidas y las raíces de los árboles y él estaba en la orilla, sentado en el tronco, viendo pasar el agua y oyendo el hervor que hacía la corriente al entretejerse con las ramas bajas de una higuera. Debía de haber llovido por el norte porque el agua venía turbia, con sólo una delgada lámina de transparencia donde pululaban en suspensión partículas de tierra y piltrafas de limo, acaso traídas de lugares lejanos, de reinos extranjeros, aguas bebidas por gentes que hablaban otras lenguas, porque los caminos del agua debían de comunicarse entre ellos como los hilos de una red o las venas del sistema sanguíneo, las fuentes, los ríos, los pozos, los cauces subterráneos, los secretos veneros, las lagunas, los regueros de lluvia, el mar que no había visto pero que se imaginaba muy bien porque en ningún sitio descansaba mejor la imaginación que en la visión del infinito.

¿Podría ser ésa la lección que su padre quería que él extrajese del discurrir del agua? El agua con su ir y venir unía y anudaba todas las cosas. Como los zócalos, o como el viento.

Había venido hundiéndose en los surcos húmedos y ahora sentía el frescor de la tierra entre los dedos de los pies. Se quitó las sandalias y se los limpió, uno por uno, y luego sacudió las sandalias contra el tronco, sin dejar de mirar el cauce y de pensar en él. Y aquella agua, el regato Bastante se llamaba, ¿iría también al mar? Venía del norte, cruzaba la huerta y luego divagaba entre florestas anegadizas hasta que volvía a encontrar su cauce y, más allá, por una cañada, trasponía a Portugal. Y por allí iría creciendo y rodando hacia el océano, porque las aguas no entendían de lenguas ni fronteras, y porque toda el agua tarde o temprano acababa en el mar. Y también el camino seguiría hasta Dios sabe dónde. Pasaba junto a la huerta, y durante un trecho acompañaba al agua. Iban los dos como jugando, se juntaban, se separaban, hasta que de golpe tiraba cada cual por su lado y quizá ya nunca más volvieran a encontrarse.

Aquel camino era de tierra y criaba mucho polvo en verano, y al anochecer, visto de lejos, era una cinta blanca y pálida flotando sobre las copas negras de los árboles. Allí lo había mandado un día de ese mismo agosto su padre para que hablara con los caminantes y se ilustrase sobre el mundo y sus gentes. Y él estuvo sentado en una piedra durante mucho tiempo, esperando a que pasara alguien, mirando el camino solitario bajo el sol hirviente del verano. Como el agua, también los caminos, los grandes y los chicos, y las sendas y las veredas, se entrelazaban por todos los países y continentes.

¡Qué grande, qué infinito era el mundo! Pero también –y miró alrededor– era pequeño y familiar. Vio un galápago con la cabeza fuera que tomaba el sol en una piedra. Los destellos de los trocitos de mica lo rodeaban y parecía una reliquia expuesta en un altar. Y, mirando más cerca, vio una mata de poleo, un higo, un hormiguero. Y eso era también mundo. Tocó la tierra. El largo calor del verano perduraba en ella, se podía percibir casi como un latido. Y en la otra orilla, las ramas de las higueras cargadas de frutos, vencidas por el peso, hacían sobre la hierba un maravilloso refugio de penumbra azul.

Y más allá el viento movía las hojas de los chopos, livianas como sueños. Y aún más allá estaba la alberca, la noria, y del otro lado del camino el tinado para las ovejas, y una fuente escondida que manaba de entre unos juncos y formaba un charquito hondo de agua tan clara que se veía el lecho de arena finísima con todo su precioso mundo de minucias. Y de este otro lado, ocultos por los naranjos y la ladera sembrada de almendros, estaba el eucalipto y la casa con el emparrado y el ciruelo loco sombreando la puerta.

Aquél era un buen sitio para vivir toda la vida. Las Particiones, se llamaba la finca. Y era grande. Tenía más de doscientas hectáreas. Y además tenían una viña, un olivar y un toril. Porque su padre era un hombre rico. «Los que tenemos capital...», le había oído decir alguna vez. Un sitio de verdad bonito. Una vez estuvo de visita un médico y dijo que la huerta vista entre la lluvia parecía una acuarela. ¡Una acuarela! Dámaso no conocía aquella palabra, pero la guardó en su corazón como algo mágico y secreto. Y desde entonces todavía le gustaba más aquella tierra familiar. Pero su padre quería irse a vivir a una gran ciudad porque era allí, y no en estas soledades, donde estaba el futuro. Y si se iban y vendían la finca y la casa del pueblo, entonces adiós para siempre a este mundo. Adiós al arroyo Bastante, a otro que se llamaba Gallocanta, a la sierra Baylica, al Risco del Negro, a otras fincas lindantes, Miravacas, el Cincuenta, Guadalta, Paiva, al molino de las Tres Esquinas, al Balcón del Fraile, y a otros muchos lugares que eran tan hermosos y sugerentes como sus propios nombres. Miró el reloj, y descubrió con angustia que ya habían pasado quince minutos y él no había sacado ninguna lección, ninguna idea, sobre el correr del agua.

No, tampoco esta vez superaría la prueba, una de las tantas que su padre había ideado para sacar a la luz sus cualidades naturales. Y también él lo sabía. Lo había notado en el fondo sombrío de su silencio mientras bajaban hacia el arroyo. El mismo e inconfundible silencio que percibió por primera vez el primer día de escuela. Su padre, que ya mucho antes le había comprado los cuadernos, los libros, los bolígrafos, la pluma, los lápices y demás útiles escolares, se levantó esa mañana muy temprano para prepararle la cartera (una cartera, por cierto, grande y negra, de cuero, más propia para un juez o un profesor que para un párvulo), y después lo acompañó con paso solemne hasta la misma puerta de la escuela.

–Aquí se inicia para ti un tiempo nuevo –le dijo–, aquí cruzas la raya hacia el porvenir, y aquí, en este paso que te dispones a dar, está contenido tu destino, con todas sus edades y sus múltiples peripecias.

Y él entró en la escuela y cuando salió allí estaba su padre, decidor, exultante. Hacía corro con otros cuatro o cinco hombres. Sin embargo se veía que estaba al acecho porque, por una fracción de segundo, lo miró sin volverse hacia él, sin girar la cabeza, sólo una fulgurante mirada de ave rapaz enfilándolo por el perfil. Una mirada casi tangible, de tan incisiva. Pero enseguida dijo:

–¡Aquí salen los estudiantes! –casi un grito de júbilo, y con la mano le ordenó acercarse.

Dámaso corrió hacia él ávido de lisonjas.

–Veamos –dijo, y se echó atrás para ampliar el ámbito de sus palabras–, veamos qué has aprendido en tu primer día de escuela.

El corro de hombres se abrió en semicírculo formando audiencia. Por las indumentarias, por la piel, por la expresión cerrada, por sus modos de estar, se veía que era gente humilde de campo. Y no es que quisiera presumir ante ellos del hijo, sino que todo era más bien producto de la esperanza y de la euforia, de la potencia simbólica de aquel instante único en que se encontraban frente a frente el conocimiento en ciernes que Dámaso encarnaba, el infinito horizonte del saber, y la ignorancia ya irredimible de aquellos hombres herméticos que quizá no habían pisado nunca un aula. Otros compañeros de escuela, y algunas mujerucas, engrosaron el corro, atraídos por la expectación recién creada.

–¡Vamos, cuéntanos lo que has hecho! –lo animó con un susurro apasionado.

Y él:

–Nos pusieron en fila –dijo al fin–. Dijimos nuestros nombres. Luego el maestro nos mandó afilar los lápices.

Los hombres escuchaban llenos de gravedad, más inquisitivos que curiosos.

–¿Y luego?

–Luego nos mandó hacer un dibujo.

–¿Tomado del natural o de cabeza?

–De cabeza –intervino uno de los niños.

–¿Y tú qué ideaste? –y, sin esperar respuesta, dijo–: ¡A ver ese cuaderno! –y le arrebató la cartera.

Toda la hoja estaba llena de rayas enrevesadas, de trémulas rayas trazadas con una suerte de torpe obstinación.

–¿Y esto qué significa? ¿Qué tenías en la mente para hacer este mamarracho?

Dámaso no comprendió o no supo expresarse. Tenía cinco años y quizá no sabía aún ni lo que era un dibujo.

–Ni siquiera es un monigote. ¡No es nada! –dijo el padre, escandalizado ante la evidencia.

Los otros estrecharon el círculo en torno al dibujo y lo miraron largamente, bien para verificar las palabras del padre, bien por si alguno conseguía desentrañar algo en él.

Enseguida regresaron a casa. El padre le puso una mano en el hombro y acomodó sus pasos a los suyos.

–¿Y qué más aprendiste?

Poco más. Los habían puesto otra vez en fila y les habían enseñado una canción. Luego el maestro les contó un cuento. Pero la canción la había olvidado, y del cuento sólo recordaba algunos detalles sueltos. ¿Eso era todo? Todo. Sus labios se adelgazaron y en ellos se marcó una fina línea de contrariedad. Entonces comenzó a caminar más deprisa, y los botines –como haciendo causa con su enojo– le iban rechinando cada vez más en cada tranco. Dámaso corría entorpecido por la cartera, intentando emparejarse con él para poder escuchar algo de sus palabras, de un discurso que más parecía un monólogo que una reprimenda. Le había comprado la mejor cartera, los mejores lápices y bolígrafos, los mejores cuadernos, y así, pertrechado de lo mejor, iba a la escuela, se pasaba allí entera la mañana, ¿y qué es lo que había aprendido?, ¿qué experiencias tenía que contar? Nada, no había sacado nada en claro. Ni la canción, ni el cuento ni el dibujo. De modo que en el primer encuentro que había tenido con la música, con la literatura y con las bellas artes, las tres juntas no habían logrado captar su atención ni conmover su espíritu. Y luego un susurro apenas audible: «Y me ha avergonzado delante de todos».

Entonces se calló, y Dámaso percibió en aquel silencio el mismo desencanto que había reconocido un rato antes mientras venían hacia aquí, hacia el arroyo ante el cual estaba ahora, viendo correr el agua. Pero aquélla era la época en que su padre todavía no había perdido la fe en él. No, todavía no. Al contrario: «¡No importa!, ¡no importa! Quizá eres fruto tardío», solía decir. «Pero con aplicación y paciencia, y con ayuda de la pedagogía, llegarás a ser alguien. Ahora bien, recuerda siempre que el tiempo es oro y no se debe desperdiciar ni un solo instante.»

Alguna vez lo vio merodear en torno a la escuela, asomándose con mal disimulada ansiedad a las ventanas del aula, quizá para disfrutar del espectáculo del hijo en pleno aprendizaje, quizá para vigilarlo y comprobar si aprovechaba bien el tiempo.

Cuando llegaba a casa, él abría la cartera y examinaba el contenido. Miraba los cuadernos, le sacaba punta a los lápices, raspaba los borrones con una cuchilla de afeitar, y entretanto lo interrogaba para saber si ya había pensado qué iba a ser de mayor. Una tarde le respondió que quería ser como él.

–¿Como yo? ¿Pero no ves, desgraciado, que yo soy un don nadie? ¿No ves que ni siquiera tengo oficio? Pero si hubiera tenido las oportunidades que tú tienes, fíjate bien lo que te digo, quizá ahora fuese aviador o político. ¿No te gustaría a ti ser aviador?

Y como Dámaso no sabía qué responder, al otro día le proponía otras profesiones y le hablaba de ellas, de sus ventajas y sus servidumbres, pero Dámaso no se decidía nunca por ninguna y el padre acababa diciendo:

–Bien, dejemos obrar al tiempo. Él será tu maestro y tu juez. Y entretanto, a trabajar, que la vida corre más que el viento.

Por las tardes, era él quien dirigía las sesiones de estudio. En la mesa de la cocina, que previamente limpiaba a conciencia y situaba de forma que la luz de la bombilla y el calor de la lumbre se repartieran por igual, Natalia y Dámaso hacían los deberes mientras aquel extraño preceptor se paseaba a trancos con sus botines rechinantes, impaciente, yendo y viniendo, llenando con su desazón aquel pacífico ámbito doméstico, cediendo cada pocos minutos a la tentación de asomarse por encima del hombro para ver cómo avanzaba la tarea. ¿Y qué sabía él de tareas escolares si toda su ciencia se nutría de ensueños, audiencias de radio, conversaciones y periódicos, y resultaba apenas variopinta? Pero así y todo, devorado por aquella pasión pedagógica que había surgido de pronto en su alma atormentada, miraba largamente los libros y cuadernos, y Dámaso lo oía respirar muy cerca de la oreja, sus fuertes alentadas que a veces parecían de duda y otras de mero sinsabor.

La madre, que allá donde se instalara convertía el lugar en un rincón remoto, remendaba, guisaba, trasteaba, y si se quedaba quieta y absorta, lo hacía de un modo tan expresivo, que parecía que las sombras de los pensamientos se le pintaban en el rostro. Dámaso la miraba de vez en cuando, sin apenas fijar los ojos en ella, tal como se mira la amplitud de un paisaje, o como miraba ahora el fluir del agua, y luego a hurtadillas espiaba a

Natalia: sus dedos frágiles y aplicados, el cabello por los hombros, la nitidez de sus rasgos, los accidentes mínimos de su piel, el gesto siempre sereno y concienzudo. Y era hermoso cuando juntaba un momento su cabeza a la de él para ayudarlo o enseñarle algo de sus cosas, su voz susurrante, la limpia fragancia a sol y a hierba de su pelo... Luego volvía a la tarea, pero ya distraído y debilitado por las menudencias del entorno. Venía la noche y ellos continuaban allí, cada cual en su sitio y en su cometido, y aunque los ruidos cesaban por completo en toda la casa, y en el patio y en los traspatios, el silencio del padre se distinguía del gran silencio general, sin disolverse en él, y Dámaso lo notaba del mismo modo que pueden intuirse las aguas profundas de un río sin que en la superficie aparezca ningún indicio delator.

Iba y venía el padre haciendo cantar sus botines, un día y otro día, y un año y otro, siempre afanado en vano en torno a la mesa, hasta que una noche de lluvia se le ocurrió que acaso él pudiera proponer ejercicios más provechosos que los que mandaban en la escuela. De repente se paró y dijo, como rematando en voz alta una larga meditación:

–La vida es más intrincada de lo que cree el maestro, y el mundo más espacioso y mucho más dispar. ¿Qué puede, en realidad, saber un maestro que sólo ha conseguido llegar a ser maestro? Sí, sería necesario ampliar el horizonte del aprendizaje.

La madre se removió en la lejanía de su rincón, y en el silencio hubo como una breve vibración de alarma.

–Coge tus cosas y ven conmigo –dijo, y los dos salieron al zaguán–. No es bueno que estéis juntos, tu hermana y tú. El estudioso reina en la soledad, allí tiene su trono, y desde él rige y señorea el mundo, lo atesora en su mente y lo escudriña en toda su extensión –le iba diciendo en susurros, una mano en el hombro, mientras lo iba llevando hacia el piso de arriba–. Además –y su voz se hizo confidencial y festiva–, a las mujeres, mejor dejarlas solas. Ellas y ellas se entienden a su modo. ¿No oyes cómo ya están murmurando? Escucha –y se paró en seco y con un dedo invitó a percibir un cuchicheo lejano, que bien podía ser el de la lluvia, o el viento entre las hojas–. Pero nosotros, a lo nuestro –y bajó la voz como si fuesen cómplices de una burla entre hombres, y con el tono jocoso le dio la risa, y con la risa se puso a toser y luego a jadear y finalmente a blasfemar. Y siguieron subiendo.

Se instalaron en los desvanes, en un cuarto destartalado y frío, y con unos tablones y unas sillas viejas y unos banastos improvisó una mesa de estudio. La luz eléctrica era mala y él la mejoró con un farol de petróleo, que atraía a las polillas y atufaba el ambiente. Y allí empezó otro modo de escuela, otras ramas del saber, otras lecciones, dirigidas por quien en un rapto de inspiración se había alzado en pionero de una nueva didáctica.

Comenzó proponiendo ejercicios prácticos de escritura, una solicitud de trabajo, una carta de recomendación o de pésame, un aviso de desahucio, un pliego de descargo, una proposición de matrimonio, un elogio fúnebre, materias que él no dominaba pero que no por eso escapaban al arbitrio de su elocuencia ni a la audacia de su imaginación. Los dictados solía sacarlos de los anuncios por palabras de los periódicos, ofertas de trabajo, precios de venta y alquileres de pisos y locales, cambalaches diversos, además de necrológicas y avisos judiciales, o bien discursos que improvisaba sobre la marcha, recorriendo la estancia como si perorase en un estrado, y ayudado a veces por una garrafilla de aguardiente que se embrocaba a pecho en los puntos y aparte. Se oía el viento en las tejas, y el correteo de los ratones, y a cierta hora los murciélagos, que habitaban en la techumbre, se descolgaban de sus nidos y llenaban las paredes con la geometría delirante de sus vuelos enloquecidos y quebrados.

Los problemas aritméticos que planteaba eran interminables novelas de aventuras que habrían merecido algo más que una sarta de números, casos de quien compraba, a tanto la libra, una carga de azúcar en Cuba, y la cambiaba con una ganancia del 3 % al kilo por una partida de habas de soja en el Brasil y embarcaba la mercancía para el Extremo Oriente con tan mala fortuna que parte del flete se perdía en una tempestad que los desviaba además de su ruta y los arrojaba a un apartado país de África donde trocaban el resto del género por un bosque de cedros, a tanto el metro cúbico, a lo que había que añadir los salarios de una cuadrilla de leñadores, que una noche se confabularon contra sus patrones y escaparon con parte de la utilería, a tanto la arroba de vituallas, las herramientas, el tiempo perdido, y no faltaban sobornos, lances de naipes y ruleta, contrabando de armas y diamantes, golpes de suerte y de infortunio, interludios de amores falaces, de traiciones, de crímenes, y todo había que ponerlo al debe y al haber, y así, en cada operación y en cada episodio el comerciante aventurero iba aumentando o arruinando su capital y recorriendo el mundo hasta llegar a un desenlace cuya solución feliz o adversa era sólo una cifra, un monto, sobre el que casi nunca coincidían en sus cálculos. Encontrar el error obligaba a remontar la historia hasta su origen. A veces esos problemas eran por entregas, como los folletines, y duraban varias sesiones, y a veces las noches de estudio se prolongaban hasta el amanecer. Regresaban los murciélagos, se sosegaban los ratones, languidecía el farol, y ellos seguían allí enredados en sus números y en sus letras, exprimiendo a fondo los momentos fugaces de la vida.

De esa manera se inició el nuevo aprendizaje. Pero había algo que al padre no acababa de satisfacerle del todo. A veces se paraba y meneaba la cabeza: no, no era aquello lo que él buscaba, lo que su oscura intuición educadora le exigía. Pero siguieron con la tarea hasta que una noche, mientras dictaba una lección de geografía, bruscamente se quedó inmóvil en mitad de una frase y de un gesto. Algo grande se le acababa de ocurrir. Y sutil, a juzgar por la perspicacia con que entornaba los ojos para hacer puntería sobre el centro de la reciente idea.

–Ahora caigo en la cuenta de que hemos olvidado lo más importante. Se nos ha olvidado averiguar si tú has nacido o no con algún don, si la naturaleza te ha otorgado alguna cualidad. Si es así, como muy bien pudiera ser, lo primero que hemos de hacer es encontrarla. Fíjate tú cómo hemos ido a dar con el nudo central de la pedagogía –y siguió paseándose por el cuarto, lento y errático, y otra vez se detuvo–. Sí, ése es el nudo, y lo demás es todo derivación. Y como no hay tiempo que perder, mañana mismo saldremos a probar fortuna, buscando un atajo hacia el futuro, a ver qué armas y estrategias te tiene a ti reservado el destino.

Oía a los pájaros, la leve e inconstante brisa entre las hojas, el borbolleo de los rizos y remolinos que hacía el agua al pasar. Mira el agua, fíjate en cómo viene y se va, escucha su son, recapacita en lo que ves. Algo así le había encomendado. Pero el plazo de una hora corría ya a su fin y a él no se le ocurría nada. De vez en cuando consultaba el reloj sin sacarlo apenas del bolsillo, y luego miraba de nuevo la corriente, pero al rato ya estaba otra vez extraviado en imaginaciones y en cosas sin sustancia. Cuando le preguntara, qué has sacado en claro, qué has cavilado durante mi ausencia, no sabría qué decir, y entonces su padre lo miraría como un caso digno de ver, y en su mirada y en su silencio habría amargura, piedad, y un fondo de desprecio.

Un mirlo se posó en una higuera y colmó la tarde con sus hondos reclamos. Y a lo lejos se oían las esquilas de las ovejas y los ladridos de los perros. Y los silbos de Cruz, el pastor, que era portugués y hablaba un español entreverado de rarezas. Un hombre pequeño y renegrido que los domingos se ponía un traje marrón de cutí, un sombrero de fieltro a juego y en la oreja un ramito de lavanda o romero y decía: «Voyme de festa», tan limpio, tan elegante, y se iba con una moto por sendas montunas que sólo él conocía. Los otros dos peones fijos se llamaban Paulino y Miguel, gente seria pero amigos de bromas y pláticas cuando llegaba la ocasión. Paulino era viejo y decía que si te arrancabas un pelo de la cabeza y lo dejabas en el charco de una pisada de vaca, a los quince días el pelo se había convertido en una culebrilla, y que ése era todo el misterio de la vida. Decía también que el toro bravo se amansaba debajo de la higuera, que la ortiga no te pica si no le tienes miedo, y otras muchas cosas que le venían de antiguo. A Miguel, que era joven, le gustaba más escuchar que hablar, y a veces se reía de cosas que para los demás no tenían gracia. Y luego, si al rato se acordaba de golpe, otra vez a reír. Cuando la conversación decaía, él sacaba una armónica, que la tocaba muy bien, e interpretaba canciones con mucho sentimiento. A su son, a veces el padre y Paulino bailaban con Natalia y la madre.

Las esquilas y los ladridos se oían ahora más cerca. ¡Todo el campo estaba tan solitario, tan dulce, tan hermoso! Dámaso sintió de nuevo la amenaza del invierno inminente. A veces la sombra de una nube oscurecía la tarde y el agua tiritaba con ráfagas de viento ya otoñales. «La desazón del día», le llamaba Paulino a aquel momento en que después de mucha y calurosa calma se levantaba de pronto un aire tibio y anhelante. Había pasado ya casi la hora y pronto vendría el padre, y lo interrogaría y él no sabría qué responder. ¿Decir que todas las aguas estaban entretejidas como las rayas de la palma de la mano?, y entonces se miró la mano y sintió pena por sí mismo, y la culpa de no saber agradar nunca a su padre, de contrariar sus ilusiones, de carecer de cualidades y destrezas, como quizá estaba escrito en las líneas irrevocables de su destino... O quizá podía enseñarle el reloj, me lo encontré flotando en el agua y su propio tictac lo mantenía a flote, pero no: eran palabras absurdas, y le entraron ganas de llorar de impotencia.

Quiso retomar la reflexión sobre el agua, pero en ese momento se oyeron en la espesura unos pasos que se acercaban, largos y poderosos.

6
Sobre los ritos del amor

Sin saberlo, cumplió con todos los requisitos de la ceremonia. Para empezar, acudió a la cita por puro compromiso: «Voy, pues, le digo que no había entradas para el teatro, la invito a un refresco y con las mismas me despido. Tengo un montón de exámenes que corregir» –la imagen por tanto de un hombre serio y responsable que no podía perder el tiempo hablando de niñerías, ¿qué otra cosa si no?, con una muchacha con la que no tenía nada en común–. ¡Y qué dichoso se sintió, y qué liberado, ante la perspectiva de una tarde consagrada a la lectura y a los acendrados placeres de la meditación! Iría oscureciendo, y él retardaría el momento de encender la luz por el gusto de dejar que su mente felizmente agotada flotase a la deriva, hacia esa deliciosa región etérea donde el conocimiento y el ensueño, como el día y la noche en la penumbra dorada del atardecer, confunden sus fronteras.

«¿Exámenes de qué?» Minifalda vaquera, blusa blanca, zapatos de color naranja de medio tacón, en las pestañas una sombra de rímel, esmalte de color cereza en las uñas, un toque de rosa pálido en los labios grávidos y todavía con un resto de inocencia infantil. Labios quizá todavía no besados, e ignorantes quizá de la promesa de pureza y lujuria que iban ya proclamando. Y él, por decir algo y acabar de una vez, le dijo que de Semántica, lo primero que se le ocurrió. Ella hizo entonces un gesto tan sincero de asombro que él se animó y le explicó en qué consistía esa ciencia, y le habló de la etimología de las palabras, y de su evolución, y lo ilustró con algunos ejemplos. Y ella escuchaba con tan maravillado ahínco que él fue animándose y pasó a hablar de otros temas, porque eran más de cien los que había tenido que preparar para las oposiciones, y muchos más que estaba preparando ahora para acceder a la universidad, y cada uno constaba de una bibliografía básica de quince o veinte libros, y todos los temas, por una cosa o por otra, estaban relacionados entre sí.

–¡Cuánto sabes! –dijo Marta, admirada de aquella enormidad, y había en su voz un eco sobrecogido de estupor, y se quedó mirándolo muy seria con la boca entreabierta y meciendo un poco la cabeza en el abismo de la incredulidad, mientras él con la cara y las manos rechazaba con vehemente modestia aquel halago.

Luego, ya puestos a hablar, le habló de los libros que pensaba escribir, y de la biblioteca que se iría haciendo hasta llegar, calculaba, a los diez mil volúmenes («¿Tantos?» «¡Claro que sí!», y quizá muchos más, y según se adentraba en el futuro su voz iba ganando en aplomo y pasión), y de qué forma los ordenaría, y sacó otra vez el lápiz, unos por épocas, otros por materias, éstos por géneros, aquéllos por autores, y todos tendrían su ex libris, un búho que guardaba entre sus garras las iniciales de su nombre, y dibujó el búho y las iniciales: T M, y entonces se dio cuenta del equívoco, Tomás y Marta, y se apresuró a esconder el papel y a contar que también tendría una escalerita con ruedas, y ficheros, y una colección de separadores de plata, de tela, de hueso, de bambú. Y ella escuchaba tan atenta, sin perderse detalle, y era tan guapa, tan espontánea, tan ingenua, y a la vez tan, tan sabia, ¿cómo decir?, a veces miraba descaradamente, y de pronto bajaba los ojos turbada por un súbito pudor, y luego los subía, temerosos y asomadizos, y al rato volvían a ser burlones y traviesos, y en todas esas transmutaciones era siempre ella misma: así de simple y así de complicada.

«Éstos son, pues, mis poderes», pensó Tomás, y entonces se sintió de nuevo tan seguro de sí, tan orgulloso de lo que ya había conseguido como de los dones que el futuro le tenía reservados, que por primera vez miró fijamente a Marta, hundiendo su mirada en la suya, y pensó: «¿Y si me atreviera a besarla? Y si ella consintiera, ¿qué pasaría después? ¿Será posible que algo (¿tan portentoso?, ¿tan terrible?) ocurra en la realidad?». Y por más que intentaba apartar de sí aquel pensamiento («¿No ves que es absurdo, que es ridículo, que es peligroso, que es inmoral? Despídete, vete a casa ahora que estás todavía a tiempo»), a pesar de eso, cuando quería darse cuenta ya estaba otra vez su mente rendida a aquella tentación.

Luego, caminando al azar, fueron a un parque. Sin saberlo, acaso sin querer, también allí Tomás cumplió estrictamente con la liturgia del rito inmemorial. A los dos les gustaba la naturaleza, lo infinito del cielo, lo despacioso de las nubes, el canto del pájaro en la espesura del laurel. Hablaron de sus preferencias en colores, animales, comidas, flores y países. Luego, se quedaron callados. Y al rato ella:

–¿No tenías que corregir exámenes? –y como había en su voz el brillo malicioso de un sobreentendido, Tomás intuyó vagamente que aquella muchacha, casi una niña, sabía mucho mejor que él lo que estaba ocurriendo bajo las apariencias de aquellas conversaciones inofensivas, tal como él mismo había creído descubrir el cauce oculto de significados que discurría bajo los diálogos y acotaciones en apariencia inocuos de *El tío Vania.*

Hojas nuevas, senderos frescos de arena, rumor de frondas, temblorosas geometrías de sol bajo los árboles. Y el alto cielo azul. De pronto Tomás sintió el roce punzante de una sensación olvidada desde hacía mucho tiempo: la evidencia inefable de que la vida de por sí es hermosa (la vida así sin más ni más, el mero prodigio de existir), intolerablemente hermosa, y otra vez se pregunta por qué a la gente le cuesta tanto ser feliz. ¿Será precisamente por eso, porque la vida es tan breve y tan frágil que sucumbimos al terror de aceptar tanta belleza, y entregarnos a ella, para perderla luego en un instante? La costumbre, con sus buenos oficios, parece que nos enseña a no ser muy felices a cambio de no ser tampoco demasiado desdichados. Y se pone a recordar citas de Marco Aurelio, de Montaigne, de Ortega, de Bertrand Russell. Pero también letras de boleros, recetas de consultorios sentimentales y libros de autoayuda... ¿No vienen todos en el fondo a decir más o menos lo mismo? Sí, en el proyecto ensayístico que había esbozado sobre la felicidad, «Beatus ille», tenía que tratar este fenómeno de la vulgarización de ciertas ideas clásicas en los subgéneros mediáticos de hoy. «De Séneca a Los Panchos», podía titularse uno de los capítulos...

–Di algo, sabihondito.

¡Sabihondito! He ahí la entrada en escena, tan sutil, tan prometedora, de un diminutivo. Tomás no sabe qué decir, pero aun así quiere decir algo, una frase que, al abrir la boca, resulta ser sólo un borbotón de aire, un hondo suspiro de zozobra. Sonríe, se remueve en el banco, toma un palito del suelo y traza unas líneas en la arena; luego las borra. Qué podría decir él si desconoce el arte juvenil de la amistad y del cortejo, de las palabras fáciles y alegres, de los decires desenfadados, de las risas volátiles, del floreo coloquial. Se siente torpe, desabrido, ridículo. Pero de pronto, como a instancias de una palabra mágica, un mundo entero de portentos se abre ante él y, ¡oh maravilla!, lo que estaba cerrado y oscuro se vuelve inmenso y luminoso, y la mente se le llena de motivos, de imágenes, de datos y de citas, de ricos despojos supervivientes a las largas y reposadas tardes de lectura, un yacimiento inagotable de raras experiencias, y entonces habla de las alamedas y fuentes de Antonio Machado, de los parques otoñales de Juan Ramón Jiménez, del huerto de Melibea, de los jardines de las *Mil y una noches*, de los bosques encantados de Shakespeare, de las florestas bucólicas de Garcilaso, donde canta la filomena y suenan la flauta y el rabel, y de muchos otros lugares semejantes al que ellos ocupan en este momento, y tras la larga disertación miraron en torno y todo cuanto les rodeaba les pareció nuevo y misterioso.

Qué extraña era la vida, pensó Tomás, al reparar en cómo ahora, en un parque y ante una muchacha iletrada que lo miraba boquiabierta, venía a recoger la cosecha sembrada en tantos años de estudio, de soledad, de reflexión y de rigor.

–¡Cuánto sabes! –repitió Marta, y él: «Es verdad», pensó, «cuánto he leído, qué de mundos hay en mi cabeza, y qué reales parecen y qué vivos están, y con qué prontitud y eficiencia acuden en mi ayuda». Y entonces, en un rapto de audacia, tan seguro se sentía de sí mismo, se le ocurrió que su alarde de sabiduría le daba derecho a mirar en el bolso de Marta, un bolsito casi infantil, como de juguete, de plástico charolado, que estaba en el banco, entre los dos.

–¡A ver qué llevas aquí! –dijo, afectando un tono de inspección profesoral, y se pusieron a forcejear.

–¡Quita de ahí, sabihondo!, ¡no seas curioso!, ¡no me da la gana! –y se agarraban las manos defendiendo cada cual lo suyo, dilatando la lucha y convirtiéndola gradualmente en juego, hasta que ella dijo: «Está bien, yo te lo enseño, pero te tienes que estar quieto», y durante un ratito se quedaron con las manos quietas, enlazadas, y enseguida el silencio se apresuró a sellar la promesa de aquel instante prodigioso.

Un llavero, un pintalabios, un espejito esférico, chicles y caramelines, unos clínex, unas monedas, una carterita de cuero que ella volvió a defender de la curiosidad de Tomás hasta que finalmente se rindió: un billete de metro, el carné de identidad, un calendario, y en el portarretratos la foto de estudio de un muchacho con un aire duro de galán.

Y ahí se acabó el juego. La carterita volvió al bolso, el bolso al banco, ellos al respaldo y las miradas al confín. Empezaba ya a refrescar. Todo cuanto antes contribuía a endulzar y a apaciguar la tarde había adquirido ahora un aire inhóspito y sombrío. El fin de semana, que tan largo y feliz se prometía, era ya sólo un puñado de ceniza. Pero, ¡cuánto mejor así! Cuánto mejor que la tentación hubiera revelado por sí misma su condición novelesca y falaz. Y se sintió ligero como el humo de que estaba hecha la ilusión a la que había estado a punto de sucumbir, a punto de iniciar una historia de amor tan vulgar como todas, tan ridícula y fatal como suelen ser casi todas las realidades alternativas que el hombre fabula o por las que se deja fabular. Tanto y tanto leer, con tan exquisito rigor, y tan cuidadoso siempre con el canon, para venir luego a protagonizar un folletín en la vida real. Así que se sintió dichoso de haber escapado a tiempo a lo que era sin duda una burda trampa sentimental de la que nadie, ni siquiera los santos eremitas, ni los antiguos sabios, con la calavera sobre la mesa y la tez demacrada y en los ojos febriles la lumbre de un misterio, ni los viejos jorobados y temblones, con las canillas al aire y las narices como alcuzas, estarían nunca a salvo. Porque somos naturaleza, y se volvió hacia ella con una sonrisa solidaria y piadosa. Piadosa, sí, porque no era difícil adivinar el porvenir que le esperaba junto a aquel macarrilla que intentaba imitar –pobre, pobre iluso– las poses de un gran actor de cine. ¿Qué sería de ellos dentro de diez, de veinte años?

–Es muy atractivo –dijo.

No sabía quién hablaba, si el profesor, el joven de veintiséis años, el sabio de cuarenta que llegaría a ser o el adolescente que había sido.

–¿Quién?

–Ése, tu novio. Parece un actor.

–¡Mi novio! –y abrió la boca con una exclamación muda y se llevó las manos a la cara, encantada con la confusión–. ¡Qué va, si es sólo un amigo!

–¿Un amigo? –dijo, con el mismo acento burlón que usaba en clase para desmontar las marrullerías de sus alumnos–. ¿Y desde cuándo las fotos de los amigos se llevan enmarcadas en la cartera?

–Me la regaló para que tuviera un recuerdo suyo. ¿Ves? –y sacó la foto de su compartimiento: «Para que no me olvides», y la firma y la rúbrica: «Leoncio Suárez», en letras y trazos aplicados y torpes. Y sí que era guapo: ojos oscuros y profundos, cabello esculpido, boca apasionada, dureza entre desafiante y desdeñosa en la expresión.

–Tiene mi edad y vivía en mi calle. Y nos conocemos desde siempre. Todas estábamos enamoradas de él.

–¿Todas?

–Pero ya no –dice en voz baja, casi un susurro confidencial–. Eso ocurrió hace tiempo, cuando yo era una niña –y echa atrás la cabeza despejándose el pelo, y mientras se lo peina y esponja con las manos, poniendo en cada pasada una gustosa lentitud, el torso erguido y tenso muestra la gracia en flor de quien ya es, en efecto, una mujer.

–¿Y por qué te regaló la foto? Y esa dedicatoria...

–Porque se ha ido de España y ya no puede volver más. Dicen que robó un coche, y luego una casa, y que la policía lo buscaba y que por eso huyó.

–¿Adónde?

–A todas partes y a ninguna, porque ahora es marino. Y no me extraña, porque él siempre fue muy aventurero y quería correr mundo. Eso pasó hace casi un año, y por eso me regaló la foto, pero nada más.

Y dentro del rito ancestral del amor, Tomás cumplió también con el protocolo de los celos. Así que marino. Aventurero, rebelde, proscrito, guapo, intrépido, como un héroe de novela romántica pero de verdad. Y cómo iba él a compararse con ese tal Leoncio Suárez, que poseía todos los encantos incontestables de una vida de acción. Él, que era un hombre pacífico y sedentario, y que para ella debía de ser ya casi un viejo.

–Y tú, sabihondo –deshilándose las puntas del cabello–, ¿tienes novia?

–¿Yo? No, no.

–¿Nunca has tenido?

–No, qué va.

–¿Nada?

–Nada.

–Claro, con tanto leer y estudiar no tienes tiempo para enamorarte. Y eso que eres bien guapo y tienes muy buen tipo. Seguro que las alumnas se enamoran de ti.

Y Tomás sonrió tontamente (¿se estaría burlando de él?) y otra vez volvió a sentirse ridículo, porque llevaba casi toda la tarde comportándose no como el adulto juicioso y dueño de sí mismo que era o creía ser sino como un colegial torpe y primerizo.

Cuando salieron del parque, era ya oscurecido. Iban caminando en silencio, oyendo sus pasos en la arena, y luego, cuando Marta le preguntó en qué pensaba y él no sólo se lo dijo sino que, a petición de ella, le contó entera la historia de Odiseo, desde Troya hasta Ítaca, Tomás ya sólo oyó su voz sonando en las sombras a lo largo del camino, serena, ilustrada, didáctica, pero también entretenida, y entonces recuperó el ánimo y se sintió seguro y optimista, y tan orgulloso de sus cualidades, que en el momento de la despedida, de nuevo se le pasó por la cabeza la idea de besarla, o al menos de acariciarle con una mano la mejilla, una caricia tierna y protectora, preludio y consentimiento tácito de otras más íntimas que así quedaban ya apalabradas, fatalmente, para el próximo encuentro. Pero bastó con la mirada.

–La próxima vez me tienes que contar otra de esas historias tan bonitas que sabes.

–Todas las que tú quieras –y en la voz de ambos había un intento de trascender lo dicho.

Antes de desaparecer, cumpliendo con la última formalidad del rito, se volvieron y con la mano se dijeron adiós.

7
El gran arcano de la pedagogía

Caminaron junto al arroyo, uno tras otro, sorteando la maleza, pisando ramas y hojarasca, hasta que salieron a campo abierto y los pasos se acallaron sobre la arena y el musgo tierno de la orilla. Ahora se oía más limpio y menudo el parloteo de la corriente, que allí bajaba aprisa por un lecho de piedras, y Dámaso pensó que aquél era un buen sitio para que su padre se detuviera y le tomara la lección sobre el agua. Él temía ese momento, pero cuando siguieron andando y el padre continuaba callado, empezó a temerle más al silencio que a las preguntas. Porque allí estaba otra vez aquel silencio adverso, y aquella actitud desencantada tan distinta a la de la mañana en que salieron al mundo a indagar si el hijo había nacido o no con algún don innato. El padre estaba eufórico.

–Sí, ése es el nudo de la pedagogía –no se cansaba de repetir–, cómo no haber caído antes, y todo el misterio del triunfo y del fracaso y del valer o el no valer, y de la voluntad y la pereza, consiste en encontrar o no la cualidad que vive oculta en las profundidades del espíritu. Pero como no hay modo de descender a esos abismos, nos encomendaremos al azar, tanteando las honduras, como hace el pescador, hasta sentir que el gran pez que buscamos ha mordido el anzuelo. Entonces sabremos quién eres tú y cuál es tu papel en este mundo.

Probaron primero con los discursos.

–Quién sabe. Detrás de cada evento histórico hay siempre un orador, porque la elocuencia manda más que las armas, y acaso tú poseas actitudes para persuadir y enardecer a las muchedumbres con el poder de la palabra. O, más modestamente, pero que también es mucho, para ser abogado, locutor, charlista o profesor, que tampoco es mal modo de ganarse la vida.

Salieron al campo, y en la soledad de una cañada, sin más auditorio que unos pájaros y unos arbustos, se entregaron al arte de la oratoria. El padre había leído y escuchado muchos discursos en los periódicos y en la radio, y en lo hondo de su ser latía la fiebre abrasadora de la palabra, y el delirio de querer expresar lo inefable. Ése era todo su bagaje: suficiente para impartir allí mismo las primeras lecciones.

–Vayamos directos a la práctica. Escojamos un tema al buen tuntún. ¿Se te ocurre a ti alguno?

Por ganas de agradar, Dámaso tardó un rato en contestar que no.

–Bien, entonces lo propondré yo. Veamos. Imagínate por ejemplo que tú eres un padre de familia al que un día le da por retirarse a estas soledades agrestes a investigar los misterios de la vida y del mundo, como, por cierto (pero ésta ya es otra cuestión), me hubiera gustado hacer a mí. Como los ermitaños, pero no buscando la santidad sino la sabiduría, él lo abandona todo para entregarse a la contemplación. Sus familiares, sus amigos, intentan detenerlo, disuadirlo, pero él arguye sus razones y no se deja convencer. ¿Has comprendido el tema?

–Sí.

–Pues vamos a ver cómo lo encaras. Concéntrate primero, tómate el tiempo que quieras, y luego intenta disertar.

Pero por más que trató de pensar algo, de hilar unas palabras, no se le ocurría nada. Aunque no se había atrevido a decirlo, no entendía bien el tema, qué era exactamente lo que tenía que hacer con aquel padre de familia, y ni siquiera conocía el significado de la palabra «disertar». Además, le daba vergüenza ponerse a hablar ante su padre, como si fuese un actor, o un predicador. Y para rematar la confusión, se le había venido a la cabeza aquella frase que oyó una vez en el cine («Me acuerdo de todo, me acuerdo perfectamente de todo»), y esas palabras ocupaban por entero su mente y le impedían pensar en cualquier otra cosa.

–¡Qué! ¿Viene o no viene esa inspiración?

–No...

–Eso es quizá porque te falta práctica, además de léxico, y por lo apocado que tú eres. Todo es cuestión de atreverse y de encontrar un cabo y tirar de él. Hay que buscar el cabo, no el ovillo, abandonarse a la inspiración, y esperar a que llegue a la boca el son extraviado de alguna frase rara y expansiva. Fíjate en mí, a ver si lo consigo –y se quitó la chaqueta y el sombrero y los colgó de un chaparro–. Mis luces son escasas; mi instrucción, somera; mi oficio es el de labrador, pero así y todo voy a intentar darle alas al discurso.

Cerró los ojos y sumió la barbilla en el pecho un buen rato. Luego levantó la cabeza como si emergiera de un trance y Dámaso se quedó sobrecogido porque de pronto no parecía él sino otro hombre. Le resplandecía la cara con una especie de luz interior nunca vista hasta entonces. Y tampoco nunca lo había visto tan emocionado, y también su voz le sonó nueva, de tan clara y timbrada, y tan alta que resonaba en toda la amplitud de aquellas hondas soledades. Iba poniendo poses de orador y modelando las frases con las manos. Un espectáculo que en aquellos momentos le pareció meramente asombroso, luego admirable, años después ridículo, luego admirable a la vez que ridículo, hasta que finalmente perdió la capacidad de juzgarlo.

–Me he apartado de la familia, he renunciado a la heredad. «¿Y todo eso por qué, Dámaso?, ¿es que te has vuelto loco o te has metido a místico?», he escuchado a mi paso voces de censura, rumores de burla. Y yo sin detenerme he contestado: «Me voy a la montiña, me acojo a la espesura, y allí me haré un chamizo y me sustentaré de hierbas y raíces para poder pensar sin prisas, y sin gente a mi costa, libre como los pájaros y los filósofos mendigos». «¿Y sobre qué vas a pensar, Dámaso?» «Sobre el porqué del mundo y de sus accidentes. O sobre lo que el propio pensamiento tenga a bien discurrir.» Y las voces me han dicho: «Vuélvete a tu casa, desdichado, con tu mujer y con tus hijos, que ése es el sitio donde te corresponde estar. ¿Qué sabes tú de filosofías ni de porqueses?». Pero yo no los he mirado siquiera y he proseguido mi camino. La soledad me espera. Y allí, en aquella triste latitud, me preguntaré sobre el misterio de las aves en vuelo, de las grandes bestias de la antigüedad, del incansable ahínco de los insectos en el pasto. Pensaré en cómo la música, extraída de los minerales, de las maderas y del viento, ha llegado a ser un lenguaje universal, el único que el hombre comparte con las fieras. Examinaré las bondades y daños de las hierbas, el sucederse de las estaciones y el movimiento de los astros, las leyes que rigen el auge y la caída de los imperios, el milagro del progreso y de los grandes hombres, capaces de tender puentes sobre brazos de mar, de excavar túneles bajo ríos caudalosos, de sacar a la luz el mundo invisible de lo microscópico, de surcar los cielos, de idear utopías y armar revoluciones, de levantar torres y destruirlas al instante, de inventar máquinas e ingenios que aventajan a la naturaleza, de crear dioses y darlos a creer, y de paso indagaré también la nulidad e incompetencia de los dioses y la poderosa humildad de sus servidores, y el breve vendaval y formidable absurdo que es la vida. Porque ésas, y otras muchas, son cuestiones que atañen también a un padre de familia, por más que quiera refugiarse en lo modesto de su condición. Y una noche danzaré desnudo a la luz de la luna para celebrar mis esponsales con la soledad. Y entonces la inteligencia sellará mis labios con la flor del silencio.

Y así siguió hablando y hablando, y hasta dio unos pasos de baile, y Dámaso lo miraba pasmado ante aquel oscuro e incontenible raudal de palabras.

*

Durante varios días probaron con otros temas, una sátira, una alabanza, una arenga, una declaración de amor, un mitin, una súplica, cada discurso con su situación, sus personajes, su escenografía, su aparato ceremonial, su argumento, el cliente que le reprocha al comerciante los gramos que le ha sisado en un kilo de arroz, «yo soy el comerciante y tú ya de lejos y a voces empiezas a querellarte contra mí», el reo de muerte que pide clemencia al tribunal, «a ver cómo te las compones para herir el corazón empedernido de los jueces», la despedida de un funcionario en el banquete de homenaje por su jubilación, «tú estás aquí, tú eres el funcionario, y todo el contorno de sombra de esta encina son los comensales, que ya están esperando en perfecto silencio tu discurso de conmovida gratitud». Pero, por más pruebas que hicieron, Dámaso no conseguía enhebrar más de dos o tres frases vergonzosas y huérfanas de gestos, y a veces no le salía ni una sola palabra, y ni siquiera lograba entrar en situación. El padre movía desalentado la cabeza. No parecía que el hijo hubiese nacido con dotes para la oratoria. Pero aun así siguieron intentándolo:

–Deja que el corazón afluya a tu boca, abandónate al lenguaje, recréate en cada vocablo, saborea cada sílaba, toma en tus manos cada frase como si fuesen pájaros y échalos a volar, o polvos mágicos que esparces entre la concurrencia, piezas de tela que despliegas ante los clientes, y haz de cada palabra un santuario al que otras palabras vengan en peregrinación, y no dudes nunca, ni siquiera en las pausas, al revés, galléate en los silencios como hace el torero en los desplantes, baja tu voz hasta el murmullo y elévala luego hasta que rompa en trueno –le aconsejaba, lo animaba, intentaba contagiarle su pasión, y Dámaso lo miraba queriendo aprender, queriendo complacerlo y sin saber cómo, y él lo invitaba a interpelar a una nube, a darle voz a un árbol, a un zorro, a las pirámides de Egipto, porque no había nada en el mundo que escapara al poder de la palabra cuando se saben formar ejércitos con ellas, finas redes que atrapan lo más pequeño y fugitivo, vendavales que rinden la voluntad, música que hechiza, y así un día y otro día, hasta que al fin el padre se desengañó por completo del hijo y pasaron a sondear otras cualidades, otras bazas del destino, otros modos de ser.

Pero si no para la oratoria, quizá sí hubiese en él aptitudes para el periodismo o el comercio, don de gentes, formas menores de elocuencia con las que también podría forjarse un porvenir. Una tarde de inspiración lo mandó salir al camino de tierra a hablar con los viajeros.

–Alterna y congenia con ellos, gástales bromas, pregúntales por qué van y vienen, qué se traen entre manos, qué experiencias han atesorado en el viaje, qué portentos han visto, qué desengaños han sufrido, porque de un viajero se puede aprender tanto o más que de un libro. Y si se tercia, haz negocios con ellos –y sacó del bolsillo un billete– y aprende a regatear y a saber el valor de las cosas y el arte del dinero.

Así que se sentó en una piedra al borde mismo del camino, a pleno sol, y se puso a esperar a que llegase algún viajero. Era un mediodía ardiente de ese mismo agosto, y el camino polvoriento, recto y solitario, se perdía a lo lejos, y todo era quietud y silencio. Hasta las chicharras y los grillos se habían callado. Al rato empezó a percibir dentro de la cabeza el zumbido ilusorio de aquel silencio y de aquella soledad vibrante de sol. O quizá era sólo el fantasma sonoro de su desamparo. Todo aquello era excesivo para él, y sintió nostalgia de la vejez, para estar ya lejos y a salvo de la infancia. Allí en lo alto se veía el eucalipto, y enfrente estaba la huerta, con su promesa de frescor y de tiempo no contaminado de futuro, de mañana es jueves o ya viene el invierno, de la vida es un soplo y el tiempo es oro y hay que labrarse un porvenir. Pero aquí en la piedra sí transcurría el tiempo, se le oía pasar con todo su cortejo de segundos, de minutos, de instantes inconcretos, y pasó una hora, y casi dos, hasta que al fin algo se removió en la lejanía. Un viajero venía del confín envuelto en una nube de polvo, flotando en el aire distorsionado por el calor. Venía de la parte de Portugal, a pie y a buen paso, por el mismo medio del camino. Una gota de sudor que le veló la vista descompuso su imagen en prismas de colores, y así vino durante un rato, un espejismo geométrico que cuando al fin recuperó su forma resultó ser un hombre bajito y jorobado, con sombrero ancho de paja y pies ligeros, que venía abrazado a algo brillante que a Dámaso le pareció un instrumento musical. «Un músico ambulante», pensó. Traía además unas alforjas al hombro, y vestía un traje oscuro muy gastado y un lacito negro a modo de corbata.

Con esas trazas llegó y se detuvo ante Dámaso, sacó un pañuelo y se limpió el rostro de sudor y de polvo y lo miró desalentado por el esfuerzo del camino, por el calor y por el peso de las alforjas y del instrumento musical, que traía sobre el pecho en un estuche de madera bruñida y que era tan grande como un acordeón. Una carga desproporcionada para aquel hombre con hechuras casi de niño. Sin dejar de mirar a Dámaso se quitó el sombrero y se puso a abanicarse con él.

–¿Qué haces aquí sentado en la solanera?

–Nada.

–¿Estás guardando ovejas?

–No.

Miró desolado alrededor.

–Entonces estás esperando a alguien.

Para no mentir, Dámaso no contestó ni que sí ni que no.

–Ahí tiene que haber alguna fuente –y señaló a la huerta.

Cruzaron el camino, saltaron (el hombre con una agilidad pasmosa) la pared de piedra y se internaron hacia la espesura.

Muy delicadamente bebió en las manos unos buches de agua, se refrescó la cara y luego se sentó en el borde de la alberca y bajo la sombra del laurel.

–¿Cómo te llamas?

–Dámaso.

–¿Y vives allí, en aquella casa, junto a aquel eucalipto tutelar?

Al oír aquella palabra, «tutelar», aplicada a algo tan familiar como el eucalipto, miró al eucalipto, sin comprender, pero subyugado por la expresión, y luego fijó los ojos todavía asombrados en el estuche de madera.

–¿Qué llevas ahí?

–¿Qué dirías tú que llevo?

–Un acordeón.

–Nada, no has acertado. Es algo todavía más extraordinario que la música. ¿Quieres verlo?

El estuche estaba cerrado en el centro por una aldabilla dorada. Lo puso frente a él y con mucho misterio abrió las dos hojas de la puerta y apareció un santo con un nimbo de panes de oro, entre flores artificiales y adornos relucientes, y todo él sobre un fondo cóncavo y celeste donde había dos ángeles en relieve tocando la trompeta. El santo llevaba un lirio en una mano y un libro en la otra, y vestía de fraile, con capucha y sandalias. El hombre le contó entonces que aquella figura era San Antonio, el santo más milagrero de todos, y que aquel retablo estaba bendecido especialmente por el Papa.

–¿Y adónde vas con él?

–Soy santero y voy por los pueblos y por los campos, para que la gente pueda besarle los pies al santo y pedirle un milagro.

También llevaba en las alforjas reliquias (astillitas de la Cruz, trocitos de tela y de cuero, saquitos de tierra de los Santos Lugares, frasquitos de agua bendita y de sangre de mártires, medallas, escapularios, estampitas, misales) y hierbas curativas a la vez que sagradas: con esa carga iba y venía por la frontera repartiendo la gracia divina entre la gente y purificando las casas donde entraba.

–¿Tú crees en Dios? –preguntó, y con un índice señaló disimuladamente al cielo.

Dámaso le dijo que no sabía, que quizá sí pero que no lo sabía.

–Debes creer –dijo él en un tono afligido–. Ahora que eres niño, aprovecha para creer. Porque luego, de mayor, ya es más difícil. De mayor uno se embrutece, y aunque quiera creer ya no puede. Estas cosas son como los idiomas, hay que cogerlos de pequeño.

–¿Y es verdad que hace milagros? –y señaló con la barbilla al santo.

–Sí, pero los milagros son cada vez más difíciles. Ya apenas hay remedio para las causas perdidas. Porque el milagro lo hace el santo, como es natural, pero al suplicante le toca dar el primer paso hacia el portento. Si no extiendes la mano, ¿cómo va a haber limosna? –y se puso a contarle algunos de los más afamados milagros del San Antonio que él portaba. Y así siguió hablando, los dos bajo el laurel, hasta que al fin dijo:

–Pide tú también un deseo, por difícil que sea. Es de balde.

Entonces todo el retablo se iluminó con bombillitas de colores, que se despepitaban y escarchaban en una infinidad de destellos de oro. Y era bonito ver aquel resplandor, que se reflejaba además en el agua de la alberca.

–¿Lo has pedido?

–Sí.

–Pues entonces me voy, porque hay mucho camino y muchas miserias y enfermedades por delante. Llevo treinta años caminando sin parar.

Miró indefenso a lo lejos, a todo aquel camino sin fin abrasado de sol.

–Si pudiera, me compraba una moto.

–Pídesela al santo.

–San Antonio no atiende a esas minucias. Mira, y te voy a regalar además unas reliquias –y le dio un saquito de tierra y un ramito de espliego.

Cerró el retablo y se echó las alforjas al hombro.

–Si tienes algo para darme, puedes hacerlo ahora.

Dámaso sacó el billete arrugado y se lo dio. El otro lo alisó y lo miró como si acabara de obrarse ante él un milagro.

–Esto es cosa de San Antonio. Él te lo pagará con creces.

Se echó el retablo al pecho, y apoyándose apenas en una mano saltó limpiamente la pared y siguió a toda prisa su camino. Y Dámaso lo vio alejarse hasta que sólo quedó de él una nube de polvo.

Su padre lo esperaba bajo el eucalipto. Abrió el saquito de arpillera y vertió la tierra en la palma de la mano.

–Es tierra santa –le dijo.

–¿Y esto?

–Es una hierba mágica.

–¿Y el billete?

Dámaso bajó la cabeza. Luego, la levantó. Había pensado decirle que también había pedido un deseo, que toda la familia estuviera siempre unida y feliz, y que aquel eucalipto era un eucalipto tutelar. Pero no le dio tiempo siquiera de desechar el pensamiento porque el padre de pronto le dio un revés en la cara y enseguida Dámaso sintió en los labios el sabor caliente de la sangre mezclado con la sal de las lágrimas. Era la primera vez que le pegaba, pero más que el golpe lo que le dolió fue su mirada remota de extrañeza, como si Dámaso fuese una cosa a lo lejos. Le ofreció su pañuelo.

–Límpiate, anda, y deja ya de llorar –y le dio una palmadita en el hombro, pero en los ojos le quedó todavía la mirada de estupor y de desprecio, un brillo que ya no se extinguió del todo, y que parecía estar allí al acecho cuando siguieron probando fortuna con otras artes y destrezas, en busca de algún don natural.

Lo animó primero a inventar algo.

–Pero no te digo qué porque la gracia está precisamente en la novedad –y le citó a modo de ejemplo un batiburrillo de inventos célebres y curiosos, como la cremallera, el muelle, el imperdible, el cortaúñas, el paraguas, y otros descubrimientos tan extraordinarios como elementales.

–Tiene que haber por fuerza muchas cosas por inventar. Muchísimas. A ver si a ti se te ocurre algo sencillo y nunca visto.

Y durante muchos días Dámaso estuvo tratando de idear algo original, pero sólo se le ocurrían los inventos que estaban ya inventados, la escalera para subir, las tijeras para cortar, la aguja para coser, y por más que se exprimía la mente no lograba encontrar algo nuevo y necesario en un mundo que a él le parecía perfecto y donde no había nada que añadir o restar.

Después probaron con la música. Ningún arte llegaba con tan buena puntería a los más apartados parajes del alma, removiendo alegrías y nostalgias de experiencias largo tiempo olvidadas. Nada llenaba con más gracia el silencio ni había mejor compaña para la soledad. Ése sí era un milagro. Hasta la gente ruda y malhechora, empedernida de maldad, regresaba por un momento a la inocencia de la infancia o se deshacía en lágrimas al escuchar la queja humilde pero orgullosamente sustentada de un acordeón. Qué tendría la música que amansaba a los animales, hechizaba a los marineros, rendía a las mujeres más hermosas y esquivas, hacía danzar a las serpientes. Todo eso y más le iba explicando mientras de una caña tallaba una flauta a punta de navaja. Pero tampoco Dámaso parecía haber nacido para cantar o tocar la flauta, y por más que soplaba, sólo le salía un silbo áspero y lastimero.

Como dibujante ya se había visto en la escuela que carecía de dotes naturales, pero acaso pudiera encontrarse en él, en estratos más hondos, alguna vena artística. ¿Actor quizá? El padre planteaba una situación dramática y él entraba en escena y hacía de enamorado, de rufián, de payaso. El padre lo dirigía, lo aconsejaba, juzgaba la altura de la voz, el aparato del gesto, el juego de pies, y a veces él mismo –cediendo al ímpetu de su alma en pena de artista malogrado– se lanzaba a interpretar papeles que urdía sobre la marcha, o que quizá tenía largamente ensayados en sus largas horas de soledad entregado al ensueño. Y así continuaron probando con oficios cada vez más terrestres, médico, arquitecto, cocinero, funámbulo, camarero, albañil, mientras el padre iba perdiendo la ilusión pedagógica y la fe en el hijo, que no parecía poseer ningún don infuso, ninguna virtud, ningún mérito, ningún destello que anunciara un futuro prometedor.

Siguieron caminando junto al arroyo. El campo tenía ya con el atardecer un fresco tono anaranjado. Al llegar a un remanso el padre le ordenó arrancar unas matas de berro para los perdigones. Dámaso se agachó e iba arrancando las matas, lavándolas en la corriente y dejándolas sobre la hierba.

–¿No tienes nada que decirme? –le preguntó desde allá arriba.

A él le hubiera gustado contarle aquello de que los hilos del agua extienden su red por todo el mundo, formando como una enorme telaraña en cuyo centro estaba el mar, pero le pareció absurdo y que no sabría explicarlo bien, «seguro que me embarullo y que las palabras van a ser peor que el silencio».

–No.

–¿No has sacado entonces nada en claro, aunque sea una pequeña idea, una frase, un barrunto de algo?

–No sé, el agua... –empezó a decir, pero se calló, en parte por pura impotencia expresiva y en parte porque notó que le flaqueaba la voz y que estaba a punto de ponerse a llorar. Y se puso. Sintió que los ojos se echaban a llorar por dentro y que la cara se le llenaba toda de lágrimas, pero ni una sola le salió afuera, porque a fuerza de orgullo consiguió esconder su llanto incontenible.

–¿No has comprendido que la vida es como un río, y que como el agua también nosotros pasamos hacia el mar? ¿No has visto que no podemos bañarnos dos veces en la misma agua y que eso mismo nos pasa con el tiempo? ¿Ni siquiera de eso, que todo el mundo sabe, has conseguido darte cuenta?

Dámaso siguió arrancando berro y el padre se alejó unos pasos y se quedó de espaldas, mirando poderosamente al horizonte. El horizonte era una franja malva, y al mirarlo Dámaso se sintió conmovido por una vívida, casi insoportable sensación de lejanía. Aquella estampa, con su padre allí inmóvil en primer plano, alto y esbelto como era, cargando el peso sobre una pierna y con el sombrero ladeado, una mano colgando inerte y la otra puesta gentilmente sobre la cintura quebrada, era bonita y era trágica.

Y no, tampoco había nacido él para filósofo. La naturaleza no lo había adornado con ninguna habilidad innata. Era sencillamente un cascarón vacío, un agua estancada, un fruto vano. Y aquélla fue la última lección, el último episodio de la aventura pedagógica.

Y durante un buen rato, con sólo el sonido del agua como fondo, el padre siguió mirando trágicamente al horizonte.

8
Artes de seducción

Y mientras la primavera avanzaba hacia su consagración, vinieron otros domingos, otros festivos, otros atardeceres, otras historias de dramas, de cuentos, de novelas, como si fuese Schezade y en cada encuentro renovara el derecho a una próxima cita. Y así, un día le contaba la historia de Robinson Crusoe, cómo naufragó en una isla desierta y vivió en ella más de veinte años, y cómo se las arregló para sobrevivir, para reinventar casi desde el principio la civilización, el mundo cómodo y burgués (y aquí explicaba qué quería decir esto de burgués, un término que no se debe usar a la ligera, y se explayaba tanto en la teoría que ella tenía que pedirle que siguiera adelante con la historia, «¡Venga, sabihondo!, no te pongas tan escrupuloso con las palabras»), en fin, el mundo del que había sido expulsado, la casa, la comida, la vestimenta, el fuego, los múltiples oficios, y cómo con la razón y la voluntad va venciendo a la naturaleza, que es tan dañina como dadivosa, y cuando ya ha conseguido civilizar la isla, de pronto un día encuentra una huella en la arena, «Imagínate el asombro y el miedo, y también la esperanza, ¿quién podrá ser?», y ella: «¿Quién, quién?, ¡vamos, no te entretengas otra vez!» (porque otra vez él se había dejado atraer por las sirenas intelectuales del buen salvaje de Rousseau, del pacto social, del racionalismo, del progreso, del «Homo homini lupus»: pero no, él no era un filósofo, sólo un... –«no, *diletante* no porque tendré que explicarle la palabra–, un aficionadillo, sólo eso), y continuaba con la historia, o comenzaba otra nueva, aquella por ejemplo (¡había tantas y tantas!) del hombre tan inocente como infortunado que, por secreto designio de los dioses, mató a su padre y se casó con su madre, o la de los amantes de familias rivales, cuyos trágicos pasajes de amor, sellados finalmente por la muerte, empañaron los ojos de Marta, que luego se iluminaban o reían con los lances más leves o felices de otras obras, leyendas, fábulas y mitos.

Pero los cuentos cansan, y aburren, y acaban fastidiando, y todo ese viejo y amable artificio, por muy bien artificiado que esté, hay un momento en que no basta, las palabras no bastan, y los oyentes quisieran saciar la sed de aventuras en las mismas fuentes de la vida y en este mismo instante. Entonces, en mitad del relato, se produce un suspiro, y esa mínima exhalación resuena tan honda que de pronto se hace evidente, también para el narrador, la profunda oquedad en que se asienta la existencia. Y así, a veces Marta suspiraba y se quedaba absorta, ausente, difuminada la mirada en una lejanía ilusoria. ¿Sería la nostalgia que nos produce el afán nunca satisfecho de vivir? ¿O era quizá que estaba pensando en el otro, en Leoncio Suárez, añorándolo, acompañándolo con el pensamiento por los mares del mundo? Entonces, como cuando Robinson descubre la huella del intruso, ¿qué hacer?, ¿con qué armas y qué valor afrontar el peligro y combatir al adversario? Y aunque al principio pensó en huir y esconderse, sin embargo muy pronto comprendió cuáles eran sus bazas. El otro era guapo, cierto, y más joven que él, y además su belleza estaba idealizada por el aire rebelde y fatal de los aventureros sin patria ni raíces, pero a esos atractivos él podía oponer la imagen grave y serena y no menos ardiente del hombre solitario devorado por el fuego del conocimiento.

Sí, ésas eran sus armas. De forma que ahora leía y releía, y subrayaba y anotaba, no para sus alumnos o para su carrera académica, sino para ella, para hechizarla con la pócima de la sabiduría, con el señuelo de una tradición milenaria que él aligeraba para convertirla en amenos cuadros antológicos, en amables anécdotas, en elegante mundanía, y todo para intentar seducir a una muchacha insustancial, una entre tantas, cuyo mejor encanto era la juventud, y una inocencia que aún no se había resuelto en simpleza y en trivialidad. Pero él la educaría, sería su maestro, la iría moldeando a su gusto, refinándola, socratizándola, la rescataría de las tinieblas de la ignorancia, del fango de la vulgaridad, qué mejor tarea para alguien que, como él, creía en los valores emancipatorios de la educación, en los efectos balsámicos del saber, en el grave e inviolable pacto moral entre la cátedra y el pupitre, entre el aula y la plaza, entre la escuela y la ciudad, fuera del cual acechan siempre la servidumbre y la barbarie.

De modo que algunas tardes se descolgaba con largas arengas magistrales, entonadas a veces en un crescendo tan fogoso que, cuando cerraba a bombo y platillo la última frase, se quedaba agotado y feliz frente a los ojos admirados de Marta.

–¿No te aburro con estas cosas?

–¡Qué tonto eres!, pues claro que no.

«Qué tonto», pensaba él emocionado. Porque ése era un mensaje cifrado, un signo (y cómo iba a pasar inadvertido para alguien como él, que sabía maniobrar con finura en los márgenes de un texto y captar al vuelo las elipsis) de intimidad, de consentimiento y hasta de aceptación. «¡Vamos, adelante!, ¿a qué esperas para tomar lo que ya has hecho tuyo por medio de la palabra?» Tonto. Qué de cosas podía expresar aquella palabra tan sencilla y tan, tan, tan tonta.

–¿Y también eres así de fanático dando clases en el instituto?

–No, qué va –decía, dándose un cierto aire muchachero, aunque en el fondo era un profesor serio, académico, quizá demasiado para los tiempos que corrían. Y exigente. Porque, ¿no había que proteger acaso el buen saber del vandalismo y el pillaje de la cultura de masas y la industria del ocio, que ya empezaban a invadir las escuelas y a subvertir el viejo canon humanístico? Nada de sucedáneos ni de baratijas, oro puro, fray Luis puro, siglo XVIII puro, y el puro placer de Poe o de Stevenson, y la gramática infinita y exacta, el arte de apurar hasta la evanescencia el significado de una palabra, y el delicado o turbulento fluir de la sintaxis, capaz de impulsar y guiar al pensamiento más medroso por los más intrincados laberintos que el mundo ofrece a la conciencia. Ésos eran los ideales a los que él servía.

Y así, seguía hablando, y a veces sólo pensando, y sobre todo contando, Eneas y Dido, Fortunata y Jacinta, la Commedia dell'arte, la retórica de la publicidad, la metáfora, la Revolución francesa, el romanticismo y el realismo, deslumbrando y apabullando a Marta con su saber inagotable.

–Pero, ¡lo sabes todo! –decía ella, implorando a los cielos, poniendo a lo imposible por testigo–. ¿Cómo pueden caberte ahí todas esas cosas? –y le daba calabazaditas en la cabeza–. Fíjate cómo suena –y ponía la voz lóbrega–, tuc, tuc, tuc.

Desde la adolescencia, Tomás se inventaba entrevistas con sus escritores más queridos, imitando sus voces tal como él se las imaginaba, estentórea e irreverente la de Rabelais, ronca y solemne la de Homero, dulce y socarrona la de Cervantes, estridente y huraña la de Quevedo, teatral y afectada la de Byron, y así muchas más. Lo había llevado muy en secreto, pero ahora se lo contó a Marta, advirtiéndole de que eran tontunas de muchacho, manías de juventud, y le interpretaba algunos fragmentos escogidos. Porque en el fondo a él lo que le hubiera gustado es ser actor. Actor y dramaturgo. Como Shakespeare, como Molière. Ésa era su verdadera vocación. De hecho se sabía de memoria pasajes enteros de obras dramáticas de todas las épocas, desde la *Orestíada* a *Esperando a Godot,* y sobre todo de los clásicos españoles, y se los recitó, poniendo primero en antecedentes al ilustre senado del argumento y de la situación, aquí está el escenario, éste es el decorado, las bambalinas, las luces, la tramoya, señoras y señores, la función va a empezar, y saliendo luego a escena e interpretando su papel con todo lujo de modulaciones, gestos y movimientos, y al final ella aplaudía y él saludaba con muy gentiles reverencias. Porque el amor es así, pensaba Tomás, rejuvenece, aniña, suelta la lengua, aligera de miedos y pudores, nos hace intrépidos, y entreverados de sabios y de tontos, de vagabundos y de reyes. El vuelo de un pájaro o el rumor del viento nos enternece y nos conmueve. O reímos por nada, o de pronto tenemos que respirar a fondo para no ahogarnos de dicha, de pura y elemental alegría de vivir. Por momentos, Tomás volvía a sentir la exaltación de su primer entonces, cuando empezó a descubrir la fauna prodigiosa de las palabras y a enamorarse de la soledad y a encontrar su lugar en el mundo.

¿Y Marta? También ella tenía su vocación secreta, ser locutora de radio o presentadora de televisión. Así que a veces le hacía entrevistas a Tomás. «Queridos amigos, hoy tenemos el honor de recibir en nuestro estudio al gran enseñador, al mago de la sabihondez, al pocito de ciencia, al zampalibros, al maharajá de las letras, don Tomás Montejo, que además es muy guapo, como pueden ustedes ver, y que va a hablarnos, cha-cha-cha-chán, del último libro que acaba de escribir, un gran aplauso para él», y ella preguntaba en broma y él contestaba en serio, porque es verdad que pensaba escribir libros y llegar a ser alguien en el mundo académico y literario, un grande de la filología o de la crítica, un Dámaso Alonso, un Jakobson, un Roland Barthes, o un Sherlock Holmes de la investigación, el descubridor por ejemplo de la autoría indiscutible del *Lazarillo*, y ya veía sus libros impresos, con su nombre resonando en mayúsculas, y eso por no hablar de su más íntima y grande ambición, componer dramas y novelas, llegar a ser un escritor famoso, las solapas de cada libro con su currículo cada vez más extenso, las fotos cada vez más célebres, sólo que ahora esa visión incluía también a Marta. «A Marta, mi tempestad y mi duende Ariel», o más sencillamente: «A Marta, mi esposa», así le dedicaría su primer libro, y entonces ella, hija de panaderos, pobre chica de barrio, al verse allí nombrada, incondicionalmente lo amaría para siempre: inmortales a un mismo tiempo el saber y el amor.

Y tan intensamente sentía y se sumía en aquellos ensueños, que ella tenía que hacerle un pase de magia por los ojos para devolverlo suavemente a la realidad. «Ya ven ustedes cómo es verdad eso de que los sabios viven en otro mundo. En fin, mientras don Tomás da en sí pondremos un poquito de música.» Y entonces cantaba. Se sabía todas las canciones de moda y las entonaba con mucho estilo, porque allí donde no llegaba la voz o la armonía, le sobraba la improvisación llena de gracia e inventiva. A veces incluso bailaba un poquito, o insinuaba sólo unos pasos de baile, y Tomás enloquecía al ver y al presentir la belleza turbadora de aquel cuerpo aniñado y esbelto, inmaculado, y sin embargo esclavo o dueño ya de un instinto de atracción que incluía en su candor una promesa irresistible de impudicia, de obscenidad. ¡Y era tan vital, tan alegre! Un cascabelito, un agüita clara, una súbita brisa fresca al final de un día agobiante de verano. Quizá en ella encontrase la paz, el descanso, la compañía que el estudioso necesita para el largo camino que le espera. Y entonces tenía miedo y la miraba con la esperanza de que no fuese demasiado hermosa, de que su belleza fuese un invento suyo, y que necesitara por tanto del auxilio de su fantasía para manifestarse en todo su esplendor.

Dentro de su plan pedagógico, empezó a dejarle libros fáciles y amenos. Ella, unos los leyó y la mayoría le aburrieron a las pocas páginas. «Prefiero que me los cuentes tú.» Y un día le contó la historia de *Pigmalión,* de Bernard Shaw, *My Fair Lady* en el cine, donde Rex Harrison educa a una mujer ruda y analfabeta, que es Audrey Hepburn, hasta convertirla en una señorita de lo más refinada, y ella se sintió tan aludida que desde entonces a veces jugaba a exagerar sus torpezas, a fingir un habla rústica y unos modos desfachatados, y él la corregía, entre bromas y veras, y aquel juego se convirtió pronto en un pasatiempo inagotable. Y como ella pedía, siguiendo con el juego, que la instruyera más y más, él pasó no sólo a ser su maestro en letras sino también su iniciador en los usos sociales. Con el poder educador que da el dinero, empezó a llevarla al teatro, a museos, a conciertos, a películas de estreno, a conferencias y actos culturales, a restaurantes escogidos, a cafeterías y pubs selectos, y a comprarle regalos por sorpresa, una pulsera, un perfume, una música, y a fomentar sus caprichos para satisfacerlos al instante.

¿Sería aquello el amor? Y si lo era, ¿cómo saberlo, cómo reconocerlo entre tantos espejismos sentimentales que nos embaucan a diario? Porque a menudo el deseo disfraza sus ansias de porfiados idealismos, y la soledad –por empecinada o gustosa que sea– a veces se rinde sin resistencia al primero que llama a su puerta, y eso por no hablar de las fullerías de la nostalgia, esa gran urdidora de paraísos y de ofensas, de modo que de repente Tomás descubrió que su vida había ido a parar a una encrucijada donde cualquier rumbo contenía una promesa pero también una amenaza. ¿Qué hacer?, ¿cómo elegir?, ¿qué camino tomar, sabiendo que cada paso que se diera era ya sin retorno?

Un día, sin embargo, todo se resolvió de repente como por arte de magia. Estaban sentados en un banco del parque y entonces él, después de que ella lo llamara Sabihondo y Zampalibros, sintió el deseo irreprimible de llamarla también por otro nombre. Empujándose unos a otros, al momento le acudieron muchos a la mente: como con las letras de Marta se hacía Trama, de allí salieron Tramita, Ramita, Ranita, Ratita, y por el oficio de sus padres y un poco del suyo, Panaderita, Miguita, Cortecita, Hogacita, Mendruguito: no altos apelativos líricos, como Belisa, Nise, Galatea, Guiomar o Dulcinea, sino motes sencillos, de andar por casa, que fueran a un tiempo tiernos y burlones. Y por la levedad de su presencia y de sus gestos, Marta podía ser también Ariel, Damita Duende, Titania, de donde surgía otra caterva de sobrenombres, y aquella invención parecía no tener fin. Y todas las palabras que la aludían alcanzaban de un vuelo la cima de su significado.

Ella correspondió con Buhíto, Tomasito, Cerebrito, Tomy, Tom –de pronto habían creado un repertorio de signos privados–, y cuando se les agotó o más bien se cansaron de la inventiva, enlazaron las manos y se miraron fijamente a los ojos. «¡Ratita!», «¡Buhíto!», y ella entonces alzó la cara, se puso muy seria y cerró los ojos para asumir y hacer suyo el instante fundacional que estaban viviendo. ¡Lo que puede el lenguaje! Y el resto ya fue muy fácil. Él la besó apenas en los labios, un roce casi inmaterial, y luego la abrazó y se hundió en la espesura de su cabello y en la fragancia de su carne. «Tonto», dijo ella, y él se sintió feliz, y triunfante, como si acabara de conquistar un reino, y cuando la besó por segunda vez y ella se abandonó a sus brazos y a su lujuria, supo que la encrucijada se había resuelto en un instante de una vez para siempre.

Segunda parte

1
Llega un desconocido

Y un día... Pero para entonces había pasado más de un año desde aquella tarde de septiembre en que el padre abdicó de su magisterio... Porque él era así: grandes pasiones pero todas fugaces, formidables intentos que se agotaban en su propio ímpetu inicial, repentinos anhelos, ilusiones furiosas que no admitían términos medios y que en sí mismas llevaban el germen de largos y laboriosos desengaños...

–A lo mejor es que no hemos sabido sacar a la luz lo mejor de ti, dar con la tecla justa... En fin, dejemos que el tiempo haga su oficio.

De modo que lo devolvió otra vez a la escuela y se olvidó de él, como en los tiempos en que andaba a gatas junto a las paredes con la ilusión de ser invisible y de vivir así, despreocupado y libre para siempre. Como entonces, nadie ahora le pedía demasiadas cuentas de sus actos, ni nadie venía a recordarle que el presente era sólo un tiempo de trámite hacia el porvenir y que uno no es tanto lo que es como lo que llegará a ser, un proyecto en marcha, un puñado esparcido de simiente, y la promesa de un futuro feraz. «¿Cómo van los estudios?», le preguntaba a veces. Y él: «Bien». El padre hacía un gesto de conformidad, y eso era todo lo que hablaban. Por lo demás, Dámaso deambulaba por el pueblo, iba a nidos o a grillos con los amigos, a pescar ranas, a jugar al fútbol, o se entregaba a sus combates con el malvado capitán Fosco, y a otras fantasías solitarias sin principio ni fin. Sólo que ahora la libertad estaba contaminada por un vago sentimiento de culpa. Veía a su padre leer el periódico al fondo del pasillo, o quedarse absorto con el puño en la frente, el codo fuertemente asentado en el muslo y la mirada derrumbada en el suelo, que parecía un jayán derrotado, y entonces sospechaba que acaso él era parte de sus hondos pesares. Y no sabía si sentirse expulsado de su mundo o si era él, Dámaso, quien había expulsado al padre del suyo, condenándolo a cargar con el fardo del fracaso mientras él celebraba la reconquista de la infancia y de la libertad. Pero luego el tiempo limó las asperezas, sosegó los afanes, purgó las ofensas, y al cabo de los meses todo volvió a ser como antes, y de nuevo se encontraron todos habitando en un mundo feliz.

Y entonces llegó el gran día. Era un domingo luminoso de principios de primavera y él estaba en el piso de arriba, entregado a sus juegos de héroes y villanos, y había un silencio hondo y transparente, que se extendía por toda la casa, hasta sus últimos rincones. Y de pronto fue llegando de lejos una música de cuerda que, en la pulcritud de aquel silencio, tenía algo de celestial. Y aquel torrente cristalino de notas se propagó enseguida en el espacio, de modo que ya no venía de ningún lugar preciso sino que estaba en todas partes, como si manara del mismo aire, como si la misma luz de la mañana se hubiese hecho música.

Buscó el hilo principal de la melodía y la siguió por el pasillo, por las escaleras, por el patio, por el otro pasillo, atraído y hechizado por ella, y según se acercaba las notas se iban haciendo más reales y diáfanas, hasta que llegó a la puerta abierta de la sala de estar y allí se detuvo, ante una escena que ya para siempre quedaría eternizada en la memoria como una estampa idílica a la vez que infernal.

Habían apartado la mesa camilla para hacer escenario y allí aparecen sus padres y Natalia, sentados formalmente como si estuvieran de visita, escuchando embelesados a un muchacho que, ante ellos y para ellos, está tocando en un laúd. Todos rendidos al prodigio. Ahí está Natalia, con los dedos de una mano posados apenas en la barbilla, como inmovilizada en un gesto inconcluso, que escucha en un acto pleno de atención, entregando también la mirada y la boca entreabierta a aquella especie de apoteosis contemplativa. Parece hacer juego con el padre, que tiene en la cara el mismo resplandor que le irradiaba de lo hondo cuando estaba poseído por la inspiración y se disponía a echar un discurso. En cuanto a la madre, Dámaso vio su rostro indescifrable, o quizá sólo ausente, y cómo enseguida, al notar su presencia, giró muy lentamente la cabeza y lo miró con una débil expresión de dulzura y de angustiosa e infinita piedad.

¿Y el músico? Debía de andar por los dieciséis o diecisiete años, y era alto y guapo, con un pelo rubio que le daba un cierto aire de arcángel, y más cuando ladeaba la cabeza para dominar con la vista el mástil del laúd y le caía sobre la frente y la mejilla un mechón ondulado y con bucles de aquel cabello suyo como de oro. Dámaso vio sus manos finas y pálidas contra la madera brillante del laúd, y cómo de ellas brotaba un limpio manantial de notas que evocaban tiempos antiguos de danzas cortesanas, de trovas y escalas a la luz de la luna, de gentilezas palaciegas, y ante el poder de aquella música todo parecía haber cambiado, la casa, la sala de estar, el mismo espacio y, por supuesto, los oyentes. Para mayor extrañamiento, de pronto descubrió que también el gato, y un perrillo que debía de pertenecer al músico, se habían sumado a la audiencia. Escuchaban muy serios, como sesudos personajes de fábula.

También Dámaso se quedó fascinado por la escena, y desde entonces ya no dejó de recordarla, de analizarla, de defenderla de la carcoma del olvido y de las falacias de la memoria, de rebuscar en ella algún detalle que acaso captaron los sentidos pero no la conciencia, porque allí, como en esos cuadros donde el pintor no deja ninguna pincelada al azar, confluían de pronto todos los signos y presagios que habrían de configurar su destino. Y alguna vez soñó con esa escena, pero transformada en misterio litúrgico, donde todos los participantes se movían con una poderosa lentitud ritual en torno a una víctima propiciatoria, que resultaba ser él mismo. Miró a su madre, que le devolvió su mirada tierna y desolada. Luego miró otra vez al músico. Vio cómo erguía la cabeza y la sacudía para despejarse el mechón de pelo de la frente. Sus ojos miraron sin ver, perdidos en el aire. Pero hubo un instante en que se posaron en él con una fijeza tan incisiva, tan intensa, que Dámaso sintió un sobrecogimiento de temor. Creyó percibir algo equívoco en su belleza, como un proyecto fallido de perfección, o quizá el principio de corrupción todavía no visible pero ya sugerido que puede haber en una fruta tentadora... O quizá esa sensación fue posterior y la memoria la situó ventajosamente en ese momento, en calidad de augurio.

Cuando acabó el concierto, hubo aplausos, y el músico se levantó y repartió entre todos cabezadas de gratitud, y la última y más profunda fue para el padre, que le preguntó qué iba a ser de mayor. Y el otro, con muy buena dicción, contestó sin dudar:

–Artista, y si puedo, médico o abogado –con lo cual el padre le puso una mano en el hombro y se le quedó mirando fijamente y lo mismo a él el músico. La madre había desmayado la cabeza a un lado y las manos en el regazo, como exhausta, y también sus ojos parecían rendidos al vacío. Y Natalia seguía cautiva en su gesto inconcluso.

Y allí empezó para todos una nueva vida, la última, la irreparable, la que acaso el destino les tenía reservada.

Pronto llegó a saber que aquel joven se llamaba Bernardo Pérez Pérez y que vivía en una de las últimas y más humildes casas del pueblo, con su madre, Águeda Pérez, que era una mujer de un atractivo inquietante, quizá porque su condición de madre soltera ponía su belleza al alcance de los más recónditos deseos, pero a la vez era recatada y devota, lo cual le añadía un punto de pureza que soliviantaba aún más la imaginación de los hombres. Virginal y lúbrica, fácil e inaccesible, ésa era la imagen o la leyenda que había en el ambiente sobre ella.

En cuanto al hijo, Dámaso recordó haberlo visto alguna vez por la calle, siempre vestido con una cierta atildada modestia, y con una expresión muy suya, como si no atendiese a asuntos terrenales sino a misiones de más alto empeño. La madre le contó que pasó por la calle con el laúd y el perro, y que el padre se puso a conversar con él y luego lo invitó a entrar y a interpretar alguna pieza ante la familia. «¿Y yo?», preguntó. Lo buscaron pero no lo encontraron, lo llamaron a voces pero él no respondió, tan ensimismado debía de estar en sus juegos, tan engolfado en su soledad.

Y allí, en efecto, comenzó para todos una nueva vida y hasta una visión nueva del mundo. Porque sin saber cómo, y de un modo impreciso, aquel joven Bernardo (así lo llamaba el padre, «el joven Bernardo») se fue filtrando poco a poco en el entorno familiar, viniendo un día a tocar el laúd, quedándose después a merendar, y un domingo a comer, y un jueves porque pasaba por allí, o porque las casualidades iban ya convirtiéndose en citas, hasta que llegó el momento en que aparecía a cualquier hora sin más pretexto que la mera costumbre. Y desde el primer día que se quedó a comer, ya siempre se hacía en su honor algún menú especial, y se sacaba la mantelería y la vajilla de las grandes ocasiones, y a él se le servía el primero, y de lo mejor, y todos se esmeraban en comer con un refinamiento nunca visto hasta entonces.

Y nunca llegaba con las manos vacías. Disculpándose por el atrevimiento, solía traer algún detalle para las mujeres, unos dulces que había hecho su madre, unas flores cogidas al paso, unas postales, y usaba con ellas unas finezas que dejaban a todos entre admirados y confusos. O bien traía revistas de viajes, de divulgación científica, de modas, de arte, de sucesos paranormales, o libros de países exóticos, de anécdotas célebres, de vidas de grandes personajes, de curiosidades históricas, que el padre y Natalia leían con devoción, de modo que con Bernardo llegaron a casa un montón de novedades y prodigios. A cambio, tampoco él se iba con las manos vacías, sino a menudo con algún obsequio de frutas, de caza, de embutidos, o con algún presente comprado especialmente para la ocasión.

Desde entonces, en las conversaciones de las comidas o en los anocheceres junto al fuego, el padre y Natalia sacaban enseguida a relucir al joven Bernardo, sus cualidades, su talento, la manera que tenía de andar, de mirar, de sonreír, el timbre de su voz, el aplomo o el ingenio de sus respuestas, la soltura con que manejaba los cubiertos, la madurez impropia de su edad, la elegancia innata de su figura y de sus movimientos, la finura de sus manos de artista... «¡Con qué prestancia acompasa el discurso!», dijo una vez el padre. «El otro día, refiriéndose al mar, onduló los dedos al nombrar las olas, y era digno de ver con qué realismo y qué gracia lo hizo», e intentó imitarlo, y él mismo se quedó asombrado, bien por la calidad de la imitación, bien por el recuerdo del original. «Hasta en el modo de callar», dijo en otra ocasión, «se le nota el talento. Porque la inteligencia se anuncia aun sin manifestarse, y en esto se distingue de los silencios hueros y ceporros.»

Y cuando la sopa se enfriaba o languidecía el fuego, ellos seguían hablando aún, rescatando algún detalle inadvertido o aportando como novedad lo ya dicho pero no suficientemente comentado, y si callaban, era igual, porque el joven Bernardo continuaba bullendo en el recuerdo, y en el ambiente se creaba enseguida un aire cargado de añoranza, como si velasen su ausencia. La madre no intervenía, sólo escuchaba con los ojos puestos en lo remoto de las brasas, a veces con un subrayado irónico o piadoso en los labios, como si comprendiese lo que estaba ocurriendo con una lucidez que le estaba vedada a los demás. Por su parte, Dámaso asistía a aquellas largas sesiones con un atolondramiento que pronto derivó también hacia la admiración. A veces el padre y Natalia se demoraban hasta muy entrada la noche y él se iba a dormir y desde el borde del sueño oía una frase aislada en un mar de silencio, y más tarde otra, y después otro silencio que no parecía sino el laborioso preludio de una nueva frase, que removía allá a lo lejos la quietud de la noche.

Y así fue como comenzó la construcción de un sueño, de una leyenda, de una creencia, de un mito, de un mundo de ilusiones y anhelos y ansias de plenitud que de pronto había encontrado un norte, un sentido, y sobre todo una encarnación en la diaria realidad.

Luego, las visitas del joven Bernardo se hicieron ya obligadas cuando un día el padre le pidió que ayudara a hacer los deberes a Natalia y a Dámaso. Llegaba a media tarde y les daba clase por separado, Dámaso el primero, sentados juntos en la mesa de la cocina, corrigiéndolo muy suavemente, imponiendo el encanto y la autoridad de su sola presencia, su voz melodiosa, el mechón dorado que le caía sobre la frente al inclinarse hacia el cuaderno para resolver algún problema, sin perder nunca la paciencia, sus maneras un tanto untuosas, siempre vestido con una elegancia pobre no exenta de cierta afectación, y siempre limpio y perfumado, y Dámaso no se atrevía a levantar los ojos de la mesa por no encontrarse con los de su padre y los de Natalia, los dos sentados enfrente, mirando, asistiendo al espectáculo del magisterio lúcido de aquel joven Bernardo –y de paso, pensaba Dámaso, al de su propia ineptitud.

Luego le daba clase a Natalia, al principio también en la cocina y después cada vez con más frecuencia en su cuarto, donde se demoraban hasta muy tarde, y más de una noche ya a deshora él escuchaba tras la puerta sus voces susurrantes, y luego algunas risas, algún objeto que caía al suelo, y largos silencios, y otra vez los susurros, mientras la oscuridad se iba extendiendo y cerrando por toda la casa, y la franja de luz bajo la puerta del cuarto de Natalia le parecía una luz de seguro en la desolada lobreguez del pasillo. Y se los imaginaba allí a los dos, en aquel mundo íntimo, cálido, infinitamente acogedor, en torno al cual él había merodeado tantas veces, y del que había sido expulsado en más de una ocasión...

Y de ese modo, un día tras otro, aquel joven trastocó por completo el carácter y los hábitos de la familia. Ahora todos vivían en torno a él, a sus ausencias y llegadas, y a las novedades que siempre traía consigo y que parecían no tener fin. Lo mismo hacía un truco de magia que arreglaba una avería eléctrica, o recitaba de memoria un poema, o al hilo de cualquier ocasión sabía traer a cuento una anécdota, una sentencia, un refrán, un episodio histórico. Hablaba con soltura de países lejanos, de épocas antiguas, de animales exóticos, como si todo eso fuesen para él cosas de diario.

Un día se ofreció a hacerle un retrato al padre, que posó para él con su mejor traje y el gesto importancioso, y otro a Natalia, a la que sacó idealizada, radiante, vestida como las princesas de los cuentos de hadas, y otro a Dámaso, sentado y encogido en la mesa de la cocina y atareado en los deberes, con un aire de obstinación que delataba su torpeza, o eso al menos le parecía a él. La madre fue la única que se negó a que la pintaran: «Para monigote ya me valgo yo sola». Y aquellos tres retratos enmarcados presidieron la sala de estar durante muchos años, como emblema del propio artífice, de quien ahora presidía sus vidas, y los había rendido, o hechizado, con el misterioso poder de sus encantos.

*

Otro día resultó que tenía también buena voz para el canto, y una vez los sorprendió, a su padre y a él, interpretando juntos un tango al compás del laúd. O comentaban las noticias del periódico, o jugaban al parchís o a las damas, y hasta ocurrió que aquel joven Bernardo se convirtió en maestro del padre y le daba clases de francés y de dibujo, los dos sentados en la mesa camilla de la sala de estar, el viejo tan dócil y formal, tan aplicado en tareas escolares a aquellas alturas de la vida, el joven juzgando y corrigiendo, investido de una potestad que no ejercía sino muy blandamente –y desde la primera vez, y ya para siempre, aquella escena le parecería a Dámaso insólita e indigna.

Y pasaron los meses y de ese modo fueron intimando los dos: iban juntos de caza o de pesca, echaban pulsos o carreras, y debían de tener bromas convenidas, porque a veces se miraban y, concertados en un mismo recuerdo, se echaban a reír. Algunas tardes salían a pasear y a hablar de sus cosas. Una vez los siguió. Empezaba a atardecer, y en las últimas calles del pueblo la luz final del día parecía irradiar ya de las propias paredes encaladas, un fondo dorado y espectral sobre el que se recortaban las siluetas de los dos caminantes, que enseguida salieron a campo abierto y tomaron por un sendero entre huertas y tierras de labor. Terminaba el invierno y todo el campo estaba como tapizado por una luz malva que parecía de seda. Dámaso nunca había sido tan audaz como esa tarde en que los seguía de lejos, agarbado junto a una pared, asomando el perfil tras un árbol, aprovechando las manchas de sombra para acercarse a ellos, dando un rodeo cuando el terreno quedaba al descubierto, excitado como el amante que está a punto de ser testigo de una infidelidad. De pronto estaba viviendo en la realidad una aventura como las que tantas veces había protagonizado en la imaginación. Quizá era que toda la rabia y la humillación que lo roían por dentro desde el primer día en que Bernardo apareció en casa, se convirtió de repente en valor. Y con el valor se revelaron ciertos sentimientos hasta entonces ambiguos. Aquel joven Bernardo era el intruso que venía a suplantarlo y a despojarlo de sus bienes, tal como Jacob le arrebata a Esaú la primogenitura por medio del engaño. Y aunque vivía temiendo su presencia tanto como Natalia y el padre la anhelaban, ahora descubría que en el fondo de aquel temor latía la atracción que sin quererlo ni saberlo sentía también por él. Porque también Dámaso lo había idealizado y había sucumbido a sus hechizos. Y, también sin saberlo, se había hecho adulto en poco tiempo. Con la llegada de Bernardo, se olvidó de sus juegos y despreció el consuelo barato de la fantasía, y pocos días después la infancia le pareció como soñada. De pronto empezaba a ser una persona nueva. Casi sin darse cuenta conoció el miedo al futuro, el desasosiego que se alimenta de sí mismo, y que es a la vez causa y efecto, el estigma de la soledad, el desamparo, la posibilidad inaudita pero posible del repudio.

Pero sólo ahora, mientras se atareaba en la persecución a la luz confusa del anochecer, fue plenamente consciente de esos sentimientos. Por entre los árboles de las huertas se veían muy a lo lejos los furiosos brillos del sol recién hundido. En un remanso del camino, quizá para hablar con más espacio, el padre se sentó en una piedra y el joven Bernardo quedó en pie frente a él. Escondido en un recodo, vio la brasa del cigarro y oyó el murmullo del coloquio. ¿De qué estarían hablando? A veces el joven Bernardo se inclinaba y juntaban confidencialmente las cabezas, como hablando en secreto. En una ocasión, hizo pantalla con la mano y le vertió al padre unas palabras en la oreja. El padre entonces se echó atrás, riéndose, con una alegría y una franqueza que Dámaso no le había conocido nunca.

Siguieron caminando, y ahora silbaban a dos voces lo que parecía un himno militar. Los estuvo oyendo hasta que uno de ellos desafinó en un agudo, y entonces se echaron a reír y, apurando las risas, apretaron el paso. También Dámaso se apresuró, encorvado junto a una pared, y al salir del sendero vio que su padre le había echado el brazo por el hombro a Bernardo. En esa actitud de camaradería se dirigieron por la carretera hacia la barriada de casitas pobres e iguales donde vivía Bernardo con su madre. Los vio avanzar por una calle con suelo de tierra, iluminada por débiles bombillas colgadas de un hierro en las esquinas. Se detuvieron ante una de las casas y hablaron un momento como si no supieran bien qué hacer. Al final subieron juntos los tres escalones y llamaron a la puerta. Vio la franja de luz proyectada en la acera y escuchó o adivinó el ruido de la puerta al cerrarse. Entonces cruzó con temeroso sigilo la calle solitaria, donde sólo se oían los aplausos y algarabías de algún televisor, caminó pegado a las paredes, encogido y veloz, y se situó en una zona de sombra frente a la casa de Bernardo. Una de las dos ventanas estaba iluminada, y aunque los visillos impedían distinguir nada del interior, él seguía allí, mirando, esperando, exaltado por el ansia de ver, de escuchar, de saber, tembloroso ante la cercanía de un misterio que parecía a punto ya de desvelarse (¡ahora!, ¡ahora!, creía oír una alarma creciente en el silencio), hasta que de pronto sonaron las campanadas de las ocho y empezó a serenarse.

No era ya noche entrada como él creía. Eran sólo las ocho. Ni se había acordado de mirar su reloj de bolsillo, sino que había medido el tiempo por la incertidumbre e intensidad de cada instante, incluyendo en el cálculo las fantasías y los recuerdos, y las sospechas y temores, y sólo ahora, al escuchar las campanadas volvía a la realidad como de un sueño o una fiebre. No. Quizá su padre había entrado para conocer o saludar a la madre de Bernardo, una visita de cortesía, sólo eso, y no había más misterio. Dentro de un ratito saldría de allí y entonces echaría a correr para llegar a casa antes que él, y lo encontraría sentado en la cocina, con Natalia y la madre, esperándolo para cenar. Luego se irían a dormir y mañana sería ya otro día, y quién sabe si para entonces, o en cualquier otro momento, no se habría pasado la moda del joven Bernardo y se restauraba la armonía familiar y todo volvía a ser como había sido siempre.

Y, en efecto, poco después se abrió la puerta y Dámaso se apretó y amontonó contra la pared y volvió la cara para esconderse de la claridad, y allí permaneció inmóvil hasta que oyó los pasos en los escalones y enseguida en la calle, alejándose hacia el centro del pueblo. Vio a su padre caminar en la oscuridad, detenerse y encender un cigarro. Y, entonces, a la luz del mechero, reconoció a Bernardo, y distinguió su figura inconfundible al llegar a la esquina y cruzar bajo el cono mortecino de la bombilla, las manos en los bolsillos del pantalón, el cigarrillo humeante en un rincón de la boca, y en los andares un cierto balanceo insolente y cansino.

Quedó deslumbrado por un relámpago de irrealidad. No entendía la secuencia lógica de los hechos que estaban ocurriendo, ni cuál era su papel en el nuevo episodio, ahora que la aventura se bifurcaba y había que elegir entre términos igual de incomprensibles. ¿Qué hacer? ¿Seguir a Bernardo, continuar allí, irse a casa, huir hacia ninguna parte y vengarse así de todos cuantos conspiraban contra él? Dio unos pasos hacia el centro de la calle, como escenificando su estupor. Nunca se había encontrado en una encrucijada semejante, tan abandonado a la tiranía del azar. Demasiado pequeño para entender aquel ir y venir de personas adultas. Y sin embargo había algo de heroico en ese no entender y aun así enfrentarse al misterio sin otras armas que el orgullo y la audacia. Si se iba, si se quedaba, su triunfo estaba asegurado, pero igualmente su derrota.

«Qué difícil es la vida», pensó, y como confirmando esa sospecha, en ese instante se apagó la luz de la casa y fue como si el mundo se quedara también a oscuras, pero enseguida se encendió la luz de la otra ventana, y antes de que tuviera tiempo para ninguna conjetura, volvió a apagarse, y todo volvió a quedar en la oscuridad. Hubiera querido acercarse a la ventana e intentar escuchar qué pasaba allí dentro, pero entonces oyó venir unos pasos y voces del fondo de la calle por donde hacía un momento había desaparecido Bernardo.

Corrió con torpe ahínco en dirección contraria, hacia el campo, y no paró hasta que la oscuridad era total. «¿También irás esta noche?», recordó entonces aquella frase de su madre, y cómo después se echó a llorar. Aturdido, perseguido por un presentimiento atroz, pero envanecido porque ahora era dueño de un secreto, echó a andar sin rumbo. Aquélla sería su venganza. Y podía haber seguido así, hundiéndose en la noche, y haber amanecido muy lejos, porque valor no le faltaba, y no haber regresado nunca, pero cuando llegó a casa oyó desde el zaguán dar las diez, y era como si en cada campanada fuesen cayendo a tierra los frutos vanos de su aventura y de su audacia.

2
Viñetas sentimentales

Se casaron al final del verano, y enseguida la vida conyugal se rindió a la tersura de los nuevos hábitos. Todo era tan leve e indistinto, que quizá Tomás no hubiera podido evocar con cierto detalle esa época de no ser porque aquellos primeros años dejaron en prenda de su paso el testimonio de un tapiz que Marta empezó a bordar durante su primer otoño de casada. «Como Penélope, yo también tejeré un paño, con una historia que sólo entenderemos tú y yo.» Y se puso a tejer. Sobre un lienzo de arpillera aparecían realzadas en hilos de colores algunas viñetas alusivas a la vida en común. Era también un álbum sentimental del porvenir, la historia anticipada de quienes ya partían hacia la tierra que el amor les había prometido. Pasados los años, cuando Tomás quería recordar aquellos tiempos, solía hacerlo a través del tapiz, como si el pasado se hubiera convertido en un breve retablo con sus figuras y pasajes ya fijos para siempre.

En una de las viñetas se veía a sí mismo subido a un alto estrado, con toga, birrete y muceta, y diploma y barbas doctorales, signo de los honores académicos que alcanzaría algún día. Y, en efecto, durante los primeros años de matrimonio iba al instituto por la mañana y dedicaba las tardes a trabajar en la tesis. Dulzura inolvidable de esas horas graves y deleitosas. Lee, subraya, anota, se queda pensativo, se levanta a hacer una consulta, escribe por extenso, esboza ideas, vislumbra volúmenes, acarrea erudición, material diverso todavía en bruto pero de donde al cabo habrá de surgir una obra sólida, brillante, memorable: ¿un clásico quizá de la crítica literaria? Se queda otra vez pensativo, pierde el hilo (¿por qué no?, pero no olvides que ante todo tu meta es intentar la novela y el drama), y sólo con un suspiro consigue salir del embeleso y regresar de nuevo al laboreo académico.

Y pasan los días, los meses, los años con sus estaciones. Y como no es sólo la tesis sino también proyectos de ensayos, de investigación, artículos, opúsculos, reseñas y ponencias, tarde a tarde van aumentando las fichas, las carpetas, los clasificadores, los blocs de notas, porque para llegar a la universidad tienes que hacerte un nombre, un historial, ir dejando al paso la estela de una vida activa y provechosa.

A veces se queda trabajando hasta ya atardecido, y es un placer entonces dejarse envolver por el silencio profundo de la casa, sólo turbado por los sigilos de Marta, sus pasos livianitos, un carraspeo, un trocito de canción tarareada distraídamente, el fondo amorfo del televisor, que ella pone con el volumen muy bajo para no molestarlo. Y a veces le trae un café –y como viene endulzándolo por el camino, él oye el creciente tintineo de la cucharilla en la taza, y esa cadencia celestial se quedará sonando ya para siempre en la memoria–, o un bocadito delicioso: «Abre la boca y cierra los ojos», o entraba de puntillas a darle un beso, a recordarle el amor con una caricia o una frase al oído. Porque ya los ritos conyugales han simplificado el lenguaje amoroso y apenas necesitan decir nada para reafirmarse en lo tantas veces ya dicho y ya sabido pero que exige ser ratificado a cada instante, como las plegarias o los saludos –o bien silencios que valen por largas confidencias, o sonrisas que son santos y señas que franquean el paso hacia secretos que sólo ellos conocen.

Otras tardes, Tomás se ensota en la Biblioteca Nacional y Marta lo espera a la salida, mimosa, zalamera, «mi Sabihondo, mi Buhíto», y le toca la panza, «a ver cuántos libracos te has zampado hoy», y vuelven a casa andando, abrazados, y toman o comen algo de camino mientras él le cuenta su jornada como si regresara de un país lejano tras arriesgadas y nunca vistas aventuras. Se enardece hablando de un texto, de una fecha, del significado de unos versos que sólo él ha conseguido sustanciar, y ella escucha absorta, soñadora, seducida por su saber y su elocuencia.

Ya en casa, y siguiendo con su plan pedagógico, le lee un artículo, una comunicación, o un fragmento de la tesis, con sus incisos y sus comentarios, o juntan las cabezas para interpretar a dos voces los papeles de una escena dramática. Y luego el placer de pasar de profesor a amante, y ella de niña boba a mujer sabia, juego que ambos conocen y que a veces les permite ser maravillosamente impúdicos.

En otra viñeta del tapiz había un libro abierto enmarcando a doble página y a todo color un panorama idílico: un chalé con techo de pizarra a dos aguas y desván con buhardillas, tres niños jugando en el jardín, una cometa, un perro, un automóvil, una piscina, un porche con tumbonas, en fin, el hogar del futuro que se habían ganado en largas y solidarias jornadas laborales de amor.

Pero de momento vivían en un piso de alquiler cercano al instituto. También a la panadería, con lo cual Marta sólo tenía que cruzar unas calles para volver a su antigua vida de soltera. Ayudaba a sus padres, secreteaba con sus hermanas, se reencontraba con su pasado, con sus varios entonces, cuadernos escolares, cartas, juguetes, prendas de ropa, fotos, reliquias que atestiguaban la existencia de una edad a punto de extinguirse, y a la que aún no quería renunciar. Luego, cuando Tomás sea profesor de universidad, se irán a vivir a otra parte, quizá a una ciudad costera, y allí se cumplirá la profecía que se anuncia en la segunda viñeta del tapiz.

Entretanto, viven en el piso que Marta ha decorado no sólo a su manera sino como mejor conviene al futuro de la recién creada empresa familiar. Había cumplido diecisiete años, pero el matrimonio la convirtió desde el principio en una mujer madura y previsora, muy dueña de su casa, muy cuidadosa con las formas, llena de pronto de una dulce, sedante e incontestable autoridad. Tomás Montejo conoció entonces el ya casi olvidado placer infantil de rendirse al dictado de sus sugerencias. Éste será tu despacho, aquí es el dormitorio, aquí el salón, cuyo espacio se distribuirá de este y otro modo, el sofá y los sillones, el televisor, el equipo de música, las librerías, las mesas y mesitas, y a cada paso: «¿Te parece bien, Tomy?», «¿No crees que es lo mejor, Minervito?», y él abría los brazos entre maravillado y resignado, incapaz de encomiar con palabras su dedicación y buen criterio, y resultaba agotador ver con qué inagotable energía y sabio instinto eligió los muebles, las lámparas, las alfombras, las cortinas, los cuadros, la combinación de luces, la gradación de las penumbras, y de un día para otro fueron apareciendo aquí y allá figuritas de adorno, cacharritos y chirimbolos de cerámica, de laca, de cristal, cestitos, cajitas y otros muchos caprichos, y al final quedó un conjunto un tanto convencional y abigarrado, pero qué importaba la escenografía si la función que representaban era la de la felicidad: la vida convertida en obra de arte por gracia del amor.

Y había otra viñeta donde aparecían motivos espléndidos de los viajes que tenían planeados: pirámides, selvas, cataratas, desiertos, rascacielos... Y sí, algo viajaron al principio, y ahí estaban las fotos donde invariablemente aparecían los dos risueños, dichosos, vitalicios, ante ruinas, montañas, palacios, estatuas, y las vitrinas y estanterías se fueron llenando de recordatorios, de trofeos turísticos que no eran sino ofrendas propiciatorias con que asegurarse un futuro feliz.

Y se entregaron incondicionalmente a la felicidad. Al principio, estaban pendientes en todo momento uno del otro, se hacían mimoserías, se miraban extáticos en los intermedios de los cines o bajo la luz de las farolas, intercambiaban en las comidas los más escogidos bocados, mi cielo, mi amor, se llamaban por teléfono varias veces por la mañana, ¿cómo estás?, ¿te has acordado de mí?, ¿a que no adivinas qué estoy haciendo ahora mismito?, y como todo en ellos era noticiable, parecía que al regresar Tomás del instituto se reencontraban tras una larga ausencia rica en andanzas y sucesos que había que contar con toda suerte de detalles. Pero luego, cuando se fueron gastando los signos que celebraban la dicha a cada instante, y cuando la costumbre vino a liberarlos de la fatiga diaria del asombro, y los días empezaron a confundirse unos con otros, entonces fue como si la felicidad no estuviese ya hecha de episodios claros y distintos sino de la misma sustancia pura y abstracta de la felicidad, como si habitasen en un lugar en el que el Limbo y el Paraíso mezclaban sus fronteras. De toda la muchedumbre de sobrenombres, sólo sobrevivió el de Tomy, y ella se quedó meramente en Marta.

Y bien: así debía ser. Porque aquellas hogueras deslumbraban más que calentaban, y uno agradecía la humilde constancia de los rescoldos en esa hora en que los esplendores del día comienzan también a declinar. Y entonces sobrevino ese tiempo en bruto que aparece apenas significado en las novelas y en los dramas que tantas veces él había estudiado y comentado en clase, meses y años que se resuelven en unas líneas, despachados a granel sin mayores escrúpulos, porque es un tiempo sin relieve, que no interesa ni al pensamiento ni a la acción, tiempo no vivido con singularidad, tiempo gris, donde la costumbre hace por adelantado el trabajo que es propio del olvido.

Navegación feliz, pues, en un tiempo sin rumbo y sin orillas. Nuevos quehaceres, santificados ya por la monotonía. Ella lee revistas ilustradas, sale a ver escaparates, se reúne con antiguas amigas, va al cine, se aficiona a las series melodramáticas de la televisión, concurre a un gimnasio, a un coro, a una academia de danza, cambia de vez en cuando de peinado, juega a la lotería, compra cositas raras, se va haciendo su mundo, cerrado, autosuficiente, donde cada vez hay menos tiempo y ocasión para el amor y la pedagogía. Hábitos que misteriosamente fortalecen la vida en común, pero a la vez la debilitan, piensa Tomás, o lo pensará años después, cuando recuerde cómo el amor y la costumbre fueron haciendo causa común hasta fundirse en un único sentimiento de términos ya indistintos, y tan resistente y duro como el pedernal.

Entretanto, Tomás Montejo iba al instituto, daba sus clases, publicó algunos trabajos en revistas especializadas y compartió con Marta el vertiginoso placer de verse en letra impresa, y a veces, a escondidas, se releía sin dar crédito, saboreando hasta la embriaguez la rotundidad de un enunciado, la elegancia de un giro, la exactitud de un dato, el delicado fluir de la sintaxis, donde cada frase retomaba algo de la anterior y preludiaba la siguiente, y volvía sobre un párrafo, como quien vuelve atrás para examinarse en el espejo donde acaba de ver de refilón una cara y una figura que por un momento no ha reconocido, y que resultan ser las suyas.

Y releyéndose, se abandonaba a los ensueños. ¡Ah, qué gran cosa sería llegar a alcanzar fama y prestigio! Conferencias, coloquios, mesas redondas, entrevistas. Qué opina de esto, qué piensa de lo otro, ¿podría decirnos?, ¿sería tan amable?, ¡por favor, señor Montejo!, y él sería humilde, como lo era ahora, sólo que entonces tendría un buen motivo para serlo, para que la humildad brillara con luz propia, escucharía con los labios fruncidos, anunciaría con un carraspeo la complejidad de la pregunta y luego arrancaría a hablar desafectado y culto, cordial y circunspecto, nada de concesiones fáciles pero tampoco de fatuos hermetismos, y sabría deslizarse en suaves transiciones de la gravedad a la ironía, del susurro al énfasis, de lo evidente a lo sutil. Y quién sabe si un día, andando el tiempo, entraba en la Academia. ¿Por qué no? Y cerraba los ojos para enmarcar mejor la ensoñación y se veía a sí mismo vestido con, ¿con qué?, ¿con chaqué?, ¿con frac?, ¿con pajarita y cuello alzado?, ¿con presillas y celuloides?, y tal era el verismo de la escena que empezaba a sentir ahogos y a estirar el cuello intentando liberarse de la presión. Y luego estaban las manos. ¿Qué hacer con ellas mientras avanzaba hacia el estrado? Se las ponía a la espalda, o dejaba allí una y se cruzaba la otra sobre el pecho, o una suelta y acompañando a ritmo la andadura y con los dedos de la otra afilándose la barbilla, o las dos sobre el pecho, con los dedos entrelazados. Además se notaba la cara rígida como una máscara porque no sabía qué expresión poner, y como no podía girar el cuello tenía que moverse todo de una vez, como los cabezudos de las fiestas, para corresponder a quienes lo saludaban y aplaudían, de modo que la visión, que tan placentera se las prometía al principio, acababa convirtiéndose en una pesadilla. Así que casi siempre resultaba más descansada y plácida la realidad que la ficción.

En otra de las escenas del tapiz se veía vestido de dómine, señalando con un puntero al encerado, y con un muñeco de papel que le habían colgado en los faldones de la toga. Premonición inocente y certera, porque aunque le gustaban las clases, y las impartía con rigor y entusiasmo, y renovaba continuamente sus saberes, de poco le servía ante la indiferencia o el desdén de los alumnos, que a todas horas se distraían, se removían en sus asientos, cuchicheaban, se adormecían, forcejeaban y se daban codazos y patadas por debajo de los pupitres, se hacían morisquetas, aprovechaban la menor ocasión para intercambiar bromas o lanzarse bolitas de papel, y a cada paso él tenía que pedir silencio (a veces el chsss, chsss, se convertía en comodín continuo de las frases o de las citas literarias: «En un lugar, chsss, de la Mancha, chsss, no ha mucho tiempo, chsss, que vivía un hidalgo de los de, chsss, lanza en astillero...»), golpear la mesa con el borrador, amenazar con un castigo, alzar la voz para imponerse a un rumor sordo que había siempre en la clase, sin que pudiera saberse con exactitud de dónde provenía. Y, para colmo, al hablar tenía que ir evitando las palabras un poco cultas y las frases complejas y sustituyéndolas sobre la marcha por sinónimos fáciles y construcciones breves y elementales.

Pero, así y todo, mantenía intactas la constancia y la fe. De ningún modo quería llegar a ser como muchos de sus colegas ya mayores, y a menudo no tanto, gente desencantada que había renunciado a cualquier idealismo y que, como el avaro su caudal, contaba cada día los años que le separaban de la jubilación. Cuando los veía en la sala de profesores, repasando cegatos sus hojas de apuntes, o corrigiendo exámenes con furiosas estocadas de bolígrafo, o enredando en sus útiles magistrales, o hundidos en los sillones y con la vista en el vacío, o afanados en la consulta de un Boletín Oficial del Estado, a Tomás le parecían náufragos arrojados a aquellas playas de desolación tras una larga y prometedora travesía. Y no, él no sería nunca así. El estudio y la buena ambición lo preservarían de aquella decadencia innoble.

En esos primeros años, impulsó una revista de alumnos, dirigió un par de obras de teatro, creó un premio de cuentos, y por las tardes leía, escribía, comentaba, anotaba, ampliaba sin cesar el conocimiento y luego lo distribuía entre las clases, la tesis, los artículos, y era como si trasvasara algo de un recipiente a otro, y luego a otro, y así siempre, una tarea que hubiera mostrado su naturaleza problemática de no ser por la costumbre de considerarla digna y necesaria y por las apariciones sigilosas de Marta, que venía a hacerle una visita a su cubil de sabio: «¿Está bien mi Zampalibros?, ¿quiere él que le dé yo un beso golosito de sal?». Y Tomás se dejaba mecer en las blanduras de aquel bienestar hogareño donde todos los anhelos encontraban recompensa y descanso.

Y entonces era inevitable recordar que en una de las viñetas del tapiz, la más secreta de todas, aparecían unos botones, una cinta azul, unos dedos entrelazados, signos que perpetuaban la tarde en que sellaron el amor de una vez para siempre. Una sucesión de instantes solidarios. El momento en que él quiere desabrocharle el primer botón de la blusa pero no es capaz, tan listas como son esas manos para los libros y papeles y qué torpes son para otras cosas, fíjate, Buhíto, y en la penumbra se entrevé su sonrisa pícara mientras se lleva una mano al escote y con qué destreza, ¿ves, tonto, qué fácil es?, se suelta un botón, y luego otro, y ahora tú, Sabihondo, a ver si te has aprendido la lección. Eran ya novios declarados y estaban en el cuarto de Tomás, solos en casa, y habían corrido las cortinas para crear un ambiente propicio y protector. Momentos que pueden decidir el futuro. Momentos compartidos, como aquel otro en que intenta soltarle el pelo y ella también viene en su ayuda, tres o cuatro horquillas y una cintita elástica azul: gestos concertados que anuncian y prefiguran la solidaridad conyugal, el común acuerdo en el trabajo, la unión en el esfuerzo, primer ensayo general que les permitirá luego empresas más arduas y ambiciosas. Eso es quizá lo que significa para Tomás (él, que no sabe mirar sin interpretar) esa viñeta del tapiz. O aquel otro momento en que tampoco era capaz y ella le da instrucciones, porque ella era ahora la maestra y él el aprendiz, vente un poquito más arriba, ¿así?, así, ya está, despacito, eso es, los dos confabulados para el mismo fin, socios de un proyecto que comenzaba ahora y acaso les ocupara ya el resto de sus días. Alianza sellada por impúdicos susurros de amor, por el largo silencio que compartieron después, las manos enlazadas, mientras caía la tarde y se apagaban los gritos de los niños y el lejano fragor del tráfico y ellos se iban rindiendo a la impresión venturosa y fatal de que estaban solos en la ciudad, en la noche, en el mundo.

Al tercer año de casados nació Clara, y a ella dedicó Marta la última escena del tapiz. Tomás se llenó de proyectos: le contaría cuentos, le cantaría canciones, la educaría, la llevaría al teatro, la iniciaría en el mundo de las humanidades, le dedicaría uno de sus libros, sería un padre paciente, ecuánime, ejemplar. Enseguida la niña ocupó el centro de la vida hogareña, y en torno a ella cerró también filas la familia de Marta. Tomás empezó entonces a sentirse un poco solo, un poco viejo, un poco desplazado. Era una sensación nueva, y hubiera sucumbido a la melancolía del macho sobrante de no ser porque, en desagravio, se entregó a la tesis con más tesón que nunca. Tanto, que al cabo de un año le dio fin, y poco después la presentó a examen. Esperaba que su texto, mil doscientas páginas bien calzadas de notas, y todo él apoyado en la más moderna bibliografía, despertara el entusiasmo del tribunal, y que le propusieran –completa o abreviada– su publicación. Pero no sucedió nada que se saliera del ritual académico. De hecho, no ocurrió nada. Hubo una comida con los miembros del tribunal, y otra con la familia, las dos con brindis por el nuevo doctor. «El doctorcito Montejo», fue el último diminutivo amoroso que le inventó Marta, y Tomás creyó barruntar en él como una burla de los antiguos sobrenombres. Uno de los ejemplares quedó expuesto en una estantería, y los otros fueron a parar a un maletero. Eso fue todo. Y ahí parecía haber concluido una labor de muchos años.

Algún tiempo después se presentó a oposiciones de universidad, y suspendió. Habló ante Marta, furioso y despectivo, de influencias, de favoritismos, de padrinazgos, de apaños y prebendas. Pero al final, convirtiendo la amargura en coraje, proclamó:

–Volveré a intentarlo, y esta vez no fallaré.

Y Marta, que le había escuchado mientras atendía a la niña, dijo sin interrumpir su labor:

–¡Qué tontería! ¿Para qué? ¿Para qué cambiar si aquí estamos bien? Olvídate de todas esas fantasías –y siguió con lo suyo.

Tomás no supo qué decir. «¡Fantasías!», pensó. «Ya no me admira. Ya no logro seducirla con mi saber y mis palabras.»

Y Tomás Montejo se sintió entonces más solo y desvalido que nunca, sin Marta, sin la tesis, sin un futuro prometedor, sin nada de lo que le había otorgado durante años un lugar en el mundo. Entonces miró el pasado, hizo balance, y le pareció que su vida había sido superflua. Sus logros, sus anhelos, eran ahora un montón de ruinas, ni siquiera nobles. Y si miraba hacia delante, veía también un paisaje yermo. Es verdad que le quedaba por jugar una carta, la mejor de todas, que era escribir ficciones. Su verdadera y más secreta ambición. Pero eso iba para largo, y aún estaba por ver si tenía o no talento de escritor. «No debía haberme casado», se dijo. «Marta y yo somos muy distintos. Somos dos mundos. Y ella ha fingido que le interesaban mis cosas, mis proyectos, mi pasión literaria, pero quizá todo ha sido cálculo e impostura. Un modo de seducirme y nada más.» Añoró la soledad, donde se forjan los hombres de carácter. El matrimonio le había reblandecido la vocación, y lo había hecho conformista y ridículamente feliz.

Durante un tiempo anduvo a la deriva, encenagado en el tedio y hundido en el desánimo, y así hubiera seguido de no ser porque un día, de pronto, un nuevo proyecto, el más tentador y hacedero que había tenido nunca, vino a rescatarlo de aquella postración.

3
Tragicomedia

Su vida había sido hasta entonces una historia sin apenas conflictos, con sólo algún sobresalto que enseguida la costumbre allanaba, y ahora de pronto se iba llenando de novedades y misterios. Ya no había actos inocentes, sino que hasta los detalles más nimios parecían proyectar a su paso la sombra de una segunda intención, de una advertencia, de un presagio. De repente todo se había vuelto inquietante, extraño, y él sentía que las piezas de su vida querían descabalarse para formar otra figura, para encajar en otro orden y derivar hacia otros rumbos.

¡Tantas cosas habían cambiado alrededor! No sólo los hábitos de muchos años: también los recién adquiridos fueron prescribiendo en pocos meses. Un día Dámaso pretextó un dolor de cabeza a la hora de los deberes, y al otro Bernardo dio por hecho que seguía indispuesto, le señaló en los libros unas lecciones para que las estudiase por su cuenta, y con sólo eso quedaron clausuradas las tareas escolares. Y lo mismo ocurrió con las sobremesas de la cena, con aquel modo dulce y confiado de entrar todos juntos en la noche, de estar allí reunidos y seguros mientras afuera se cerraban las sombras y el mundo se llenaba de amenazas de las que ellos estaban felizmente a salvo. Pero ahora no, ahora todos andaban cada cual por su lado. Natalia y Bernardo, con el pretexto de los deberes, hacían las veladas arriba, o se iban al cine o de paseo, con lo cual también el padre aprovechaba para retirarse pronto, o subía un rato a la plaza, de donde a veces regresaba tan a deshora que Dámaso se dormía recordando la voz llorosa y airada de su madre: «¿También irás esta noche?», y aquella frase lo dejaba como asomado al borde de un abismo. Sí, quizá iba a casa de Bernardo y de la madre de Bernardo, como si aquélla fuese ahora su familia, y hasta es posible que también Natalia se agregase a ellos, los cuatro juntos, felices, mientras la madre y él languidecían junto a las brasas.

Era como si el joven Bernardo los hubiese tocado con una varita mágica y estuviesen todos en trance de encanto y de transmutación. El padre parecía andar ocupado en actividades secretas, y ahora le daba por irse al campo y quedarse allí solo durante muchos días, ajeno a la familia, y cuando regresaba se le veía más contento que nunca. ¿Qué se traería entre manos? Ya no se sumía en sus largas y atribuladas reflexiones al fondo del pasillo sino que iba y venía y apenas paraba en casa, salvo para hacer tertulia con Bernardo y Natalia en la sala de estar, y por cualquier cosa se animaba, reía, se le iluminaba la cara, parecía otro, como si de veras estuviese bajo los hechizos de un encantamiento. Y en cuanto a Natalia, no había más que verla. Los últimos rasgos de su infancia habían desaparecido tras la apariencia de una madurez prematura y ambigua. Usaba ahora vestidos que resaltaban sus formas más sugerentes de mujer, y los toques de rímel y carmín le daban a sus ojos un brillo húmedo y sombrío, y a sus labios una especie de voluptuosidad desganada y morbosa, de modo que era difícil reconocer en ella a la adolescente primeriza de hacía sólo unos meses. Sus manos, con las uñas laboriosamente crecidas y pintadas, parecían ahora hechas para el ocio, ineficaces, superfluas, nada que ver con sus manos ágiles y aplicadas de siempre.

Ni siquiera la madre era exactamente la misma. Por la noche, junto al fuego, Dámaso y ella no sabían de qué hablar. Intercalaban si acaso alguna frase de circunstancias, parece que refresca, esta leña arde mal, ya se va haciendo tarde, cómo ladra ese perro, lo justo para evitar que en el silencio se hiciese demasiado evidente la ausencia de los otros. Era ya la única que le preguntaba qué tal por el colegio, y en el mismo tono convencional él le decía que bien, aunque era mentira, porque a él el colegio le era indiferente, se aburría, se sentía forastero, y no participaba en los juegos y bromas de sus camaradas. El Caviloso, le llamaban, y algunos se burlaban de él y le tiraban bolitas de papel cuando se quedaba, en efecto, abstraído en pensamientos que parecían de lo más profundo pero que luego, cuando en un instante de lucidez intentaba hacerlos conscientes, resultaban ser sólo cascarones vacíos: la actividad frenética de su mente debatiéndose sin tino y sin objeto, desbocada en la pura nada, y entonces miraba el reloj y se dedicaba a contar el tiempo que faltaba para volver a casa, sin saber si anhelaba o temía ese momento. Y a la salida, a veces corría para llegar a casa cuanto antes, y otras daba un rodeo para retardar el regreso a un lugar que le era hostil y que empezaba a no sentir ya como suyo.

–Tienes que estudiar mucho.

–Sí –decía Dámaso por decir algo.

Y una noche, sin venir a cuento, le dijo de pronto con voz dulce y doliente:

–No debes odiarlos.

–¿Odiar qué?

–A tu padre y a tu hermana. No debes odiarlos. Al revés, debes tenerles lástima y quererlos más que nunca.

–¿Por qué me dices eso?

–Eres todavía muy pequeño. Pero algún día lo entenderás.

Luego volvieron al silencio y a su natural estado de estupor.

Ya en la cama, Dámaso repasaba su vida queriendo buscar en ella una esperanza y un sentido. Y tan pronto se convertía en héroe vengador como en mínima criatura de nadie, cuyo único modo de supervivencia estaba en los márgenes y en el arte de no hacerse notar. Alguna noche también él salía en secreto y los pasos lo llevaban hacia el barrio donde vivía Bernardo, y se apostaba en la oscuridad y espiaba largamente las entradas y salidas de la casa, torturado por el ansia de indagar, de saber, de entender algo de lo que estaba pasando alrededor. ¿Cómo no odiarlos con toda su fuerza? ¿Cómo quererlos y tenerles lástima? Sólo el sueño conseguía liberarlo de aquel sentimiento de soledad, de rabia, de abandono, y de establecer una tregua en aquellos tiempos aciagos, los más tristes que le habían tocado vivir hasta entonces.

Pero una mañana notó en el aire y en la luz los primeros augurios de un nuevo verano, la anchura caudalosa del espacio y del tiempo, el ritmo despacioso, la pereza que ya no era vicio sino forma de vida y reconciliación con la naturaleza, y que parecía eximir de las culpas contraídas durante todo el año, y entonces pensó: «El verano lo arreglará todo», como si el verano fuese una deidad antigua, barbada y jocunda, capaz de restaurar con su poder absolutorio la armonía familiar. Porque siempre el verano había sido como un punto y aparte, un remover las fichas o barajar los naipes para empezar una nueva partida, de modo que las deudas quedaban saldadas al mismo tiempo que se renovaban los proyectos, se disipaban los temores, y la vida adquiría una ingravidez donde todo era fácil, donde lo efímero y lo perdurable confundían alegremente sus fronteras.

Como cada año, en junio se fueron a vivir a la casa del campo, pero ya en el silencio del viaje se notaba que aquel iba a ser un verano distinto. Y aún más, cuando al rasar un alto, vieron la casa desde lejos. La habían ampliado y estaba recién pintada, de un blanco deslumbrante, y los tejados eran nuevos, las ventanas más grandes, la chimenea más alta y más airosa, y al acercarse vieron que tenía un porche con una barandilla de madera, y en él una mesa blanca de hierro con sus sillas, y un farol en el techo, y junto a la puerta unos rosales. Ahora entendía Dámaso por qué el padre se había pasado tanto tiempo en el campo. Dentro, habían cambiado los suelos de lanchas de pizarra por alegres baldosas de colores, empapelado las habitaciones y renovado el mobiliario. Lo que antes era una modesta casa de labor ahora quería ser como una villa de recreo, y había algo ostentoso y como fraudulento en aquel cambio. Pero eso quizá lo pensó luego, años después, porque en aquel momento a Dámaso todo le pareció espléndido, y era incapaz de salir del asombro. En la parte nueva, olorosa aún a albañilería, había un salón con una chimenea francesa y un gran ventanal lleno de luz, y dos dormitorios muy bien amueblados, listos ya para recibir a los huéspedes. Y aquí un sofá y unos sillones, y allí una hamaca y una lámpara de pie, o unas estanterías con libros de consulta, cuadros de caza, arboledas románticas, una alfombra, un reloj de pared. Todo de un lujo convencional y apasionado. El padre y Natalia (que parecía estar también en el secreto) iban delante, encendiendo luces, corriendo cortinas, abriendo ventanas de par en par. Y Dámaso quería entender y no entendía. ¿Cómo es que no se había enterado hasta ahora mismo de esa gran novedad? ¿Se trataría quizá de una sorpresa? Miró a los demás. Vio la expresión lastimada y remota de su madre, el gesto encendido de orgullo del padre, el brillo triunfante y como ávido en los ojos de Natalia, y entonces empezó a comprender. No se trataba de una sorpresa sino de la confirmación de una amenaza, de una pesadilla hecha realidad. Aquella construcción no era sino un homenaje: el escenario magnífico para recibir con dignidad al gran joven Bernardo.

–¿Qué te parece? –le preguntó su padre, y le puso una mano en el hombro. Y por primera vez él sintió el peso de su mano y la irradiación de su presencia no como una protección sino como un castigo y una carga.

Aquél fue el último verano familiar. A los dos o tres días ya estaba allí Bernardo. Una mañana, como surgido de la nada, oyó su voz, y enseguida la voz pueril y un tanto histérica de Natalia, y a partir de entonces todo fue una incansable novedad. No hubo ya día que no trajese su invención, su estilo, su artificio. A veces organizaban excursiones a parajes que de pronto resultaban exóticos, un encinar, un monte, un valle, unos canchales, lugares que siempre habían estado allí, sin despertar la admiración de nadie, pero que ahora ellos, sobre todo Bernardo, convertían en paisajes insólitos, de postal, en realidades nunca vistas, con sólo invocar lo que veían o imaginaban: fijaos en aquella línea violeta, y señalaban al horizonte, ¿y aquel peñasco?, parece un animal prehistórico, ¡cómo relumbra entre los álamos el agua del arroyo!, ¿no oís ese pájaro con qué melancolía canta en el zarzal?, ¡mirad aquella estrella!, ¡oh, qué paz!, ¡cuánta belleza!, ¡qué misterio! Y así redescubrían y enaltecían las cosas de siempre sin otro arte que el de nombrarlas, subrayarlas o señalarlas con el dedo.

Y luego estaba la vestimenta, sin la cual aquellos comentarios hubiesen perdido quizá su oportunidad y su eficacia. Dámaso no sabía de dónde ni con qué dinero, pero ahora Natalia aparecía vestida con pantalones cortos y niquis ajustados, minifaldas de colores, ligeros conjuntos deportivos, siempre grácil y esbelta, y el joven Bernardo la secundaba con elegante desenfado, una sahariana, unas gafas de sol, un pañuelo al cuello con los picos tremolando al aire, unos calcetines arlequinados, un sombrero de lona de ala baja. Era difícil de entender, qué pretendían, qué papeles representaban, para qué esperanza trabajaba cada cual, qué ensueños sustentaban. Hasta el padre se había remozado y ahora lucía más juvenil, sin chaqueta, a veces sin sombrero, con sandalias o zapatos finos en vez de los botines, o vestido de sport, con un aire mundanal y atildado nunca visto hasta entonces.

Y con esas trazas salían un día a pescar, sin que faltase el toque ornamental que le otorgaba brillo y carácter a la expedición: una cesta al hombro para las capturas, una malla, unas botas de agua, un sombrerito verde: objetos inservibles pero que por sí mismos justificaban la tarea, de modo que era igual pescar o no pescar, porque donde no había peces había juegos y burlas, y con la impedimenta y el ceremonial bastaba para dar por buena la jornada. Otro día lo dedicaban a pintar paisajes, y allí estaba el padre haciendo puntería con el cabo del pincel para tomar la perspectiva, y otros detalles de la puesta en escena: la carcajada unánime con que celebraban alguna torpeza, las cabezas reunidas ante el lienzo donde el joven Bernardo, culminando la obra, daba un último toque de color, el golpe de viento que un día derribó el caballete y volteó la falda de Natalia y le arrebató el sombrero al padre y, ¡oh!, todo fue entonces una explosión de risas, de alborozo, de sálvese quien pueda, de complicidad con una naturaleza que rivalizaba con ellos en travesuras y alegría de vivir. Y otro día Natalia y Bernardo decidieron coleccionar flores y mariposas. Salían cada mañana, ágiles y felices, vestidos para la ocasión, en busca de novedades, de rarezas. Y otra tarde de viento volaron entre gritos y aplausos una cometa que era un dragón chino, más y más alta, hasta que fue sólo un puntito rojo allá en la inmensidad del cielo de verano.

Dámaso asistía como espectador a todos esos juegos e invenciones. Y no porque no contaran con él, porque siempre había alguien que se acordaba de invitarlo («¡Vamos, vente!, ¡no seas corto!», le decía a veces su padre), y aunque al principio él aceptaba y se sumaba al grupo, pronto empezó a poner pretextos, a desaparecer cuando se disponían a irse, a ocultarse para verlos cómo se marchaban, cómo sus voces y sus risas se iban borrando alegremente en la distancia. Dámaso no recuerda si al final fueron ellos quienes lo relegaron o él mismo el que se marginó, o quizá fue que los otros dieron por supuesto que él era libre para unirse o no al grupo, cuando en realidad Dámaso no podía escoger, porque si se agregaba a ellos, enseguida se encontraba allegadizo e incómodo, y añoraba la soledad, y si se quedaba solo, se arrepentía de no haberse atrevido a acompañarlos, y sentía nostalgia y envidia de las maravillosas experiencias que estarían viviendo en ese mismo instante.

Así que ahora tenía mucho tiempo para recuperar sus juegos bajo el eucalipto, o para ir a grillos o a ranas, o para esconderse en cualquier espesura e imaginar que había desaparecido para siempre, con la seguridad de que tardarían mucho en echarlo de menos. Incluida la madre, que llena de nuevas energías trabajaba en silencio para tener la casa limpia, la mesa a punto, y para ir siempre vestida y peinada como si también ella colaborara entre bambalinas en la representación de la obra, en la construcción y el mantenimiento de aquel sueño real. «No debes odiarlos», recordaba Dámaso sus palabras; «al contrario, debes tenerles lástima y quererlos más que nunca.» Y no le importaba ejercer de cocinera y de doncella y servirles con risueña solicitud cuando decidían comer al aire libre, o cenar y hacer la sobremesa en el porche, a la luz de las velas, o de los farolillos de papel que colgaban del ciruelo loco y de la parra, y con música sentimental de fondo.

Y también se ofreció –con una ilusión incomprensible para Dámaso– a preparar y servir una merienda campestre la tarde en que organizaron un baño colectivo en la alberca. Natalia lucía un albornoz blanco, del que se despojó con indolencia para salir ataviada con un bikini de color limón, preciosa y etérea, y ya dueña de sus poderosos encantos de mujer, en tanto que Bernardo llevaba un bañador ceñido que le hacía bulto en la entrepierna, y enseguida se puso a realizar ejercicios gimnásticos (hacía el pino y se tiraba al agua con un salto mortal), y a lucir un cuerpo atlético y lúbrico de mocetón. El padre, que siempre se había bañado en calzoncillos, aparecía ahora con un meyba estampado, lo cual le daba un aire absurdo de modernidad. Y la madre: dilecta, servicial, con un blanco delantal de encajes (sólo le faltaba la cofia), tendiendo un mantel sobre la hierba para sacar de una cesta y exponer exquisiteces gastronómicas desconocidas hasta entonces. Sí, era como un teatro, como un sueño, como un espacio ilusorio y sagrado, y había algo enfermizo, algo ominoso, en la discordancia entre la alberca, con su agua impura y laboral, y la escenografía y el refinamiento en el atuendo y en las maneras de los bañistas, como si fuesen ajenos e invulnerables al entorno: a la siega, a la trilla, al sudor de los hombres y al afán de las bestias, al olor polvoriento del cereal, a la naturaleza ya exhausta por aquel largo y tórrido verano...

–¿No te bañas? ¿No comes algo? –le gritó su padre mientras chapoteaba en el agua.

Y su madre: no los odies, le decía, le imploraba con la mirada. Pero él se dio la vuelta en un rapto emancipador de ira y se alejó a trancos con los puños cerrados. «¡Maldito seas!, ¡malditos seáis todos!», se iba diciendo para sí mismo a voces, ciego de rabia y exaltado por la humillación.

Desde entonces vivió obsesionado con ellos, se le aparecían en sueños, rezaba para que Dios castigase con la muerte a Bernardo o se lo llevara para siempre a otra parte, o se entregaba con deleitoso patetismo a la venganza de huir de casa y ya no volver nunca, esta vez sí, y se acordaba de la historia de José en Egipto, vendido como esclavo por sus propios hermanos y a quien un día el destino le ofrece la ocasión del desquite, o bien comer un día de los frutos prohibidos del ciruelo e inmolarse ante ellos y, como en el teatro o en el cine, se imaginaba en la agonía viendo a su padre bañado en lágrimas y con el rostro deformado por el horror, torturado por una culpa que lo perseguiría ya para siempre... Pero se quedó, y hasta participó en la fiesta de disfraces con que celebraron el final del verano. Su padre se vistió de juez por arte de unos ropajes negros y una gran barba visigótica hecha con greñas de maíz, Natalia de odalisca, con el velo en el rostro y unas bombachas de satén, Bernardo de Gran Turco, la madre de geisha, Dámaso de caníbal, y hubo invitados traídos de otros cortijos para darle realce a la fiesta, y cuando al final los que tenían careta se la fueron quitando para mostrar su identidad, hubo alguien, un hechicero con cara de pantera, y que no había hablado nada en toda la noche, que se resistía a dejarse desenmascarar, hasta que entre risas y forcejeos lo descubrieron y resultó ser Águeda, la madre de Bernardo. «¿Cómo se han atrevido?, ¿cómo puede ser esto?», pensó Dámaso, sin dar crédito a lo que veía. Hubo un largo silencio, con el que nadie se atrevió. Miró a su madre, y le pareció que también ella estaba aturdida por la sorpresa, pero luego su pequeña boca de japonesa, un corazoncito de carmín, insinuó una sonrisa, y poco a poco se fue iluminando su blanco rostro inescrutable. La otra se mordió el pudor en los labios, entre turbada y risueña, y luego se sacudió la cabeza para esparcir su gran mata de pelo, negra como el carbón. El padre, exultante, eufórico, repartía copas colmadas de licor. Entonces brindaron por el fin del verano y luego hubo bailes y cantos, se tiraron cohetes, y esa noche Águeda Pérez se quedó a dormir en casa, y al día siguiente Dámaso vio de lejos cómo se iban los dos, la madre y el hijo, en un coche de alquiler adornado con flores y cintas, y Natalia y el padre y la madre les fueron diciendo adiós con la mano hasta que sólo quedó una nube dorada de polvo al final del camino.

Y con ellos se esfumó el sueño, o bien bajó el telón y comenzó el primer entreacto de la obra. Todo volvió entonces a su ser primero. Se clausuró la parte nueva de la casa y se guardaron para mejor ocasión la mesa y las sillas y los farolitos de papel que adornaban el porche. Toda la decoración quedó desbaratada en un instante. El padre, vestido otra vez de oscuro, y con sus botines rechinantes, recuperó su mejor catadura sombría y el gusto por las cavilaciones torturadas y estériles, y la madre parecía ahora más hermética y distante que nunca. En cuanto a Natalia, se encerró en su cuarto, como si estuviera enferma, y no salió de allí hasta el día en que, recogida la cosecha, regresaron al pueblo.

Tampoco Dámaso era ya el mismo. Algo en él había cambiado, algo tan profundo que sus efectos apenas se notaban en la superficie, un hondo presagio (la leve ráfaga de viento precursora de la tormenta) del que acaso él no era ni siquiera consciente. Al fin y al cabo era el único que no había querido participar en el montaje y representación de aquel juguete escénico (aunque inevitablemente le tocó interpretar el papel de personaje envidioso y esquivo), y quizá esa distancia crítica le había concedido la triste lucidez del insomne... Ese verano desaparecieron las últimas fantasías autorizadas de la infancia. Todos los héroes y quimeras de la niñez se diluyeron al primer contacto con una realidad que resultaba mucho más rica que sus aventuras de ficción.

Regresaron al pueblo, pasó el verano, sobrevino el otoño. Y una tarde lluviosa de domingo, después de mucho andar por calles desoladas sin saber qué hacer ni adónde ir, volvió a casa y se tumbó en la cama, náufrago en un mar de tiempo. Todos habían salido, y sólo se oía a lo lejos el cuchicheo de la lluvia. Pero no: en algún lugar, allá en los desvanes, se oía algo más, no tanto un ruido definido como un bulto sonoro, la presencia de alguien, de algo, que de vez en cuando removía la superficie tersa del silencio. Luego, todo volvía de nuevo a sosegarse. ¿Y no había también algún susurro, y algo como una especie de tumulto en sordina?, ¿o era sólo el pulular de la mente queriendo pensar y sin pensar en nada, trabajando sin tregua ni provecho?

Paso a paso, peldaño a peldaño, se fue acercando hacia el origen del rumor. Y según subía hacia los desvanes, lo iba envolviendo el olor denso y sofocante a cereal y a sacos de arpillera. En un cuartito de la última planta, con techo abuhardillado, que sólo se usaba ya para conservar y sazonar sobre el suelo nueces, almendras y membrillos, el ruido se hizo al fin concreto y real. Se asomó a la puerta entreabierta y entonces los vio. Un ventanuco iluminaba vagamente la escena. Natalia yacía en el suelo tumbada de espaldas, con la camisa abierta y la falda subida hasta la cintura, y Bernardo estaba arrodillado entre sus piernas, con el torso desnudo, y los dos se movían a un ritmo lento y poderoso, y en cada ir y venir Natalia subía y bajaba, y se oían suspiros, jadeos, quejas, y unas veces sin querer, y otras al parecer queriendo, con las manos y los pies removían y desparramaban los frutos, convirtiendo así en juego y en incitación el frenesí amoroso. Dámaso dio un paso adentro, respirando el aire saturado por la fragancia de los membrillos, fascinado por la visión de un imposible, de la más remota fantasía hecha de pronto realidad.

Ella fue la primera que lo vio. Lo miró sin asombro, distante, inexpresiva, como aletargada de sueño. La boca entreabierta y floja le daba un aire de estolidez más que de voluptuosidad. Y luego él. Al verlo se quedó inmóvil, y en su cara había al principio ira y desprecio, pero enseguida apareció una levísima sonrisa burlona e insinuante, al tiempo que retomaba muy despaciosamente su compás, recreándose en él, apurando el lance en cada acometida, y sin dejar nunca de mirarlo, como exhibiéndose, o queriendo hacerlo partícipe de su fruición y de su afán. Los dos mirándolo y meciéndose con exagerada y gustosa lentitud, quizá excitados aún más con su presencia, con su estupor, que llegó ya a su colmo cuando Bernardo se irguió sin levantarse y, volviéndose a él, le mostró su miembro en toda su cruda y arrogante erección. Lo hizo solemnemente, como exponiendo a una congregación de fieles una reliquia o un objeto precioso, y de tal modo que también Natalia pudiera participar de aquella ceremonia procaz. Luego se volvió otra vez hacia ella, se agachó entre sus piernas y, siempre a la vista, como si se tratara de una demostración didáctica, se dispuso a acoplarse de nuevo y a reanudar su trajín amoroso.

Miró a Natalia. Vio el perfil de sus senos desnudos, el blancor de su vientre, la pequeña sombra del pubis, la expresión neutra de su rostro, la boca idiotizada, como si careciese de voluntad o se hubiera convertido en otra por efecto de un maleficio. Pensó en gritar, en llorar, en atacar, en huir, torturado por una acción inminente que no acababa de llegar. El crepitar de la lluvia en las tejas se convirtió entonces en fragor y fue como una señal para que también él se llenara de un súbito arranque de rabia y de coraje. «Qué te están haciendo», pensó, lleno de lástima, «qué han hecho de ti, pobre Natalia, y de todos nosotros», y entonces se lanzó contra el joven Bernardo, convertido no en el héroe de sus juegos infantiles ni en ninguna niñería de ese estilo, sino en sí mismo, en Dámaso Méndez, un muchacho de catorce años, más bien bajo, algo grueso, carente de atractivos, de aspecto algo torpe, pero que arremetió con tanto ánimo y autoridad moral que los dos rodaron trabados por el suelo. Y como quien dice aquel fue el principio de un arremetimiento que duraría más de treinta años.

Dámaso recordaría siempre la risa de Bernardo, el crujir de las almendras y las nueces y el dolor cuando se hincaban en la carne, el esfuerzo inútil y desesperado de sus pies y manos intentando herir y patear, el asco y la necesidad sofocante de zafarse de él cuando sentía contra su cuerpo el duro contacto de su virilidad, la impotencia y la rabia y la humillación cuando lo volteó y lo inmovilizó entre sus piernas, con las rodillas fuertemente asentadas sobre sus bíceps.

–¿Te gusta? ¿Quieres tocarla? ¿O prefieres mejor darle un besito? –y lo agarró por el pelo para que no pudiera apartar la cara.

Natalia estaba ahora arrodillada junto a él.

–¿Por qué has tenido que meterte? ¿Por qué tienes que andar siempre espiándome?

–Porque le gustas. Di, ¿a que te gusta tu hermanita? ¿A que te encantaría hacer porquerías con ella?

–Me espía desde siempre.

–Porque es un vicioso. Seguro que se pasa el día haciéndose pajas mientras piensa en ti. ¿A que eres un vicioso? ¡Anda, dale un besito! Verás como también esto te gusta –y le tiró del pelo para obligarlo a subir la cabeza.

–Déjalo –dijo Natalia, con voz neutra, inexpresiva.

–No, espérate. ¿No ves que él disfruta con esto? Seguro que se le está poniendo ya durita. Vamos a ver cómo es de grande.

A tirones le soltó el cinto y le bajó el pantalón.

–Déjalo ya.

–Pero si no tiene nada. Mira, es sólo un pingajito. ¿Y con esto querías hacer feliz a tu hermana?

–Déjalo que se vaya.

–Tócasela tú, tócasela y verás como se pone cachondo.

Dámaso había dejado ya de debatirse y luchaba sólo para mantener la cara apartada y para no llorar.

–Tiene razón tu padre, no sirves para nada, ni siquiera para...

Dámaso le escupió con todas sus fuerzas. Pero él no se inmutó. Sacó un pañuelo del pantalón, se limpió cuidadosamente y luego lo abofeteó, primero en una mejilla, luego en la otra, y así tres, cuatro veces, frío, metódico, sin saña aparente, graduando la severidad del castigo.

–Ya vale. He dicho que lo dejes.

Se levantó, se limpió furiosamente la boca con el dorso de una mano mientras con la otra se abrochó el pantalón. Los miró temblando de ira, con los puños apretados, enloquecido por un deseo inaplazable de venganza.

–¡Lo contaré! ¡Se lo contaré a todo el mundo!

–¿Contar qué?

–¡Todo!

–¿A quién? ¿A tu padre? No te creerá. Pensará que quieres calumniarme. Me creerá a mí. Y además da igual. Él sabe que Natalia y yo somos novios. ¿Cómo no iba a saberlo si ha sido precisamente él nuestra celestina?

Pensó en atacarlo de nuevo, pero no tuvo arrestos para tanto. Tampoco encontró ninguna palabra digna de ese instante. Toda la cara le temblaba de furia. Finalmente, ya al borde del llanto, le dio una patada a un membrillo y salió corriendo de la estancia.

4
Grandes esperanzas

Un día, hablando en la penumbra de la sala de profesores con un colega de Filosofía, Tomás Montejo contó por encima el argumento de su tesis. Estaban de guardia y habían hecho juntos la ronda de inspección, recorriendo pasillos, escaleras, seminarios, el patio, la biblioteca, el bar, los sótanos, y todos los lugares y recovecos donde pudiera haber estudiantes que, en horas lectivas, alteraran con su sola presencia el orden escolar. Dos alumnos, expulsados de clase, que peleaban silenciosamente al fondo de un pasillo, al verlos echaron a correr, convertidos de pronto de adversarios en cómplices. El filólogo y el filósofo aceleraron el paso y durante un rato les siguieron la pista por todo el instituto, preguntando aquí y allá, hasta que finalmente el jefe de bedeles apareció con ellos: los traía cogidos por la oreja, uno en cada mano, obligándolos a caminar agachados, casi en cuclillas, y sin ningún esfuerzo por su parte. Tras un breve interrogatorio, los enviaron castigados a la biblioteca.

Y ahora estaban allí, sentados al resguardo de las inclemencias pedagógicas, hundidos en los sillones, adormecidos, intercambiando de tarde en tarde alguna frase ocasional. De fondo se oía el currichichí de los perdigones de caza del jefe de bedeles, que tenía vivienda en el instituto, una casita adosada a las tapias del patio, y los cantos se mezclaban con las voces de los profesores y el sordo rumor del alumnado. Y luego estaba aquel otro rumor, laborioso y humilde, que venía de la biblioteca, donde al parecer los dos alumnos se habían puesto de nuevo a pelear. Todo aquello, la penumbra, la molicie de los sillones, una cierta irrealidad en el ambiente, invitaban al devaneo y a la confidencia. Inspirado en las alternativas del silencio, y en tono jocoso, Tomás se refirió entonces a su tesis, que trataba precisamente sobre eso, sobre la potencia expresiva que las pausas llegaban a alcanzar no sólo en el teatro sino también aquí, en este instante en que las palabras tenían algo de opaco, en tanto que el silencio parecía revelar una transparencia abismal..., y ahí se calló, extraviado en su disertación pero a la vez ilustrando en la práctica lo que quería decir.

–Interesante –dictaminó el filósofo–. Un tema así, más que una tesis merecería un ensayo breve y elemental para que lo leyera todo el mundo. El valor del silencio y del ruido en el mundo de hoy. Me imagino incluso una representación teatral donde los actores, incómodos y decepcionados con la obra que recitan (y no por su calidad, porque bien pudiera ser un Shakespeare o un Lope, sino por la indiferencia o la incompetencia del público ante una realidad verbal compleja), optan por ir simplificando y mutilando el texto y sustituyéndolo poco a poco por la pantomima, hasta acabar todos en un absoluto, definitivo y clamoroso silencio. El público, en pie, aplaude frenético mientras cae el telón.

–También puede acabar en un parloteo neurótico y generalizado –dijo Tomás.

–También, también –concedió el otro–. Ruido y silencio serían al fin la misma cosa. Y esa obra de que hablo es la que representamos nosotros, los profesores, cada día. Tarde o temprano, estamos condenados a la pantomima y al silencio. Sí, ésa sería una buena historia. Un libro que contara el avance destructor del silencio y del ruido en el alto lenguaje de la cultura en los últimos veinte o treinta años, un poco en plan ciencia ficción. Podría incluso llegar a convertirse en un bestseller.

Eso fue todo. Aquel filósofo tenía fama de excéntrico y oscuro, y al principio Tomás no prestó mucha atención a sus palabras –no poco confusas, por otra parte–, pero luego, mientras volvía a casa empezó a darle vueltas a algo que había dicho su colega y que le parecía de lo más sugerente. ¿Cómo no haber caído antes? El tema, en efecto, ¡y con qué claridad lo veía ahora!, era más apropiado para el público culto en general que para una secta de filólogos. Por otro lado, analizar únicamente los silencios dramáticos en más de mil páginas tenía algo de pretencioso, si es que no de ridículo. Y todo además sofocado de notas y citas bibliográficas, que era imposible leer unas líneas de corrido sin tropezarse con llamadas que remitían a fatigosas digresiones. ¿Quién iba a leer un mamotreto semejante? Sí, eso es, un libro que, partiendo de las pausas dramáticas, se extendiese al análisis de otros silencios de mayor relevancia social: la religión, la política, la publicidad, el deporte, el amor, y todo ello presentado como si fuese una gran obra de teatro, dividido en actos y escenas y con sus *dramatis personae* al principio, que no sería sino el índice de nombres propios, por orden de aparición, no alfabético, y se paró en la calle, deslumbrado por la visión del libro, que ya le parecía escrito y hasta publicado.

Eso es, un libro atractivo y provocador, y a la vez riguroso, porque por un lado conservaría el empaque de la tesis que había sido, y por otro ofrecería conexiones insólitas con la realidad, audaces puentes semánticos tendidos sobre abismos de tiempo, de modo que pudieran codearse fragmentos dramáticos de Sófocles o Ibsen con ilustraciones de anuncios publicitarios, titulares de periódicos, fotografías de líderes políticos y otras gentes de alcurnia, tiras de comics, secuencias de cine mudo, chistes sin palabras, eslóganes, emblemas, iconos, y otros muchos ejemplos de laconismo o de lenguaje gestual, formas más o menos elaboradas de sugerencia, pausas que el receptor no podía desoír, miradas turbadoras, expresiones indescifrables (y pensó en Buster Keaton, en la Gioconda, en Franco, en Greta Garbo, cuyas imágenes atraían precisamente por lo mucho y hondo que callaban, como también era el caso, por ejemplo, de Bartleby o de Meursault), reticencias, sobreentendidos, vacíos verbales disfrazados de circunloquios..., y según se le ocurrían estas cosas, iba caminando cada vez más deprisa, lleno de energía, de fe en el porvenir.

Tan fácil vio el proyecto, que de inmediato se puso a buscar un título apropiado y de impacto. En un instante se le ocurrieron muchos: *Arte de callar, El silencio sonoro, Gramática del silencio, Chsss, Signos secretos,* y entre medias se iba diciendo: «Es verdad lo que dijo Marta, ¿para qué la universidad? ¡A la mierda con la universidad!». Porque en el fondo, a lo que él había aspirado siempre era a ser escritor. Y qué era preferible, ¿hacer carrera literaria o carrera académica? Ah, y tampoco le diría nada a Marta hasta que el libro saliese de la imprenta. Y entonces ella volvería a admirarlo, mi Buhíto, mi Sabihondo, y él recobraría su antiguo poder de seducción. Y, rebosante de determinación y de coraje, aceleró el paso hacia casa.

Y así fue como, guiado unas veces por la fiebre creadora y otras por un afán justiciero de destrucción, en pocos meses desbarató la tesis que tantos años le había costado componer y, después de hilar sus mejores pasajes y de barajarlos con otros nuevos, le quedó un manuscrito de unas trescientas páginas, al que finalmente tituló *Las máscaras del silencio,* y no contento con él subtituló: *Qué se dice cuando nada se dice.*

Ya corregido y encuadernado, una noche lo leyó de un tirón, haciéndose de nuevas. La extrañeza ante sus propias palabras, las páginas limpias de notas y remites, la fluidez de la lectura, le producían de vez en cuando un estremecimiento de placer. También de pronto un escalofrío de alarma: ¿no resultaba un tanto intrincada la escritura? Pero no, porque el tono desenfadado hacía solubles en su alegre caudal los tecnicismos más herméticos, y la oscuridad, cuando aparecía, resultaba hospitalaria y le daba al libro un toque refinado que los lectores exigentes sabrían agradecer, y eso por no hablar de las ilustraciones –fotografías, viñetas, noticias, anuncios por palabras, imágenes publicitarias–, que eran otras tantas promesas de la moderna amenidad del texto. Ya de madrugada, tras leer la última página, miró al cielo, y luego cerró los ojos, y por primera vez se sintió plenamente partícipe del mundo, pues su libro era una pieza mínima pero ya inexcusable del orden general de las cosas.

Sin decir nada a nadie, envió el manuscrito a todas las editoriales, desde las más grandes a las más pequeñas, y luego se sentó a disfrutar del delicioso vértigo de la espera. Tan pronto se veía convertido en escritor de fama como postergado por una época demasiado mostrenca para apreciar los sabores más recios del conocimiento. Por otro lado, las concesiones que había hecho para tratar de infiltrarse en los circuitos del gran público, vulgarizando el saber y sacrificando el rigor a una cierta livianía de reportaje periodístico, y todo ello emperifollado de bisutería mediática, quizá le valiese la indiferencia o la repulsa del mundo académico. Y, entre una cosa y otra, ¿no se quedaría en tierra de nadie, al final ni clásico ni moderno?

El tiempo vino a agravar las incertidumbres. A los dos meses llegó la primera carta, y poco después otra, y en ambas rechazaban el manuscrito con dolidas lisonjas. No había halago que no fuese la antesala de un reproche. Tomás Montejo al principio se sintió inepto y luego, con valiente rencor, incomprendido. Buscó ejemplos, y encontró tantos como quiso, de grandes hombres que sufrieron la desidia de sus contemporáneos. Una tercera carta lo afianzó en esa esperanza. Pero también en la culpa de haber sucumbido a las míseras tentaciones del éxito, esqueletizando y trivializando la tesis para ponerla al alcance del vulgo. Bien merecido se tenía el escarmiento. ¿Qué era eso de salir al encuentro de los lectores voceando la mercancía como un vendedor callejero? ¡Qué falta de carácter, una vez más! Y según pasaba el tiempo y llegaban otras cartas de rechazo, él se consolaba con la idea de volver a la soledad gustosa de su antigua vida de sabio retirado. Seguiría investigando y escribiendo humildes trabajos académicos, al margen de la bulla del dinero y la fama. Se había dejado confundir por un espejismo, eso era todo, pero no había lecciones mejor aprendidas que las que se sustentan en la experiencia de un error.

Y así estaban las cosas cuando un día, ya rezagada de toda expectativa, llegó otra carta de una editorial pequeña, casi marginal, pero con cierto nombre, donde al parecer se interesaban por la publicación del manuscrito. Al parecer, porque la carta estaba toda ella escrita en tiempos potenciales y modos subjuntivos, y daba la penosa impresión de que cada frase avanzaba como temerosa de caer en una emboscada. Pero así y todo aquellas líneas parecían contener una oferta. Tomás pensó de inmediato en rechazarla y volver así a su soledad con el ánimo fortalecido por la renuncia. Luego, por cortesía, por curiosidad, por saber a qué esperanzas renunciaba, concertó una cita con el editor.

Aquel hombre parecía a primera vista la encarnación del tono hipotético de la carta. Todo en él era inconcreto: su edad –no se distinguía bien si acababa de abandonar la juventud o había dejado ya atrás la madurez–, su aspecto –ni gordo ni flaco, vagamente elegante, vagamente desaliñado–, una larga melena que le nacía de la calva, el gesto impreciso con que invitó a Tomás a sentarse al otro lado de la mesa. Entre la barba tupida y unas gruesas gafas de carey daba la impresión de ir medio enmascarado. El despacho, un bajo sin ventanas, tenía también algo de almacén, y parecía que no habían terminado de instalarse o bien que andaban de mudanza. Escombreras de libros, cajas de cartón, pilas de manuscritos, papeles, material informático de desecho, todo desordenado con buen gusto, posters de tema literario en las paredes, muebles y lámparas de diseño que habían perdido hacía ya tiempo su voluntad de estilo.

El hombre se ajustó las gafas, se aclaró la voz y comenzó a hablar. Cada palabra valía un mundo. Las frases se hacían interminables, porque a cada instante perdía el curso de su sentido con vacilaciones del tipo de «esto», «bueno», «en fin», «en realidad», chasquidos de la lengua, carraspeos, además de ciertos gestos reiterativos, ajustarse las gafas, rascarse delicadamente el entrecejo con la uña del anular, rebuscarse en los bolsillos de la chaqueta y no encontrar nunca nada, amasarse la barba o hacerse en ella rizos y tirabuzones: gestos que parecían incorporarse al discurso para refrendar la poca fiabilidad que le merecían las palabras. Hablaba cansado y como fingiendo hacer memoria de algo que acaso había repetido ya mil veces. Vivíamos malos tiempos. Si Tomás Montejo era profesor –y aquí Tomás, para corresponder a la alusión, se echó atrás y entornó sagazmente los ojos–, sabría mejor que nadie que el libro estaba en franca decadencia. Un par de generaciones más y la lectura se convertiría en una actividad exótica. Como hacer calceta o cosa así.

–¿No le parece? –preguntó, pero de inmediato retiró la pregunta alzando una mano en señal de paz. Su vaticinio, en efecto, no exigía de mucha perspicacia. Nunca como hoy había sido tan fácil, tan obvio, predecir el futuro. Malos tiempos también para los profetas. ¿Quién, por ejemplo, iba a leer *La Celestina,* quién a Diderot, quién a Rilke o a Faulkner dentro de quince o veinte años? Quedará, como los blasones entre las ruinas, la llamita perpetua de los grandes caídos, de los inmarcesibles, Homero, Dante, Shakespeare, Cervantes... –y dejó que la honda expansiva de la frase ocupara y colapsara el silencio, mientras él se limpiaba enérgicamente las gafas con el faldón de la camisa.

Por lo demás, todo era imprevisible.

–Su manuscrito, por ejemplo. Las editoriales pequeñas carecen de poder para convertir los libros en materia de actualidad. Pero hay fuerzas ocultas, incontrolables, que a veces trabajan a favor de los débiles. Pequeñas, amables convulsiones sociales. Sombras chinescas de otros tiempos. Usted podría ser unó de esos casos. Podría convertirse en un autor de éxito.

Tomás se removió en la silla e intentó precaverse con una sonrisa irónica, pero no pudo evitar la emoción del halago.

–No digo que eso ocurra. Podría ser, como también le podría tocar la lotería. Usted, que es experto en signos, debería analizar hasta qué punto la alegre irrupción del azar en el mundo del arte podría interpretarse como un modo de esperanza o de... O bien podríamos vender un millar de ejemplares de su libro, o dos, lo cual sería ya un éxito, o podría ocurrir que pasara por completo desapercibido. Pero lo más probable, por las características de su texto, y si no me engaña la intuición, es que usted se convierta en autor de culto. En ese caso, podría llegar a tener un público fiel de cuatro o cinco mil lectores, que esperarían con ansiedad la aparición de sus obras. ¿Tiene usted otros proyectos en curso?

–Sí... –se animó Tomás–. Entre otras cosas, tengo incluso la idea de escribir una novela, y también teatro...

–¿Teatro? ¡Dios mío!, olvídese de eso. ¿Quién va a leer hoy teatro? Y es normal. Nadie lee un texto a medio construir, del mismo modo que nadie se compra un coche a medio armar. Pero volviendo a su manuscrito, ¿tiene fe en él?

Por no pasar por inseguro, Tomás dijo que sí, pero enseguida, para que su afirmación no pareciera una jactancia, añadió: «Creo que sí».

–También nosotros, dentro de las incertidumbres del mercado, claro está –dijo en tono afligido–. Porque a las editoriales modestas, después del festín de las más poderosas, y de los distribuidores y grandes superficies, que son los feroces depredadores de este Serenguetti, sólo les quedan el pellejo y los huesos. Ya le dije al principio que vivíamos malos tiempos. Y, sin embargo, su manuscrito tiene algo, es interesante..., y quizá merecería la pena apostar por él. Le propondré un trato –y miró a las alturas, como buscando inspiración. Los cristales de las gafas se encharcaron de luz–. Conviértase en coeditor nuestro. Es lo más razonable que le puedo ofrecer.

Tomás no supo si sentirse honrado o engañado.

–¿Qué significa exactamente eso?

–Compartir la aventura, peligros y despojos, pérdidas y ganancias. La gloria, naturalmente, será suya. Nada nos gustaría más que asumir íntegros los costes, pero hoy las cosas van muy deprisa, los libros tienen una vida no mucho más larga que las revistas, y nosotros, quienes trabajamos a largo plazo, con la paciencia que exigen las obras minoritarias y de calidad, y que además carecemos de medios para grandes inversiones publicitarias, nosotros, digo, estamos condenados a la lentitud y, créame, la lentitud en estos tiempos no es un buen negocio.

Siguió hablando todavía un buen rato por esos derroteros, habló de porcentajes, dio algunas cifras, pero Tomás ya apenas lo escuchaba porque se había puesto a saborear aquella expresión de «autor de culto». Sí, ése era el término que más le convenía, y que venía a solucionar las contradicciones entre su vocación académica y el anhelo de convertirse en un escritor de prestigio y hasta de cierto nombre. ¡Autor de culto! Esas palabras ejercían una extraña fascinación sobre él. Bastaba pronunciarlas para que el porvenir se dilatase hacia el confín de una esperanza ilimitada.

Durante dos semanas anduvo como ausente. «Tomy», lo apremiaba Marta con un susurro, como si quisiera despertarlo sin violencia de un sueño. Y él sonreía desde su reducto y regresaba a la realidad, y al día siguiente iba a sus clases, y por las tardes se dedicaba a recorrer librerías y, en efecto, allí estaban las novedades del que dentro de poco podría ser su sello editorial, y ya se imaginaba su libro expuesto en los escaparates, las críticas en los periódicos, las entrevistas, las fotografías, las dedicatorias, la sorpresa de Marta cuando se encontrase con que su marido era un escritor medio famoso... Y así pasó esos días, yendo del sueño a la vigilia, fantaseando, razonando, haciendo gestiones en el banco, echando cuentas, sin decirle nada a nadie, guardándose el secreto para él solo, alejándose poco a poco de toda realidad que no fuese la que ya se insinuaba en el futuro.

Tras muchas dudas, finalmente una mañana fue a ver al editor y cerraron el trato. Y Tomás sintió entonces que allí comenzaba un capítulo nuevo de su vida.

5
El diablo de la guarda

Una mañana en que se disponía a ir al colegio, su padre le gritó desde el fondo del zaguán:

–¡Alto ahí! –y en dos trancos se plantó junto a él–. Deja la cartera y sígueme, que hoy no es día de escuela.

El tono de voz no presagiaba nada bueno. Uno tras otro salieron a la calle y se encaminaron hacia la plaza, el padre delante, a muy buen paso, y Dámaso casi al trote para no quedarse rezagado. Era un día luminoso y helado de invierno.

–Menos la muerte, todo en el mundo tiene un límite –dijo al rato, sin dejar de mirar al frente ni aminorar la marcha–. La paz desemboca en la guerra, la lluvia sigue a la sequía, el otoño al verano, la enfermedad a la salud, el castigo a la culpa; de los imperios de la antigüedad quedan nombres y ruinas, y hasta los dioses acaban convertidos en mitos y leyendas. Y allá donde mires, verás que esta ley no contempla excepciones. ¿Sabes lo que te quiero decir con esto?

Dámaso apretó los puños y siguió caminando a buen paso.

–Pues que tampoco tú eres una excepción. O dicho de otro modo, que se te acabó la buena vida. Ya que no quieres o no sirves para estudiar, tendrás que aprender un oficio. ¿O es que te crees que vas a seguir así siempre, hecho un zángano, y comiéndote de balde el pan ajeno? No, ya tienes edad para ganarlo y saber lo que cuestan las cosas. ¿Tengo o no tengo razón en lo que digo?

Dámaso dejó la respuesta al albur del silencio. Por esas fechas andaba enemistado con todos, incluida su madre, que al parecer había hecho causa común con los otros. La vida se le había vuelto insoportable. Porque era muy duro tenerle miedo, o más bien pánico, a alguien y carecer de fuerzas, de aliados, de arrojo, de orgullo y hasta de dignidad para enfrentarse a él. Y eso es lo que Dámaso sentía por Bernardo. Desasosiego ante su mera existencia, terror a encontrarse con él, con sus ojos fríos y burlones, y su aire esquinado de matón, o con Natalia, que lo ignoraba ostentosamente, o lo excluía con un solo vistazo. Así que andaba siempre en terreno de nadie, avergonzado de su cobardía y enrabietado con todos los demás. Y por lo mismo, se había despreocupado de sus deberes escolares, y cada vez faltaba a clase con más frecuencia y se dedicaba a vagar por las afueras del pueblo, rumiando su desventura y su rencor. ¿Adónde había ido a parar el mundo idílico y protector de antes? Allá donde mirara, sólo había intemperie, soledad y nostalgia. De pronto el pasado era un mundo perdido irremediablemente, y el porvenir una amenaza irremediable.

–Porque, ¡qué de oportunidades has tenido, y cómo una a una las has ido desperdiciando todas! Y ¿por qué? En parte por tus cortos alcances y porque vales para poco, pero también por tu descuido y tu molicie. No hay más que ver cómo vistes y comes. Los puños de las camisas sucios, los jerséis anchados, los zapatos de barro, el zancajo de los calcetines siempre comido, el pelo revuelto, las uñas negras. ¿Y comer? Comes como un tragaldabas, a manotones, con la boca llena, que así estás de gordo, sin pararte a considerar lo que cuesta llevar a la mesa cada bocado que engulles. Pero eso ya se te acabó. Aquí te despides del bullicioso y regocijado mundo estudiantil. Ahora vas a enterarte bien de qué paño está hecha la vida.

Y así siguió, con sus reproches y amenazas, hasta que se detuvo ante la fachada de una agencia bancaria.

–Aquí tienes la que será tu nueva escuela. Adentro está esperándote ya el director para darte instrucciones. Pero recuerda que no entras ahí por tus méritos sino por recomendación, y que aún está por ver si sirves para desempeñar el empleo de botones. Y ahora escucha bien lo que voy a decirte. Sé siempre honrado, servicial, diligente, humilde y trabajador. Y de tu persona, siempre limpio, y bien peinado, el calzado brillante y el uniforme en perfecto estado de revista. ¿No ves al joven Bernardo, que da gusto verlo? Aprende de él, fíjate en sus modales, imita su conducta. Y nada de exigir. Lo que te den, lo tomas, y si es una propina, con gratitud y buena gracia. Y sube esos hombros y échalos atrás, y la cabeza alta, que vas vencido como un viejo. Y recuerda que aquí, si sabes aprovechar esta oportunidad que te ofrece la vida, podrás ascender y llegar a forjarte un porvenir.

Cuando se vio vestido con un uniforme marrón con galones, entorchados, hombreras con flecos, botones dorados y gorro a juego, se sintió víctima de una conspiración. El uniforme de sirviente era el signo clamoroso de su ineptitud, y el distintivo que pregonaba el fracaso general de su vida. Ya que no había participado en la representación escénica del sueño estival, y había preferido ser sólo espectador, he aquí que ahora reaparecía en este nuevo acto interpretando el papel de bufón que los demás le habían asignado. Con un sentimiento de humillación y de ridículo como no había conocido nunca, con más vergüenza aun que si fuese desnudo, esa misma mañana salió a repartir cartas por las calles y a hacer otros recados, y algunos se paraban a mirarlo y le preguntaban por qué andaba ahora de botones y cómo es que de pronto había dejado de estudiar. Y él contestaba cualquier cosa menos la verdad, o se encogía de hombros y se escabullía con un aspaviento de prisa, pero en los gestos de algunos, y sobre todo en los compañeros de colegio y, lo que era peor, en las muchachas que empezaban a perturbarlo por entonces, advertía o adivinaba atisbos de chanza, risas mal contenidas, conciliábulos, señas secretas de escarnio o menosprecio, unas reales y otras imaginarias, pero todas finalmente bochornosas e hirientes.

Así que era un alivio quedarse en la agencia haciendo cualquier otro trabajo, ordenar papeles, rellenar impresos, contar y clasificar calderilla, atender el teléfono y otras muchas tareas mínimas que le mandaban, Dámaso por aquí, botones por allá; mira, chaval; oye, niño; ¡eh, tú!, y él iba y venía, un día y otro día, y la rutina laboral aligeró el paso del tiempo y cuando se dio cuenta ya estaba hecho a los nuevos hábitos y a la monotonía de una vida sin alicientes ni sorpresas. Aunque precario, ahora parecía haber encontrado de nuevo un lugar en el mundo. Incluso a la hora de la salida, muchas veces se quedaba un rato haciendo cualquier actividad suplementaria, o practicando mecanografía, con tal de retrasar el momento de volver a casa y enfrentarse con una realidad que le era mucho más hostil que la de la oficina. Llegaba tarde y comía solo, mientras los demás dormían la siesta, y enseguida se encerraba en su habitación, de donde sólo salía para irse a deambular por el pueblo hasta bien entrado el anochecer, cuando calculaba que el grupo familiar ya se habría dispersado. Entretanto, se juntaba con otros jóvenes de su edad, no los del colegio sino los de su nuevo mundo laboral, y se dedicaban a fumar y a escupir, a beber cerveza, a jugar al billar o a las cartas, a armar bulla en algún bailongo, a merodear en torno a las muchachas y a hombrear ante ellas. Pero él, poco dotado para esos alardes, solía desaparecer enseguida, en parte para estar solo y saborear mejor su infortunio y recrearse en refinados planes de venganza, y en parte porque en cualquier momento, cuando menos lo esperaba, ya estaban allí el despecho y la rabia, exigiéndole su tributo de soledad y de fervor. Caminaba a campo través, sin tino, deprisa, exasperado con el mundo, envenenado por una furia que no lo dejaba sosegar.

Para entonces, era un muchachón de voz grave, de movimientos más bien torpes y aspecto un tanto sucio y negligente, y si se miraba al espejo veía un semblante abotargado en el que no reconocía a la persona que él creía ser, y que había sido hasta hacía poco. Era como un extraño para sí mismo, un intruso, no sabía si digno de desprecio o de lástima. «Esto es lo que han hecho de mí», pensaba, «mi padre y Bernardo, y Natalia, y también mi madre, que se ha conchabado con ellos. Entre los cuatro han asesinado al niño amable y dulce que yo fui para convertirlo en este tipo odioso y extraño que ahora soy.» Y de todos, el que más resentimiento le inspiraba era desde luego el joven Bernardo. Pasaba ante él deprisa y con la cabeza gacha, para hacer más llevadera la cobardía de no atreverse a sostener su mirada dulzona de burla, ni a ver su esbelta figura ataviada siempre con una elegancia un tanto fatua. Dámaso sabía que su padre le daba dinero para ropa, para tabaco, para que invitara a Natalia a los disfrutes propios del cortejo, y cuando lo veía tan bien vestido y tan dueño de sí, tan suyo y tan mundano, pensaba que acaso era él quien pagaba sus lujos de galán con el salario entregado sin falta el último día de cada mes.

Y seguía caminando sin rumbo, hurtando el bulto a las luces y a la gente, y retrasando el momento del regreso para no encontrarse con ellos ni escuchar sus odiosas voces festivas en una casa que ya no era la suya. Sólo la madre lo buscaba, lo esperaba, se interesaba con voz susurrante por su vida. Pero él, que sabía de su duplicidad, la castigaba con el silencio o el desdén. Enseguida se iba a la cama, y hasta que le venía el sueño seguía alimentando su pesadumbre y su rencor.

Aquélla fue la época más indefensa y turbia de su vida. Nunca se malquiso tanto como entonces. Y, si recordaba los tiempos de la infancia, el rostro se le arrasaba en un llanto sordo y tembloroso, donde no había ni la más remota esperanza de consuelo.

De ese tiempo gris de destemplanzas, Dámaso recuerda como un sueño la tarde en que llegó a casa más temprano que de costumbre. Había bebido mucha cerveza y necesitaba acostarse para escapar de un mundo que se le había convertido en una especie de tiovivo, y se encontró al joven Bernardo, vestido con un traje claro y apoyado de perfil en el marco de la puerta abierta al fondo del zaguán. La claridad del patio lo recortaba a contraluz, los pies cruzados, las manos en los bolsillos del pantalón, un Winston humeante en los labios, la mirada perdida en las alturas, en una actitud romántica de ensoñación. Miró a Dámaso sin girar apenas la cabeza, y él avanzó intentando guardar el equilibrio, buscando un asidero en aquel espacio que se deformaba a cada paso en una geometría de pesadilla. No sabía adónde iba, porque en vez de subir a su habitación, como tenía pensado, había continuado adelante, atraído por aquella silueta inmóvil, sin volumen, recortada como en papel contra la luz del patio, irreal como un sueño. Pasó a su lado haciendo culebrillas y él lo siguió con la mirada, esbozando una sonrisa irónica de asombro.

De pronto se oyeron cohetes a lo lejos y por todas partes los perros se alborotaron y se pusieron a ladrar. Dámaso los oyó desde el patio, donde se había detenido, de espaldas a Bernardo, sin saber qué hacía allí ni menos aún qué haría a continuación para que aquella maniobra absurda adquiriera ahora algún sentido. Darse la vuelta, cruzar de nuevo ante él para hacer el camino inverso y subir a su cuarto, agravaba lastimosamente el ridículo de su situación. Necesitaba realizar algún acto que lo justificara, que lo salvara de la indignidad. Pero no se le ocurría nada, ningún movimiento, ninguna palabra, y la escena empezaba ya a resultar patética. Era como si se hubiese perdido para ir a parar a un escenario, en plena representación, donde debía interpretar un papel del que no sabía nada. Entonces el joven Bernardo emitió un silbo de tres notas en clave humorística, que sonaron en el silencio limpias y exactas, y que Dámaso interpretó como un comentario mordaz sobre su conducta, o un subrayado musical y jocoso, como en las películas cómicas de cine mudo. Hubo una larga pausa, y de nuevo chifló las tres notas. Antes de que sonaran por tercera vez, ya sabía que aquel silbo equivalía a una provocación y a una ofensa, que en cada repetición se irían haciendo más y más evidentes, hasta que no se pudiera ya ignorar sin deshonra.

Y otra vez repitió el estribillo. Entonces Dámaso se volvió, obligado a la valentía por el alcohol y por la corajina de la afrenta, dio unos pasos hacia Bernardo y, desde muy cerca, le preguntó a gritos qué andaba buscando con aquel silbido y aquella posturita de perdonavidas, hijo de la gran puta, chulo de mierda, y siguió insultándolo mientras se balanceaba inseguro frente a él. Pero Bernardo no alteró la expresión ni descompuso la figura. Esperó a que Dámaso acabara de desgañitarse para quitarse el cigarrillo de la boca y silbar sus tres notas de chanza. Con la última, Dámaso le tiró un viaje con el puño, que Bernardo esquivó sin esfuerzo, y aunque intentó golpearlo de nuevo, el joven Bernardo lo mantuvo a distancia con sólo extender un brazo, y así estuvieron un buen rato, Dámaso arremetiendo ciego de ira, él como jugando, rechazándolo con bofetaditas y soplamocos, Dámaso lanzándole patadas, Bernardo parándolas con la suela del zapato, Dámaso gruñendo y rechinando los dientes, Bernardo en silencio y sin quitarse el cigarrillo de los labios, hasta que en una de ésas Dámaso consiguió alcanzarlo en el rostro con la mano en garra y le clavó las uñas hasta donde pudo. Fue apenas nada, porque enseguida recibió un tremendo puñetazo en la cara y cayó reculando y se quedó como amontonado entre el suelo y la pared. Sintió el sabor de la sangre, que le manaba de la nariz y de la boca y le empapaba ya la camisa, y así y todo se incorporó, atontado por el golpe pero más furioso y decidido que nunca, y lo apuntó tembloroso con el dedo:

–Ahora te vas a enterar.

Bernardo se restañaba los rasguños del rostro con el pañuelo que le adornaba el traje, y ni siquiera entonces había perdido su compostura flemática y burlona.

«Ahora se va a enterar», se dijo a sí mismo, y corrió trastabillando por el zaguán, rebotando contra las paredes, y tomó escaleras arriba. En el rellano se cruzó con Natalia:

–¿Qué pasa? –le preguntó alarmada.

Y él, sin detenerse:

–Ahora lo vas a ver.

Subió al desván, abrió el último cajón del aparador desportillado y sacó del fondo la pistola que escondía allí su padre. Ese acto lo había imaginado muchas veces, incorporándolo de mil modos a sus aventuras infantiles, pero ahora todas aquellas fantasías no valían nada ante el poder concreto e inminente que le ofrecía la realidad.

Cargó y montó el arma como había ensayado muchas veces, y ya se disponía a volver para llevar a cabo sus designios, el dedo en el gatillo, cuando se dijo: «No, todavía no. Éste no es el momento. Aguarda a tener una ocasión más favorable», y oyó su propia voz interior, tan persuasiva, tan autorizada, tan llena de calmosa firmeza, que enseguida empezó a serenarse. Y cuando poco después sucumbió de nuevo al placer dulcísimo de la venganza (y cerró los ojos para apurar mejor el goce de imaginarse el espanto de Bernardo y Natalia al verlo aparecer ante ellos esgrimiendo el arma, y sus súplicas y balbuceos y llantinas de última hora), otra vez oyó claramente su voz interior, madura y amigable, pero también imperativa: «Calma, calma, Dámaso». Su nombre, tan amorosamente pronunciado, le pareció nuevo y hermoso. «Recuerda que la cólera engendra espejismos, y hace que te creas más fuerte y capaz de lo que en realidad eres. Tienes que aprender a esperar.» «¿A esperar qué?» «Tu hora. Pero debes estar preparado para cuando llegue.» Seguía arrodillado ante el aparador y le dio la impresión de estar recibiendo un anuncio divino. «¿Y qué he de hacer?» «En su momento lo sabrás. Tú sólo tienes que vivir alerta, siempre alerta, y esperar.» Abajo se oyeron risas, y después un portazo. «Son ellos, que se van», se dijo. «Déjalos que se rían», oyó decir a su otra voz. «Son felices, viven confiados, se creen seguros, pero tú, si sabes aprovechar tu debilidad, serás pronto tan fuerte y más que ellos. Mucho más. Y aprende a no admirarlos, porque la admiración casi siempre nace del asombro, y el asombro es más dócil a lo raro que a lo valioso. De momento, las ofensas que te han hecho, guárdalas bien en el fondo de tu corazón.»

Devolvió el arma a su lugar, cerró el cajón y, al incorporarse, se dio cuenta de que estaba borracho y de que todo aquel coloquio había sido una alucinación. Agarrado a las paredes, con el estómago queriendo salirse por la boca, fue al baño y allí se derrumbó entre arcadas y vómitos, intentando buscar un asidero en un mundo que se había vuelto inmaterial o inalcanzable.

Se lavó, se cambió de ropa, se echó en la cama, y al rato empezó a sentirse mejor. Estaba ya dejándose dormir cuando oyó de nuevo el metal sereno y sabio de su voz interior: «Así está mejor. Eso es. Descansa, duerme, prepárate para la guerra, y recuerda que, como tanto repite tu padre, la vida es breve... breve... breve», y aquella palabra se convirtió en arrullo y cayó en un sueño hondo y liberador.

Al día siguiente, cuando se despertó, antes de oírla, ya sabía que la voz (aquella voz suya que parecía emancipada de la conciencia y dueña de un conocimiento y una experiencia que excedían a su verdadera capacidad mental) no había sido cosa del alcohol y del sueño sino que seguía allí, vigilante, sabia, protectora, dispuesta a aconsejarlo y a guiarlo de nuevo. Entonces, después de mucho tiempo, por primera vez se sintió tranquilo, confiado, dueño de sí y de todos sus actos.

Allí empezó para Dámaso una nueva vida, o más bien una nueva manera de ser. Porque en esa tarde de furia y alcohol se consumó en él un cambio de carácter que venía gestándose desde hacía ya tiempo, la fase final de una metamorfosis, y que tomó la apariencia solemne de una revelación, de un movimiento cataclísmico en lo más profundo del alma, del que él sólo percibía en la superficie un temblor de ondas: el susurro que aquella voz, que era a la vez suya y ajena, le vertía en el oído: «Escucha, mira, observa», le decía. «Que tus ojos y tus oídos instruyan al entendimiento. Paciencia, paciencia. ¿Qué fruto madura de un día para otro? ¿Dónde has visto que el enamorado o el filósofo consigan su intento a la primera? Hasta Dios se tomó su tiempo para crear el universo. Mira las cosas sin prisas y espera tu oportunidad. Y no caigas en la tentación de significarte demasiado. Sé amable y bondadoso. Eso te cargará de razones para cuando llegue la ocasión del castigo. Entretanto, confúndete con los demás, que ésa es la mejor manera de que nadie sospeche de tu poder y tus designios. Aprende a sonreír. Celebra sus gracias y sus éxitos, porque no hay arma más segura que la adulación. Y la alegría que sientas, guárdala muy hondo y no la muestres ante ellos. Al revés, finge estar triste, porque la tristeza ajena alegra siempre al prójimo. Y de ese modo, deja que los demás crean que eres como ellos: ésa será tu secreta ventaja. Crece humilde y anónimo, y recibirás multiplicada por mil la pequeña semilla de tu servidumbre y tu insignificancia.»

Desde entonces, se incorporó a los ritos familiares, y asistía a ellos como si fuese un espectador privilegiado, que seguía la función desde el mismo escenario. Los otros interpretaron su actitud como una prueba de madurez y de arrepentimiento, tras una época de rabieta infantil. «Nunca es tarde para retractarse y entrar en razón», le dijo su padre. «Quizá así consigas sacar algún provecho de tus muchos errores.» Y Dámaso bajaba la cabeza y, tristemente, hacía por sonreír. En cuanto a Bernardo, debió de pensar que el escarmiento de la tarde en que se encaró con él había puesto fin a sus ínfulas de antagonismo. Sólo su madre lo miraba como queriendo entrever una segunda intención en su conducta. Y él iba al trabajo y regresaba a casa siempre a sus horas y siempre amable, dócil, servicial. Pero entretanto los miraba con distancia analítica y se demoraba en la indagación maliciosa de pequeños detalles. Y a veces su voz interior los iba comentando: «Mira con qué buen agrado escucha tu padre a Bernardo, mira cómo oye también con los ojos y con la boca, y con qué servilismo le presenta la oreja. Y ahora observa cómo tu hermana y el intruso se miran un instante. ¿Has visto con qué lascivia, y qué de sucias promesas contenía esa mirada? Hasta tu madre, fíjate qué obsequiosa con todos, cómo les ofrece de comer y beber, cómo trabaja para que el intruso y sus admiradores estén todos contentos». Y también él se adelantaba y tomaba un bocado y sonreía si había que sonreír, o fingía un gesto de pasmo o de suspense si había que festejar un dicho o atender a una anécdota. «Así, muy bien, unta de miel la daga, que no hay mayor deleite que demorar sin prisas la hora de la venganza.»

De modo que se escondió en el tiempo, en los hábitos, en el silencio, y se hizo casi invisible, como en la época en que iba a gatas junto a las paredes, orillando la realidad de los mayores. Y cuando llegó de nuevo el verano, él se quedó en el pueblo y vio cómo los otros, la alegre comparsa, a la que cada vez con más frecuencia se sumaba la madre de Bernardo, se iba al campo a vivir en aquel mundo idílico que entre todos habían inventado. «¿No te vienes?», le preguntaron, lo animaron. Y él, desolado: «No puedo. Tengo que aprovechar las vacaciones para estudiar y hacerme auxiliar administrativo», disculpándose, lamentándose de su mala fortuna, que le impedía incorporarse a aquella encantadora aventura estival. «Eso es, ahí has estado muy hábil», escuchaba el contrapunto de su segunda voz. «Déjalos que se revuelquen en el fango de la felicidad. La gente feliz, como ellos, no piensa. Toda la inteligencia y la vitalidad se les va en ser dichosos. No se dan cuenta de que tienen las alas mayores que el nido. Déjalos que disfruten con los días largos del verano y las anchuras de los campos. Tú busca sendas más estrechas, porque por las anchas no llegarás nunca a ser fuerte y señor de ti mismo. En ellos, todo es liviano e instantáneo. Corren como gamos detrás de los placeres. Pero tú vas mucho más lejos y, por tanto, tu ritmo ha de ser calmoso y sostenido. Déjalos que corran y brinquen y acaben por confundir el agotamiento con la dicha. Porque sólo un suspiro separa el placer del hastío. Y tú sigue a tu aire, mira al frente, y no reconozcas más leyes que las que dicta la necesidad.»

Y durante aquel largo verano se imaginaba a cualquier hora lo que estarían haciendo ellos, sus vestimentas, sus charlas, sus juegos, las alegres giras campestres, las cenas en el porche a la luz de los faroles de papel, la música y los cantos, todo ese grande y apasionado artificio, esa hambruna de mundo y de sueños, y la vaga sugestión de impureza que trasmitía cada episodio, cada estampa que él evocaba, donde la belleza y la perfidia intercambiaban y confundían sus atributos, como esas plantas y sabandijas que se disfrazan de exuberancias y colores para ahuyentar o atraer a sus enemigos o a sus víctimas... Y se dormía muy tarde imaginándose una escena cualquiera, exagerando de mala fe los pormenores hasta hacerla ridícula o grotesca, llevando la ira hacia la burla y el desprecio. «¡Perfecto!, ¡perfecto!», oía aquella voz suya que siempre andaba allí al acecho. «Por más que fantasees, no igualarás nunca a la realidad. ¿O es que no te imaginas a tu hermana con el joven Bernardo, y a tu padre con la madre de él, yendo juntos los cuatro de excursión y fornicando en la espesura a pocos metros unos de otros, mientras tu madre les prepara la merienda, que comerán luego todos mezclados en alegre compañía? ¿No sientes cómo la rabia y el asco se anulan entre sí? Pero espera, no te indignes aún. Primero júzgalos, y así los irás alejando de tu corazón. Ésa será, de momento, tu mejor venganza.»

De ese modo fue pasando el verano, y Dámaso recuerda especialmente un día en que, al mirarse al espejo, descubrió en su cara un rasgo nuevo, que había ido madurando en esos meses pero que hasta entonces no se había incorporado a su expresión. En los ojos, en el dibujo de los labios, y repartido por todo el rostro, había algo equívoco, borroso, un aire sagaz y reticente, como si mirase el mundo de lejos desde el reducto inexpugnable de sí mismo. Observó entonces que los demás, quizá sin ser conscientes, habían captado aquella novedad, porque ya no le llamaban Damasito, niño o chaval, sino que lo trataban con una cierta prevención. Los oscuros poderes del alma empezaban ahora a tomar forma y a aflorar a la luz.

–Estás últimamente como muy irónico –le dijo un día alguien en la agencia.

Y a él le gustó aquella palabra, «ironía», porque ahora la percibía en toda la extensión de su significado. Era el primer fruto sazonado del conocimiento.

Y con la aparición de la ironía, sintió que traspasaba ventajosamente el umbral hacia la madurez.

6
Un acto cultural
Incertidumbres amorosas

Mientras vivía en un estado casi beatífico, aguardando la aparición del libro, de pronto a Tomás Montejo lo asaltó una inquietud insólita, indigna de un intelectual. ¿No convendría mejorar su figura? Se examinó desnudo en el espejo. Alto, atractivo, sí, pero camino ya de ponerse fondón. Hombros un tanto caídos, pectorales que ya empezaban a vencerse, carnes sedentarias en la cintura, algo de flojera en los carrillos, una papada incipiente que lo hacía parecer mayor de lo que era. El aspecto, la imagen, el envase, tenían su importancia en el mundo de hoy. ¿Por qué desaprovechar esas bazas? Había que dejarse de prejuicios y remozarse un poco, aunque sólo fuese por esa buena causa que era el libro. Tomárselo incluso con sentido del humor. No convertir esas pequeñas concesiones en cuestiones morales. No ser antiguo. Condescender con los nuevos usos con un cierto elegante cinismo.

Así que se puso a régimen, a hacer gimnasia, a visitar tiendas de moda para renovar el vestuario cuando llegase el momento de comparecer en público. Ya que el libro quería ser moderno, poco costaba ser moderno también en todo lo demás. Se preparó a conciencia la presentación, con sus gestos y sus titubeos, y la decía de memoria varias veces al día. Tras la presentación, habría un cóctel. Y ya se imaginaba los brindis, las enhorabuenas, las fotos, las frases ingeniosas, y veía a Marta, un poco torpe quizá en aquel ambiente pero de cualquier modo esbelta y seductora, quizá con un vestido de noche comprado para la ocasión, orgullosa de su hombre, y luego una proposición para una conferencia, una mesa redonda en un curso de verano, una cena íntima con otros escritores –ya hablaremos, contamos contigo, nos llamamos un día de éstos–, quizá una entrevista allí mismo, en un rincón, los focos, la cámara, el entrevistador acercándole el micrófono, o con el pinganillo en la solapa, hablando con un whisky en la mano, juicioso y humilde, como era él de por sí, pero también brillante y hasta provocador, y desde luego radical en sus críticas al mundo cultural de estos tiempos. Su mente, liberada de todo control, se entregaba cada vez con más gusto al devaneo. ¿Por qué no negarse –ya puestos– a hacer declaraciones y a aparecer en los medios de comunicación? Como Salinger y algún otro. Un hombre puro y solitario, con fama de arisco. Y hasta pudiera ser que esa actitud le granjease más nombradía y prestigio que el efecto mediático. Refugiado heroicamente en el anonimato, no aceptaría dar conferencias ni formar parte de tertulias y jurados, y rechazaría los premios y honores que le concedieran, no, mire, lo siento, pero no participo en esos actos ni acepto más recompensa que la de mi trabajo. Quién sabe si no se crearía una leyenda en torno a él, Montejo no da entrevistas, Montejo no firma manifiestos, Montejo no concurre a actos públicos, Montejo es uno de los pocos intelectuales íntegros de este país. Pero, claro, ¿y si ocurría que su ambicioso proyecto de soledad y rectitud tenía éxito y entonces nadie lo llamaba, nadie le escribía, nadie contaba ya con él? ¿Cómo iba entonces a renunciar o a callar si nadie reclamaba sus opiniones y servicios? ¿Cómo va a ser uno rebelde y ejemplar si no tiene ante quién?

Innobles fantasías, sucias quimeras que lo visitaban sin que él las invitase, y que lo enemistaban consigo mismo porque enturbiaban la pureza que sustentaba todavía su pasión literaria.

Cuando al fin salió el libro, aún estaba enredado en aquel delirio agotador. Y sólo entonces, en el momento en que tuvo el primer ejemplar en la mano, con mucho suspense y circunloquio, le comunicó a Marta la noticia. Pensaba que ella, tan espontánea en sus reacciones, gritaría alborozada, daría saltos de júbilo, lo miraría con el rostro transido de admiración, los ojos quizá empañados de lágrimas. Pero no, sólo se sentó, hojeó el libro y dijo:

–Es la tesis, ¿no?

Que una cuestión tan menor viniese a anteponerse al impacto emocional que él esperaba, le produjo desencanto y fastidio.

–Bueno, sí y no. He cambiado muchísimas cosas, le he dado un giro al tema, lo he modernizado y, en realidad, se puede decir que es casi un libro nuevo.

–¡Qué bien, Tomy! –dijo ella–. Esto es lo que tú querías, ¿no? ¡Y lo has conseguido!

–Y el título, ¿te gusta?

–*Las máscaras del silencio.* Es muy bonito.

Pero no había verdadera alegría en sus palabras. Ya no era como antes, cuando ella participaba con un entusiasmo casi infantil en sus anhelos y proyectos. Y al día siguiente, cuando la editorial envió un fotógrafo a casa para una sesión promocional, y él posó con ropa nueva y muy distintas caras, tampoco encontró en ella la alegre complicidad de otros tiempos. «Ni siquiera el libro le va a inspirar una nueva viñeta en el tapiz», y se sintió decepcionado ante aquella actitud, que valía por una declaración de desamor.

Pocos días después se presentó el libro. El acto tuvo lugar en los bajos de un cafetín donde había un pequeño escenario para actuaciones en directo. El lugar era largo y angosto, con sofás y pufs y mesitas de mimbre adosadas a las paredes, bóveda de ladrillo visto, y todo envuelto en una cálida penumbra roja. Aquel lugar parecía más propio para el amor y la música que para un acto cultural.

–Esto es lo que nos queda a las pequeñas editoriales: volver a las catacumbas –dijo el editor entre bromas y veras.

Con él había venido un joven alto, guapo, con una cuidada sombra de barba y unas manos de aristócrata que movía con gran elegancia, y al que el otro presentó como Miranda, relaciones públicas de la editorial. Vestía al desgaire ropas caras, y tenía un hablar dulzón y como insinuante. Desde el primer momento, Miranda se puso a hablar con Marta, y debieron de congeniar porque enseguida se concertaron en risas y sobreentendidos.

Cuando llegaron, apenas quedaban ya asientos libres. Pero ellos tenían sitio reservado cerca del escenario, que estaba todo él forrado y enmarcado en tela negra, con un tabladillo donde había un micrófono, y detrás dos amplificadores sobre los que habían construido sendos castillos de naipes hechos con ejemplares del libro de Tomás. Colgados del techo con hilos transparentes, y a distintas alturas, flotaban y se mecían en un espacio ingrávido e irreal figuras de animales fantásticos hechas con finas láminas de hojalata pintada de colores. Aparecieron otras personas vinculadas al acto, hubo presentaciones, se sentaron todos, pidieron de beber, encendieron tabaco e iniciaron conversaciones que no llegaron a trabar.

–¿Tú eres el autor? –preguntó una mujer muy madura echándose atrás y entornando sagazmente los ojos.

Tenía la cara empolvada de blanco y la boca pintada de violeta. Era muy gorda y llevaba un vestido vaporoso que le llegaba hasta los pies.

Tomás abrió los brazos en un gesto cómico de resignación.

–*Las máscaras del silencio.* Muy interesante –dijo ella, achicando aún más los ojos y cabeceando con los labios fruncidos.

–Gracias –dijo Tomás, y se desentendió de la mujer.

Miró alrededor. El lugar, en efecto, era estrecho, y muy largo, porque en el otro extremo había una barra y las voces de los bebedores que se agolpaban en ella apenas llegaban hasta aquí.

Y toda aquella gente, ¿habría venido también a la presentación? Muchos, desde luego, no tenían pinta de intelectuales, y ni siquiera de lectores. Había muchos jóvenes, y él, que era profesor, sólo necesitaba una mirada, o escuchar un par de frases, para adivinar sin gran margen de error su competencia cultural. De pronto vio en la pared un cartel escrito a mano donde se anunciaba para esa noche la presentación del libro, pero también una exposición de fotos, otra de artesanía y un concierto de rock para el final. Y sí, ahora se daba cuenta, allí estaban las fotos, expuestas en los muros, y hasta donde pudo ver en todas aparecían zapatos viejos, rotos, deformados, desparejados, abandonados en basureros, junto a una vía de tren, al fondo de un barranco, entre desechos industriales. En cuanto a la exposición de artesanía, titulada «Numen», Tomás dedujo de inmediato que se trataba de la fauna fantástica que gravitaba sobre el escenario.

Lleno de malos presagios, acobardado por la situación, miró a Marta: hablaba con Miranda, echados los dos hacia delante y con las cabezas muy juntas para aislarse de los ruidos de fondo. De un trago, se bebió medio whisky y luego, sin querer, volvió a encontrarse con la mujer madura de la boca violeta. Seguía exactamente en la misma postura y con la misma expresión de antes, cabeceando y escrutándolo con una mirada penetrante. Tomás tuvo entonces la certeza de que aquella mujer era la autora de la artesanía. Absurdamente pensó: «Terminará leyéndome la mano y vaticinándome que esta noche follaré con alguien y que ese alguien es justamente ella». Echó otro trago, hizo por sonreír y miró otra vez en torno. Y entonces, cuando él saliera al escenario, ¿lo escucharían?, ¿dejarían de hablar y de reír y de emitir todos esos ruiditos imprecisos que empañaban sin cesar el silencio? Pero, por otra parte, y esto era lo más problemático, ¿qué interés comercial o publicitario podía tener aquel acto? Claro, que él apenas conocía nada de ese ambiente, de aquellas estrategias. A lo mejor había periodistas y críticos entre el público. Habían hecho unas tarjetas de invitación y, según el editor, las habían enviado a casi todos los que eran alguien en el mundo de la comunicación y la cultura. «Habrá un auditorio pequeño pero selecto», le había dicho también. Calculó que habría entre sesenta y ochenta personas, sin contar a los que se amontonaban allá en la barra. Pero aún eran las once, y el acto estaba programado para la medianoche en punto. ¡Qué extraño era todo aquello! Por momentos tenía la convicción, y la esperanza, de estar sólo soñando. O leyendo, que para el caso era lo mismo.

Al segundo whisky empezó a bajársele la angustia y a reconciliarse con una realidad que acaso no fuese tan disparatada como él creía.

–Tú eres Aries –dijo al fin la mujer, y tal parecía ser el fruto deductivo de tan laboriosa contemplación.

–Es una bruja –dijo otra mujer que hasta entonces no había dicho nada.

Se pusieron a hablar de temperamentos, de oráculos, de maleficios. El editor bebía, callado y taciturno, deshilándose las barbas, y Marta y Miranda seguían inmersos en la conversación, y tan pronto reían como se quedaban profundamente pensativos. A veces Marta se apartaba del otro con la boca y los ojos muy abiertos, como sin dar crédito a lo que oía. «Así hacía también conmigo cuando éramos novios», pensó. «La misma trampa inmemorial.» Entretanto, la mujer madura se había apoderado del diálogo, y mientras hablaba, entró más gente, y enseguida se formaron entre los asientos algunos corros coloquiales. ¿Vendrían a la presentación o más bien al concierto? El aire empezaba a cargarse de humo y de bullicio.

Intentó repasar el discurso que tenía preparado, aunque desde el principio había comprendido que sus palabras ya no le servían, porque estaban pensadas para otro público y sobre todo para otra situación. Había dado por hecho que estaría sentado y que habría un gran silencio, y sobre ese supuesto había ensayado los gestos, las bromas, las pausas y hasta el tono de voz. Pero ahora, toda su construcción verbal y gestual se le venía de golpe abajo. Si al menos Marta estuviera a su lado, podría sincerarse con alguien, y seguro que ella lo hubiese animado y ahora estaría lleno de confianza y de valor. Pero no: en el día más significado de su vida, a ella no se le ocurría otra cosa que ponerse a hablar y a coquetear con aquel tal Miranda.

–Había grandes extensiones de césped y muchas ardillas de color burro –dijo la mujer, dirigiéndose a él, en un tono vehemente y soñador.

Tomás la miró atónito.

–¿Cómo?

–Aquéllos fueron los mejores años de mi vida –y se llevó una mano a la frente, abrumada por los recuerdos. Una lágrima le fue dejando un reguero sucio en la mejilla empolvada, y bajó hasta los labios violeta, que se habían contraído en un rictus de disgusto infantil. Tomás le puso una mano en el hombro desnudo y ella, solícita, se inclinó hacia él, refugiándose en sus brazos, y en ese momento Marta y Miranda lo miraron confabulados en una sonrisa pícara de burla.

En eso estaba, intentando quitarse a la mujer de encima, cuando, a una seña de quien parecía ser el responsable del local, el editor se levantó, subió pesadamente al estrado y con un dedo dio unos golpecitos en el micro. Se apagaron algunas luces de la sala y se encendieron otras en el escenario. Se hizo un silencio apenas alterado por murmullos de última hora, toses y tintineos de copas. Tomás apuró el segundo whisky y, enseñando el vaso vacío, le pidió otro al camarero.

El editor hizo una versión casi literal de lo que ya Tomás le había oído cuando lo conoció. Dentro de dos o tres generaciones la lectura sería una actividad anacrónica e inofensiva, como hacer calceta o cosa así. El auditorio acogió con risas la ocurrencia. Porque vivíamos malos tiempos, y las editoriales modestas sólo podían sobrevivir en este Serenguetti en que se había convertido el negocio de los libros gracias a los desperdicios que dejaban los grandes depredadores y a la complicidad de lectores como vosotros, amigos grajos y chacales, que se reunían aquí casi clandestinamente, como los primeros cristianos en las catacumbas, para oficiar el rito primordial de refundar las palabras y devolverlas al barro de las cosas, y así restituir al pensamiento y a la literatura el poder mágico y liberador que un día tuvieron. Luego hizo grandes elogios del libro, leyó algunos fragmentos, y finalmente se disculpó por la brevedad de su discurso porque no era a él a quien habían venido a ver y a escuchar los presentes, sino al autor de una obra de la que ya podía decirse que era un referente, un clásico entre las de su género.

Los aplausos al editor se mezclaron y acrecieron con los que le tributaron a Tomás cuando se levantó para subir a escena. Un fotógrafo fue retrocediendo ante su avance y disparando desde distintos ángulos hasta el fin del trayecto.

A Tomás le hubiera gustado improvisar, abandonarse al espejismo de elocuencia que le ofrecía el alcohol, pero su ánimo no estaba para temeridades. Con una mano en el bolsillo del pantalón y con la otra acompasando la sintaxis, comenzó a largar la plática que traía en la memoria. Eran palabras desenfadadas, y no exentas de rigor, sobre los muchos significados del silencio, pero enseguida su voz se hizo profesoral, tediosa, dispersa. Porque por un lado se distraía con los ruiditos de la sala y por otro empezó a atormentarse con la sospecha de que Marta y Miranda estaban haciendo travesuras en la oscuridad. Por lo que podía distinguir, deslumbrado todavía por los flases, seguían hablando con las cabezas muy juntas y de vez en cuando se separaban para guardar las formas y atender al discurso. Pero al poco, bien porque habían dejado algo importante por decir, bien porque a alguno de ellos se le ocurría de pronto algo que no podía ser pospuesto, otra vez se reunían para susurrarse en el oído. Dos veces al menos reprimieron malamente una risita, y en una ocasión, él le pasó una mano por el hombro mientras secreteaban, y así estuvieron unos momentos que a Tomás se le hicieron insufribles.

Siguió hablando, sin fe, sin conciencia clara de sus propias palabras, cambiando la pierna de apoyo al final de cada frase al tiempo que se sacaba la mano del bolsillo y se embolsaba la otra, todo eso en el mismo lote de gestos, y cuando llegaba al final de la siguiente frase, otra vez a empezar. Tenía además la boca seca, y la lengua gorda, y las palabras le salían espesas como papilla. Y alrededor, flotando junto a su cabeza, los animales quiméricos, como figuras surgidas de un mal sueño. Y sí, la gente escuchaba, aunque sin gran perseverancia, y la maraña de ruiditos iba en aumento, o quizá era que, en su obsesión, los percibía ahora con mayor claridad. Se oían incluso las voces lejanas de los de la barra, y aunque hablaban en bajo, por algún raro efecto acústico de vez en cuando llegaban de allí palabras maravillosamente nítidas. Era curiosa aquella coexistencia de los dos discursos simultáneos y a la vez tan dispares: el que estaba recitando de viva voz y el que discurría paralelo, y como contrapunteándolo, por su conciencia, hecho de intuiciones, de miedos, de sospechas, de pedazos de ideas que quedaban a medio elaborar, de palabras sueltas que le llegaban de entre el público. Siguió hablando, mientras veía que alguien, imitado de inmediato por otro, encendía un mechero y se acercaba cegato para examinar las fotografías expuestas en los muros. Mordido por los celos, espantado ante la posibilidad de que aquel tipo sedujera a Marta –y nunca la había visto tan guapa y tentadora como esa noche–, ya sólo quiso acabar cuanto antes.

Y cuanto antes acabó. Se encendieron las luces, hubo un aplauso unánime, reapareció el fotógrafo, subió al escenario el editor para decir que quien quisiera tendría ahora el privilegio de hablar con el autor y satisfacer sus curiosidades, pusieron música de fondo y aparecieron un par de camareros con bandejas de bebidas y canapés. Un joven, bajito y jorobeta y con gruesas e inquisitivas gafas de miope, que llevaba un zurrón al hombro, abordó a Tomás nada más bajar del escenario para decirle lo mucho que le había gustado su intervención. «De verdad», se apresuró a ratificar, como si sus palabras anteriores no hubieran sido suficientes o suficientemente verosímiles. Y luego: «Por cierto», dijo, y haciéndose el encontradizo con las palabras iniciales del editor, comenzó a hablar amargamente y por extenso de las desventuras de ciertos autores de mérito que, por oponerse a la literatura amenizante que se estilaba en estos tiempos, se veían condenados al anonimato. Él mismo era poeta, por cierto, y también cultivaba el relato, y en ambos géneros sus temas no eran los anecdóticos y ocasionales sino los grandes, los de siempre, los que jamás pasan de moda, el amor, Dios, la muerte, la traición, la injusticia, la soledad, el dolor de existir..., y allí ya se explayó sobre su propia obra, describiendo estructuras y contando argumentos. Tomás estaba ansioso por mezclarse con la gente, recibir felicitaciones, rechazar halagos, dedicar libros, llevar la voz cantante, reencontrarse con Marta y compartir con ella las emociones de esa noche, y sin embargo allí estaba ante aquel hombrecillo que con la autoridad que le conferían su figura maltrecha y su actitud humilde y dolorida lo tenía prácticamente secuestrado. Al fin, después de mucho hablar, sacó del zurrón un libro suyo de poemas, editado a su costa, hizo una dedicatoria que ocupó media página, hablando y escribiendo al mismo tiempo y con igual fluidez, y se lo entregó a Tomás como en ofrenda.

–Ahí va mi dirección y mi teléfono –dijo–. Ponme aquí el tuyo –y le tendió una tarjeta– y ya quedamos para hablar de literatura de verdad.

Y ya se disponía a abordar otro tema cuando en ese instante se acercó con los brazos abiertos, flotando en su enorme vestido de raso, la mujer de los labios violeta.

–¡Ay, bribón, casi me haces llorar! –le dijo ya de lejos–. Como todos los Aries, eres un seductor. Un canalla y un seductor –y se abrazó a él.

Por encima del abrazo, Tomás buscó a Marta. No estaba en su lugar, ni ella ni Miranda, ni tampoco los encontró entre el público, y entonces sintió cómo le subía del estómago un vahído de terror que le cerró la garganta y le entenebrecía la mente. Pidió otro whisky, y con el primer trago pensó de nuevo que estaba soñando, y que entre la dicha y la desgracia mediaba apenas un punto de inconsciencia, de levedad, de desvarío, y que vivir era un juego sin otro riesgo que la muerte, y entonces se sintió bien, irresponsable, ocurrente y feliz.

A partir de ahí, se entregó por entero al presente. Participó en algunas conversaciones, dedicó un par de libros, contestó a unas preguntas para una revista literaria, deambuló entre la gente, y algunos lo reconocían y lo saludaban con las cejas o con una sonrisa y él correspondía alzando en brindis su vaso tintineante, y se hubiera sentido feliz si no fuese porque Marta y Miranda no aparecían por ninguna parte, ¿dónde?, ¿dónde podían estar y qué estarían haciendo?, y la mente se llenaba de imágenes que lo invitaban a la venganza, a la disolución. Su gran día se había convertido en noche tenebrosa. ¿Y si encontrase a su mujer en brazos del relaciones públicas de la editorial? Por ejemplo en el baño. ¿Ella sentada a horcajadas en el lavabo y Miranda de pie, o más bien Miranda sentado en la taza del inodoro y ella montada a caballito, galopando desaforadamente? Quizá entonces él, en un arrebato pasional, se lanzara contra Miranda y lo golpeara en la cabeza, pero ¿con qué?, ¿con el vaso?, porque en las manos sólo llevaba el vaso y el libro de versos que le habían regalado, y por más que buscaba alrededor algún objeto contundente no encontraba ninguno, y era absurdo y agotador aquello de no lograr atacar a Miranda ni siquiera en la imaginación. Finalmente se veía obligado a estrangularlo. La energía acumulada en tantos años consagrados a leer libros, entre ellos muchos de aventuras, con sus héroes y sus hazañas y sus lances brutales, saldría en un instante del fondo apacible de su alma para convertirlo en un hombre de acción. Y si eso ocurriera, su libro obtendría un éxito extraordinario, y Marta entonces caería en la cuenta –pero ya era tarde– del tipo de hombre con el que se había casado, y sus remordimientos de por vida serían para él su mejor y más dulce venganza, porque pasaría el tiempo y él iría publicando libros maravillosos, novelas, dramas, ensayos, sus memorias de presidiario, y recibiría premios y le lloverían honores, y para entonces ya lo habrían amnistiado y Marta seguiría purgando su culpa, y Clara, que tendría entonces ¿cuántos?, ¿nueve o diez años?, iría enterándose ya de la verdad, y a lo mejor un día él iba a verlas como en aquel cuadro de Cristo ¿entrando dónde?, ¿visitando a quién?, ¿obrando qué prodigio?, y en eso estaba cuando oyó un susurro a sus espaldas:

–Enhorabuena, Tomy.

Y era ella, oh, era ella, tan guapa y tan encantadora, y el mundo se iluminó de nuevo, y el porvenir se convirtió de pronto en un sendero campestre de márgenes floridos que se perdía mansamente a lo lejos. Y allí estaba también Miranda, ¿de dónde habían salido?, alto y elástico, que lo felicitó por su intervención y le dijo que el acto había transcurrido muy bien, mejor incluso de lo previsto, y que mañana mismo le enviaría el dossier a las agencias de prensa y redacciones de periódicos.

–Y éste es sólo el principio de la promoción –y sonrió.

Voz melosa, rasgos delicados, dientes blanquísimos, mirada subyugante. Marta lo miraba previamente admirada de sus palabras y sus gestos. El editor asentía y se amasaba las barbas dando por buenas las opiniones de Miranda. Y lo que son las cosas: he aquí que él, Tomás Montejo, había escrito el libro que acababa de presentarse y por tanto suyo debía de ser el protagonismo, suya la gloria, suyo el mérito, suyos los halagos, las sonrisas y los embelesos. Pero no: sin más cualidad que su propia persona, y sin ningún esfuerzo, Miranda era la celebridad, él la eminencia, él el importante, él el punto imantado sobre el que confluía de un modo natural la atención del grupo, él el único que no necesitaba elevar la voz para que todos se callasen y lo escucharan con expectación hasta el final.

Luego, todo ocurrió muy deprisa. De pronto hubo un revuelo, se oyeron aplausos, subió bruscamente el volumen de la música, se reajustaron los corros para abrir un pasillo por donde avanzaron al trote los músicos del concierto de rock, seguidos por los que se amontonaban en la barra, y tal como en el teatro se desbarata entre acto y acto el decorado y en un instante es suplido por otro, así también se transformó la sala en un visto y no visto, sólo que aquí había cambiado además el público, el ambiente, y la obra en curso y hasta el propio local.

De regreso a casa, y luego ya en casa, Tomás y Marta apenas cruzaron palabras consabidas, frases que a él le parecieron de puro compromiso: «Hablaste muy bien», «Estabas muy elegante», «El libro ha quedado precioso». Frases desangeladas dichas en un tono ausente y casual. A Tomás sin embargo le hubiera gustado seguir hablando toda la noche de la presentación, desmenuzándola, rescatando detalles nuevos, analizando otra vez los antiguos, sin acabar nunca de asombrarse, de celebrar y exaltar aquel suceso irrepetible, y de barajar las variantes que ahora ofrecía el futuro, y por ese camino es posible que hubieran terminado haciendo el amor para culminar aquel día excepcional, pero ella estaba agotada y tenía sueño, y desperezándose y bostezando ostentosamente para dar fe de su cansancio, se metió en la cama, dijo «Buenas noches, Tomy», y se durmió. Preciosa con su camisón corto y liviano, que en sus transparencias insinuaba y hacía aún más perturbador el misterio de su desnudez.

Tomás continuó despierto mucho tiempo, repasando los pormenores y vivencias del día. ¡Cuántas andanzas en tan corto tiempo! Porque aquélla había sido su auténtica odisea, el regreso a su reino después de muchos años de ausencia, no asediando una ciudad ni combatiendo a cielo abierto, sino recogido en la paz de su rincón de hombre de letras, librando en soledad una batalla no menos ardua que la otra, y aventurándose después en un viaje tan rico en prodigios como el del propio Ulises.

Reconquistar un reino, escribir un libro: he ahí dos términos que esta noche se confunden en una misma sensación de gozo, de estar como embriagado de dicha tras haber apurado la copa bien rebosada de la vida. Y de repente un recuerdo en brumas, y la punzada de una arista de la realidad que ya creía medio olvidada. Sí, tenías que haberle preguntado de qué habló tanto y tan en secreto con Miranda, y el porqué de tantas risitas y recaditos al oído, que parecían dos niños o dos conspiradores, y sobre todo dónde habían estado cuando él acabó su intervención, dónde, y haciendo qué, que te busqué por todas partes y no logré encontrarte, y a punto estuvo de hacerlo pero no se atrevió, entre otras cosas porque era inútil, ella no iba a decirle la verdad, ni él a creerla en el caso de que la hubiera dicho, y es que sus recelos eran tan vívidos y sus presagios tan sombríos, que no estaba dispuesto a aceptar otra cosa que una confesión de infidelidad en toda regla.

Ya al borde del sueño rescató un detalle olvidado hasta entonces. No estaba seguro, y a lo mejor se trataba sólo de una invención morbosa con la que recrearse en sus sospechas, pero recordó que cuando salieron de casa llevaba el pelo suelto, y cuando reapareció con Miranda lo tenía recogido en una mata espesa que resaltaba la esbeltez del cuello y de la que en su desorden se desprendían dos mechones sobre las mejillas encendidas, dos pinceladas con graciosas volutas en las puntas, vestigios acaso de un fugaz y ávido tumulto pasional, lo cual –ahora caía en la cuenta– la embellecía misteriosamente, le daba un aire de voluptuosidad satisfecha pero aún no colmada del todo. ¿La había visto así entonces o fue después, cuando salió del baño con el camisón puesto y lista ya para acostarse? Ahora tenía sus dudas. Y en cuanto al libro..., pero aquí su pensamiento se esfumaba en el sueño y sólo alcanzó a juzgar que el día prometido, tan largamente esperado, se había quedado apenas en nada, en un montoncito de desperdicios entre una rebatiña de grajos y chacales, en un mechón de pelo, en unas ardillas de color burro, y unos zapatos viejos, y una mujer haciendo calceta, y un extraterrestre con un zurrón al hombro, y un regusto amargo de whisky, y un presentimiento amenazante que no se dejaba descifrar.

7
Disolución

Quizá por eso, por su recién conquistada madurez, recibió sin apenas sorpresa la noticia que traía la alegre comparsa cuando a final de agosto regresaron del campo. Habían decidido entre todos que el joven Bernardo se fuese a estudiar a Madrid. Solicitaría una beca, y Águeda trabajaría de cocinera en la misma residencia estudiantil donde se alojaría el hijo. El padre había movido algunas influencias para urdir y realizar aquel plan.

–¿Qué te parece? –le preguntó a Dámaso.

Estaba exultante. Dámaso se quedó un momento cavilando y finalmente hizo un vago gesto concesivo.

–¿Es que no te parece bien? –dijo el padre, quizá extrañado por la solvencia de aquel gesto de Dámaso.

–Sí, sí –dijo él, en un tono tan lleno de obviedad que tanto servía para defender su inocencia como para reafirmarse en la ambigüedad de su opinión.

–Sí, es una gran idea –dijo el padre, pero ya más para su propio convencimiento que para el de Dámaso–. Porque es una pena que se desperdicie tanto talento. Allí, en Madrid, se convertirá en un gran hombre –y luego fue acarreando frases para apuntalar aquella convicción y quizá para castigar de paso la falta de entusiasmo del hijo: «Brillará con luz propia..., se reirá del mundo..., me gustaría verlo dentro de veinte años..., llegará a donde él quiera...».

Sentado en la silla y echado esforzadamente hacia delante, envuelto en el aura trágica de sus elucubraciones, Dámaso lo recordaría ya siempre como una especie de titán, un Atlas que sostiene sobre sus hombros el peso sobrehumano de una pasión inasequible.

Y recuerda también que en algún momento se entregó a la ilusión de que, con la ausencia de Bernardo, se restableciese la antigua armonía familiar. «¡Cuánto te queda aún por aprender!», escuchó de inmediato a su voz interior, en un tono amargo de menosprecio. «¿Es que todavía no te has desengañado? Nunca recuperarás ya la primogenitura. ¿O es que no comprendes que la esperanza que alguna vez tuvo en ti la ha puesto ya definitivamente en él? ¿No recuerdas que él quería emigrar a Madrid para que tú estudiaras y fueses alguien en la vida? Pues ese sueño lo ha cumplido en Bernardo. Ya ves hasta qué punto te ha reemplazado por él en su corazón.»

Y se fueron. Partieron como quien dice hacia tierras ignotas, no sólo hacia una ciudad sino sobre todo hacia el sueño que todos ellos habían construido y que exigía ya de escenarios más amplios y reales. En la despedida hubo euforia, hubo promesas, hubo lágrimas. Aquello parecía tan pronto una boda como un velorio. Y en medio del desorden sentimental todos tuvieron ocasión de percibir algo extraño, nuevo, en la actitud de Dámaso, una cierta suficiencia, un algo teatral en sus gestos de alegría o de pesar, porque de vez en cuando lo miraban inquietos, recelosos, algo así como podían mirar los músicos de una orquesta al instrumentista que se significa no por desafinar sino por excederse en virtuosismo. Y también el joven Bernardo debió de notarlo, porque por vez primera Dámaso captó en sus ojos un brillo de alarma, como si hubiera intuido un peligro cuyo alcance no acertaba todavía a calcular. Como Dámaso ya sabía, sólo su madre reconoció desde el principio qué tipo de fauna habitaba en su tormentoso mundo interior. Lo supo incluso antes que él, y en aquella hora de las despedidas Dámaso lo leyó de nuevo en sus ojos arrasados de pena y de piedad.

–¿Qué te pasa? –le preguntó.

«No respondas», oyó decirse a sí mismo. «Tu mejor virtud es el silencio. Deja que sea ella la que se lo imagine.» Pero ella se limitó a acariciarle la mejilla con una mano trémula y fatigada y a decir con voz casi inaudible:

–No debes odiarlos, ni debes torturarte.

–Ah, ¿no? ¿Y qué es entonces lo que debo hacer?

–Algún día lo comprenderás todo y te apiadarás de ellos, y también de mí.

Y pasó el tiempo y vinieron las lluvias, las nieblas frías, el humo azul en los tejados, el olor a lumbre de leña y las noches hondas y cerradas, tan gustosas y largas de dormir. Y las cosas siguieron su curso, sólo que ahora el padre y Natalia languidecían esperando las cartas de Bernardo, que recibían casi a diario y que ellos leían y releían y no acababan nunca de leer, y que enseguida contestaban –horas y horas con la pluma en suspenso, escribiendo y enseguida tachando, pasando a limpio, ampliando ahora con palabras el mundo que llevaban creando desde hacía más de dos años–. Dámaso los veía, un día y otro, atareados en aquel frenesí, y sin saber cómo se fue rindiendo a la necesidad de conocer la trama de toda aquella mensajería.

Lo único que él sabía hasta entonces eran los retazos que ellos contaban y comentaban en las sobremesas, que Bernardo estudiaba Derecho y Bellas Artes, que frecuentaba museos y bibliotecas, que asistía a conciertos, a círculos culturales, a ateneos, a debates y mesas redondas, y que ya empezaba a ser conocido y apreciado en aquellos ambientes, donde siempre el talento tenía sus valedores. Y lo contaban –sobre todo el padre– con mala fe, sin mirar al hijo, exagerando la noticia para escarmentar su actitud distante y su insolidaridad con la causa. Pero más de una vez los sorprendió hablando entre ellos, secreteándose al oído, compartiendo información confidencial de la que al parecer él no era merecedor o digno de confianza, y así fue como nació en Dámaso la curiosidad morbosa de conocer aquellas cartas.

Empezó a atar cabos, a tantear en aguas profundas. «Párate a pensar y usa la lógica», le sugería, lo incitaba aquella voz suya interior, siempre tan sabia e insidiosa. «O mejor dicho, usa de tu valor. Porque hay asuntos que en el fondo tú sabes, pero que rehúyes para no verte en el trance de tener que admitirlos. Por ejemplo que las cartas entre tu padre y la madre del intruso son cartas de amor. Sucias cartas de amor. ¿O es que todavía no te atreves a reconocer que son amantes? El instrumento con el que tu padre te concibió sondea desde hace muchos años el húmedo cubil que engendró a tu rival. ¿O no recuerdas las palabras de tu madre aquella siesta de agosto, cuando ibas todavía a gatas? ¿Cómo dijo? ¿También irás esta noche? Y se echó a llorar. ¿Quién te dice entonces que Bernardo no es hijo de tu padre y, por tanto, hermanastro tuyo? ¿Te da vértigo pensarlo? Usa la lógica y verás que las cuentas cuadran todas al céntimo. Todo de pronto encaja y tiene su porqué. ¿Recuerdas la súbita aparición de Bernardo, aquel día del laúd, y cómo a partir de entonces empezó a venir a casa con distintos pretextos, hasta que poco a poco se convirtió en uno más de la familia? Pues bien: toda aquella maraña estaba preparada. De sobra conocía ya tu padre a su hijastro y, prendado de él, convertido ya en su predilecto, mira cómo se las ingenió para meterlo en casa, y desplazarte, y otorgarle a él la primogenitura. Como la cría del cuco, el usurpador te ha expulsado del nido para arrancharse él en el hogar ajeno. Y, si es hermanastro tuyo, también lo es de Natalia. Piénsalo bien, racionalízalo, porque ni siquiera el incesto detiene a tu padre en su pasión por el bastardo.»

Eso un día tras otro, aquella voz impura y seductora, a la que Dámaso no quería escuchar y aún menos darle crédito. ¿Cómo iba a entrar en aquel mundo de tinieblas que le proponía? Y, sin embargo, la realidad, o sus apariencias, además del rencor, lo invitaban a escuchar sus razones y a dejarse arrullar por ellas. «¿Todavía tienes dudas? ¿Aún te da miedo la verdad? Busca entonces las cartas, y allí encontrarás pruebas irrefutables. Allí está el adulterio, el incesto, la postergación, el robo de la herencia, la lascivia, las promesas de amor entre ellos, los proyectos que andarán haciendo y que a ti más que a nadie te conviene saber. Sé valiente, busca y atrévete con la verdad.»

Y acabó rindiéndose a la tentación de saber lo que en el fondo de su corazón era ya una certeza. Así que desde entonces vivió urdiendo planes y buscando ocasiones para encontrar las cartas. Por la noche, entre dormilonas turbias y desvelos alucinados, no dejaba de darle vueltas a aquel fárrago de conjeturas, a aquel mundo sombrío que, al igual que ellos con el suyo, iba descubriendo o creando con sospechas, con miedos, con súbitas temeridades, con pacientes rencores, y los días se le iban en un desasosiego que no le concedía ni un instante de paz. Necesitaba saber, y mientras no supiera, mientras sus dudas no hicieran pie en alguna creencia, no habría reposo para él.

Pero no hubo manera de hallar ni un rastro de las cartas. Buscó y rebuscó en el fondo de los armarios, entre las hojas de los libros, bajo colchones y baldosas sueltas, en lugares que únicamente la imaginación convertía en escondrijos, y no dejó ningún rincón por escrutar, y sólo encontró sus propios recelos confirmados por aquella pesquisa infructuosa. «¿Ves con qué avisada destreza esconden sus secretos? Porque ellos saben que tú sospechas y se guardan de ti.» «A lo mejor, después de leídas, las rompen y las tiran a la basura», objetó Dámaso. Y la voz: «No lo creas. Es verdad que esas cartas son tan comprometedoras como si fuesen documentos, pero para ellos el valor de esos mensajes es mucho más grande que el miedo que puede inspirarles tu curiosidad. Tú cuentas poco para ellos, pero aun así, fíjate cómo ya empiezan a temerte. Sigue buscando a ver qué encuentras».

Y sólo encontró una foto entre los cuadernos de Natalia. Allí aparecían Bernardo y su madre, muy jóvenes y risueños, sentados en la hierba bajo la fronda de un sauce, junto a un estanque con un fondo idílico de cisnes y barcas de recreo. Entonces recurrió a su madre. ¿No le interesaría también a ella descubrir los secretos de aquellas relaciones? Pero apenas intentó sonsacarla se dio cuenta de que también ella, como él, como los otros, vivía ya en su propio mundo, inaccesible a los demás. «¿Por qué no los dejas en paz? ¿Por qué no descansas tú también?», fue todo lo que dijo. Pero Dámaso siguió buscando sin pausa ni provecho, empujado por la atracción morbosa que aquellas cartas ejercían sobre él. Necesitaba leerlas, saber lo que con tanto ahínco le ocultaban. Y cuanto más se escondían ellas, más crecía en él el apetito de buscarlas. Y una noche en que estaban los cuatro sentados a la lumbre, su padre se echó atrás en la silla y lo miró con un repente asombradizo:

–Ya veo que al fin has encontrado la misteriosa vena de tu talento, la cualidad que la naturaleza puso en ti, y que andas ahora de aprendiz de raposa. Pero tampoco parece que vayas a hacer carrera en ese oficio.

Se echó adelante y con las tenazas removió los tizones y avivó el fuego.

–No, nunca encontrarás lo que buscas. Esas uvas están muy altas para ti.

En su tono había ganas de burla y, más que eso, de aversión y desprecio. Natalia, que miraba fijamente las brasas, sonrió apenas y cerró los ojos como abandonándose a un íntimo estremecimiento de placer. Y el padre:

–¿Qué diremos de quien presume de hartura y abundancia y, cuando nadie lo ve, escarba con ansia en las sobras en busca de mondas y raeduras?

Y Dámaso no supo qué decir. Se sintió tan ridículo, tan humillado, que volvió a hacer vida aparte, alimentando una rabia sorda que daba por válidas todas las hipótesis y sospechas que se aventuraban en su órbita. Pero cuando llegó el fin de mes llegó por sí sola la ocasión del desquite. Como siempre, el mismo día de cobro le entregó a su padre el sobre con la paga, sólo que esta vez había retirado la mitad del salario. El padre abrió el sobre y, como siempre, desplegó en abanico los billetes para contarlos de un vistazo. Los miró, lo miró, volvió a mirarlos, lo volvió a mirar, y así varias veces, cada vez más deprisa y más maravillado del prodigio. Finalmente torció la cabeza y lo enfiló medio de perfil, como si hiciera puntería para no errar con la pregunta:

–¿Y el resto?

–Lo necesito para mí.

–¿Para ti? ¿Has dicho para ti? –y enseguida, ampliando imaginariamente el auditorio–: ¿Ha dicho para él? ¿Habéis oído todos bien?

Estaban solos en la salita de estar, que era donde se celebraba siempre el rito de la ofrenda.

–¿Has dicho para ti?

Entonces escuchó muy clara su voz interior: «Esa pregunta ya está respondida. Es una trampa. No la respondas otra vez, porque negar dos veces lo mismo es sembrar una duda. Deja que el silencio haga de abogado, que él es más elocuente y sutil que vosotros dos juntos».

Y sí, el padre se quedó desconcertado por la hostilidad de un silencio que él había supuesto que estaría de su parte. Con gran aparato de autoridad dio un paso al frente y extendió la mano:

–Hasta el último céntimo –ordenó.

–¿Para qué? –y se le quebró un poco la voz, pero no de miedo sino por el coraje de saberse tan lleno de razón y no tener fuerzas para sustentarla–. ¿Para mandárselo a ellos? ¿Para que se lo triunfeen a mi costa? No, también yo he puesto las uvas fuera de las raposas.

El padre lo miró con un odio como Dámaso no había imaginado nunca. Luego, torciendo el torso para tomar impulso con el brazo, le dio un revés en la boca que le hizo dar un giro de pelele antes de caer rodando por el suelo.

–¿Qué has dicho, cabrón, jodío por culo?

Dámaso no respondió, sino que otra vez hizo alarde de silencio mientras se levantaba y contenía la sangre de los labios con la lengua y el dorso de la mano. Vio a su madre entrar en la sala con un aspaviento trágico en los brazos para interponerse entre los dos. Pero Dámaso ya estaba frente a él, en una posición vacilante de firmes.

–¿Me lo darás ahora?

–No.

Lo agarró del pelo con energía pero sin violencia y le cruzó la cara tres o cuatro veces, a conciencia, asegurándose de cada golpe, y por cada golpe le iba diciendo: «¡Granuja!», «¡tunante!», «¡canalla!», «¡dañino!», «¡enemigo!», «¡rufián!». Todo eso y más. Y la voz, acariciadora, le decía por dentro: «Aguanta. Confía en tu orgullo. No te quejes, y no se te ocurra llorar. Recuerda que la razón es tuya. Aprovecha ahora para disfrutar de ella, porque el castigo, y tu valor, la hacen más grande y poderosa. Y sufrir es sembrar para el futuro».

Cuando acabó de golpear, Dámaso siguió de pie ante él, aturdido pero desafiante y porfiado, y con aquella especie de mueca irónica que los bofetones no habían logrado doblegar. Entonces, por primera vez, notó en los ojos de su padre una sombra de duda o de temor. Le temblaban los labios, y lo miraba como si de pronto hubiera descubierto en el hijo a un extraño. Quiso decir algo y no pudo, y bruscamente dio la vuelta y se fue.

Aquél fue el principio de la ruptura definitiva entre los dos. Desde entonces, Dámaso sólo entregaba sin ningún tipo de ceremonia la mitad de su salario, y el padre no le reclamó más.

Pero entre los dos se creó tal tipo de rivalidad, que Dámaso alquiló un cuarto de pensión en el otro extremo del pueblo, con vistas al campo, y se pasaba allí las tardes tumbado en la cama, mirando el cielo o leyendo revistas y novelas policíacas, de ciencia ficción y de terror. Fue por entonces cuando se aficionó a los libros y a la soledad. Como en los tiempos de la infancia, la cabeza se le llenó de héroes y malvados, de odiseas y proezas, y a menudo él mismo se inventaba sus propias historias mientras le venía el sueño. Para entonces, había ascendido a auxiliar administrativo y, con su nuevo régimen de vida, también cambió su aspecto. Había crecido y ensanchado, y tenía el aire sedentario y absorto que definiría ya su madurez. No tenía amigos, ni los necesitaba. A la salida de la agencia, comía cualquier cosa y se iba a caminar por el campo, a veces durante horas, a buen paso y por caminos siempre solitarios. Luego se metía en su cuarto y miraba a lo lejos durante mucho tiempo, fumando y pensando, hasta que al fin se animaba a abrir una novela y a aliviar sus pesares con la relación de los ajenos. Cuando empezaba a anochecer, el alma se le saturaba de nostalgia con el recuerdo de otros días, cuando estaban todos juntos, los cuatro, y juntos entraban en una noche que siempre les era acogedora.

Ahora, cada vez aparecía menos por casa, sólo para ver a su madre, que lo informaba de las novedades. La senara iba bien, tu padre anda muy triste y enojado contigo, Natalia está cada vez más rara, apenas sale de su cuarto, siempre escribiéndole a Bernardo, que va muy bien en sus estudios, y el gato desapareció en cuanto tú te fuiste, será que no podía vivir sin ti. Ahora que él era mayor y podían mantener una conversación de adultos, a Dámaso le hubiera gustado preguntarle muchas cosas, cómo era Santa Marta, el lugar donde nació y pasó su vida hasta que se casó, cómo era su familia, cómo conoció a quien acabaría siendo su marido, qué extraña relación había entre ellos, y sobre todo por qué se había puesto de parte de Bernardo y de Natalia y del padre y en contra de él, que era su hijo, pero ya era tarde para esas curiosidades, de las que quizá no se enterase nunca. Como mucho, sólo repetía aquellas frases enigmáticas de que no había que odiarlos sino tenerles lástima y ayudarlos en lo que pudiera. «¿Como has hecho tú?» «Eso es.» «Pero, ¿por qué?» «Porque lo necesitan. Algún día lo comprenderás», y ahí se refugiaba en un silencio ya definitivo.

Y pasó el tiempo. Desde la ventana de su cuarto vio florecer los campos duros y helados del invierno, y los vio agostarse, y llenarse de esa dulce melancolía que inspiran las lluvias calladas del otoño. Y su amigable voz interior le iba diciendo: «Aprende de la naturaleza. Deja obrar al tiempo. Ya verás como cada estación trae sus frutos y esparce sus simientes. Fíjate por ejemplo en la espiga: es el final feliz de un proceso donde pueden percibirse como al trasluz las diversas tareas que la han precedido hasta su madurez: en ella está la imagen lejana de la labranza, de los surcos desnudos y cubiertos por telarañas de rocío, del canto de la alondra con el primer verdear del trigo en primavera. Todo tiene su curso, su ritmo, y el negocio del éxito está en el arte de cultivar la espera. Resérvate para cuando llegue tu momento, que ya debe de estar próximo, porque el proceso ha madurado tanto que por fuerza algo estará ya a punto de ocurrir». Y la voz lo invitaba a imaginarse la vida de Bernardo en Madrid: brillante, mundana, llena de triunfos y de halagos, y dirigida sin error hacia un futuro espléndido, «en tanto que tú, fíjate, metido en este cuarto, frente a esos campos tristes, solo y anónimo, leyendo novelas baratas, repudiado por tu propia gente y sin otro porvenir que esta existencia monótona y estéril». Y Dámaso tan pronto se dejaba vencer por el desánimo como se entregaba a una furia tumultuosa que lo iba agotando hasta dejarlo exhausto. Y la voz: «Persevera, confía en el hacer y deshacer del tiempo, que algo importante está ya por ocurrir».

Y ocurrió. Un día se enteró por el comentario casual de un compañero de la agencia de que Natalia se había ido a Madrid.

Esa misma tarde se dirigió a casa. Hacía casi dos semanas que no aparecía por allí. Sus padres estaban sentados en la cocina, muy en silencio y casi a oscuras, ante una lumbre agonizante. Era un día desapacible de enero. Encogidos al lado de aquel pobre rescoldo, de pronto le parecieron mucho más viejos de lo que en realidad eran. Se sentó junto a ellos en su sitio de siempre y durante un rato sólo se oyeron las rachas enrabietadas del viento y el leve crepitar de las brasas. Intentó ordenar los sucesos que habían ocurrido en los últimos años para tratar de entender por qué extraños caminos habían llegado a aquella situación. Pero enseguida se le embarulló la memoria en la maraña del pasado. No había modo de devanar los días vividos para remontarse por ellos al presente y poder entenderlo. Sintió pena y luego rabia. Era como si hubiesen dilapidado una gran fortuna y ahora estuviesen recordando los viejos tiempos de esplendor. Miró a su padre. Fumaba echado hacia delante, un codo en la rodilla y el puño en la cara, los ojos fijos en lo remoto de la lumbre. Algo debía de estar pensando, porque el chirriar de los botines parecía registrar los picos y remansos de su pensamiento. Dámaso siguió mirando y callando, y su silencio y su mirada se iban cargando tanto de acusaciones y preguntas, que el padre se removió en la silla, incómodo, desazonado, hasta que al fin se vio obligado a hablar. En su voz, Dámaso creyó captar un acento angustiado de euforia:

–Es lo mejor que podía hacer. ¡Lo mejor! ¿Cuándo se habló de los cobardes? Allá en la ciudad podrá volar tan alto como quiera. Cualquier cosa menos embrutecerse en estas soledades. Y eso sin contar que allí está su lugar, junto a Bernardo. Juntos se labrarán un porvenir de ensueño. Porque no hay ambición que no se rinda a la belleza y al talento cuando van de la mano. ¡Qué de maravillosas aventuras habrán de correr juntos!

Por la atrevida rotundidad de las frases y lo borroso de la voz, Dámaso entendió que había bebido y que empezaba a sentirse inspirado y absuelto. Alcanzó con la mano un tizón para encender tabaco y concederse una pausa retórica, y ya se disponía a proseguir, cuando Dámaso, sin alzar el tono ni variar la compostura, preguntó:

–¿Se ha ido con vuestro consentimiento o se ha escapado?

El padre se quedó inmóvil con el tizón en alto y el cigarro en los labios, fulminándolo con la mirada.

–¿O quizá está embarazada y se fue en busca de su honor?

Ponía en la voz una clara y razonada prosodia, argumentando en cada sílaba.

–¿Por qué no os calláis? –dijo la madre–. ¿Por qué no podremos descansar nunca en esta casa?

El padre la miró mientras señalaba a Dámaso con el tizón:

–¿Es que no oyes lo que dice? ¿No ves que sólo ha venido aquí para hacer daño? Todavía le he de sacar una tira de pellejo si se me cruza en el camino.

Pero Dámaso, sin alterarse, retomó su discurso:

–Así que se ha escapado en busca del joven Bernardo, del intruso a quien tú le abriste la puerta de esta casa para que entrara bien adentro y, con tu ayuda, sedujera y corrompiera a toda la familia.

–¿De qué hablas, Satanás? –el padre se echó atrás demudado, con un temblor de ira en la voz.

–Callaos, callaos –imploró la madre.

–Porque tú has traicionado a tu mujer y a tus hijos. Nos has deshonrado y vendido a todos por un extraño...

–¿Un extraño? –se levantó con el tizón en alto–. ¿Un extraño el joven Bernardo? ¡Qué sabrás tú, sucia raposa, granuja de marca mayor! Que no eres digno siquiera de atarle los zapatos.

También Dámaso se levantó y dijo en voz baja y condolida:

–Eres un borracho y un pobre fracasado.

El padre entonces, fuera de sí, con un gruñido en la garganta, le tiró el tizón a la cara y, al tiempo, avanzó para golpearlo. Pero al esquivar el tizón lo esquivó también a él, que falló el golpe y se quedó tan indefenso y al alcance que, sin pensarlo, Dámaso alzó el puño y le dio en el rostro con todas sus fuerzas. En parte por el puñetazo y en parte por el impulso que llevaba, cayó al suelo entre un estropicio de leña y cacharros de loza. Los tres se quedaron espantados de lo que acababa de ocurrir. El padre lo miraba boquiabierto, profundamente estupefacto. Sólo cuando oyó gemir a la madre –un lamento triste, débil, como de pequeño animal recién nacido–, se rehízo del asombro y empezó a comprender.

–¡Maldito seas! –dijo el padre con voz queda y ronca–. ¡Maldito seas para toda la vida! Y maldito sea el día en que te engendré. Sal de esta casa y no vuelvas a ella jamás. Y hazlo pronto, antes de que te mate.

Recogió algunos objetos personales, y ya se iba cuando oyó decir a su voz interior: «Llévate la pistola, que ahora más que nunca has de mirar por ti. Tú eres ahora tu único prójimo y debes cuidar tu propia viña». Y él obedeció, mientras la voz le iba diciendo: «Has obrado como es debido, como te exigía tu dignidad de primogénito. Y aun así, no lo has castigado apenas por tanto mal como te ha hecho. Pero aquí no acaba la cosa. Todavía queda mucho camino por andar. Y yo te guiaré por él, hasta que llegues al final». Y por primera vez Dámaso sintió aquella voz como algo en verdad ajeno a su conciencia, un oscuro poder que no podía controlar sino que lo dominaba por completo con la autoridad de sus palabras sabias y persuasivas. Y no, no era exactamente su voz; era más bien la voz emancipada del odio convertida en criatura espiritual y finalmente transmutada en demonio.

8
Polvos de papel
Teresa

–Ella se llama Hjntien y él se llama Esch –dice mientras escribe los nombres en la pizarra con letras mayúsculas.

–¿Son americanos?

–Alemanes. Estamos en la ciudad de Colonia, en 1903. A Hjntien la llaman mamá Hjntien, que es un tratamiento de respeto, algo así como señora Hjntien, y es dueña de una taberna *(portuaria:* no, no te van a entender, tienes que buscar algo más sencillo) situada en el puerto, una taberna donde sólo van hombres, marineros rudos y solitarios. Es viuda y...

–Entonces es vieja.

–¿Por qué?

–Porque es viuda, ¿no?

Gritos, discrepancias, risas, manos que piden, chascando a veces los dedos, el turno de palabra.

–No, no, mamá Hjntien no es vieja.

–¿Cuántos años tiene?

–¿Está buena?

–Lo sabréis a su tiempo. Y no interrumpáis tanto que así no acabaremos nunca. Él, Esch, es, ¿cómo decir?, es un joven desorientado *(nihilista* no, no te encumbres, ni se te ocurra usar esa palabra), no cree en nada y no sabe qué hacer con su vida, cuál es su sentido, es decir, para qué vivir. Es un joven que no entiende el mundo, que *(habita, se debate)* vive en la, en el desorden. De hecho el libro se llama así, *Esch o la anarquía.* Anarquía es eso, vivir sin leyes ni gobierno. Y el autor de la novela se llama –lo escribe cuidadosamente en la pizarra– Hermann Broch. Es un hombre muy de nuestro tiempo, me refiero a Esch, un personaje que *(refleja la crisis de valores de principios de siglo)* pasa de todo, de Dios, de la política, del hombre, de la sociedad.

–Pero, ¿cómo se conocen, cómo se enrollan?

–Ya lo veréis. Ya veréis cómo va surgiendo en ellos el, la, el erotismo.

–Pero ¿terminan follando o no?

Es inevitable. En todos los cursos hay siempre un gracioso, un revientaclases. Carcajadas, removiciones, discusiones privadas, gritos de protesta, miradas de malestar.

Tomás mira a Teresa, la lleva mirando furtivamente desde que empezó la clase, y mucho antes, casi desde el primer día de curso. Se sienta sola y escribe, a saber qué, inclinada sobre la silla pupitre, y de vez en cuando, ahora por ejemplo, mira a Tomás sin levantar apenas la cabeza, medio escondida en su melena rubia con mechas de ceniza, y a veces sonríe débilmente, casi clandestinamente, como si se tratara de una contraseña entre los dos.

–¿Qué os dije en la última clase? ¿Cómo se llama el tema que vamos a tratar hoy?

Varias voces a coro:

–El polvo más triste del mundo.

–Eso, eso. El más triste en la literatura, se entiende. Porque ésta es una clase de literatura, no lo olvidéis, y tenemos que cuidar las formas, el lenguaje.

Teresa sonríe ahora y sabe que Tomás la está mirando, se muerde los labios y luego sube enérgicamente la cabeza al tiempo que con una mano se despeja el cabello para que él vea la entera belleza de su rostro, y su expresión soberana, con matices mezclados de pudor y malicia.

–¡Tomás! –un alumno sube el brazo pidiendo la palabra.

–Dime.

–Yo conozco también uno muy triste.

–¿Ah, sí?

–Es la hostia de triste. Este verano vi follando a dos escarabajos.

–Pero, ¡qué dices!, ¡pero si los escarabajos no follan, gilipollas! Los escarabajos ponen huevos.

Gritería, pendencias, algún silbido, controversias cruzadas, caos dialéctico. Tomás golpea pacientemente la mesa con el borrador. Al fin se hace el silencio.

–Éstos que yo digo sí que follaban. Era una cosa como..., ¿cómo se dice eso?, una cosa que te deja hecho mierda...

–¿Deprimente?

–Sí, deprimente, puede valer. El macho se resbalaba y no era capaz de subirse en ella. Y ella no dejaba de andar. Y él detrás, intentando subirse. Los dos allí con sus caparazones y sus, esas cosas que tienen en la cara.

–Bien, de acuerdo, pero lo que tú cuentas es otra cosa. Nosotros estamos hablando de lo que ocurre en un libro. Mamá Hjntien y Esch son gente imaginaria. Quiero decir que no existen en la realidad. Os voy a contar primero cómo es ella, como es mamá Hjntien. Luego enseguida aparecerá Esch y entramos en materia.

Y no sólo Teresa, todos sus alumnos se quedan entonces como extáticos, en tensión, atentos no sólo a las palabras en curso sino a las que están por venir y ya se intuyen en el horizonte sintáctico del narrador, listas para salir a escena. Tomás siente el poder de seducción que emana de su voz, de su propia persona, y también la alegría y el placer de haberse reconciliado consigo mismo, de saberse alguien en el mundo después de una época aciaga, de desorientación y de desorden y de crisis de valores, como le ocurría a Esch, que empezó ¿cuándo?, ¿la misma noche de la presentación del libro?, pero no, el infortunio llegó después, porque durante las primeras semanas se había rendido gustosamente a la tentación de las expectativas, a las promesas nunca desatendidas de los sueños que están a punto de convertirse en realidad.

Porque, en efecto, en los días siguientes a la presentación se compró todos los diarios nacionales y sólo en uno encontró una breve noticia del acto, apenas unas líneas en esa página de los periódicos donde se amontonan los desperdicios de la actualidad cultural, pero así y todo pocas veces sintió una alegría tan honda al ver su nombre y su obra impresos en negritas, y aún más cuando el editor lo llamó por teléfono para decirle que el acto de promoción había sido un éxito y que en casi todos los diarios de provincias –ahí, más que en los grandes medios, era donde se jugaba la fortuna del libro– le habían dedicado gran espacio, con abundante material gráfico. Ya le enviarían un dossier. Y, a modo de despedida: «Te paso con promoción», le dijo, «que tiene noticias para ti». Y promoción era Miranda, que con su deje dulzón e insinuante le informó de algunas peticiones de entrevistas que había recibido de varios medios de comunicación. Tres para periódicos, dos para revistas y otra para una emisora de radio. Estaba gestionando también algo para la televisión y un almuerzo con libreros y críticos, además de volver a presentar el libro en otras ciudades. ¿Qué tal una turné de promoción por provincias?

La satisfacción por tan buenas nuevas se vio enseguida empañada por la sospecha de que Miranda intentaba mandarlo lejos para acceder más libremente a Marta. Porque desde aquella noche, no lo abandonaba el pálpito de que se veían a escondidas, quizá por la mañana, mientras él estaba en clase, y quién sabe si también por la tarde, cuando ella le decía –y no siempre a la cara sino gritándolo desde la puerta, lista para salir– que se iba al cine, o de compras, o a merendar con unas amigas, o a visitar a la familia, que cuidara a Clara, «Adiós, Tomy, que trabajes mucho, intentaré volver lo antes posible». Era bastante con ese brote de incertidumbre para que la imaginación diera cuerpo a la conjetura y la revistiera de circunstancias verosímiles. ¿Se encontrarían en casa de Miranda –un apartamento moderno, con decoración minimalista, doradas islas de penumbra, espacios abstractos, ámbitos definidos apenas por luces tenues– o se irían a un hotel? ¿Y si la siguiera un día disfrazado por ejemplo con un sombrero, unas gafas negras, una barba postiza? Pero, ¿qué hacía entonces con Clara?

Después, se sosegaba. ¿De dónde venían tan a deshora esas turbias pasiones, esa complacencia por bordear el mal, por hacer consigo mismo lo que hizo Yago con Otelo, él, que había sido siempre un varón templado, cuyas fantasías un tanto pueriles no habían invadido nunca la realidad sino que eran sólo eso, evasión, juguetes para adultos, condescendencia con el niño que fue, fidelidad al legado de la infancia, gansadas que servían para descansar de los arduos trabajos de la soledad y del estudio?

Y, sin embargo, por otro lado parecía evidente que ya antes de la aparición de Miranda, se habían producido en Marta ciertos cambios en su conducta y en su modo de ser. Y así, había surgido entre los dos un cisma de silencios, que más que un simple callar parecían formas de ocultar pensamientos inconfesables, si es que no hostiles. Y sus polvos eran desperdigados y tristes como los de Esch y mamá Hjntien. ¡Ah, qué tiempos aquellos!, cuando él la enseñaba, le leía, le explicaba, y entre medias se daban besitos golosos, interpretaban juntos pasajes dramáticos, ensayaba con ella y para ella sus clases, los temas de oposiciones, y ella escuchaba admirada de su saber y su oratoria. O cuando tejía las viñetas del tapiz donde se contaban en clave los episodios mejores de sus vidas. Pero luego, no se sabe cómo, con ese sigilo con que unos hábitos reemplazan a otros, apareció la indiferencia, quizá el desdén, y dejaron de interesarle sus cosas, sus proyectos, hasta el punto de que ni siquiera había terminado de leer el libro, con el pretexto de que a veces le perdía el hilo y no entendía bien aquel lenguaje tan culto y tan teórico. ¿Y no estaba a menudo ausente, embelesada en los requerimientos de otro mundo? Quizá fuese por Clara. Sí. Eso debía de ser.

Pero cuánto le hubiera gustado compartir con ella sus exaltaciones y zozobras, por ejemplo cuando iba a visitar librerías de otros barrios, o bibliotecas públicas, y temblaba como si estuviera cometiendo un delito y pudieran descubrirlo al buscar o al solicitar su propio libro para ver si estaba o si ya alguien lo había sacado en préstamo o conservaba algún indicio de haber sido leído. O por el mero gusto de recrearse en el prodigio, de verse a sí mismo objetivado en un libro, en un nombre que ya no le pertenecía del todo, porque sus lectores lo habían hecho suyo. Una vez se atrevió a preguntarle a un librero, con voz inapetente:

–¿Qué tal es este libro?

–He oído decir que es interesante –dijo el otro.

–¿Sí? ¿Usted cree?

–Eso parece.

–Y... ¿se vende mucho?

–Bueno, alguno se vende.

A Tomás le hubiera gustado conocer a una de esas personas que habían comprado su libro, seguirla por la calle, ver cómo entraba en un café, ocupaba una mesa y se enfrascaba en la lectura. Podía ser una mujer en sus primeros años de madurez, cuando sobre el otoño de la juventud aparece una leve y preciosa pátina de dulzura y de sabia ironía. Una tarde de lluvia, una gabardina, cristales empañados, tazas humeantes, sillas de madera lustrosa, y la posibilidad de un encuentro casual, ¿así que tú eres el autor?, bueno, te vi con el libro y sentí curiosidad, pobre chica, me dije. Podía ser un buen tema para un cuento o para una comedia.

–O sea, que se vende –hojeando el libro.

–Sí, algo se va vendiendo.

Y él saboreaba las primeras mieles del éxito, y cada elogio, cada señal que anunciaba y celebraba sus méritos, cada libro que dedicaba, cada comparecencia en público, le producían una secreta explosión de dicha que lo dejaban en un estado de irrealidad o de embriaguez.

–¿Cómo es entonces mamá Hjntien?

–Es joven: tiene treinta y seis años, pero es viuda desde hace catorce y se ha convertido *(prematuramente)* en una *(matrona puritana)*, en una mujer que parece mayor de lo que es, de aspecto un tanto masculino. Es corpulenta. Es fea. O mejor dicho: ha decidido ser fea. Odia a los hombres. Le repugnan.

–¿Es bollera?

–No, no, para nada. Trata con los hombres porque no le queda más remedio, porque en la taberna sólo hay hombres. Pero los mantiene a raya, y nadie se atreve a *(requebrarla)*, a galantearla, a ligar con ella. Su cara es inexpresiva, y sólo hay en ella un gesto claro de coquetería cuando se arregla el peinado, que es así, rígido, todo lleno de horquillas, como un, como una, como una hogaza de pueblo. Sí, ésa es la palabra que mejor la define: rigidez. Rigidez en el peinado, en la mirada, en la figura, en el modo de ser. Usa un corsé. Un corsé es como un sujetador pero que llega hasta la cintura.

–Como lo que lleva la señorita Scarlata en *Lo que el viento se llevó* –dice alguien con acento cubano.

–Eso es. Pues mamá Hjntien usa un corsé, muy complicado, todo lleno de cordones, de botones, de broches, de *(ballenas)*, de varillas y alambres, que parece un corsé de castidad, quiero decir, como una especie de coraza, y también sus vestidos son rígidos y muy cerrados, y todo eso la convierte en una mujer físicamente inaccesible. Con la viudez *(ha cancelado)*, ha descuidado, ha escondido sus encantos femeninos y vive como encastillada en la soledad y en la desconfianza hacia los hombres. ¿Os la imagináis?

–Sí –dice uno, sobrado de experiencia–. Que va así como alicatada.

–O como el caparazón de los escarabajos –dice el de los escarabajos.

–Sí, muy bien. Pero, a pesar de su falta aparente de encantos, a Esch le gusta. O mejor dicho, vamos a ver si me explico. Cree que él puede *(redimir)* rescatar a aquella mujer perdida para el deseo, y que esa tarea puede dar un sentido a la existencia vacía, absurda, de los dos. Es decir, despertarla del letargo sexual en que vive. ¿Vale?

Cabeceos, murmullos de conformidad. Teresa, la mano abierta en la mejilla, mira a Tomás con una atención intrigada y sincera.

–Os voy a contar cómo es el primer beso entre los dos, y que es el beso más triste de la literatura. Van en tren, cansados, sudorosos, porque han estado todo el día de excursión, todo el día caminando por una ciudad a pleno sol. Él intenta besarla pero ella se resiste con todo su aparato defensivo, y además lleva un sombrero con alfileres que sobresalen, y con el balanceo del tren ella amenaza con los alfileres el rostro de Esch, manteniéndolo a distancia. Leo: «Esch echó el sombrero para atrás, y luego cogió con las manos la cabeza redonda y pesada y la volvió hacia él. Ella devolvió el beso con los labios secos y abultados, como un animal que oprime el hocico contra un cristal».

Hay una larga pausa y se oyen resoplidos de agobio, exclamaciones de abrumación.

–Sí que es triste –dice alguien al fin.

–Pues a mí esa tía me pone –dice otro.

–Porque tú eres un puto salido.

–¿Salido? Todo está aquí, en la cabeza. Todo es cuestión de imaginación, chaval.

Entretanto, Tomás mira fugazmente a Teresa, que se ha quedado pensativa, con los ojos perdidos en el horizonte, tras el ventanal. Enseguida se inclina sobre el cuaderno y, oculta tras el cabello, escribe muy deprisa. Luego se yergue otra vez y a dos manos se recoge el pelo en la nuca y se queda un momento así, el jersey de color lavanda ciñéndole el busto, la cara alta, toda ella ofrecida a la mirada de Tomás. Finalmente es otra vez la muchacha seria y laboriosa que sostiene el bolígrafo sobre el cuaderno esperando a que se reanude la clase.

–Pues bien, al día siguiente, en una hora en que no hay nadie en la taberna, Esch sube la escalera que da a la vivienda privada de mamá Hjntien y entra en el cuarto donde está ella, que al verlo sufre un sobresalto, da un gritito y se pone rígida.

Algunos interpretan el gritito y la rigidez.

–¿Cómo va vestida?

–No lo sé. Supongo que lleva uno de esos vestidos oscuros abotonados hasta el cuello. Esch cruza la habitación, muy decidido, se acerca a ella y la besa violentamente en la boca. «Váyase», dice ella con voz ronca.

–Váyase –imita alguien la voz en tono cavernoso.

–Porque en aquella habitación, desde que murió su marido, no ha entrado nunca un hombre. No ha sido *(hollada, profanada, mancillada)* ensuciada por la presencia de un hombre. Sin embargo le devuelve el beso, «con labios secos y abultados». Y ahí comienza la lucha, el forcejeo.

–¿La viola?

–Bueno, es una lucha llena de rechazos pero también de complicidades.

–O sea que ella quiere pero se resiste.

–Sí, algo así. Ella lucha por su habitación. Esch es el macho que ha invadido su territorio. Y él lucha por despertar en ella el deseo apagado, dormido.

–Así es también en la naturaleza –dice el de los escarabajos–. Hay unas arañas que la hembra se come al macho después de aparearse. O sea, espera a que el macho la fecunde y luego se lo come, ¿no? Y lo mismo los alacranes, y la, cómo se dice, la mantis religiosa...

–¡Joder, y las tías!

Voces, golpetazos, chirridos de hierro, y una voz femenina que pide silencio de una puta vez, hostias, machistas de mierda, que parecéis críos.

–Sigo. Los dos luchan, cada cual por lo suyo, pero en el fondo solidarios. «Aquí no se le ha perdido a usted nada», dice ella, y lo repite, dos, tres veces, hasta que al final se le quiebra la voz y reduce la frase a «Aquí no...», pero con puntos suspensivos, es decir, que ella quiere repetir la frase entera pero le falla la voz, y él sin embargo entiende que mamá Hjntien le está diciendo que aquí no, que mejor en otra parte, y por eso Esch pregunta, también con la voz ronca: «¿Dónde?». ¿Veis? Eso es un malentendido –y mira a Teresa, sus ojos verdes y brillantes clavados en él, y una expresión que tan pronto es de entrega incondicional al relato como de una cierta distancia crítica que parece encubrir a veces un reproche–. La vida está llena de malentendidos. ¿Comprendéis la importancia del lenguaje? Una palabra mal usada, o usada a destiempo, o mal interpretada, y de pronto las cosas ya son otras. Somos dueños de las palabras, pero en ocasiones somos sus esclavos. De nosotros depende una cosa o la otra. Bien, pues algo así le pasó a Esch y a mamá Hjntien. «¿Dónde?» Y entonces ella señala la *(alcoba),* la habitación principal, donde dormía con su marido, pensando que aquella *(estancia),* aquel lugar tan elegante, tan respetable, impresionaría a Esch y lo devolvería a la realidad, al sentido común. Leo: «Él la hizo pasar adelante, pero la siguió, poniéndole la mano sobre el hombro, como si condujera a un prisionero». ¿No os parece..., cómo decir, sórdido, terrible, como si más que contarnos una escena erótica el autor nos estuviera hablando de otra cosa...? No sé, la parte oscura del amor, del sexo, pero también del hombre, de la existencia humana. Da la sensación de que ellos no eligen lo que están haciendo, sino que están condenados a hacerlo. Como si, más que un acto de libertad y de placer, fuese un castigo.

–Sí, eso es verdad –se oye en el fondo.

–El amor a veces es jodido.

–Es casi como lo de los escarabajos.

–Bueno, vale. Y entonces entran ¿y qué? ¿O es de esos libros y películas de mucho preparativo pero cuando van a follar cambian de plano o de capítulo? ¿Por qué leches no se pueden contar las cosas como son?

–No, aquí se cuenta todo. O casi todo. Bueno, ahora lo veréis.

Pero en ese instante se oye en el patio el canto de uno de los perdigones de caza del jefe de bedeles. Y otra vez hay risas, comentarios jocosos, y uno dice: «El Dalton se la hubiera cepillado directamente en el tren, ni alfileres ni pollas».

–Ése sí que es un personaje siniestro, ¿eh, profe?

–¿Os recuerda a algún personaje literario?

–Sí –dice Teresa de inmediato.

–¿A quién?

–Es que no recuerdo ahora mismo su nombre. El pirata de la pata de palo de *La isla del tesoro.*

–¿Silver?

Teresa sonríe y enseguida se muerde tímidamente la sonrisa.

–Eso es, Silver –dice, y se inclina sobre el cuaderno y se pone a escribir.

Porque varias generaciones de alumnos le habían oficializado el nombre de Dalton. Y Tomás últimamente había intimado algo con él. Era un hombre esquinado, hermético, de voz afónica y de pocas palabras. Una honda cicatriz le cruzaba desde la sien la mejilla y el cuello, y sufría de una leve cojera. Solía llevar un rastrojo sucio de barba, y el uniforme flojo y desastrado, y todo en él daba una sensación de desaseo, de hosquedad, de rudeza. Vivía al parecer en un piso cercano al instituto, pero –como jefe de bedeles que era– tenía derecho a la pequeña casa de una planta adosada a la tapia del patio. En ella guardaba dos o tres perros de caza y sus perdigones de reclamo, y algunas noches se quedaba a dormir allí, y en esos casos se le veía sentado en la puerta de su casa al atardecer, y en el mal tiempo tras la ventana del saloncito, con la luz apagada, viendo la televisión y bebiendo en una clásica copa de licor. Entre unas cosas y otras, se había forjado en torno a la casa una modesta leyenda de terror, acorde con el carácter sombrío de su habitante. Tomás lo había visto a veces alejarse del instituto hacia una zona del barrio de calles laberínticas y edificios humildes. Quizá viviese por allí.

–Sí, por ahí vivo –dijo con su voz tétrica la primera vez que Tomás habló con él, cuando coincidieron en un bar una noche del último verano.

Por entonces, Tomás se había abandonado a una atonía vital que parecía no tener ya remedio. Tres meses después de la aparición del libro, una a una, las expectativas y promesas se habían convertido en humo, y las relaciones con Marta estaban ya próximas a su disolución.

Cumplió todos los ritos. Las primeras semanas se compraba todas las revistas literarias y culturales, y esperaba con el alma en vilo la aparición de los suplementos de libros. Las críticas fueron breves, insípidas y tardías. Paladeó –y le supieron a poco– las alabanzas con una fruición desconocida hasta entonces, y padeció un dolor indecible ante el más mínimo reproche. Absurdamente, empezó a consultar con avidez y rencor las listas de libros más vendidos. En cuanto a la gira por provincias y al almuerzo con libreros y críticos, no se volvió a hablar más del asunto. Ni tampoco llegaron, como él esperaba, multitud de cartas, ni llamadas telefónicas, ni invitaciones a conferencias, ni a debates mediáticos ni a mesas redondas. Apenas cuatro o cinco charlas en institutos y agrupaciones culturales de medio pelo. Y después fue el silencio.

Así que pronto se encontró a la intemperie, sin el refugio de la literatura y el hogar. Sin Marta y sin los libros –que habían sido para él la piedra filosofal que transmutaba en oro las rutinas de la vida diaria–, comenzó entonces para él una época desolada. Le abrumaban las clases, intentaba leer o escribir y a las pocas líneas tenía que dejarlo lleno de aburrición y de fastidio, quería pensar en algo y la mente se le dispersaba en el vacío de un enorme bostezo. Y eso que aún quedaban por jugar algunas buenas cartas. Por ejemplo el boca a boca, cuya lenta pero inexorable cadencia podía prolongar la esperanza durante muchos meses, años incluso. O la explosión mediática de un premio. O el favor de una minoría que velara con afán justiciero para mantener viva la llamita del recuerdo a la espera de tiempos más propicios. Pero el corazón, que no miente, le decía que su obra estaba condenada sin remedio al olvido.

Para empezar, ya estaba desapareciendo de las librerías. «Como le dije, esto es una lotería donde no suele tocar ni el reintegro», le dijo el editor. «Pero hay que esperar. Quién sabe la de conejos que puede guardar en su chistera el mañana.» Y Tomás miró el mañana y se encontró con que concluía el curso y pronto comenzaría el verano, y luego vendría el otoño con la noticia de otros libros, de otros nombres, de otras novedades, y el recuerdo del suyo se habría extinguido para entonces. ¿Y qué quedaría al final de todo? El dossier que le enviaron de la editorial. Unos pocos recortes de periódicos, breves reseñas, algunas fotos, un par de cartas de lectores y poco más.

Tomás sucumbió entonces al terror de ser olvidado, a que su obra, y con ella su nombre, no dejaran sobre la tierra ni la menor huella de su paso. Comprendió que, sin darse cuenta, se había acostumbrado a los halagos y al compadreo con la esperanza, y ahora ya no sabía vivir sin ellos. Lo que al principio parecía un antojo inocente de la vanidad, se había convertido en adicción. De pronto empezó a sentir una hambruna insaciable de reconocimientos, de elogios, de adulaciones, y a querer saborear la golosina de saberse envidiado.

Recurrió entonces a expedientes absurdos y humillantes. Animado a veces por un trago de más, llamaba por teléfono a librerías preguntando por su libro y pidiendo explicaciones y elevando protestas cuando le decían que no disponían ya de ejemplares. Llamaba a periódicos y revistas demandando noticias sobre sí mismo. Un día, en un momento inspirado de furia, desde un teléfono público llamó al departamento donde le habían dirigido pero no publicado la tesis, haciéndose pasar por un licenciado que buscaba a algún catedrático que le dirigiera la tesis sobre la obra de Tomás Montejo. Le sugirieron que se pasara por allí y hablarían con calma del asunto. Llamó a otras universidades, a otros departamentos. En unos le dijeron que no conocían al autor. En otros lo remitieron a un futuro impreciso. En otro oyó cómo su interlocutor hablaba con alguien, tratando de informarse de quién podría ser aquel Tomás Montejo, y cómo intervenían varias voces en la conversación hasta que una descolló para decir algo que Tomás sólo captó a ráfagas, palabras sueltas sin sentido, salvo una expresión que lo dejó herido de gracia: «Pornografía cultural», y ahí la voz se alejó entre risas, y luego se oyó un portazo y unos pasos que se acercaban y Tomás ya no quiso escuchar más y colgó lleno de ira pero también de pánico ante la sospecha de que se hubieran referido a él y pudiera ser verdad lo que había oído. ¿Y si el libro era, en efecto, malo, además de farragoso y oportunista? ¿Y si él carecía de talento para la escritura?

Para colmo, a principios de julio Marta se fue con su familia de vacaciones a un pueblo de Levante y él se inventó algunos compromisos para quedarse solo y entregarse de lleno a la desdicha. Marta no insistió, e incluso a Tomás le pareció que recibía la noticia con mal disimulada satisfacción. Y ya no sabía qué era peor: si el fracaso literario o el sentimental. Si es que en el fondo no eran la misma cosa: el desgaste y finalmente la ruina de un saber y una retórica que en otro tiempo sirvieron para seducir a Marta, pero que una vez cumplida su misión –cuyo producto era Clara y la conquista de una posición social– había dejado de ser operativa, tanto en el amor como en la literatura.

Fue un verano funesto. Se pasaba el día en casa, ocioso, en calzoncillos, empotrado frente al televisor o echado en el sofá y mirando al vacío, y bebiendo cerveza por la mañana y chupitos de whisky hasta la hora de acostarse. Al oscurecer, con el fresco, salía al balcón y esperaba pacientemente a que le viniera el sueño. Se preguntaba a cualquier hora qué estaría haciendo Marta en ese mismo instante, y un par de veces llamó a la editorial con voz fingida y preguntó por el relaciones públicas, y confirmó sus sospechas cuando le contestaron que estaba ocupado o ausente. Apenas salía de casa y comía cualquier cosa, chocolate y galletas, una sopa instantánea, unas conservas, unos frutos secos. «¿Estás bien?», le preguntaba Marta por teléfono. «¿No piensas venir a vernos?» Y Tomás, «No puedo», decía, y ni ella le preguntaba por qué ni él se veía obligado a dar explicaciones.

Una noche de agosto que se quedó sin bebida salió a tomar algo y, después de callejear un rato, entró en una especie de night club, se subió a un taburete, pidió un whisky y un pincho de escabeche y, cuando miró a un lado inspeccionando el territorio con ojos distraídos, allí estaba el bedel, con la mirada absorta en su copa de brandy. El lugar era pobre y tenía un aire equívoco, con una media luz y una atmósfera íntima por donde se movían hombres solitarios y mujeres baratas. Había un tabladillo donde de vez en cuando algún espontáneo se animaba a cantar al son de una guitarra. Desde entonces, algunas noches coincidieron allí, y aquellos encuentros casuales establecieron entre ambos una cierta amistad. Aunque el único que hablaba era Tomás. Hablaba de la vida, de sus promesas mentirosas, de su indecente brevedad, del barullo de proyectos y decepciones en que se nos van los años, de la farsa del amor eterno, de las injusticias del mundo, de la estúpida afición al dinero y al éxito, de la ignorancia y chabacanería de la juventud, de las servidumbres de la actualidad, y a veces se enardecía y le daba por recitar poemas o echar discursos elocuentes y erráticos. El bedel asentía, bebía y callaba. Algunas noches Tomás arriesgó algunas confidencias, le contó la historia de su libro y le regaló un ejemplar dedicado, le habló de sus logros, de sus fracasos, de lo poco que valen la gloria y el amor, e intentó de paso sonsacar al otro, por cortesía más que por curiosidad, si estaba casado, de dónde era, cuál era su pasado, de dónde aquella cicatriz, qué tipo de vida era la suya, pero el bedel se encogía de hombros, o gruñía una disculpa, o se encomendaba a una frase cualquiera: «Como todo el mundo», «Nada de particular», «Así son las cosas», «Se va viviendo». Sólo se animaba a hablar, y siempre con frases breves y precisas, de caza y de pesca, o de asuntos prácticos o inocuos. Finalmente, acababan compartiendo los silencios de los bebedores solitarios e insomnes.

Cuando volvía a casa, a veces al filo de la madrugada, envalentonado por el alcohol urdía planes para purificar su vida de pasiones innobles: apartarse del mundo, tomar las alforjas del mendigo, apuntarse a una ONG y desaparecer para siempre en el África más profunda. Cualquier cosa menos asistir impasible al espectáculo de su temprana decadencia, de la liquidación por derribo de todos sus sueños juveniles.

Y pasó el verano, y regresaron Marta y Clara, y cuando ya su vida iba camino de la resignación o del desastre, un día de principios de curso, mientras daba una clase, inesperadamente encontró de nuevo el camino hacia la salvación.

Y ahora estaba allí, contando aquellos amores tristes entre Esch y mamá Hjntien, concentrado en los pormenores de la narración, porque ahora venía uno de esos detalles –pura magia– que engrandecen una novela. «Debéis aprender a amar los detalles, en la literatura, en la ciencia, en el arte, en la vida», les repetía a menudo a sus alumnos. «Todo está en los detalles. Amar lo concreto, reposar la mirada en las cosas que nos rodean, es la clave para entender algo del mundo y captar su belleza.» Y les hablaba de la memoria, del misterio por el que decide rescatar y preservar algunos datos entre muchísimos otros que condena sin piedad al olvido. Recordamos un olor, un sabor, un gesto, la pesadumbre de una lejana tarde de lluvia, el tañido de una campana, una música, y a veces es sólo una sensación indefinida, una sensación que es la experiencia destilada en el alma y hecha ya sentimiento. Y así, a veces recordamos por ejemplo lo que sentimos ante un atardecer hace muchos años, pero no recordamos nada de aquel atardecer. Nada. Todo ha desaparecido menos la emoción. «¿Comprendéis por qué a veces la gente llora sin saber por qué?, o ¿por qué a veces sentimos nostalgia de algo que no recordamos haber vivido? ¿Qué quedará de nosotros, de esta mañana dentro de diez o quince años, si vivimos para recordarla? Lo más probable es que permanezca vinculada a algún detalle menor, del que en este momento no somos ni siquiera conscientes. Lo que sí sé es que en ese detalle estará para entonces el embrión de un poema, de un cuadro, de una canción, si sabemos hacerlos.»

Eso les decía, y algo de eso les repite ahora para que estén atentos a los detalles del relato. Han entrado en la alcoba nupcial, clausurada desde la muerte del marido, y que es la metáfora de la vida erótica también clausurada de mamá Hjntien. Y allí, extendido por el suelo, hay un lecho de nueces, para consumo de la taberna, de modo que cuando Esch y mamá Hjntien se ponen de nuevo a forcejear pisan las nueces, que se rompen bajo sus pies y los mantienen en un equilibrio inestable.

–Quiero que cerréis los ojos y que os imaginéis esto muy bien, que oigáis el crujido de las nueces y que veáis a los dos haciendo equilibrios sobre ellas. ¿Las oís? ¿Las veis?

–Sí –dicen algunos, y se ponen a imitar las nueces al cascarse: cracs, crunch, crucs, creeech.

–Así, muy bien. Y ahora mamá Hjntien quiere salvar sus provisiones, evitar aquel destrozo, de modo que sale trastabillando y se refugia en un rincón del dormitorio *(aferrada),* agarrada a una cortina, cuyas anillas de madera suenan levemente, como una música de campanitas, de esquilas, una cadencia celestial –y algunos: clinc, tilinc, ping, lirín–. Esch va en su busca, ¿no lo oís?, va aplastando nueces, y ella ahora, por miedo a que él estropee el cortinaje, se suelta y no puede evitar ser empujada hacia una especie de nicho oscuro donde están las camas matrimoniales. Fijaos bien: ella ha defendido primero su habitación, luego las nueces, luego las cortinas, y ahora va a defender la ropa que lleva puesta, porque teme que Esch se la rompa a tirones. Así que *(llena de un estupor indefenso),* indefensa, sin creer lo que está pasando, como el *(reo),* el condenado a muerte que colabora con su verdugo, se desnuda y se acuesta tranquilamente de espaldas.

–O sea, que no se resiste.

–No, pero tampoco parece que le guste.

–Pues yo creo que sí, yo creo que a ella le va la marcha. Está deseando que la echen un polvo.

–¡Tú eres gilipollas! –interviene una chica–. Siempre estáis pensando en lo mismo. Ella tiene miedo, está acosada, y ese tío es un cabrón y un hijoputa.

–Y Esch, ¿qué hace entonces?

–Pues Esch se queda horrorizado al ver lo fácil que resulta todo, lo que él creía que era casi imposible: rendir aquella fortaleza, doblegar a aquella mujer que, como una monja, había optado por la castidad. Y todavía (leo) «le produjo más horror el que ella, inmóvil y rígida, como obedeciendo a las reglas de una antigua obligación», es decir, sometiéndose a la voluntad dominante del macho, aceptando su papel secundario de hembra, «se dejara hacer sin decir una palabra, sin un estremecimiento. Sólo su redonda cabeza oscilaba sobre la almohada de un lado a otro como en una obstinada negación. Él tomó su cabeza entre las manos y la apretó como si quisiera extraer de ella los pensamientos que ocultaba y que no le pertenecían, y recorrió con sus labios la fea y grasienta superficie de sus gordas mejillas, pero la piel de ella permaneció sorda e inmóvil». La boca de ella se unió a la suya «como el hocico de un animal apretado contra un cristal», repite el autor. Y cuando ella, «con un ronco gruñido, abrió finalmente los labios, él sintió una felicidad que jamás le había hecho sentir ninguna mujer, y fluyó sin fin dentro de ella, anhelando poseer a aquella mujer que había dejado de ser ella misma para convertirse en una vida recibida de nuevo, arrancada del seno del misterio...» –y deja que la frase se extinga en el silencio y en la conciencia de los oyentes.

–¿Y eso es todo?

–Más o menos. Luego, unas páginas más adelante, el narrador nos cuenta la vida amorosa, y ya rutinaria, de los dos. Hacen el amor sin hablar, porque «en el silencio se esfuma el pudor, y sólo la palabra ha creado la vergüenza».

–¿Puedes repetir eso?

Tomás lo repite.

–Esa frase es imperial.

–Y Esch hace el amor intentando arrancarle un suspiro, una queja, un gemido de placer –y algunos imitan el trance–, unas palabras indecentes, o sólo una aceptación. Pero mamá Hjntien sigue callada, absolutamente callada, porque sólo así puede aceptar el impudor, tumbada en la cama, incitando a Esch con su silencio y su inmovilidad animal. ¿Qué os ha parecido?

–Pues eso, triste.

–Deprimente.

–Extraño, y un poco así como filosófico.

–Sí, es posible. Pero lo que os pido es que guardéis en la memoria, como objetos preciosos, algunos detalles de esta escena, los ruidos de las nueces y de las anillas, el sombrero y el peinado de mamá Hjntien, el dormitorio en penumbra, el silencio con que hacen el amor. Con eso vale. Si recordáis esas sensaciones, recordaréis todo lo demás. Y todo eso irá cobrando valor para vosotros con los años. Esch y mamá Hjntien deben ser para vosotros, ya para siempre, gente tan conocida como vuestros compañeros o vuestros vecinos.

Hay un largo y emotivo silencio.

–¿Y el polvo más gozoso?

En ese instante suena el timbre que anuncia el fin de la clase. En todo el instituto se percibe un vasto tumulto general. Tomás y Teresa se miran en medio del desorden y los dos recogen sus cosas sincronizados para coincidir en la puerta del aula. Se sonríen, se sostienen intensamente la mirada, quieren decirse algo pero no saben qué, o no se atreven a decirlo.

–Ha estado genial la clase.

Voz que es música clara, dulce, juvenil.

–¿Te ha gustado?

–Mucho.

Y ahora toca ya despedirse:

–En fin –y suspira hondamente–. Hasta mañana.

Ella se humedece los labios con la punta de la lengua:

–Adiós.

Tercera parte

1
Exilio
Éxitos de Bernardo

Durante casi treinta años, desde que fue expulsado de la casa paterna e inició un interminable peregrinaje por ciudades y pueblos de Castilla, vivió provisionalmente, como a la espera de algo definitivo que nunca acababa de llegar. Pero la memoria no hace pie en ese caudal de años anónimos, en esa escombrera de tiempo donde apenas hay hechos singulares que le den un sentido o una continuidad.

Sus pertenencias eran pocas y vivía con el equipaje siempre a medio deshacer. Al principio había trabajado en una agencia bancaria, pero antes de un año (cuando ya parecía felizmente varado en un hogar, en una ciudad, en una vida sedentaria) aceptó el puesto de representante de una firma de muebles y desde entonces se alojó en pensiones o en pequeños apartamentos que alquilaba amueblados –espacios de nadie, difíciles de colonizar por la emoción o la costumbre, que no evocaban recuerdos ni dejaban tras de sí la menor añoranza.

Habitó en muchos lugares y no arraigó en ninguno. Cuando empezaba a adquirir hábitos y notaba que iba perdiendo levedad, recogía sus cosas y se mudaba a cualquier otra parte. Si aquel continuo ir y venir significaba una huida o una búsqueda, o una cierta afición por la vida nómada, como cuando andaba a gatas junto a los zócalos, no hubiera sabido decirlo, pero el caso es que de esa materia volátil estaban hechos sus días y sus andanzas.

Hacía la ruta comercial en automóvil, pernoctaba a menudo de camino, y si el lugar le parecía propicio, se aposentaba allí unos días. Le gustaba vivir así, solapado en el presente, yendo siempre de paso, hojear la prensa local mientras hacía la sobremesa en algún restaurante donde había alcanzado ya grado de veteranía, echar la siesta en el sillón desfondado de un casino en penumbra, ver atardecer (los colores y sus matices, el muestrario de luces en el tránsito hacia la noche, el prestigio sentimental de los horizontes) mientras conducía por carreteras secundarias.

Por lo demás, era un buen vendedor. Hablaba poco y escuchaba mucho, sin prisas, y quizá por eso, por su silencio servicial y su misma presencia sin relieve, con un algo de beatífico, sabía agradar al cliente y ganarse su confianza o, en todo caso, su indulgencia. Siempre tenía a punto un gesto de asombro, una sonrisa, una mano pensativa en la barbilla, unos labios chafados de preocupación, un brusco echarse atrás con el índice sellando en la boca la autoridad de algún concepto ajeno, o un entornar los ojos como queriendo enhebrar con la mirada una observación en extremo sutil...

Y entretanto visitaba tiendas, instituciones, oficinas, negocios varios, particulares, y en ese trajín hizo amistades intermitentes, y en cada reencuentro se enzarzaban en apretones de manos y esbozos de abrazos con campechanía de compadres, intercambiaban bromas convenidas, frases o gestos que eran ya santos y señas, reanudaban conversaciones truncadas meses atrás, aceptaba con gusto el privilegio de llegar a un bar y asentir con linda mundanía al camarero que le preguntaba si acaso el señor tomaría lo de siempre. En todas partes era conocido y a la vez forastero. Y si algún día se levantaba sin ganas de viajar, resolvía el trabajo por teléfono, pedidos, reactivación de clientes, concertación de citas, información sobre nuevos modelos y ventajas de pago.

Ésa venía a ser más o menos su vida, su imagen pública, su máscara ante el mundo. Tres veces cambió de zona comercial. Nuevos paisajes, nuevas amistades, nuevos caminos, otros nombres, renovados momentos de incertidumbre y de esperanza propios de quien sucumbe una vez más a la ilusión de renacer, de volver a empezar. Anduvo por tierras de Segovia, de Palencia, de Burgos, de Soria, de Valladolid, y en ese deambular pasaron los años, envejeció, engordó, vio llegar las cigüeñas con los últimos fríos del invierno y las vio marcharse con los primeros frescos del verano, vio cerrarse y abrirse al infinito las lontananzas, desnudarse y vestirse las arboledas, los pueblos en fiestas que resucitaban como de un letargo para a los pocos días regresar a él, se regocijó con las súbitas tormentas del verano, se abandonó al ensueño y a la melancolía viendo tras la ventana morir un día irrepetible como todos y sin embargo condenado al anonimato y al olvido antes incluso de acabar de vivirlo, y en fin, vio pasar el tiempo, como en aquella tarde infantil en que su padre lo mandó a aprender la lección filosófica del agua junto a un arroyo que todavía sigue sonando y resonando interminablemente en la memoria.

Durante muchos años se carteó con su madre, y algunos veranos iba a verla, aprovechando los días en que su padre se instalaba en el campo para dirigir la recogida de la cosecha, y de ese modo ella lo iba manteniendo al corriente de las novedades. Así supo que Bernardo había acabado sus estudios con laureles y cánticos, y le envió una foto de la apoteosis, donde aparecía con sus ropones de abogado, y un diploma con cintas y lacres en una mano y la otra extendida como si saludase o brindase un toro o una copla a un auditorio congregado en lo alto, y unas tarjetas de visita con doradas cursivas en relieve donde ponía: «Bernardo P. Pérez. Licenciado en Leyes», y en otra: «Bernardo P. Pérez. Profesor de Música», y en otra: «Bernardo P. Pérez. Diplomado en Bellas Artes». Y en otra: «Bernardo P. Pérez. Abogado. Músico. Pintor».

Poco después se casaron, Bernardo y Natalia. «A ellos y a mí nos gustaría mucho que vinieras a la boda, y ya sabes que estás invitado», le escribió su madre, «pero mejor no vengas, ni se te ocurra, porque tu padre sería capaz de hacer una locura y no sabemos cómo terminaría el festejo.» Se casaron en el pueblo, en la iglesia y por todo lo alto, y en las fotos que le mandaron, y en las que luego le enseñó su madre cuando fue a visitarla, se veía a los novios y a los invitados con las caras y poses propias de la ocasión, con el inevitable parentesco de vulgaridad que guardan todas las bodas entre sí, y lo que más le llamó la atención fue el padre, que aparecía exultante acá y allá, repartiendo puros, riendo, bailando, brindando, y vestido insólitamente con un chaqué, que llevaba como una prenda laboral, lo cual le daba un aire de elegancia grotesca. La madre, como siempre, miraba a la cámara con una sonrisa entre dulce y ausente.

–Tu padre echó un discurso al final del banquete. Se subió a la mesa y estuvo hablando qué sé yo cuánto tiempo –le contó su madre en la primera visita que le hizo tras la boda.

–¿Y de qué habló?

–Pues ya te lo puedes figurar. De sus manías y de sus cosas. Ya lo conoces. Y lo raro es que, conociéndolo, no hayas sabido buscarle las vueltas para estar a bien con él.

–Pero, ¿qué es lo que dijo?

–No lo sé. Había bebido mucho y hablaba a trochimoche. Habló del progreso, del ferrocarril y de la aviación, y de lo mucho que el hombre, si se lo propone, puede llegar a conseguir. También habló de la llegada del hombre a la Luna, y de Carlos Gardel, y de Marconi, el que inventó la radio, y de otras cosas que tú ya conoces. Dijo también que estábamos viviendo un día único, inolvidable, porque allí, ¿cómo dijo?, comenzaba la edad de oro de una nueva estirpe. Yo es que lo conozco tanto, y me sé tanto sus rutinas, que ya no necesito ni escucharlo para saber lo que dice.

–¿Y de mí dijo algo?

–De ti no. De ti no dice nunca nada.

–¿Nada?

–Sólo te nombra para maldecirte y decir que tú para él ya no existes. Raro es el día que no dice: «Para mí ese hijo es como si estuviera muerto». ¡Dios mío! ¿Cómo pudiste rebelarte contra él, con lo mucho que él hizo por ti, que no dormía ni sosegaba pensando en tu futuro?

–Él me humilló, me cambió por el otro, me abandonó cuando todavía era un niño. ¿Por qué lo defiendes tanto si también a ti te ha amargado la vida?

–Todo eso son fantasías tuyas. Hablas sin ton ni son. Y después de tanto sacrificio, aprovechaste el primer vuelo de tu juventud y, apenas te sentiste con fuerza, te faltó tiempo para alzar la mano contra él y echarlo a rodar por el suelo. Pero que sepas que no fue por la fuerza de tu puño sino por la humildad con que él recibió el golpe. ¿Cómo pudiste hacerlo?

–¿Por qué te empeñas en defenderlo y en falsear las cosas?

–Pero acabará perdonándote –dijo ella, saltando sobre las palabras de Dámaso–. Ya sabes cómo es él, que de lo mínimo hace un mundo, y todo son castillos en el aire, que lo mismo que los levanta, de un puntapié los desbarata en un momento.

Y pasó el tiempo, y la madre le fue contando, de un modo tan impreciso y aleatorio que no había forma de hacerse una idea cabal de los hechos, que Bernardo había abierto un bufete en Madrid, pero que al mismo tiempo se dedicaba a la música, a la canción melódica y al piano, y le envió un par de fotos promocionales donde aparecía vestido de oscuro, con pajarita, cantando ante un micrófono, los ojos cerrados y las manos extendidas y como implorantes. Debajo, su nombre artístico: «Berny Pérez». Y, además, viajaban mucho, a veces por cuestiones de trabajo, o para dar conciertos de piano, y a veces sólo por placer. «Y nunca dejan de mandarnos fotos. Mira, aquí están en Nueva York, aquí en Berlín, aquí en Bangkok, aquí en

Brasil, en la selva», le iba diciendo la madre mientras le pasaba las fotos donde ellos aparecían contentos, guapos, enamorados y dichosos. «Pero, ¿entonces qué es, músico o abogado?» «Pues las dos cosas. Lo de cantante es sólo una afición, aunque yo creo que a él le gusta más el arte que las leyes.»

Luego, a los tres años de casados, tuvieron un hijo, al que le pusieron de nombre Dámaso. «Y no sólo por tu padre, también por ti, para que veas que ellos no te guardan rencor y que están deseando hacer las paces, así que no seas tan orgulloso y tan oscuro, mira en tu corazón y purifícate, y vuelve a ser el Damasito alegre y servicial que eras de niño. Y ya verás como entonces volvemos a ser todos felices como en aquellos tiempos.» En las fotos de rigor, los protagonistas eran el nieto y el abuelo. En una de las tomas, alzaba al niño en sus brazos forzudos como si lo ofrendase a una divinidad. Se habían presentado en el pueblo, los padres y el hijo, en un Mercedes blanco descapotable del que también habían quedado testimonios fotográficos, y allí estaba el padre sentado al volante y haciendo como que conducía, que era una de las destrezas que le hubiera gustado alcanzar. «Preguntaron mucho por ti», le contaba la madre, «y para que no desmerezcas, yo les dije que tú también eres feliz, y que tienes novia, y como quisieron saber más, les dije que tu novia se llama Dorita y es periodista. No lo olvides, Dorita, por si un día te preguntan. También les dije que eres director de ventas, y que también tú viajas mucho al extranjero. Y ellos se pusieron tan contentos. A ver si un día nos juntamos todos y nos reconciliamos de una vez para siempre.»

Y así siguió, contándole nuevas cada vez más anecdóticas y dispersas: que Bernardo y Natalia se habían comprado un papagayo o una motocicleta, que estaban de safari en Tanzania o de carnaval en Venecia, y allí estaban siempre las fotografías o las películas que les proyectaban cuando iban a visitarlos, como pruebas del mundo maravilloso en que habitaban, donde al parecer todo estaba presidido por la felicidad y la belleza, mientras él, Dámaso, continuaba su deambular solitario, que algo tenía en su apariencia de exilio y de expiación.

Ésta era, pues, su vida, un día tras otro, de lugar en lugar, sin arraigar nunca en ningún sitio. Y al final de cada jornada, y hasta que le venía el sueño, se dedicaba a leer novelas policíacas o de ciencia ficción, biografías, libros de viajes, o se engolfaba en la televisión o en la radio, intentando retrasar el momento de quedarse sin ganas de hacer nada, inerme frente a los monstruos de la noche y de la soledad. El consumo de tiempo en estado puro, sin mezcla de pensamiento o de quehacer, le producía al rato un cierto vértigo, y luego un sinsabor que enseguida se convertía en fastidio y zozobra, a los que sólo podía oponer un azogado ir y venir por su habitáculo, un sucio ir y venir de náufrago en su islote o de fiera en su jaula, dando sorbitos de ginebra endulzada con agua del grifo, hasta que, desanclado de la realidad, se entregaba a los azares de la divagación. Cualquier cosa con tal de defenderse del asalto de los recuerdos en esa hora en que la voluntad baja la guardia y la noche se puebla de fantasmas. Pero luego el alcohol, y los propios desafueros de la fantasía, lo iban llenando de coraje para atreverse a encarar el pasado. Entonces los recuerdos, como esas casitas de turrón donde habita una bruja o un ogro, lo atraían hacia la perdición con el hechizo de una reviviscencia en la que los sentidos participaban con toda su voluptuosidad e inmediatez. Cerraba los ojos y de pronto era un amanecer de invierno, y allí estaba el verde de los campos chispeante de escarcha entre los rotos de la niebla. Las huellas de las avefrías en la orilla arenosa del arroyo, el fúnebre ondear de los hilos de limo o el fresco gorgoteo de la corriente. Agua insomne, que funde en un único instante y en una misma sensación el aroma de una lumbre de verdascas de olivo y el jugo amargo de las aceitunas reción apañadas con el regusto de un sorbo de ginebra o el olor agrio del tabaco fumado en soledad. Y entretanto avanzaba la noche, y a lo mejor se oían a lo lejos los toques apremiantes de un claxon, o las campanadas de un reloj, que eran a la vez los gritos lastimeros de un pájaro en la espesura de granados e higueras de la huerta, veinte años atrás...

Y aquel festín de los sentidos era sólo el cebo para piezas mayores. Porque entonces, en un momento anhelado y temido, comparecía aquella voz interior que lo habitaba y poseía desde hacía mucho tiempo: «¿Te acuerdas?», decía, y en un tono meloso de insidia le iba trayendo los mejores y más luminosos días de la infancia, los episodios más escogidos, ciertas imágenes que la nostalgia había ya convertido en estampas idílicas, sagradas, y otros muchos momentos preciosos de aquel reino expoliado, de aquella Arcadia devastada, hasta que el sentimiento de pérdida y de exilio comenzaba a envenenarlo y a atormentarlo con los sombríos placeres de la humillación, del rencor, del afán de revancha. «¿O es que no recuerdas ya la mañana en que el usurpador apareció con el laúd y os hechizó a todos con su presencia, su música y su voz? Y ahora, ya ves, ahí lo tienes, triunfante como siempre. Porque, ¿de dónde te imaginas tú que ha salido el dinero para los estudios, la vestimenta, la vivienda, el bufete, los viajes exóticos, el Mercedes descapotable? De la herencia paterna, de tus derechos de primogenitura, de lo tuyo, que ellos están dilapidando para alcanzar el éxito, mientras que tú, ya ves, fíjate en tu vida, sin hogar, sin familia, siempre errante, como un despojo de naufragio golpeando día y noche contra unas rocas, y sin más porvenir que ése. Bien que se estarán riendo de ti y a tu costa. De tu ineptitud, de tu pobreza de espíritu, de tu cobardía, de tu ignorancia. Pero tú no desesperes», y la voz se hacía más amigable e insinuante. «Aguarda tu momento. La paciencia es la más acabada forma de la audacia. Confía en tu destino. Las aguas profundas son las que corren más lentas y calladas, y el buey cansado es el que pisa con más fuerza. Y el can famélico es el que muerde con más rabia. Así que persevera en ti mismo y en tus miserias. Porque has de saber que se es débil para siempre. Es bueno que lo sepas y conozcas tus límites. Eso precisamente te hará fuerte, porque la debilidad a ti te sienta bien, como un defecto cortado a tu medida. Y recuerda que también ellos están hechos de tierra. Ríete de sus virtudes. La virtud es casi siempre el disfraz de un vicio. El cobarde es prudente, el avaro es austero, el charlatán pasa por sabio, y en general los vicios son los instrumentos que usa el destino para hacernos triunfar. El vicio que conduce al éxito es siempre una virtud. Porque las virtudes y los vicios van enganchados al mismo yugo y trabajan para un mismo fin. Así que tú haz de la espera un arte, y atesora tus razones, y no olvides que el que ofende escribe en agua, y el ofendido en piedra. Y odia despacio, muy despacio, para que el fuego no se consuma de una vez. Y, en cuanto a ellos, tú déjalos que sean dichosos y que presuman de su dicha. Porque cuanto más felices sean, antes labrarán su desgracia. Tú espera y no pierdas la fe. Ten por seguro que tu ocasión ya viene de camino.»

Y ya la noche se le iba en escuchar aquella voz, y a veces era tanta la intensidad del sentimiento, tan abrumadora la evidencia de su desgracia, de estar entregando la vida a una causa maldita, que a cualquier hora tenía que salir a pasear, muy deprisa, mucho tiempo, hasta que, agotado físicamente, regresaba a su habitáculo y se tumbaba en la cama y, mientras se hundía en el sueño, aun así seguía oyendo el discurso de aquella voz inagotable, con rachas de inspiración que parecían brotar de un fondo de sapiencia que él no sabía que estuviera allí, que le perteneciera, que formara parte de sus aptitudes y su modo de ser.

Y siempre de aquí para allá, viviendo provisionalmente, atormentado por las afrentas y fascinado por las brillantes peripecias de Bernardo y Natalia, aquellas criaturas que parecían haber nacido para la dicha, para crear su propio paraíso en este mundo, en el que al parecer también vivía el padre, y del que él, Dámaso, había sido expulsado, y al que ya nunca más podría volver.

Un día, cuatro años después de la boda, su madre le contó en una carta que Bernardo, Natalia y Damasito se habían ido a vivir al Uruguay. «Hay que ver qué aventureros nos han salido. Estarán allí unos añitos y luego levantarán el vuelo sabe Dios hacia dónde. Águeda se ha ido con ellos, y también tu padre quería enrolarse en la expedición. Vámonos al Uruguay, decía. Vendemos todo y empezamos allí una nueva vida. ¿No te gustaría correr mundo? A nuestra edad la esperanza es más dulce que nunca. Pero yo le dije que de aquí no me muevo y al final entre todos le quitamos la idea de la cabeza, y ahora no hace más que lamentarse de haber perdido la ocasión de una gran aventura.» Y Dámaso, que qué habían ido a hacer allí. Y la madre: «Cosa de negocios». Y él, que qué negocios. «No sé, algo de vacas y de barcos. Pero son muy felices. Viven como marqueses, en una casa muy grande a la orilla del mar, y una finca con mucho verde por donde andan a caballo como dos bandoleros.» Y en la primera visita que le hizo, le enseñó fotos con nuevos pasajes de aquellas vidas venturosas. El padre, como siempre que Dámaso iba a verla, como todos los veranos por esas fechas, se había ido a vivir al campo.

–Estamos envejeciendo muy deprisa –le decía la madre.

Y era verdad, porque en su rostro se habían borrado los últimos vestigios de la juventud. Un cansancio antiguo y abrumador parecía haberla disminuido, y la voz se le desmayaba a veces, al querer decir algo, en un suspiro de renuncia.

–A tu padre, si lo vieras, apenas lo conocerías –y le seguía enseñando fotos de Bernardo y Natalia, y tan pronto aparecían con atuendos deportivos, jugando al golf o al tenis, como a bordo de un velero, o bajo unas palmeras, o borrosos y despeinados tras una fina llovizna pulverizada por el viento, o vestidos de etiqueta sobre el fondo de un ambiente selecto. Y en una de las tomas, los dos a caballo, ataviados de gauchos. En otra, Bernardo pilotando una avioneta, con casco de cuero y un foulard al viento, haciendo con dos dedos un saludo militar desde la cabina. También en casa, con Damasito, junto a una piscina muy azul.

Fuera de aquellas conversaciones fragmentarias, apenas hablaba con su madre durante los tres o cuatro días en que iba a visitarla. Sólo algunos laconismos dispersos, casuales. Y aunque Dámaso intentaba animarla sacando a relucir anécdotas amables del pasado, ella enseguida se quedaba ausente, tan ensimismada acaso en sus propios recuerdos que a veces sonreía sin darse cuenta, o cerraba los ojos con delectación, o pasaban por su cara fugaces sombras de temor o de asombro, señales manifiestas de la intensidad casi física con que estaba reviviendo un mundo en el que cada vez era más difícil encontrar el camino de regreso al presente. Pero de pronto volvía a la realidad con un sobresalto de terror:

–Pero, ¿todavía estás aquí? Más vale que te vayas, date prisa, no sea que aparezca tu padre y ocurra una desgracia. ¡Ay, Dios mío, qué habremos hecho para tanto castigo!

Luego, durante tres años, en los que no fue a ver a su madre (por pereza, no por desamor), poco más se supo de ellos, de aquellos seres etéreos que parecían vivir en una dimensión inmaterial. El único incidente memorable, y anómalo por su carácter trágico (era la primera mala noticia en muchos años), fue la muerte de doña Águeda. Pero aun así, el infortunio venía exaltado por un vago aroma de leyenda. Había muerto ahogada en un río inmemorial, en el curso de una expedición a la selva. Algo así se deducía de las noticias que mandaron y que a su vez la madre le mandó a él, junto con un retrato fúnebre donde se veía a la difunta vestida y pintada como para una ceremonia nupcial, sentada en una poltrona de mimbre y coronada de flores exóticas.

Y cuando parecía que tras aquel percance la historia se había remansado, y todo tenía ya un aire de final de función, un día llegó la noticia de que Bernardo y Natalia regresaban a España. Y de la noche a la mañana, como si la vida fuese un cuento que permitía dar saltos en el tiempo, que habían montado en Madrid una academia de música y danza y una sala de fiestas. De modo que allí estaban de nuevo, sentados en altos taburetes adosados a una barra de madera y latón bruñido, las caras vueltas en un gesto dulce de saciedad o de cansancio. Natalia lucía un traje negro de noche muy escotado, y estaba guapísima, aunque era difícil reconocer en ella a la Natalia que Dámaso recordaba, y Bernardo vestía un esmoquin blanco con el que luego aparecía cantando en un escenario, acompañado por un conjunto de tres músicos. Y cuando Dámaso fue al fin a visitar a su madre, ella le enseñó además algunas cartas donde daban cuenta de su felicidad. «Nunca hemos sido más felices que ahora», decían. Y también: «Estamos viviendo nuestros mejores años», «Es nuestra edad dorada».

–Hay muchas más cartas, con más detalles, pero ésas las debe tener tu padre.

Como los sobres carecían de remite, Dámaso le preguntó la dirección.

–Me gustaría escribirles –dijo, y en ese momento no supo si estaba o no mintiendo–, felicitarlos por sus éxitos, ir incluso a verlos algún día.

Y la madre:

–Eso yo no lo sé. Eso es tu padre el que podría informarte. Pero si quieres yo me entero y te lo digo por correo.

–¿Y cómo se llama la sala de fiestas?

–¿Cómo se llama? –hizo memoria–. Es un nombre raro que no recuerdo ahora. Te lo diré también por carta.

Pero pasó el tiempo y su madre nunca le envió lo prometido. «Tu padre no quiere que sepas dónde viven», le escribió una vez, «no sea que vayas por allí buscando camorra. Lo mejor, dice, y puede que tenga razón, es que te olvides de ellos para siempre.» Y aunque Dámaso indagó en las secciones de espectáculos de los periódicos y llamó a muchas salas de fiestas por teléfono, no consiguió ninguna pista sobre ellos. Y el arrullo diabólico de la voz: «¿Qué te parece a ti tanto misterio y secretismo? ¿Qué se traerán ahora entre manos? Vigila, piensa, pregunta, acecha, trata de averiguar». Así que en una de las visitas cedió a la tentación de buscar y rebuscar en los muebles, entre la ropa de los armarios, bajo los colchones, pero no encontró más cartas, ni más fotos, ni más señas de aquellas criaturas evanescentes y dichosas, que parecían la encarnación de la fantasía en la realidad, el cumplimiento exacto de un sueño, y cuanto más buscaba, más se despertaba en él el apetito de saber, de meter las manos en aquel mundo prohibido y misterioso del que su madre apenas le ofrecía noticias, y entonces se avivaban en él las viejas, obsesivas incertidumbres sobre la relación o el parentesco entre el padre y Bernardo, y se llenaba de porqués, de cómos, de cuándos, mientras la voz interior iba atizando la llama de la intriga: «Eso es, muy bien, adelante, porque quien busca acaba encontrando, y el que persevera ya en el propio camino halla su recompensa».

De modo que se marchaba aún más perplejo y airado que antes. Y otra vez los pueblos, las pensiones, la soledad, las carreteras secundarias. Y entretanto aquellas vidas de Bernardo y Natalia parecían el cuento de nunca acabar, donde no había incidente que no engendrase nuevos episodios, porque a los dos años de aquella edad dorada, de pronto cerraron la academia y la sala de fiestas y abandonaron el negocio del espectáculo para convertirse en negociantes. Ahora, al parecer, se dedicaban a la alta costura. Habían abierto unas cuantas boutiques en ciudades de España y de Europa y ya no tenían residencia fija. Vivían por épocas en Barcelona, en París, en Lisboa. «Ya ves, siempre cambiando de oficio y de lugar», le decía la madre. «Sabe Dios con qué nos sorprenderán la próxima vez.» Y, naturalmente, seguían siendo jóvenes, guapos y dichosos. Dámaso ni siquiera intentó sonsacarle a la madre el nombre de las tiendas o las marcas de ropa, seguro de que no lo sabría o no lo recordaba, y apenas le dedicó una mirada de desdén a las fotos donde aparecían ante un lujoso escaparate, o quizá dentro de él, haciendo escorzos, como si compitieran en gracia y ligereza con los maniquíes vestidos a la moda. En otras, se les veía probándose ropa, Natalia con una pamela y un vestido vaporoso de época, él con traje cruzado y sombrero de gánster, o él de viejo dandy y ella de lolita, o los dos de rockeros, irresponsables y risueños, como si la vida fuese todo comedia, o un juego donde a ellos siempre les tocaba ganar. Imágenes ya vistas y sabidas, piezas ya desgastadas de un enigma que Dámaso había perdido la esperanza de desentrañar. Pero cada éxito de ellos era un oprobio para él. Se pasaba los días y las noches royendo su rencor, esperando a que los ímprobos trabajos del odio y del corazón que clamaba venganza acabaran agotándolo y él encontrara así un descanso, una tregua, un momento de paz. Pero una noche cualquiera, de pronto el pasado regresaba con renovada vitalidad y violencia, y las heridas volvían a abrirse y a doler más que nunca, como si también el suyo fuese el cuento de nunca acabar.

Luego, en una imprecisa sucesión de estaciones, de días ardientes y lluviosos mezclados de cualquier modo en la memoria, las noticias empezaron a escasear, hasta desaparecer casi del todo. Las cartas de la madre eran cada vez más breves y espaciadas, y con una letra y un lenguaje que, leídas luego todas de corrido, desde las primeras hasta las vagas esquelitas finales, a Dámaso le recordaban esas nubes lentas de verano que, después de componer una figura, la van deshaciendo en formas cada vez más lejanas e inciertas. Aun así, le enviaba alguna vez noticias concretas: que el padre estaba mal, viejo y medio ciego, y que él mismo sentía que la muerte le iba dando alcance, y luego, por unas frases mal hechas pero con un fondo amargo de sinceridad, Dámaso dedujo que hacía mucho tiempo que no sabían nada de Natalia, Bernardo y Damasito. «¿Cuánto tiempo?», le preguntó. Y ella: «No sé, no me acuerdo». «Entonces, ¿ya no escriben?, ¿ya no os mandan fotos ni van a visitaros?» Y ella, con su letra cada vez más torpe y torcida: «No sé si tu padre sabe algo de ellos, yo no. Lo que pasa es que él anda tan raro que hasta se le han quitado las ganas de contar». «Pero, ¿qué es de Natalia?, ¿cómo está?» Y la madre, al cabo de un mes: «Pues supongo que bien, que seguirán siendo felices, en París o en la Conchinchina, como siempre». Y no había modo de sacar nada en claro. Y una vez que le preguntó si ya no iban, ella y el padre, a pasar alguna temporadita al campo, contestó que cómo iban a ir si ya habían vendido el último pedazo de la finca. «¿Cómo que se vendió? ¿Por qué?» Pero ella no quiso o no se acordó de responder. «¿Ves?», intervino la voz, tan solícita como siempre para resolver enigmas o perplejidades. «Al fin te han despojado de la hacienda. He ahí cómo Bernardo ha consumado el expolio y se ha comido el capital. Y ahora, ¿qué vas a hacer? ¿Cruzarte de brazos? ¿Aceptar el ultraje sin un gesto siquiera de hombría y de dignidad?»

Hacía algunos años que no iba a ver a su madre. Un verano al fin se decidió y quedó asombrado de su decadencia física, y de la ruina que, fruto o no del expolio, se extendía por toda la casa, puertas desquiciadas que en noches borrascosas el viento batiría con furia, arrastrando de paso (como bien podía verse) por zaguanes y alcobas un tropel de hojas muertas, tierra, plásticos y papeles, burujos de fusca y otros desperdicios, paredes descalichadas y descarnadas, canales rotas y herrumbrosas, los techos de los desvanes con goteras, el patio cegado de malas hierbas, la alacena vacía, con sólo algunos puñados de legumbres, unos fideos, unas galletas revenidas, media pieza de tocino rancio y poco más, todo a juego con ellos, con la madre, ausente, desaseada, y con el padre, al que un día vio de cerca porque llegó de improviso cuando él estaba dentro.

–¡Corre, escóndete que no te vea! –dijo la madre al oír la puerta–. No sea que se ponga rabioso y le dé un síncope. Pero quién sabe si no será mejor que le salgas al paso y te arrodilles ante él y le pidas perdón. Que no te quedes maldito para siempre.

Y él se escondió tras la cortina al fondo del zaguán y lo vio avanzar tanteando con la garrota, con una lentitud vacilante donde era imposible imaginar a quien, no muchos años atrás, había sido un hombre robusto, ágil e incansable. Pasó ante Dámaso como un espectro. Llevaba el traje raído, la barba sucia y mal crecida, el pelo cano, los ojos cegatos, la expresión errática, y todo él parecía un viejo y un mendigo. Y sí, daba la impresión de que la muerte había empezado ya a trabajar en su rostro. Dámaso se quedó allí quieto un buen rato, conmocionado por aquella visión espantosa. Lo oyó toser en la cocina y blasfemar mientras enredaba en los cacharros de la loza. Fue entrar él y salir un gato espeluznado de terror.

Así que aquella ruina de hombre era su padre. Entonces sintió crecer dentro de él con más fuerza que nunca la saña y el afán de venganza contra Bernardo que había experimentado en las tardes desamparadas de su adolescencia. «Ahí tienes, en efecto, la obra ya casi consumada del bastardo y del usurpador», oyó razonar al espíritu diabólico que lo habitaba desde hacía tanto tiempo, que le hablaba desde el fondo más profundo del alma con más autoridad que nunca, y que en alguna oquedad de la conciencia parecía resonar con acordes proféticos. «Él os ha ido destruyendo a todos. Mira a tus padres, hundidos en la decrepitud y en la miseria, y a tu hermana, pervertida cuando era apenas una niña y de la que ya no tenéis ni siquiera noticias. Y mírate a ti, exiliado, esquilmado, y maldecido por tu padre. Y mira la casa cayéndose a pedazos. Ya ves cómo el intruso sembró la cizaña, trajo con sus encantos la discordia y arruinó a la familia. Él ha sido aquel capitán Fosco que te inventaste en tu niñez y al que combatías y vencías en tus juegos. Pero ahora ha llegado la hora de la realidad. ¿No recuerdas lo felices que erais antes de que él llegara? Y repara ahora en qué habéis acabado. Ésa ha sido la obra del conspirador. Ahí tienes, sucinta, la historia de tu vida y de la vida de los tuyos. Así que tú sabrás cuál es ahora tu deber, si buscar amparo en el olvido o escuchar el clamor de tu sangre.»

Y la voz siguió sonando y razonando mientras él huía de aquel lugar en ruinas que en otro tiempo había sido el centro del mundo, el único sitio donde había conocido la felicidad.

2
Esplendores y miserias de la pedagogía

Un día de principios de curso –y así fue como accidentalmente encontró de nuevo las ganas de vivir– Tomás Montejo hablaba en clase de la sublimidad y utilidad del arte literario. Era una de esas lecciones inaugurales en que intentaba convencer a los alumnos de las propiedades maravillosas de la literatura. En esas primeras clases, a Tomás Montejo los profesores le parecían representantes comerciales exponiendo ante los clientes las excelencias del producto que querían colocarles. Como cada año, los alumnos escuchaban resabiados y escépticos. Tomás se había tomado un whisky antes de entrar en el aula, pero a pesar del estímulo hablaba sin convicción, y su discurso iba un tanto a la deriva, y aquí y allá se empantanaba en pausas vacilantes que a veces dejaba inconclusas para pasar sin más a cualquier otro asunto. En una de esas pausas, Tomás se quedó absorto, como alelado, y durante unos momentos interminables los alumnos salieron del sopor intrigados por el desenlace de aquel largo silencio. Entonces, volviendo en sí, Tomás se olvidó de los apuntes y se puso a hablar de ciertos aspectos sórdidos de la vida de aquellos sublimes escritores. Hablaba como para sí mismo, como para colmar sus propias razones, y pronto las palabras empezaron a salir de su boca inspiradas y fáciles y en el aula se hizo un profundo silencio de extrañeza.

Hasta entonces sus clases habían sido académicas, serias y provechosas, sin concesiones a la audiencia, y hasta las lecturas de cuentos o poemas se hacían en busca siempre de algún botín didáctico. Así era él: disciplinado, laborioso, eficaz. No obstante, sus clases no eran nada aburridas para quien se esforzase en seguirlas con alguna atención. Pero eran muy pocos los alumnos dispuestos a hacer ese esfuerzo. La mayoría estaba ya previsoramente hastiada antes de entrar en materia, y así, cuando se leía algún texto que Tomás había elegido cuidadosamente para que resultara ameno e inquietante, unos bostezaban, otros se adormecían, y otros miraban con una especie de menosprecio y suficiencia, como si sus expectativas vitales estuvieran muy por encima de toda aquella palabrería inane.

Tomás recordaba que años atrás aún era posible interesarlos, y hasta impactarlos, con algunos pasajes de la historia de la Literatura, la poesía romántica por ejemplo, con sus desenfrenos sentimentales, sus noches lúgubres, sus cantos a sí mismo, la obscena exhibición del yo, la rebeldía indomable, la insurrección espiritual, el amor a la libertad, la altivez, la pureza, el desprecio a la muerte, las correrías de Byron, los delirios de Poe, las desesperaciones de Espronceda, los paisajes de lagos y neblinas, la arrogante melancolía, los pistoletazos en mitad de la noche... Los alumnos escuchaban encandilados aquellos alardes de atrevimiento y de pasión. Querían ser como ellos: exaltados, indómitos, auténticos.

Así era entonces. Pero luego se pusieron de moda en la televisión los reality shows y, de la noche a la mañana, las impudicias y audacias de aquellos poetas empezaron a parecerles cursis y apocadas al lado de las truculencias diarias de la gente de a pie. «¡Qué nenazas!», dijo una vez un alumno tras escuchar unos versos de Schiller. Y de ese modo, curso a curso, Tomás fue desconectando con sus alumnos, que cada vez languidecían más en sus clases. Y luego estaba el léxico. Tampoco aquí se permitía licencias, y no se reprimía a la hora de usar palabras escogidas o cultas, y obligaba a llevar y a tener al día una libreta de vocabulario donde cada cual debía apuntar y consultar en el diccionario las palabras que no hubiera entendido en los libros o en clase. Otros profesores, sin embargo, se habían rendido a las limitaciones de la audiencia, y bien porque les flaqueaba la memoria, o porque habían olvidado muchos nombres y conceptos de no usarlos ni necesitarlos en las clases, el caso es que cada año sabían menos, y sin darse cuenta se iban pareciendo a sus alumnos y contagiándose de su lenguaje. Más de una vez, Tomás había asistido en la sala de profesores a escenas entre cómicas y patéticas.

–¿Cómo se llama eso –le preguntaba un profesor a otro–, la doctrina esa que no se cree en nada?

–¿Nihilismo?

–¡Nihilismo, joder, eso es!

O bien:

–¿Cuál es el nombre del filósofo alemán aquel que tenía un perrillo de paseo y era muy pesimista?

–Schopenhauer –decía otro en el tono maquinal de un funcionario en una ventanilla de información.

Y otra vez:

–¿Cuál es la puta ciencia que escarba en busca de cosas antiguas?

–¿Arqueología?

–No.

–¿Espeleología?

–No, no.

–¿Etnografía?

–¡Que no, hostias, que tampoco es eso!

Largo silencio. Y al rato, una voz indecisa:

–¿Paleontología?

Realmente era un espectáculo triste de ver, y Tomás pensó incluso en escribir un cuento o una comedia grotesca donde los profesores de un centro se van degradando hasta llegar a equipararse con sus peores alumnos.

Pero él no: él era implacable en la defensa del conocimiento y en la certeza del poder emancipatorio de la sabiduría. Por eso a veces se sentía rezagado, anacrónico: un superviviente de una época y una mentalidad ya clausuradas, de un modelo de vida que quebró. «¿Qué puedo enseñar yo?», se preguntaba a veces. «¿Qué valores puedo trasmitir?» Había un montón de palabras que se habían ido quedando viejas, inservibles. Ríos semánticos antaño caudalosos y hoy casi secos, y de cuyas aguas estancadas ya no podía beberse. (He ahí otra idea para un ensayito de unas doscientas páginas: «Cementerio de palabras ilustres», o «Palabras en el asilo», o «Museo de vocablos».) Como otros muchos, se sentía depositario de un legado histórico que en pocos años había perdido su autoridad y su prestigio. Ya casi nadie se tomaba en serio el saber escolar. ¿A quién podía interesarle el pensamiento de Kant, las Guerras Púnicas, los versos de fray Luis, el teatro de Chéjov o los significados de los antiguos mitos?

Eso pensaba a veces, que en las escuelas se estaba vendiendo una mercancía averiada que, además, la sociedad ya ni siquiera reclamaba. Pero a pesar de que se sentía ninguneado por su tiempo, por sus alumnos, por Marta y por los editores, críticos y lectores, aun así seguía fiel –y ya no sabía si por rutina o por convicción– a sus teorías y usos pedagógicos. Aunque sólo fuese porque siempre, en todos los cursos, había algunos alumnos que lo escuchaban con hambre de aprender. Y aquel año, en aquella clase de 3.º de Bachillerato, la mejor excepción era una muchacha menudita, frágil, con una media melena rubia entreverada de ceniza que enmarcaba un rostro serio y precioso hasta la perfección, y con una expresión de inocencia que no excluía la gravedad. Sus ojos verdes tenían mucha luz, y sus largas pestañas hacían a veces en ellos una umbría de lo más inquietante. Llegaba muy puntual con una mochilita a la espalda, casi siempre vestida con vaqueros, jerséis anchos y zapatillas deportivas, se sentaba en el banco delantero que eligió el primer día, sacaba sus cuadernos, sus libros, su plumier de hojalata, y en cuanto empezaba la clase de literatura adoptaba una actitud que era, no ya de curiosidad, sino de auténtico fervor.

*

Y más aún aquel día en que Tomás, dejando a un lado los apuntes y abandonándose a la improvisación, se sentó en el borde de la mesa y se puso a hablar en tono campechano de la vida de algunos escritores. Habló de Rousseau, de cómo en la adolescencia robó una cinta para el pelo en la casa donde estaba invitado y dejó que la culpa cayese sobre una muchacha de la servidumbre. Él mismo relata más de una vez ese episodio que lo persiguió y atormentó hasta el fin de sus días, pero cuyo escarmiento no le impidió entregar a sus cinco hijos recién nacidos al hospicio mientras escribía algunas de las páginas más originales y profundas de la historia de la pedagogía. ¿Cómo explicarse y comprender esas contradicciones en un hombre tan sensible, tan humano, tan lúcido? ¿Se podía ser un sabio al mismo tiempo que un canalla? ¿Podían ir de la mano el mal y la belleza? Puso otros ejemplos de obras geniales germinadas en el estiércol de una conducta disoluta. Pero el valor de lo que contaba no estaba tanto en el cuento como en la manera sincera y apasionada de contarlo, como si él fuese el primero en participar de ese conflicto entre la estética y la moral. La vida era un misterio, y dentro de nosotros convivían un santo y un demonio.

Se fue animando, y su lenguaje se hizo cada vez más informal, más libre, y un punto irreverente. Contó anécdotas de Oscar Wilde, de Lope, de Rimbaud, de Strindberg. No, los escritores no eran esa gente solemne que nos querían vender los profesores y los libros de texto. Al contrario, era un gremio poco recomendable. Había borrachos, vagabundos, puteros, usureros, tahúres, envidiosos, rufianes, traidores y hasta algún que otro asesino. Y, sin embargo, ellos supieron descender a los bajos fondos de la condición humana para revelarnos los más oscuros secretos del alma, y limpiaron nuestra mirada de la niebla de la costumbre para que pudiéramos redescubrir la realidad desde la novedad y el asombro, y nos enseñaron sobre todo a sentir, que era el mayor tesoro del mundo, de igual modo que no había mayor desgracia que se nos marchitara, a veces en plena juventud, el corazón, y con él la posibilidad de un conocimiento original y apasionado. He ahí el legado de ese gremio equívoco y tan poco modélico. Él mismo, por cierto, era escritor, y aquí hizo una pausa para dejar en el aire la duda de si sería un crápula o un benefactor de la humanidad. Los alumnos estaban sorprendidos, y había risas, y caras trascendentes, y en las pausas algunos querían intervenir para comentar lo que habían oído o contar sus propias anécdotas. Teresa miraba embelesada, la cara radiante, un mínimo gesto risueño o preocupado según las alternativas del discurso, los ojos perdidos en Tomás como en un ensueño. Y él –al principio casi sin darse cuenta– empezó a hablar para ella, a elegir las palabras para ella, y a mirarla a menudo para que ella lo supiera, y no sólo en esa clase sino en las siguientes, y ya en todas, y muy pronto se apartó del programa oficial de la asignatura para tratar temas insólitos, unos tristes y otros festivos, pero todos interesantes y sazonados con un punto de trasgresión y de osadía. Al mismo tiempo, empezó a usar un lenguaje más desenfadado, y accesible siempre al auditorio.

Y así fue como descubrió otro modo de enseñar literatura y renovó la vocación por la pedagogía. Volvió a sentir el placer de seducir con el poder de la palabra. «Parece que nos hemos reciclado», le decía algún colega entre bromas y veras. Y era verdad. Sin pretenderlo, se había convertido en un profesor de éxito. ¿Y había algo mejor y más noble que trasmitir los más dulces frutos de la tradición a aquellos jóvenes que ahora, de pronto, habían descubierto también el gusto por la lectura y el coloquio?

Aguardaba con trémula ilusión el momento de entrar en el aula donde Teresa parecía esperarlo también con ansiedad. Para ella, como si se tratara de mensajes en clave, ideó lecciones de amores desiguales, quiméricos, pero no siempre inasequibles, Petrarca y Laura, Dante y Beatriz, Poe y Virginia, Antonio Machado y Leonor, y tantos otros donde se demostraba a cada paso que el amor era imprevisible, ciego, devastador: una verdadera catástrofe espiritual. ¿Se habían enamorado ellos así alguna vez? ¿Habían experimentado ese sentimiento excluyente, cuyo reverso no podía ser otro que el de la locura o el de la destrucción?

Teresa escuchaba con la cara entregada toda a lo inefable de aquellos mágicos idilios. Y Tomás hablaba y hablaba para ella, y para ella recitaba versos de memoria mientras le sostenía la mirada hasta donde se lo permitía la audacia, y pronto se encontró pensando en ella en cualquier lugar y a cualquier hora, en su figura delicada, deliciosamente ambigua, porque tenía una cierta inmadurez de adolescente pero a la vez ya anunciaba una inquietante plenitud de mujer, en la pureza de su cutis, en el brillo febril de su mirada, en su aspecto siempre limpio y cuidado, en su mochilita, en su plumier, en sus jerséis, en sus tejanos ceñidos y gastados, en lo bien que se hacía la lazada de las zapatillas, en la aplicación con que escribía y en la gracia con que la melenita le caía por la cara al inclinarse sobre el tablero del pupitre con el bolígrafo en la mano, y no se cansaba de evocarla y de buscar formas nuevas para sorprenderla y deslumbrarla en la próxima clase, como ocurrió con Marta en otros tiempos. Comenzó también entonces a vestir de un modo más descuidado y juvenil, y prescindió de la cartera y ahora llevaba los libros y papeles en la mano, en plan estudiantil.

Hacia final de octubre leyeron en clase algunos capítulos de *Werther*, y al final Tomás propuso que cada uno escribiera una carta de amor al más puro estilo romántico, con todos los tópicos al uso. «¿Dirigida a quién?» «A quien queráis.» «¿Se puede hacer de coña?» «Se puede.» «¿Y eso cuenta para la nota?» «¿Y cómo de larga?» «¿Qué es eso de tópicos?» Y en cada respuesta él encontraba siempre la ocasión de mirar a Teresa, y así vio cómo primero se inclinaba y se ponía a escribir o más bien a dibujar desganadamente en el cuaderno, cómo enseguida se irguió con brusquedad y se quedó mirando a lo infinito, cómo después volvió al cuaderno y se escondió tras la melenita y cómo finalmente se apartó un mechón de pelo con el cabo del bolígrafo y filtró una mirada fugaz que tenía la agudeza certera de un dardo y en la que Tomás creyó captar matices de pudor, de atrevimiento, de ironía, y hasta le pareció que en ese instante (pero a lo mejor eran presunciones suyas) se confabulaban en un secreto inconfesable.

Esperó con angustiada expectación la carta de Teresa. ¿Qué diría? ¿Se atrevería a hacerle alguna insinuación? ¿Sabría calibrar las imprecisiones para darle un segundo sentido a su mensaje? ¿Conseguiría inventar imágenes inocuas a la vez que elocuentes? Tantas fantasías y recelos puso en la espera, que cuando empezó a leer la carta se quedó aturdido por la desilusión. Era un texto convencional, apenas una mediana imitación de la retórica de Werther. Hasta la letra, redonda, pulcra, explícita, tenía algo de racional y de distante que parecía excluir por anticipado cualquier indicio de pasión. ¿Cómo podía haber sido tan ingenuo al suponer que aquella muchacha tan joven y encantadora (allí delante tenía la ficha escolar: diecisiete años recién cumplidos) se había prendado de él, de Tomás Montejo, treinta y seis años, así como así? Una vez más se había dejado embaucar por la imaginación, eso era todo, y ahora lo que tenía que hacer era reconducir el equívoco hacia una especie de simpatía personal para que Teresa no fuese a pensar lo mismo que había pensado él de ella.

Pero más adelante, leyendo con más cuidado, intentando distinguir al trasluz una doble intención, encontró algunas frases alentadoramente ambiguas. La carta estaba escrita por una mujer que vivía en un lugar agreste y solitario. «¡Amado mío!», comenzaba diciendo, y a partir de ahí se explayaba en la descripción del paisaje y en los encantos y melancolías de la soledad. «¡Cuánto te gustaría a ti, que tanto amas la belleza, conocer estos lugares!» Y entonces invitaba al amado a viajar hasta allí. Desde luego que ella no merecía tal privilegio, pero el amor, que era ciego e imprevisible, una verdadera catástrofe espiritual, quizá fuese capaz de obrar aquel milagro. Se bañarían juntos en los lagos, escalarían montañas, contemplarían juntos los atardeceres, comerían frutos silvestres y harían el amor a la luz de la luna. Y aunque eran tópicos rigurosamente inspirados en *Werther,* ¿no estaba de algún modo incitándolo, exhortándolo, animándolo a ser intrépido y a emprender el viaje amoroso?

Dos horas y más le llevó corregir la carta e idear las señas secretas que podía reenviarle. Anotó en los márgenes: «Me gusta cómo escribes», «Esta frase está llena de sensibilidad», «Tienes una letra muy bonita...», y después de mucho dudar: «... bueno, como su dueña», «Lo de la catástrofe espiritual es discutible: comer frutos silvestres y hacer el amor bajo la luna no parece tan catastrófico, ¿no crees?», y al final: «Me dejas intrigado. ¿Se atreverá el amado a emprender el viaje? ¿Llegará a su destino? Ya me contarás».

Al otro día le entregó la carta corregida, y al final de la clase siguiente ella se retrasó recogiendo sus cosas y él hizo lo mismo con las suyas, hasta que se quedaron solos en el aula. Era la última hora de la mañana, de modo que caminaron por el pasillo y bajaron las escaleras hablando de asuntos sin importancia, y juntos salieron del instituto y siguieron charlando por la calle, compartiendo un trecho del camino. Iban despacio, ajustando el paso al compás del coloquio. A ella, en efecto, le gustaba escribir. Hacía poemas. Y podía pasarse horas y horas leyendo sin parar, olvidada de todo cuanto no fuese el mundo de ficción. Su voz era suave y hablaba en un tono bajito, casi confidencial. Tomás tenía que inclinarse un poco hacia ella para no perderse algunas frases. Ahora, a plena luz del día y vista de cerca, Tomás advirtió con alivio algunas imperfecciones en su cara, pequeñas impurezas en el cutis, dientes no del todo blancos ni regularmente dispuestos.

–¿Y tú? –preguntó de pronto–. ¿Es verdad que eres escritor o lo dijiste por decir?

–Claro que sí. Mi verdadera vocación no es enseñar sino escribir.

–Pues tus clases son buenísimas. Nunca he tenido un profesor de literatura tan bueno como tú, y tan, no sé, tan especial.

–Gracias por el elogio.

–¿Y qué escribes?

Entonces él le habló del libro que había publicado –mañana mismo le regalaría un ejemplar–, y que era apenas una obra académica, un divertimento, comparada con lo que pensaba escribir –novelas, teatro– en los próximos años.

–Pero, a cambio, tú me tienes que dejar tus poemas.

–Qué va, pero si son muy malos.

–Eso es imposible. Tú no puedes escribir versos malos.

–¿Ah, no? –y se paró y lo miró con una expresión de intriga, y le tiró de la chaqueta como urgiendo una respuesta–. ¿Y eso por qué?

Tomás la vio ahora más guapa y tentadora que nunca.

–No sé por qué pero lo sé. Hay ciertas intuiciones que son infalibles –y se quedaron trabados en una mirada profunda y extasiada.

Se despidieron con dos lentos besos en la mejilla, y antes de separarse ella dijo, y Tomás sintió su aliento cálido en la cara:

–¿De verdad quieres leer mis poemas?

–Me encantaría.

Ella se puso de puntillas y se apretó ligeramente contra él. «Hasta mañana», le susurró al oído, rozándole la oreja, y bruscamente se dio la vuelta y se alejó a buen paso, ágil y esbelta, sin mirar atrás.

Desde entonces, se las ingeniaron para hablar entre clase y clase, en el recreo, y sobre todo a la salida del instituto. Teresa leyó el libro de Tomás. Lo solía llevar en la mochilita, muy subrayado y anotado, y con muchos separadores hechos con tiras de papel, con hojas de acacia, con billetes de metro, con entradas de cine, y a veces comentaban fragmentos y los discutían, y ella decía al final: «Qué interesante», «Qué inteligente eres», «Qué bien escribes». Y él se sentía orgulloso de saberse valorado y admirado por ella. Si se hubiera casado con una mujer como Teresa, y no con Marta, que era medio analfabeta y sólo leía las revistas de moda y cotilleos y jamás se le había pasado por la cabeza escribir unos versos, y que carecía de sensibilidad y de imaginación, una marujilla a fin de cuentas, él se hubiera sentido estimulado, comprendido, apremiado, seguro de sí mismo, y ahora sería profesor de universidad y habría sacado ya a la luz su talento latente de escritor. Con Teresa, hubieran sido, además de amantes, hermanos espirituales, compañeros de fatigas en el amor y en los anhelos literarios. Y aunque es cierto que se había equivocado, quién sabe si no estaría aún a tiempo de enmendar el error, porque cada vez eran más evidentes las profundas afinidades que los unían y los obligaban a buscarse por los pasillos aunque sólo fuese para mirarse e intercambiar unas frases, «Cómo te va», «Qué tal la clase», «Hoy estás más guapa que nunca», «¿Me esperarás a la salida?».

También él llevaba entre sus libros y cuadernos, y también subrayados y anotados, algunos de los poemas de Teresa. No se había equivocado: eran de verdad buenos, y nada ingenuos o primerizos, y la música y el tono tenían algo de aterciopelado que Tomás sintió casi físicamente como una caricia y un susurro. Todos estaban fechados y todos eran de amor, con una delicada tendencia al erotismo que se iba haciendo más explícita a partir de principios de curso, desde que él había aparecido en su vida. Entonces hablaba sin reparos, con sólo el velo de las metáforas, de las caricias más secretas y los más hondos goces. Tomás los leyó sobrecogido, con la respiración entrecortada, y sin atender al principio a los valores literarios, porque desde los primeros versos en que creyó sentirse aludido una excitación brutal se apoderó de él, y ya sólo fue capaz de leer por encima en busca de imágenes, de indicios, de señales propicias que avalaran la realidad de las más obscenas fantasías que empezaban a pulularle por la mente.

Cuando logró sosegarse, atendió a la estética de los poemas. Y sí, eran buenos, o al menos prometedores, y en los momentos más inspirados había rachas de pura intuición que creaban extrañas imágenes que no por oscuras dejaban de relumbrar en la conciencia del lector, «como luciérnagas, como relámpagos en la noche», le dijo la primera vez que le comentó los poemas, y ella: «¿De verdad te han gustado?», y se puso a jugar indecisa con un botón de la chaqueta de Tomás, y él no tuvo palabras para decirle cuánto, y lo mucho que ella valía, y más que llegaría a valer si permanecía fiel a sus cualidades, a su carácter, a su mundo, a su modo de ser. Pero como ella seguía dudosa, él le acarició el pelo y deslizó una mano bajo la melenita rozándole apenas la mejilla para convencerla de la verdad de sus palabras. Ella entonces dio un paso adelante y apoyó la cabeza en su pecho, en lo que parecía un gesto de gratitud y de cobijo. Tomás tuvo que mantener las distancias para que ella no notara tan a deshora la furiosa pujanza de su virilidad.

Uno de esos días, y a propósito de los sonetos de Garcilaso, un alumno dijo en clase:

–Pero el amor no son sólo palabras y suspiros. También hay otras cosas, ¿no? ¿O es que los escritores son tan finos que de eso no se puede hablar?

–Lo que pasa es que los poetas no se jalan un colín –dijo otro.

–Claro que hablan, cómo no –dijo Tomás.

–¿Y por qué entonces no se puede leer eso en clase?

–Muy bien. ¿Queréis que leamos algo de literatura erótica?

Cuando cesó la algarabía, Tomás prometió que en la próxima clase les iba a contar el..., y ahí se detuvo buscando la palabra correcta, y Teresa miraba y sonreía como retándolo a decir lo que se estaba reprimiendo, y toda la clase esperando a ver en qué quedaba aquel silencio tan dubitativo, de modo que por fin se atrevió a decirlo:

–Os voy a contar el polvo más triste del mundo jamás escrito.

–¿Y por qué el más triste?

–Porque luego vendrá el más gozoso.

Y los alumnos se quedaron mirándolo boquiabiertos, admirados de aquella novedad pedagógica que tantos buenos ratos prometía.

Esa noche, Tomás buscó entre sus carpetas una que no había abierto desde hacía mucho tiempo, y que se titulaba: «Esbozos de artículos y ensayos». En la pestaña de una de las secciones, ponía a lápiz: «Polvos de papel». Era una idea antigua, de su época de estudiante, y que durante algunos años había ido enriqueciendo al ritmo incesante de sus lecturas. Allí estaban esbozadas muchas de sus mejores experiencias eróticas de lector. Algo así como la historia de su donjuanismo literario. Y al más puro estilo donjuanesco, había una larga lista de personajes femeninos, junto a un largo repertorio de los polvos más tristes, de los más gozosos, de los más elípticos, de los más violentos, los más extraños, inverosímiles, vulgares, poéticos, perversos..., de modo que, cuando cerró la carpeta, Tomás se quedó absorto, con la vista cuajada en el aire a la altura de la nariz, pensando en las buenas bazas que la vida y su propio talento le habían ofrecido y que él había malogrado, como ésta por ejemplo, porque allí había un libro prácticamente escrito, y hasta graciosamente titulado: «Polvos de papel», que a poco que acertara a darle un tono ligero pero no frívolo, sería un gran éxito, y al público más selecto le gustaría por la finura de su análisis y a los demás por el puro morbo, de manera que al final dejaría a todos reconciliados y contentos.

Se sentía triste con su pasado y eufórico con el porvenir, y sobrado de ánimo y recursos para emprender junto a Teresa una nueva vida amorosa e intelectual.

3
Interludio amoroso
Adiós a los padres

Durante los largos años de su exilio, de su continuo deambular por ciudades y pueblos sin echar el ancla en ningún sitio, Dámaso Méndez tuvo algunas experiencias donde en algún momento creyó encontrar un sentido a la vida que lo aliviase de la única tarea esencial que había conocido hasta entonces: sufrir las afrentas del pasado, revivir el tiempo ya vivido, lamerse las heridas, reivindicarse ante sí mismo y esperar la hora de los desagravios. Entretanto, aguardaba con una curiosidad insufrible las cartas de su madre, y analizaba interminablemente las noticias cada vez más escasas que ella le enviaba, enriqueciéndolas con todo tipo de conjeturas, apurando con avidez los más recónditos significados de cada palabra, sometiendo a tortura cada frase para obligarla a confesar lo que él necesitaba conocer, agotándose en el intento de descubrir ocultos yacimientos de sugerencias y alusiones, hasta que convertía las cartas en un embrollo de certezas e hipótesis donde era ya imposible discernir entre lo imaginario y lo real. Los amaneceres lo encontraban estragado por un hervidero de pensamientos sin principio ni fin, por un bullebulle de sensaciones que mezclaban el presente más actual con el pasado más remoto en una pesadilla que tenía algo de infernal. Más de una vez, en mitad de la noche, hizo el equipaje y salió a escape hacia cualquier otra parte, con tal de huir de aquella especie de bestiario cuyos monstruos se le aparecían como en las tentaciones diabólicas a los antiguos eremitas.

Pero hubo también remansos de paz, experiencias que parecían contener el germen de un proyecto vital, ilusiones que dieron a sus días la tensión vibrante de una flecha en el arco. Y así, por ejemplo, en uno de sus viajes conoció a una mujer mucho mayor que él –tenía los cuarenta ya corridos, y Dámaso andaba entonces por los veintisiete–, guapa, jovial y dicharachera, dueña de una perfumería muy buena, con la que enseguida entabló un duelo de requiebros y malentendidos que, de malicia en malicia y de burla en burla, como en un juego de azar, los fue llevando hacia un final feliz.

Se llamaba Dolores. Esa misma noche lo invitó a cenar en su casa. La mesa estaba puesta a la luz de las velas con una mantelería fina y vajilla y cubertería de lujo, y surtida con todo tipo de manjares exóticos. Comieron y bebieron hasta hartarse, y luego ella se fue y apareció al rato vestida con un ropón de gasa y amplio vuelo y danzó para él. De algún lado había surgido una música vagamente oriental. Ágil y gorda, se movía con una gracia algo torpe, parecía un ave en cortejo nupcial y a veces una flor movida por el viento, y se veía que disfrutaba mucho con sus mudanzas y floreos, embriagada por un júbilo que tenía algo de bárbara salutación a la Naturaleza, pero algo también de cursilería: los ojos cerrados como ante una dicha inmerecida, la nariz dilatada para aspirar a fondo el fuerte aroma de la vida, los brazos abiertos en una exhibición de plenitud estratosférica, girando y girando como una doncella que celebrase el descubrimiento del amor en un campo florido y dentro de una comedia musical.

Para Dámaso, aquélla fue su primera experiencia erótica de verdad, pero ella le enseñó en una sola lección los entresijos todos del amor. Lo hicieron muchas veces y de muchas maneras, sin prisas ni pereza, sin otra angustia que la de los últimos trances, y entre medias volvieron a comer y a beber y ella volvió a bailar desnuda para él, y había que ver con qué gracioso denuedo movía sus carnes blancas y temblorosas, esculturizándose a veces en poses gentiles o desvergonzadas, o haciendo una pausa para cantar, para brindar, para intercalar una caricia, para liar un canuto o aspirar un aroma de incienso, para tomar y ofrecer un bocado exquisito, para sacar a bailar a Dámaso y perderse juntos a compás por toda la casa, porque ella era así: incansable para el juego y para el placer.

Luego conoció su historia. Ella misma se la contó. Hacía casi dos años que había perdido a su único hijo. Al principio se abandonó a la desesperación. Intentó suicidarse dos veces, y ya estaba a punto de culminar un nuevo y definitivo intento cuando se le apareció el hijo y la detuvo en su designio. «Detente, mamá», le dijo, «no debes hacer eso. Sal de tu postración y revive y disfruta, porque yo quiero que tu vida contenga en su abundancia a la mía, que vivas para los dos, y que tus goces y contentos sean también los míos, los que yo no tuve tiempo de vivir, y desde aquí yo te veré y compartiré contigo tu felicidad.» Eso le dijo, y desde entonces ella, que había sido siempre una viuda estricta y recatada, se entregó con desenfreno a todos los deleites y diversiones y excesos que pudo, y era tan dichosa como nunca había ni imaginado, porque su felicidad contenía también a la del hijo muerto, y cualquier placer, a cualquier hora, tenía el significado de un homenaje y una redención. Y no se cansaba nunca de vivir. En su casa, por todos lados había fotos y reliquias del hijo, ropa, juguetes, dibujos, material escolar, además de platos con frutas y dulces a modo de ofrendas, lo cual creaba una atmósfera ambigua, incitante, entre lo festivo y lo lúgubre. Y todos los años hacía un viaje a algún lugar lejano y traía recuerdos con los que iba enriqueciendo la decoración ritual de la casa.

En su ruta comercial, Dámaso la visitaba una o dos veces al mes, y en más de una ocasión pasaba con ella los fines de semana. Si hacía buen tiempo, iban a comer al campo, se bañaban en el río, jugaban al escondite, a volar cometas o a pescar renacuajos, y luego retozaban en alguna espesura y se tumbaban a ver pasar las nubes, pero ella enseguida tenía que ponerse a cantar y a danzar y a coronarse de flores y a inventarse formas nuevas de regocijo, porque era muy duro y fatigoso el trabajo, o más bien la condena, que había caído sobre aquella mujer: la obligación de ser doblemente feliz a todas horas, para ella misma y para el hijo muerto. Dámaso pensó alguna vez en la posibilidad de mantener con ella una relación estable, pero finalmente desistió y fue dejando de verla, en parte porque las ansias y la incansable capacidad de búsqueda de placeres de aquella mujer resultaban tristes y agotadoras, y en parte porque entretanto conoció a otra mujer con la que pronto inició un noviazgo lánguido y apacible que duró muchos años.

Era maestra de escuela. Era pulcra y romántica, y de una hermosura humilde. No era guapa por poco pero también por poco no llegaba a ser fea. Era friolera y pudorosa. Por nada se sonrojaba y sonreía. Le gustaba caminar abrazada mimosamente a sí misma, los ojos bajos, los pasos livianos e indecisos. Se llamaba Eulalia, Eula, Euli, Lali, Lita, Lalita... Había en ella una dulzura triste y hospitalaria. El primer día hablaron de negocios, de la renovación del mobiliario escolar. Catálogos, modelos, relación calidad-precio, modos de pago, descuentos, subvenciones, y cuando cerraron el trato ya no supieron qué decir. Como Dámaso también era tímido y de pocas palabras, pronto se vieron delatados por el silencio. Silencios que revelaban afinidades íntimas, debilidades compartidas, secretos muy bien escondidos, y que los dejaban como desnudos y avergonzados de sí mismos. Pero también unidos misteriosamente por un hilo fatal.

El segundo día fueron a un café y, para evitar aquellos silencios bochornosos, se embarullaron en habladurías, en anécdotas, en risas forzadas, en euforias, en mundanías fingidas, aparentando ser lo que no eran, encantadores y triviales, hasta que finalmente, agotados y derrotados por la impostura, empezaron a rehuir la mirada y a incurrir en silencios incómodos, y a sentir el ridículo de haber sido desenmascarados y expuestos a la evidencia de lo que ya sabían desde el principio: que eran tal para cual, almas gemelas, y que estaban condenados a entenderse, a mancomunarse, quién sabe si a no poder vivir en adelante el uno sin el otro, y lo que era peor: que aquello que sabían y habían tratado de ocultar con alardes de simpatía y locuacidad era una forma humillante de cobardía, de impostura, de pobreza de espíritu.

Entonces salieron a pasear, desacreditado cada cual ante el otro, envueltos en un silencio sombrío, y aquel paseo y aquel silencio duraron más de quince años. Más de quince años de lealtad, pero también de penitencia por no haber tenido el orgullo o el valor de ser ellos mismos desde el primer instante. Los dos sabían que en sólo unos minutos habían malogrado un posible futuro de felicidad. Que ya siempre serían deudores de aquel intento fallido de supercheria. Así que, sabedores cada uno de las carencias esenciales del otro, cegado desde el principio cualquier camino hacia la idealización, hicieron causa común con aquella especie de culpa original e iniciaron así una relación que parecía leve y casual pero que en realidad era poco menos que indestructible, porque estaban unidos por un vínculo más fuerte y duradero que el del amor.

Ella vivía con su anciana madre y tenía que regresar pronto a casa. «Cuando vuelva por aquí, si te parece te aviso por teléfono y nos vemos», le dijo ya en la puerta, en un tono hipotético, que no comprometía a nada. Ella se sonrojó e hizo por sonreír, y eso fue todo. Dámaso debía volver un mes después, pero al tercer día la llamó por teléfono, y esa misma tarde salieron de nuevo a pasear.

Nunca hablaron de proyectos, pero se sobreentendía que alguna vez, en un vago futuro, aquella vaga relación sentimental acabaría en enlace. ¿Cuándo? Quizá cuando muriera la anciana madre y los dos pudieran establecerse en alguna ciudad. Mientras llegaba ese momento, él la llamaba por teléfono casi todas las noches y la visitaba al menos una vez por semana. Le traía siempre algún regalo –caprichos comprados en casas de antigüedades, dulces típicos de algún lugar, cacharrines de cerámica–, y ella correspondía con una bufanda tejida con sus manos, un libro, un adorno cualquiera. Luego iban a pasear. Cuando se habían dado el parte de novedades, aparecían aquellos silencios que los dos conocían tan bien, y que eran tan difíciles de romper porque cualquier frase sonaba en ellos forzada y mentirosa, pero que poco a poco aprendieron a compartir con una cierta melancolía no exenta de dulzura. O bien iban a un café y allí pasaban la tarde, sin oponer resistencia al transcurrir del tiempo. Al oscurecer, ella tenía que volver a casa, porque la anciana madre no podía quedarse sola y desatendida hasta horas tan tardías. Él la acompañaba hasta la puerta y allí mismo, al recaudo de las sombras, se besaban y abrazaban con una especie de pudorosa desesperación. «Ya, ya», decía ella. Pero aun así seguían forcejeando un buen rato, demorando siempre un poquito más la despedida, y aquel «ya, ya» formaba también parte de los protocolos del amor. Finalmente, frustrados y sofocados por el deseo sin saciar, conjurados ya para la próxima cita, hacían un breve drama del adiós.

A Dámaso, Lalita lo apaciguaba, le concedía un cierto lugar en el mundo, y una apariencia de solidez a su vida ambulante y provisional. Por otro lado, la anciana madre garantizaba la continuidad de aquel noviazgo lánguido con el que los dos parecían estar conformes. Quizá ése era el punto exacto de cocción de su felicidad en este mundo.

Y conoció también otras pasiones, modestas pero capaces de alegrar y entretener una vida, como por ejemplo la afición a la pesca (con todo su gustoso ritual de madrugones, parajes solitarios, almuerzos a punta de navaja, horas hechas de instantes siempre amartillados por alguna expectativa inminente, o caminatas primaverales río arriba en las que no era raro encontrar un nido de mirlo o de abejaruco, ver pescar al martín, sentir el misterioso palpitar de la naturaleza, como en los tiempos de la infancia), el ajedrez, las novelas de acción (que si no curaban las dolencias de la vida real, al menos sí las distraían), las canciones melódicas o la música clásica ligera mientras conducía, el placer de una buena comida o de un buen trago, y otras formas humildes de felicidad. Porque algo en su conciencia le prohibía cualquier proyecto a largo plazo mientras no saldase las deudas contraídas con el pasado desde hacía tantos años. Al despedirse de Lalita, ella iba al encuentro de su anciana madre y él, como un monje, regresaba a su celda. Y es que en su entrega a las viejas ofensas, y en la pureza de su odio, había en efecto algo de ascetismo y hasta de santidad.

Entonces se preparaba un gintonic o una ginebra rebajada con agua y se sentaba a esperar en lo oscuro, con toda la noche por delante, hasta que en algún momento escuchaba el rumor lejano de su voz interior, de su diablo de la guarda, que poco a poco iba acercándose, imperativa y zalamera, y más embriagante que cualquier licor o cualquier placer imaginable. «¿Te acuerdas?», le susurraba, y allí se iniciaba la crecida del rencor y la furia, y ya todo era una pesadilla de días azules de la infancia, de recuerdos paradisíacos, de heridas abiertas, de ultrajes sin reparar, de humillaciones y enconos que la feroz actualidad del pasado conservaba más vivos y pujantes que nunca. Y sólo al amanecer conseguía conciliar confusamente el sueño.

«¿Vas comprendiendo ahora?», oía decir en un tono de dureza bíblica cada vez que a principios de mes le enviaba un giro postal a su madre. «En cuanto se comieron la herencia, les faltó tiempo para desaparecer y abandonar a sus protectores a la vejez y a la miseria. Y ahora eres tú, el expoliado, el apestado, el zote y el maldito, quien tiene que sufrir esa carga. ¿Ves cómo al remansarse las aguas de esa turbia historia se ven en su fondo pintados en todo su horror los hilos de la trama?»

Y era cierto. Porque Natalia, Bernardo y Damasito se habían esfumado, y nada se sabía de ellos desde hacía ya tres años. La madre escribía muy de tarde en tarde, apenas unos renglones torcidos de trazos temblorosos, donde siempre decía lo mismo: que estaban bien, aunque cada vez más viejos y torpes, y que seguían sin noticias de los ausentes, ni una carta, ni una postal, ni una llamada telefónica. Nada. Como si se los hubiera tragado la tierra. Y Dámaso, «¿Qué les habrá pasado?», se preguntaba, «¿dónde estarán, si es que todavía andan por este mundo?», e intentaba sonsacar a la madre, por si ella tuviera al menos una sospecha o una hipótesis. Pero la madre estaba tan desconcertada como él, y además sus cartas se iban haciendo cada vez más confusas. En una de ellas le preguntó por Dorita, la novia que años atrás se había inventado para él. En otra ocasión interrumpió bruscamente la carta para decir que no podía escribir más porque tenía que peinarse para ir a la escuela y ya iba con retraso. Luego, dejó de escribir. Dámaso llamaba por teléfono a una vecina para tener noticias de ellos. Pero un año después, en lo que parecía un intervalo de cordura, le envió una esquela de tres líneas. «Tu padre está mal. Dice que cualquier día va a hacer una locura. Ven a verlo para que te perdone y a ver si le quitas esas ideas de la cabeza.»

«No vayas. ¿Por qué has de pedirle perdón? ¿Por qué debes humillarte ante él? ¿Qué culpa ni culpa tienes tú que expiar? ¿O es que no fue él quien te expulsó del hogar y te desheredó y te repudió, abandonándote a tu suerte? Déjalo que pague por el mal que te hizo. Anda que sufra y que se joda, a ver si así el dolor le cura la ceguera en que ha vivido tantos años», oía el soniquete interior cada vez que estaba a punto de acatar el ruego de la madre.

Y luego, un mes después, de pronto las últimas escenas de

aquella triste historia se precipitaron hacia su desenlace. Una noche, la vecina que le hacía de noticiera lo llamó por teléfono y él partió de inmediato y con el tiempo justo de llegar al final del velorio. Pidió que abrieran la caja para ver a su padre, pero entre unos y otros lograron disuadirlo, y entonces supo que se había volado la cabeza con los dos cañones de la escopeta de caza. «Un accidente», dijo uno, y todos callaron concertados en un mismo silencio.

En cuanto a la madre, estaba casi del todo demenciada. Dámaso se quedó más de un mes con ella, mientras arreglaba papeles, y en ese tiempo apenas habló, y cuando lo intentaba, las frases se le caían como sopa por los labios. Tenía una expresión bobalicona, ilusa, levemente risueña, y definitivamente infantil. Cuando Dámaso descubrió, sin sorpresa ni escándalo, que la casa estaba hipotecada, y que de la hacienda no quedaba ni un céntimo, buscó en otro pueblo un asilo para ella, y sin querer entrar en la casa donde había nacido y había sido feliz, huyó de aquellos lugares para siempre, con la mente vacía de palabras, de imágenes y hasta de nostalgia.

Desde ese día, se dedicó a investigar el paradero de Bernardo. No era sólo, con ser mucho, el afán de venganza. «Debes vengar la muerte de tu padre», la voz resonaba en la conciencia con ecos de ultratumba. «Porque ha sido él, Bernardo, quien lo ha matado, y quien ha desencadenado la locura en tu madre. El mismo que, como la cría del cuco, ¿no te acuerdas?, te echó del nido y ocupó tu lugar. Y en cuanto a tu hermana, ¿qué no habrá hecho el bastardo con ella? ¿A qué servidumbres y oprobios no la habrá sometido? Así que, allá donde mires, sólo encontrarás motivos para reparar tanta deshonra y castigar tanta maldad. Ésa ha de ser tu única y esencial tarea en este mundo.» No era sólo eso. También estaba la necesidad, el ansia de saber. ¿Qué parentesco unía a Bernardo con él y con Natalia? ¿Qué relaciones había tenido Bernardo con el padre? ¿Cómo serían las cartas que se escribían entre ellos? El padre debía de haber destruido las suyas, porque tras su muerte no se encontró rastro de ellas. Hasta las fotos habían desaparecido. Por más que revolvió la casa no encontró ni un resto, ni un sobrante de aquel mundo que parecía haberse extinguido para siempre.

Por otro lado, se preguntaba, si tan prósperas habían sido sus vidas, ¿por qué el padre vendió todos sus bienes hasta quedarse en la miseria? Y luego estaban aquellos pasajes ilustres y extraños que parecían medio soñados, como la carrera de cantante de Bernardo, transmutado en Berny Pérez, el Mercedes blanco descapotable, la estancia en Uruguay, los años dorados otra vez en Madrid, y aquellos últimos y espléndidos capítulos en que se dedicaron a la moda y tan pronto vivían en París como en Roma, hasta que de repente sus gestas se desvanecieron y se perdió por completo la estela de sus vidas, con lo cual también el padre (¿por qué había llegado a tan desesperada decisión?) acabó con la suya. ¡Cuántos, cuántos enigmas había por resolver! Y en algún lugar tenía que estar la explicación a todo ese misterio. El cabo del que tirar para desembrollar todo el ovillo.

La venganza y el deseo inaplazable de saber presidieron más que nunca su vida desde entonces. Como las Furias a Orestes o las Parcas a Edipo, así lo persiguieron a él aquellos dos demonios, incitándolo, obligándolo a encaminar todos sus actos hacia un único fin. Como era aficionado a las novelas policíacas y a las películas de suspense, no le costó mucho adoptar unas ciertas maneras de detective privado, cosa que hizo con gusto y hasta con el secreto alborozo de andar metido por primera vez en su vida en una aventura de verdad. Pero, ¿cómo dar con ellos?, ¿cómo encontrar una pista, por mínima que fuese, si lo último que se sabía de sus andanzas eran sus idas y venidas por ciudades lejanas e inaccesibles para él? «Si al menos hablase idiomas», se decía, «podría desplazarme por ejemplo a París e investigar en los circuitos de la moda, y enseñando sus fotos y preguntando aquí y allá, quizá no tardase en encontrar algún indicio por donde enderezar la búsqueda.» Pero eso eran fantasías que sólo en la literatura o en el cine resultaban creíbles. Así que, más modestamente, decidió comenzar por el principio, o más bien por el único flanco desguarnecido que le ofrecía el enredo.

Durante casi un año, se tomó un día de diario libre cada dos semanas para ir a Madrid a hacer pesquisas. Indagó en el Colegio de Abogados, en la Escuela de Bellas Artes, en el Conservatorio, en asociaciones y círculos profesionales, en tiendas de moda; consultó las guías telefónicas de los últimos quince años –nombres, oficios, actividades–, se pasó días enteros en la hemeroteca –ecos de sociedad, listas de fallecidos, secciones de espectáculos, publicaciones especializadas–, pero en ningún lado halló ni un dato, ni una huella, que le dieran norte de aquel Bernardo Pérez Pérez, apellidos que, por otra parte, ayudaban bien poco a la investigación. De Berny Pérez tampoco había noticias (salvo a algún veterano del gremio al que le sonaba vagamente aquel nombre) en las salas de fiestas donde preguntó y enseñó sus fotos artísticas.

Y pasaron los años, y Dámaso iba todos los veranos a ver a su madre con la esperanza siempre de que en su demencia le contase algo de lo que tanto ansiaba saber. Le hacía preguntas insidiosas: ¿nunca tuvo una amante su padre?, y en tono pícaro: ¿quizá Águeda, la madre de Bernardo?, ¿alguna aventurilla sin mayor importancia? ¿Y no se acordaba de la calle en que vivían Bernardo y Natalia en Madrid, o el nombre de la sala de fiestas o de aquel negocio de ropa que montaron en el extranjero?, ¿ni siquiera el nombre aproximado, una letrita apenas? Porque, si le diese una pista, él se encargaría de buscarlos y entonces vendrían todos juntos a verla, también Damasito, que debía de andar ya por los doce años, y harían las paces y volverían a ser felices como en los viejos tiempos. Pero ella se limitaba a sonreír, y en los ojos se le veía por un momento el fulgor vivo de la inteligencia, y si hablaba, era sólo para recordar algún lejano e insignificante episodio infantil. Alguna vez, sin embargo, repetía lo de siempre: «No debes odiarlos, no debes...». Y aquella frase le dejaba a Dámaso en el alma el resquemor de un enigma que no le concedía ni un instante de paz.

Finalmente, se resignó a abandonar las indagaciones, pero no por eso archivó el caso ni renunció a su anhelo de saber y a su sed de venganza. «No desesperes ni te refugies cobardemente en el olvido», le decía aquel soplo espiritual que brotaba de lo más hondo de su conciencia. «La vida da muchas vueltas, y en cualquier recodo de un camino, cuando menos lo esperes, te saldrá al encuentro por sí mismo lo que ahora buscas con tanto ahínco y tan poca fortuna. Tú deja hacer al destino, que él tiene su ritmo, y muy bien urdidas sus combinaciones y conjuras antes incluso de comenzar el juego. Persevera, porque el azar está siempre de parte de quien más voluntad pone en los empeños.»

Entretanto, Dámaso Méndez continuó con sus trajines comerciales, sus paseos sentimentales con Lalita, su vida siempre errante, sus comidas solitarias en restaurantes económicos (donde quizá una ventanita pudorosamente enmarcada a su vez por un visillo entreabierto convertía el mundo en una viñeta de lo más ingenua), los sesteos en la penumbra de un café o un casino, la deliciosa punzada emotiva de los paisajes con música de fondo al regresar por carreteras secundarias tras la jornada de trabajo, y luego, ya en casa, la amenaza, que era también promesa, de una noche poblada de fantasmas, de tremendos arrebatos de ira mezclados con recuerdos de una dulzura insoportable, y trago va y trago viene, yendo y viniendo por su habitáculo hasta caer en un estado abyecto de postración, en un encanallamiento espiritual que lo dejaba agotado y sumido en una turbia dormilona donde aún seguían persiguiéndolo y atormentándolo los espantajos del pasado. Y así un año y otro, sin esperanza, sin fruto, sin desmayo. «Pero tu vida no es inútil, ni tu sufrimiento es en vano. Trabajas para una causa, vives consagrado a un ideal, tus años no caen en el vacío. Y, cuando llegue tu hora, todos estos días que parecen estériles y amorfos, cobrarán un sentido, y entonces verás que apenas hay desperdicios en tu existencia, y te sentirás orgulloso de haber cumplido el papel que te asignó el destino, o mejor dicho: que tú le exigiste al destino y que él te concedió.» Quizá el magisterio de aquella voz, pensaba Dámaso, eran los restos, la sombra, el espectro de la pasión por los discursos que le inculcó su padre cuando niño –porque ningún arte acoge mejor la mísera ambición humana que el de la elocuencia, y en esto es lo mismo una taberna que una cátedra que un púlpito que una tribuna que el monólogo de un adolescente enamorado o de un viejo lunático...

La vida era, en efecto, un río de aguas rápidas: noche a noche se cumplieron siete y nueve y diez años desde la desaparición de Bernardo, Natalia y Damasito, y él cumplió los cuarenta y cinco y se convirtió en un hombre grueso, de aspecto lento y sedentario, vestido con descuido aunque no sin decoro, prendas muy usadas hechas ya a la molicie de su dueño, la barba casi siempre crecida, el pelo en greña, la mirada cansada, los dedos sucios de nicotina. Al atardecer solía entrar en algún bar donde lo conocían de antiguo y se sentaba a beber y a fumar, y a veces se agregaba a algún grupo también veterano que charlaba y jugaba a las cartas, pero sólo en calidad de asomadizo, siempre un poco distante, siempre absorto o abismado en sus cosas. Si alguien lo aludía, él se limitaba a insinuar una sonrisa, agradeciendo el cumplido, y si le preguntaban algo, encomendaba la respuesta a un gesto o a una frase cualquiera. Era tranquilo, paciente, y nunca tenía prisa. Se limitaba a dar sorbos de limonada con ginebra, escuchaba, miraba jugar, y era de los últimos en retirarse. Nadie hubiera sospechado que, tras su aspecto negligente y beatífico, se escondía un carácter turbulento y febril, y de un humor casi siempre sombrío.

Parecía que ya su vida había entrado en un remanso definitivo, en una especie de vía muerta, y que los años que le quedaban por vivir vendrían despachados ya a granel, cuando un día lo llamaron para comunicarle que su madre había muerto. Fuera de él mismo, era el último personaje que desaparecía de la función. Ahora, sólo quedaba él en escena para seguir representando una obra cuyo argumento parecía ya agotado. «Y es que en realidad yo no he tenido una vida propia desde que dejé de ser niño», pensó durante el entierro de su madre, «porque fuera de entonces todo ha sido un darle vueltas y vueltas a lo ya vivido, un interpretar siempre el mismo papel y las mismas escenas, sin más pasiones ni proyectos que ese recordar y entresoñar aquellos años tan lejanos. Y algo así te ha pasado también a ti, madre, siempre viviendo por cuenta ajena, de prestado, sin otra cosa propia que los recuerdos infantiles», siguió pensando luego, mientras recogía en el asilo sus pobres pertenencias: la alianza de casada, una sortija de soltera, un par de pendientes, el reloj, una medalla, algunas fotos, entre ellas la de la orquestina que formaron en plan bufo allá en su niñez, un misal, algunos papeles y poco más. Dámaso lo metió todo en una bolsa y emprendió de inmediato el viaje de vuelta.

Unos días después, examinando aquellas prendas, en uno de los papeles –recibos, notificaciones bancarias, cartas del propio Dámaso–, escrito a lápiz en trazos ya borrosos, encontró un número de teléfono con el prefijo de Madrid. Nada más verlo supo de inmediato que al fin había encontrado una pista precisa de Natalia y Bernardo, pero también inútil, porque hacía ya diez años que habían desaparecido sin dejar el menor rastro y aquel número habría caducado sabe Dios desde cuándo. Y, sin embargo, allí podía estar el cabo del ovillo que durante tanto tiempo había buscado en vano. De inmediato averiguó la dirección del usuario del teléfono. Una calle cualquiera de un barrio popular de Madrid, y un nombre cualquiera, Martín Fuentes, M., que no decía nada ni nada sugería. ¿Qué hacer? Varios días anduvo armando y desarmando conjeturas y planes, enredado en presagios contradictorios, hasta que al fin una noche, después de apurar su tercera limonada con ginebra, y cuando ya se iba hacia casa, entró en una cabina telefónica y, encomendándose a la improvisación, marcó el número y esperó la señal.

–¿Diga? –se oyó una voz desabrida al otro lado de la línea.

Dámaso se aclaró la garganta, desfiguró la voz y adoptó una entonación afectada de cortesía profesional:

–Buenas noches, señor. Preguntábamos por la señora de la casa. Estamos haciendo una campaña de información sobre artículos y complementos para el hogar.

–Aquí no hay ninguna señora.

–Perdón, señor, ¿no vive ahí doña Natalia Méndez?

Hubo un largo silencio, y en él Dámaso oyó la respiración, la mera respiración animal, como acezante en la espesura, de su interlocutor.

–Aquí no vive ninguna señora –y colgó.

«¡Es él! ¡Es Bernardo! ¡Al fin lo has encontrado!», oyó un grito de triunfo en su conciencia. «No, no es él. No puede ser.» «¡Lo es! ¡Te digo que es él! Y ese Martín Fuentes es sólo un simulacro, probablemente el que le alquila el piso, y por eso el nombre de Bernardo no figura en la guía, porque quizá no quiere que ni tú ni nadie dé con él. Pero, sea como sea, ahí tienes la recompensa a tu perseverancia.» «Y ahora ¿qué puedo hacer?» «Ir a su encuentro. Déjate barba, cámbiate el peinado, y entretanto maquina tu estrategia, y luego ve a Madrid y estudia sobre el terreno al enemigo. Observa y analiza sus salidas y entradas, sus itinerarios, sus relaciones, sus costumbres, vigílalo, busca sus puntos débiles, apréndete al dedillo su vida, actúa sin prisas, y aguarda a que el fruto madure en la rama y a que la propia fuerza de los hechos te diga cuándo ha llegado tu momento. Entonces ya verás que lo que no ocurrió en muchos años, ocurre luego en un instante.» Y Dámaso siguió escuchando aquella voz, ilusionándose con ella, y así fue como comenzó para él un episodio nuevo, y de acción, en su vida errante pero profundamente sedentaria.

4
Idilio

Tarde fría y lluviosa de noviembre, suave fondo musical en un café de ambiente íntimo y rincones de cálida penumbra donde Teresa y Tomás hablan en susurros desde hace ya ¿cuánto?, ¿una o dos horas?, ¿quizá más? Deben de haber perdido la noción del tiempo, porque comieron juntos a la salida del instituto y tras la sobremesa se instalaron en este café y ahora ya empieza a anochecer. Sobre el asfalto encendido de estelas luminosas por el reflejo de los neones de color sigue cayendo y cayendo la lluvia, con el mismo sigilo y aplicación con que ellos hablan en bajo, tan juntos, tan cerca del oído, que cuando uno quiere mirar al otro por el gusto de cotejar alguna frase con la expresión del rostro de quien la acaba de pronunciar o de escuchar, tiene que echarse atrás como con un pronto asombradizo, y luego vuelven a juntarse y siguen hablando, ajenos al tiempo y a todo cuanto no sea el mundo recién estrenado de las confidencias. Ya se han contado los datos biográficos más relevantes y cada uno ha hecho en esbozo su autorretrato, la historia abreviada de sus gustos, de sus fobias, de sus manías, de cómo la vida les sonrió y les golpeó, de sus virtudes y defectos, de sus dudas, de sus certezas, de sus errores, de sus modos de ser y de sentir, y ahora ya son personas singulares, únicas, irrepetibles, como también lo son sus caras, sus voces, sus huellas dactilares y hasta sus gestos, que ya están aprendiendo a distinguir y a interpretar.

Cuando la conversación decae, abrumada por tantas y tantas novedades, Teresa le pide que le cuente, para ella sola y sin censura, alguna de esas historias eróticas que él se sabe, y que tan bien sabe contar. Después de muchas dudas y de algunos pudores, «Cualquiera diría que te estoy pervirtiendo», y de mucho insistir ella, «Al fin y al cabo es una clase particular de literatura», se decide a contar los amores de Tancredi y Angelica, las bellas y afortunadas criaturas de *El gatopardo* durante aquellos días ya inolvidables de noviembre de 1860 («¡Noviembre!, ¡qué casualidad!», dice Teresa), aunque nada tiene que ver aquel noviembre con éste lluvioso y frío de hoy, porque allí en Sicilia era el veranillo de San Martín de un año especialmente cálido, y aún quedaba en el aire un resto de trigales maduros, mezclado con el esplendor tardío de los viñedos.

En esa atmósfera tan propicia a la sensualidad se inician en los juegos amorosos aquellos jóvenes que apenas se conocen y ya están prometidos.

–¿Apenas se conocen? –pregunta Teresa, y Tomás cree advertir un temblor en su voz.

Apenas, porque era un matrimonio de conveniencia, uno de esos negocios sentimentales que emprenden juntos una aristocracia en decadencia y una burguesía pujante e imparable. Angelica es vulgar y arrebatadoramente hermosa. Tancredi está destinado a ser príncipe, y es guapo, es divertido, y es un poco vagabundo y truhán. Y Tomás sigue contando la iniciación erótica de aquellos novios primerizos, que a todas horas buscan la ocasión de extraviarse por los interminables corredores y estancias de un enorme palacio de estilo rococó, libres y ajenos a toda culpa, como niños, jugando a esconderse, a buscarse, a perseguirse, explorando espacios abandonados y deshabitados desde hace muchos años, cocheras que olían a cuero, teatros y teatrillos, salones, invernaderos sofocantes, habitaciones unidas por galerías tortuosas y angostas, lechos con baldaquinos reducidos a espléndidas piltrafas, cajas de música tapizadas de polvo de cuyas entrañas aún quería salir alguna musiquilla alegre y quejumbrosa, espejos atónitos, divanes de seda, y en las paredes y en los techos, frescos desvanecidos por el tiempo con escenas galantes de ninfas y pastores y faunos, y más corredores y nuevas estancias, porque, como decía el príncipe Salina, un palacio del que se conocían todas las habitaciones no era digno de ser habitado.

Teresa interrumpe para demandar detalles o hacer comentarios, los dos susurrando en la penumbra con los rostros muy juntos, y no se sabe cómo, al hilo del relato también ellos han empezado a intercambiar caricias inocentes: como ella se aparta o se despeja cada poco tiempo las crenchas de la melenita, él decide hacerle ese trabajo y a veces se demora enredando con un mechón, deshilándolo entre sus dedos, en tanto que ella le sube el flequillo cuando se le cae y se lo peina con la mano, o le da un toque de perfección a la solapa de la chaqueta, o le acerca el whisky para que tome un trago y de paso ella se moja los labios en el mismo vaso, mientras mira fijamente a Tomás:

–Sigue –le dice.

Y él sigue contando cómo a veces el susto ante el gemido de una puerta o de una ráfaga de viento al irrumpir en una habitación abandonada desde hacía medio siglo, los impulsaba a buscar refugio en un abrazo de miedo que enseguida se hacía malicioso y consentidor. Teresa a veces coge de entre los dedos de Tomás el cigarrillo y le da una calada. No fuma, ni le gusta el alcohol, pero hoy es un día de excepciones y nuevas experiencias, como les ocurría a Tancredi y Angelica, que descubriendo los recovecos del palacio, se iban descubriendo sobre todo a sí mismos. Una tarde encontraron casualmente una puerta secreta al fondo de un ropero, y tras ella una escalera de caracol cegada por doseles de telarañas que los condujo a un salón con grandes espejos a ras del suelo, rodeado de pequeñas cámaras y otros espacios que creaban una atmósfera perversa, confirmada luego por los azotes e inquietantes instrumentos metálicos que encontraron en un armario, y que ilustraban los oscuros, innombrables placeres, de un Siglo de las Luces que no fue ajeno a las tinieblas. También ellos, Angelica y Tancredi, se entregarán en el futuro al desenfreno, pero de momento –y aquéllos fueron los días más felices de su vida– era sólo el deseo nunca colmado, siempre felizmente reprimido, apenas abrazos y caricias fugaces que lo mantenían siempre intacto, en continuo estado de delicia y de tortura, de actualidad y de promesa... Y la tibia galbana estival que invita a la desnudez e incita a los sentidos al tiempo que los adormece, convirtiendo en juego los instintos, en pura voluptuosidad, donde el abandono equivale a la entrega.

Sin saber cómo, en uno de esos trasvases del cigarrillo o de la copa, Tomás ha retenido la mano de Teresa, o quizá ella la ha olvidado allí, y ahora cada uno juega con los dedos del otro, juegan a enlazarlos y a desenlazarlos, a extenderlos y a compararlos, o él hace un cuenco con sus manos y esconde allí las de Teresa, y así siguen, mientras él cuenta y también luego, cuando ya ha terminado y comentan los pormenores de la historia. Ha debido de pasar mucho tiempo, porque afuera ha cerrado la noche y a Teresa la invade un cansancio tan dulce que durante un momento reposa la cabeza en el hombro de Tomás, y enseguida suspira y dice: «Hmmmm, me encanta tu colonia». Él hunde la cara en su cabello buscando también su secreta fragancia y luego siguen hablando, tan de cerca que mezclan sus alientos y se rozan las mejillas y enseguida los labios, muy suavemente, sin dejar de hablar, como si aquello fuese un accidente más de la conversación. Se les quiebra la voz, y las frases se les desmayan apenas salen de la boca, pero siguen hablando, recreándose en el placer desazonado de no gastar apenas el deseo, de posponer el momento de entrar en posesión de lo que ya se tiene, esperando todavía un poco más, «De pequeño tuve un perro que se llamaba Julio», «Siempre tengo las manos frías», «Me gusta el olor del tomillo», buscándose y rehuyéndose, ganando en fugaces instantes de avidez, hasta que los besitos huérfanos, azarosos, se convierten en un único beso, torrencial, hondo, interminable.

Momentos de maravillado estupor. «Desde el primer día que entraste en clase supe que iba a pasar esto», dice Teresa. Y él: «Yo temí desde ese mismo día que esto no fuese a ocurrir nunca». Se miran, se tocan, se abrazan, se besan, fervorosos, incrédulos, mientras se cuentan los incidentes que han ocurrido en el camino desde que se vieron por primera vez hasta llegar a este momento que a los dos les parece irreal.

–Te quiero –dice de pronto Teresa, la boca entreabierta, los ojos brillantes, como empapados de la misma lluvia que cae en la oscuridad de la calle desierta, más hermosa que nunca, y tan joven que Tomás siente una emoción tumultuosa hecha de pánico y de júbilo.

–También yo. Te quiero –dice casi sin voz, y esas dos palabras tan viejas y tan gastadas, le suenan nuevas, tal como los mejores poetas consiguen en sus mejores versos.

Apura la copa pero sigue paladeando el sabor de Teresa, su saliva de vainilla y de sal, el aroma íntimo, enloquecedor, de aquella criatura prodigiosa y hasta hoy inalcanzable.

Cuando salieron del café caía una lluvia fina e inconstante. Caminaron cogidos de la mano, pero enseguida se detuvieron para abrazarse con el impudor y la codicia de amantes veteranos.

Desde entonces, no pasó un solo día que no se viesen fuera del instituto o hablasen interminablemente por teléfono. Se encontraban en cafés, en parques, en el coche, o paseaban sin rumbo por las calles, sumidos en un estado infatigable de fascinación que los obligaba cada poco tiempo a besarse, a mirarse, a tocarse, para comprobar la verdad del portento. Pero, no contentos con la evidencia, tenían que sellarla acto seguido con solemnes juramentos de amor. No se cansaban de decirse lo mucho que se querían y se necesitaban, y cómo sin el otro no eran nadie en tanto que los dos juntos resultaban fuertes como rocas y resplandecientes como dioses, y tan sobrados de recursos que el mundo no tenía nada que ofrecerles que ellos no pudiesen otorgarse a sí mismos.

De pronto todo cobraba una dimensión sobrecogedora y misteriosa. ¿Qué habían sido sus vidas antes de conocerse? Un poco de hojarasca que el viento jugaba a reunir y esparcir, uno de esos arroyitos que apenas sobreviven a la lluvia que los originó. ¿Y sus nombres? Anónimos, vulgares como todos, de repente su significado y su música, en la boca del otro, eran inagotables. Y en cuanto al tiempo, no había más que ver cómo las horas de la espera se hacían eternas y las del reencuentro se les pasaban en un vuelo. Se miraban un instante –bien es verdad que de una gran intensidad, pero sólo un instante–, y cuando salían del embeleso descubrían con horror que había transcurrido una hora, o que ya era de noche. Las despedidas eran interminables, y siempre había un último recado que darse, una recomendación final, un comunicado urgente, y a veces era sólo una palabra, una caricia, una mirada, sin la cual la tarde no hubiese sido del todo perfecta. O lo que era peor: hubiera resultado un fracaso. Y aun así, siempre quedaban cabos sueltos, preguntas sin responder, vagos desasosiegos que podían convertir la ausencia en un tormento. Porque aún no sabían que ese dolor era ya parte de la felicidad del día siguiente. Y luego estaba el miedo a que todo no fuese sino un sueño, un espejismo, un deseo pasajero, y la necesidad de que la persona amada acudiese de inmediato para rescatarlo de esa fantasía atroz. Pero hasta entonces quedaba un mundo, un tiempo sin orillas en el que naufragaban inevitablemente cada noche. Y al día siguiente –así de agotadores eran los trabajos del amor–, otra vez a empezar.

Ya en la primera cita, Tomás dudó si contarle a Marta que estaba haciendo un cursillo didáctico o reuniendo material para un nuevo libro en archivos y bibliotecas. Al final recurrió a ambos pretextos y ella puso cara de que no le parecía ni bien ni mal sino del todo indiferente.

–Porque nuestra relación es así, fría y distante –le explicó a Teresa–. No es que hayamos dejado de querernos, es que yo creo que nunca nos quisimos.

Y le contó su pasado amoroso desde aquel día en que estaba leyendo *El tío Vania* y sonó el timbre de la puerta y apareció ella, una muchacha graciosa pero más bien vulgar, bonita pero de una belleza también vulgar, que había abandonado los estudios, que sólo le interesaban las revistas y canciones de moda y que no había leído nunca un libro. Su mayor encanto era el de la juventud. Sólo eso la redimía del prosaísmo, de la simplicidad. Pero a pesar de ser tan distintos, el amor o el deseo, o quizá sólo la ocasión, originó uno de esos malentendidos sentimentales que luego la costumbre solidifica y que puede durar ya para siempre.

–¿Y no te estará pasando lo mismo conmigo?

¡Qué tontería! ¡Ella era tan distinta! ¡Eran tantas las afinidades entre los dos! Con Teresa había descubierto de verdad el amor, no el amor terrenal que conoció más o menos con Marta, sino el amor del que él tenía noticias por los libros. El amor cantado por los poetas, puesto en escena por los dramaturgos, exaltado por los músicos, captado en un gesto o en una mirada por los pintores... No, no era una invención de los artistas. Ese amor existía de verdad. Ahora acababa de enterarse.

–Ojalá hubieras aparecido tú entonces en mi vida, en vez de Marta.

Pero ahora era quizá ya tarde.

–¿Por qué?

–Porque tú eres muy joven, casi una niña, y yo...

Y ella, siempre que salía ese tema, le ponía un dedo en los labios, le recordaba los casos de Poe y Virginia, de Dante y de Beatriz, de Petrarca y de Laura, y le decía:

–No quiero que vuelvas a decir eso, nunca.

En cuanto a ella, apenas había tenido, ni buscado, experiencias amorosas reales. ¿Nunca se había enamorado? Nunca. ¿Ni había hecho nunca el amor? Nunca. Ni siquiera sabía lo que era un polvo triste.

–Tú eres mi primer y único amor. Así que tendrás que enseñarme todo desde el principio –le decía al oído en un tono provocativo de inocencia–. ¿Lo harás?

Había en ella un exceso de todo, de espiritualidad, de atrevimiento, de languidez, de seriedad, que la llevaba a vivir el idilio bordeando siempre la desmesura, exigiéndole a cada instante un tributo de éxtasis. No había día que no le trajera a Tomás algún presente, que eran ofrendas al dios insaciable del amor. Una concha marina, un fósil, un hueso de ratón, una chocolatina, una piedrecita azul, el pétalo que disecó en el misalito de su Primera Comunión... Tomás iba escondiendo entre sus cosas todos esos obsequios, y a cambio él le llevaba libros, cuadernitos y agendas para que escribiera, un perfume, una pluma, una flor, un pasador para el pelo.

Vivían en un continuo estado de celebración. En el coche, en los parques, en calles oscuras, a veces tiritando de frío, fueron profundizando en las caricias, cada vez más íntimas y ansiosas. Y Tomás, que no había escrito nunca versos, intentaba cantar ahora la gloria de sus senos febriles a la intemperie de aquellos anocheceres invernales, y que en su turgencia y en sus formas anunciaban ya una madurez espléndida, su cintura, tan sutil que él jugaba a abarcar con sus manos, sus caderas todavía adolescentes, el musgo tierno de su pubis, el..., pero ¿cómo decir en su pobre lenguaje poético?, ¿elixir?, ¿savia?, ¿néctar?, ¿bálsamo?, ¿compararlo con una flor empapada de rocío?, ¿al jugo de una fruta ya plenamente sazonada?, ¿al frescor salado de las algas después de la marea?

No había palabras que dieran para tanto. A veces se pasaban la tarde leyendo del mismo libro en el rincón de algún café, las cabezas juntas, las manos enlazadas, besándose en un punto y aparte o al pasar una página, deteniéndose para comentar algún pasaje o algún término oscuro. Pero Tomás le perdía el hilo a la sintaxis, y cuando quería darse cuenta ya no sabía lo que estaba leyendo. Y lo mismo le ocurría en el cine y hasta en el coche, mientras conducía, porque a veces Teresa dejaba como olvidada una mano en las rodillas de Tomás y seguía concentrada en lo que estaba haciendo, mirando a la pantalla, al libro o al frente, como si no pasara nada, y al ratito retiraba la mano para arreglarse el cabello o rascarse la nariz y luego volvía a abandonarla un poco más arriba de donde estaba antes, y así se iba acercando, ¡con qué penosa lentitud!, hasta rozar la hombría desaforada del amado, y cuando la inminencia de la caricia se hacía insufrible, volvía a arreglarse el pelo, sin prisas, como si todo fuese producto del azar, y sólo después de mucho tiempo, o en todo caso de un breve tiempo interminable, devolvía la mano a su lugar, y aún se entretenía en otras idas y venidas antes de que con la yema de un dedo se pusiera a dibujar muy lentamente el relieve de aquel implorante y enfurecido promontorio en todo su grosor y extensión. Entonces, a lo mejor se inclinaba hacia él para dejarle en la oreja el regalo de un susurro indecente. Porque ella era así, dulce y grave, cruel y traviesa, y nada la definía mejor que sus manos, frágiles y menudas, aplicadas en clase, pero en el amor tan pronto displicentes como laboriosas, castas y al rato obscenas, torpes y sabias casi al mismo tiempo.

Aquellas manos siempre frías, siempre desprotegidas, y que él abrigaba entre las suyas mientras caminaban por las calles de una ciudad a la que no prestaban atención porque en realidad deambulaban perdidos por los vericuetos de su propio mundo, tan ajenos a todo que un anochecer desembocaron en una avenida y la vieron engalanada de luces y adornos navideños. Estaban ateridos por un viento helador y extenuados por la caminata.

–Estoy agotada y muerta de frío –dijo Teresa–. No puedo más.

–¿Y qué podríamos hacer?

–No lo sé, amor mío. Llévame a algún sitio, adonde tú quieras.

«A algún sitio», pensó Tomás. Sí, aquél era el momento, aquélla la señal que esperaban.

Cruzaron la calle abrazados bajo la bóveda resplandeciente, tomaron un taxi, y poco después llegaron al lugar donde al fin se juntaban en un único espacio las calles de la ciudad con los caminos de su mundo interior.

–Tú te esperas aquí hasta que yo te avise –dijo Teresa, y se encerró en el dormitorio.

Una cocina empotrada en el recibidor y oculta por una puerta corredera de fuelle. Una botella mediada de Ballantine's y dos vasos largos en una bandeja sobre la encimera. Paredes de blanco gotelé, techos bajos de escayola, luces tenues y ubicuas en un espacio pulcro, impersonal.

Un baño. Tomás se lavó las manos a conciencia, se esponjó y desordenó juvenilmente el pelo y se quedó mirándose al espejo. Trataba de encontrarse en la cara algún indicio de su estado de ánimo ante la experiencia portentosa que estaba a punto de vivir. Parecía sereno y confiado. Se sirvió un dedal de whisky, encendió un cigarrillo y se sentó a esperar. ¿Alguna preocupación? No. Más que vivir, se le figuraba estar leyendo en clara prosa elemental sus propias peripecias. Se sacó el dinero del bolsillo del pantalón, lo contó y lo pasó al bolsillo interior de la chaqueta. Todo en orden. El humilde y siempre misterioso consuelo de la exactitud. Y sin embargo, de pronto detectó algo que oscuramente lo inquietaba. Algo que parecía haberse ocultado en un repliegue de la conciencia para emitir desde allí sus remotas señales de alarma. Como los síntomas primeros y apenas perceptibles de una enfermedad que ya trabaja para tu perdición. Cuando intentó identificar el origen de aquella incertidumbre, ya no logró percibir las señales.

Miró el reloj. ¿Qué estaría haciendo Teresa? ¿Qué sorpresa le estaría preparando? Ante esa duda, notó que su virilidad sufría un desmayo. Porque había algo en ella (¡qué inoportuno era recordarlo precisamente ahora!) que no acababa de gustarle del todo. Su excesiva tendencia a ficcionalizar la vida, su sensibilidad afinada en un tono tan alto que a veces daba una nota falsa o discordante, y luego aquel lirismo inmaduro que, en momentos de inspiración, podía incurrir en una cierta beatería sentimental, una casi cursilería, que por sus ínfulas adolescentes resultaba al principio encantadora, pero que terminaba por parecer cargante, artificiosa. Y es que no se podía vivir en trance a todas horas, con la intensidad y la elevación amorosas que ella no se cansaba nunca de pedir y buscar. Sí, inoportuno ese espíritu crítico justo en estos instantes.

En el apartamento, y en todo el inmueble, que era nuevo y no exento de lujo, había un profundo silencio que invitaba al devaneo y a la modorra. Se sirvió otro trago y trató de no pensar en nada, de imaginarse únicamente lo que iba a ocurrir dentro de unos momentos. Sintió que todo su ser se concentraba en un solo punto palpitante. Eso es, así estaba bien. Maestro al fin en algo más que en palabras. Y justo cuando estaba en pleno magisterio, de pronto aquella cosa amenazadora que acechaba en la conciencia volvió a lanzar su reclamo apremiante. «Así que era esto», pensó. Le había extrañado no sentirse culpable durante el idilio con Teresa, y he aquí que ahora la culpa llegaba súbita y exigente a cobrarse todas las deudas de una vez. Quizá en este mismo instante, mientras él esperaba ya en plena erección a colmar sus deseos con una adolescente, Marta estuviera dándole de cenar a Clara, o contándole un cuento. Recordó fragmentos del pasado, y lo guapa y hasta elegante a su modo que iba siempre a pesar de sus ropas humildes, la ilusión con que tejía el tapiz, su contento infantil cuando le recitaba poemas o le resumía argumentos de libros, y empezó a llenarse de ternura y a pensar que no tenía derecho a ser infiel. Bien es verdad que últimamente se habían distanciado mucho, que apenas hablaban ya lo imprescindible, pero quizá fuese porque él había proyectado en ella su fracaso académico y literario para aligerar así el fardo de sus propios errores. Quizá se había hecho fuerte en ese rencor para justificar su medianía. Entonces sintió la culpa de no haberse sentido culpable hasta ahora, ni cuando inició su relación con Teresa –y también a ella le contaba historias y la deslumbraba con un talento del que en el fondo carecía–, ni cuando la engañó con el cuento del cursillo didáctico y del nuevo libro que estaba escribiendo para ausentarse del hogar, ni siquiera cuando se informó en los anuncios por palabras de las condiciones de los apartamentos por horas porque intuía, sabía, que el momento de la rendición incondicional estaba ya cercano. Desde entonces, llevaba siempre en el bolsillo una hojita con las direcciones y teléfonos, que luego en casa escondía (¡para qué turbios menesteres le servía ahora la lírica!) entre las páginas de las odas de fray Luis de León. Recordó los diminutivos que ella le había inventado como prendas de amor, Zampalibros, Buhíto, Sabihondito, y entonces, en un arranque de contrición, le dieron ganas de salir corriendo hacia casa, caer de rodillas ante ella y confesarle todos sus pecados e implorar a cualquier precio su perdón.

Pero luego, saliendo a flote de aquella inmersión purificadora, empezó a contarse el mismo cuento de otro modo. Era sorprendente que ella no le hubiese preguntado nunca por sus idas y venidas, ni que desconfiara de él, ni que tuviera celos. Sí, era curioso, revelador. Clara señal de lo poco que él le importaba, de la indiferencia, si es que no menosprecio, hacia sus posibles correrías amorosas. Que él le pudiera ser infiel, que pudiera perderlo, a ella le daba igual. Ni una suspicacia, ni un reproche, ni una corazonada, ni un enfado por sus ausencias y tardanzas. Sí, era evidente que Marta no lo quería, o que quizá..., y aquí se detuvo requerido por una intuición, petrificado en un gesto de sagacidad. Entonces no sólo no se sintió culpable, sino agraviado. Porque ahora tenía celos de que Marta no tuviera celos. Y se acordó de aquel episodio del *Lazarillo* en que Lázaro y su amo ciego comen a medias un racimo de uvas y el ciego deduce al final que su criado lo ha engañado porque, mientras él comía de dos en dos, Lázaro callaba. «Sí, ella presiente, sabe, ¿cómo no iba a saber?, que la estoy engañando, y si no dice nada, una de dos: o es porque no le importa, o es (y esto es lo más verosímil) porque ella se las está comiendo de tres en tres.» Y en un momento se llenó de razones y se sintió autorizado a reparar su honor con la infidelidad.

Y aún iba a consolidarse más en sus argumentos cuando Teresa abrió una rendija de la puerta y dijo:

–Cuenta hasta diez y entras.

Y él contó y entró y fue como hallarse en un escenario ya listo para la representación. La luz estaba apagada y por todas partes, en las mesillas, sobre el televisor, en el suelo, ardían velitas de colores, y el aire estaba impregnado de perfumes frescos y selváticos. Y en el centro de aquel confuso palpitar de claroscuros, estaba Teresa, vestida de un modo distinto a como había venido, porque antes traía debajo del abrigo un jersey grueso de cuello cisne, unos vaqueros y unas botas camperas, y ahora estaba descalza y ataviada con una especie de túnica blanca muy liviana y en la cabeza llevaba como una corona hecha de hierbas, y algunas flores prendidas del pelo, como si fuese una criatura mitológica. En la cama, que ocupaba casi todo el dormitorio, había esparcidas algunas hojas y unas cintas de verdor a modo de guirnaldas. Se oía de fondo una música que parecía un concierto de pájaros.

–Adivina quién soy.

–No sé, pareces un genio del bosque.

–No. Soy Lady Chatterley, y tú eres Mellors, mi amante. Es de noche y estamos en el bosque, rodeados de estrellas.

–¿Y de dónde has sacado todas esas cosas, y la música...? –preguntó Tomás yendo hacia ella.

El latir de las llamas registraba cada movimiento y lo agigantaba en las paredes y en el suelo.

–Las llevo en el bolso desde hace... ¿O es que tú no sabías que esto estaba ya a punto de ocurrir?

–¿Y por qué elegiste Lady Chatterley?

–No lo sé. Pero si lo prefieres, con este vestido puedo convertirme en Daisy, y tú haces de gran Gatsby. O yo Desdémona y tú Otelo.

Se besaron largamente y luego guardaron largamente silencio, para preservar la intensidad de aquel instante.

–¿Cómo va a ser nuestro primer polvo?

–El más dulce y pedagógico del mundo –dijo Tomás.

5
El hombre de la pelliza

Tarde desapacible de un sábado de principios de enero en una calle estrecha y solitaria del barrio madrileño de Prosperidad. Dámaso está apostado en un rincón bajo la marquesina de una pequeña tienda de calzado. Lleva una barba tan espesa y bien puesta que parece postiza, gafas ahumadas, el pelo melenudo, y entre eso y las solapas altas del gabán y el cigarrillo humeante en los labios resulta irreconocible hasta para sí mismo. Para rematar las cosas, la tarde se ha puesto invernal, y ahora hace frío y cae una lluvia fina desordenada por el viento, y apenas se distinguen los contornos de las casas al otro lado de la calle.

Había llegado a la hora de comer, había comido, se había instalado en el hotel, y después había paseado sin rumbo fijo pero acercándose sin prisas hacia su objetivo, y merodeando luego en torno a él, haciendo tiempo hasta que empezara a anochecer. Y ahora ya ha anochecido y él está allí, mirando al inmueble de enfrente, que es humilde, viejo, de ladrillo barato, como casi todos los de esta calle, intentando averiguar en cuál de las cuatro plantas vivirán Bernardo y Natalia, si es que viven allí –aunque no, ¿cómo van a vivir en un sitio de tan poco pelo, tan casi marginal?–. Hay algunas ventanas encendidas, y de tarde en tarde se recorta en ellas una silueta, o se apaga una luz, y entonces Dámaso se aplasta contra la pared y espera con el alma en vilo a que se abra el portal y aparezca alguien, aunque sólo sea para que ocurra algo, para darle algún sentido a la espera en acecho. Pero con este tiempo, ¿quién va a salir, y a qué?

Tendrá quizá que esperar a mañana y vigilar a plena luz del día, a ver entonces qué tal le funciona el disfraz.

Pero no, es absurdo, vuelve a pensar, lleva meses pensando lo mismo, queriendo rendirse a la evidencia, ¿cómo van a vivir allí Bernardo y Natalia? Encontró un número de teléfono entre las prendas de su madre, averiguó que pertenecía a un tal Martín Fuentes, llamó y le dijeron que allí no vivía ninguna Natalia Méndez. ¿De dónde se ha sacado entonces la esperanza de que al fin ha dado con ellos? Absurdo. «Tranquilo. Están ahí, tú sabes que están ahí», oye la voz de seda cuyas órdenes y consejos no puede desoír. «¿No ha empezado la batalla y ya estás reculando? La paciencia es un arma mortal. No pienses, no especules. Abandónate al acontecer. Déjate colmar por la acción. Aquí el destino tiene a cada cual haciendo su tarea, y la tuya de momento es esperar. Pero todos estáis trabajando para un único desenlace. Limítate por ahora a hacer tu papel. Tarde o temprano acabarán saliendo de su madriguera.» «No los reconoceré.» «El corazón te lo dirá.» «Si ya casi ni me acuerdo de cómo eran entonces.» «¿Y qué? La memoria sabe mucho más de lo que tú crees. Ella los reconocerá enseguida, antes de que la razón comience siquiera a sospechar.»

Así que siguió esperando. Pasó una hora y en ese tiempo sólo salieron dos personas. Una era un viejo con su tos y su garrotilla, pero el otro resultó ser un hombre apuesto, con gabardina y perro de paseo, y Dámaso, tras algunas dudas, se apresuró a seguirlo. «No, no es él. Tranquilo, que aún no ha llegado tu momento.» La escasa luz de las ventanas apenas conseguía alumbrar el asfalto mojado. Qué raro era todo, o qué ridículo, tener cuarenta y cinco años y estar allí, disfrazado, escondido, pasando frío, aguardando a saber qué, y sin otra alternativa que refugiarse en un hotel, ver la televisión y beber algo hasta que le llegara el sueño. ¡Qué extraña había sido su vida! Como las notas a pie de página de otras vidas. En esas sombrías cavilaciones andaba cuando chirrió de nuevo el portal y salió un hombre arrebujado en una pelliza, que se subió las solapas, hundió las manos en los bolsillos y tiró calle abajo.

«¡Ahí lo tienes!», oyó un susurro apremiante. «No, no es él, no puede ser.» Era un hombre más bien bajo, o al menos más bajo de lo que era Bernardo incluso en sus tiempos de muchacho. Y también más viejo, y más grueso, y cargado de espaldas, y con un aspecto vulgar que contradecía la imagen que tan segura tenía de él en la memoria. ¿Y no cojeaba además un poco? Cada dos pasos se hundía a un lado y dos más allá salía a flote con un corto empellón, como una boya que registrase los primeros intentos de picada de un pez. Además, Bernardo era rubio, y éste parecía más bien moreno. «Es de noche y ha transcurrido mucho tiempo. En cuanto a la altura y al color, eso depende de los caprichos del recuerdo, que es muy antojadizo, y con los años todo se desluce. ¡Vamos, síguelo! ¿O es que no oyes el clamor de la sangre?» Pero, por otra parte, si aquél era Bernardo, Natalia se habría quedado sola en casa, y éste sería el momento de llamar al telefonillo hasta dar con ella, subir a verla y en un momento poner en claro todos los enigmas. Finalmente decidió ir tras el hombre de la pelliza, que ya se perdía al fondo de la calle.

Eran las nueve y media. Con rápido sigilo, matando los pasos, por la acera contraria se apresuró hasta situarse a una distancia prudencial. Uno tras otro, se internaron por una maraña de callecitas solitarias. El tiempo seguía malo. Rachas de viento, bofetadas de lluvia. El otro caminaba como impulsado por su leve cojera, con un ritmo lento pero eficiente, y se notaba que ese trayecto le era habitual. De repente, al amparo de un portal, se detuvo a encender un cigarro. Dámaso se juntó a la pared y remansó el paso, y vagamente creyó percibir una catadura esquinada y aviesa a la luz del mechero. Sí, aquél era un lugar perfecto para la venganza. Por favor, señor, ¿me da fuego? Y cuando tuviera las manos ocupadas, sacas la pistola y le metes en la barriga toda la munición. Pero no, había que firmar el crimen, decirle antes: ¿Te acuerdas de Dámaso?, y tenerlo allí un buen rato, recordando, contando, para que se enterase bien de por qué moría y quién era su matador. Pero de nuevo sintió el soplo helado de la realidad: no, aquél no era Bernardo, no podía serlo –el abogado, el músico, el galán, el viajero, el siempre triunfador–, iba tras un fantasma, eso era todo, y allí se condensaba, en el fulgor de ese instante, la historia entera de su vida.

Arrastrado por la ensoñación, no se dio cuenta de que había acelerado la marcha y de que ahora estaba tan cerca de su presa que ésta debió de oír sus pasos crecientes porque hizo el movimiento instintivo de asomar el perfil sobre el hombro para guardarse las espaldas. Pero en ese momento salieron a una calle más ancha y más moderna, y mejor iluminada, y Dámaso aprovechó para girar en dirección contraria a la que tomó el otro. Caminó un buen ratito sin atreverse a mirar atrás, y cuando lo hizo, el hombre de la pelliza iba ya lejos. Lo vio cruzar en diagonal la calle y desaparecer por otra más pequeña. Dámaso aligeró tras él, pero cuando llegó a la esquina por donde había doblado no encontró ya su rastro. A un lado de la calle había inmuebles modernos y baratos, y al otro una larga y alta y sucia tapia de ladrillo llena de pintadas –¿un hospital?, ¿un cementerio?, ¿un cuartel?, ¿una cárcel?–, que Dámaso rehuyó. Cruzó al otro lado, llegó a una bocacalle, se metió por ella, y a partir de ahí anduvo ya al azar, perdido y reencontrado, porque varias veces fue a dar al mismo sitio para luego volver a extraviarse, y en una de ellas se encontró de nuevo ante la tapia y caminó pegado a ella con la idea de regresar por donde había venido y abandonar definitivamente la búsqueda. Entonces advirtió que, a medio camino, y como excavada en el muro, había una puertecita de hierro, negra y fuerte, y Dámaso se detuvo ante ella, pensando si el de la pelliza no habría traspuesto por allí. Pero, ¿por qué precisamente por allí? Lo único real y cierto en esos momentos era el olor a orines y a papeles quemados y las rachas de lluvia contra el rostro. Lo demás era todo absurdo e ilusorio.

Sin otra cosa que hacer, decidió bordear la tapia hasta encontrar la entrada principal y averiguar qué clase de edificio era aquél. Aunque sólo fuese para que los trabajos de esa noche no resultasen del todo estériles. Dobló la esquina, orillando la tapia, y poco más allá vio al otro lado un callejón donde lucía el reclamo de un club nocturno. Se acercó. Unas letras cursivas de rojo neón bajo una estrella azul: *Tucán*. Era un local pequeño, avejentado, pero de apariencia pretenciosa y equívoca. Se notaba que aquel humilde letrero luminoso había tenido su momento de gloria y que era ya un signo vacío desde hacía muchos años. ¿A quién iba a atraer con el señuelo de sus promesas sino a algún forastero tan ocasional como era Dámaso esa noche? Le hubiera gustado entrar, y no ya para investigar sino para resguardarse del frío y de la lluvia y beber algo, pero pensó que aquél sería un lugar de clientes habituales, y que en el caso de que el de la pelliza estuviera allí, llamaría demasiado la atención para pasar luego desapercibido a la luz del día. «Mejor en el hotel», se dijo, y siguió bordeando la tapia hasta dar con la entrada. Unos escalones anchos y una puerta grande y acristalada protegida por un enrejado de tijera. En los cristales había papeles expuestos, pero la luz del mechero no llegaba hasta allí. Y estaba demasiado oscuro para distinguir en la fachada algún símbolo o nombre que identificara aquella construcción. Así que se contentó con aprenderse el sitio para encontrarlo al día siguiente.

«¡No está mal!, ¡no está mal!», se dijo. Y, viendo que por hoy ya no había nada de provecho que intentar, apretó el paso hacia el hotel.

Al otro día, bien de mañana, ya estaba apostado al final de la calle, con un periódico desplegado ante el rostro, vigilando el portal donde según sus cuentas no tardaría en salir el misterioso hombre de la pelliza, o quién sabe si la propia Natalia, en busca del pan o de la prensa. Verlos a la luz del día, de esto se trataba, y el domingo había amanecido radiante, sin una nube, y con un aire quieto que el frío y el viento de la noche habían dejado transparente y azul. En la otra dirección, la calle daba a unos descampados y a otras calles más pobres que ésta, de modo que quien saliera del portal vendría casi seguro hacia aquí, y pasaría a su lado, y él podría examinarlo a su gusto tras las gafas oscuras. Las gafas, la barba, el pelo largo: ahora, en plena faena y a plena luz del día, se sentía un tanto ridículo con esa especie de disfraz, cuyas ventajas eran de lo más problemático, porque si por un lado lo hacía irreconocible, por otro le daba un cierto aire extravagante, y ya había advertido que algunos transeúntes lo miraban con una curiosidad no exenta de aprensión. Y no dejaba de ser absurdo aquello de ir disfrazado y aun así –o precisamente por eso– tener que ocultarse y vigilar de lejos y sentirse a la vez vigilado, y tomar las mismas precauciones que si hubiese comparecido con su aspecto de siempre.

Por otra parte, aunque el periódico era un componente más del camuflaje, era incapaz de sustraerse a la atracción de las noticias, de modo que leía algunas por encima, saltaba de un titular a otro, pasaba las hojas, se le dispersaba el pensamiento y las ideas abortadas se le convertían en presagios, tenía que volver atrás precipitadamente para enterarse de lo que acababa de leer sin atender al contenido y que ahora, por pura superstición, debía ser leído a fondo para así conjurar una vaga amenaza..., y en fin, que esa actividad, tan laboriosa como inútil, acabó por desasosegarlo y agotarlo. Dieron las diez, las once, y Dámaso empezó a perder la fe en su estrategia y en sí mismo. Entonces decidió intentar una idea tan elemental que le extrañó y hasta le inquietó que no se le hubiera ocurrido antes. Sin dejar de leer, y como quien no quiere la cosa, se acercó al portal, se recostó en el quicio y allí estuvo esperando hasta que al rato se oyó dentro el interruptor de la luz de la escalera y enseguida unos pasos crecientes. Cuando sonó el pestillo eléctrico de la puerta, Dámaso plegó el periódico, se quitó las gafas, y cediendo gentilmente el paso a una señora muy endomingada, «Buenos días», «Perdón», «Gracias», «Muy amable», se coló en el inmueble.

Fue derecho a los buzones. El pasillo era oscuro y la luz era débil y había que mirar muy cerca para leer en las tarjetitas los nombres de los inquilinos. Y de pronto: «3.º Ext. Drcha. B. Pérez P.», leyó, escrito a mano. Dejó el asombro para luego y siguió leyendo hasta el final –¿por qué no aparecía Natalia?–, y después regresó a aquellas pocas letras cuya significación no había manera de apurar. ¡B. Pérez P.! Luego entonces... Pero no, no podía ser. Acaso, en efecto, Bernardo vivió allí años atrás y, por lo que fuera, su nombre había quedado en el buzón. Pero, ¿por qué no estaba también el de Natalia? «¿Qué te decía?», oyó entonces la voz. «El camino ha sido largo pero finalmente fructífero. Ya ves lo que pueden el tesón y la fe. Si sabes jugarlas, ahora tus cartas son las ganadoras.» Le costaba respirar y el corazón le latía desbocado. Absorto y tembloroso, salió y cruzó la calle y buscó en la fachada el 3.º derecha.

Una ventana que, más que cerrada, parecía clausurada. En la otra, una persiana verde a medio bajar, rota y torcida. Ni una maceta, ni un adorno, ni la menor señal de vida. Todo tenía un aspecto de abandono y los cristales y los marcos y las persianas estaban sucios y cubiertos de polvo. Una de las ventanas se abría a un pequeño balcón herrumbroso donde se hacinaban ladrillos, plásticos, medio saco de cemento y un montón de chatarra. Sin saber qué hacer, confuso y a la vez exaltado por la cercanía del misterio, siguió esperando ya sin periódico ni gafas, la cara en un pasmo, intentando buscarles un orden a las piezas sueltas del enigma. Lo más verosímil es que aquel piso, cuyo dueño sería el tal Martín Fuentes, estuviese vacío desde hacía mucho tiempo, como bien pregonaba el aspecto, y que los últimos moradores hubiesen sido Natalia y Bernardo. Pero entonces, ¿por qué, y quién, le contestó al teléfono cuando llamó preguntando por

Natalia Méndez? No, aquel rompecabezas no encajaba. En cuanto al hombre de la pelliza, era un vecino cualquiera del inmueble a quien él, absurdamente, había decidido otorgarle un papel estelar en el drama.

¿Qué hacer, pues? Recordó entonces que, entre los nombres de los buzones, había uno que le había llamado poderosamente la atención: Eliseo Dantisco. Buscó un bar, pidió la guía telefónica, apuntó el número, aprovechó para tomarse un chupito de ginebra y sosegar la mente, y desde allí mismo llamó por teléfono al 3.º Exterior Derecha. Quería saber si había alguien en el piso. Si le contestaban, preguntaría por Eliseo Dantisco y pediría disculpas por la equivocación. Pero no hubo respuesta. Entonces llamó a Eliseo Dantisco.

–¿Diga? –preguntó una voz de mujer.

–Por favor, ¿está el señor Bernardo Pérez?

–No, no, se ha equivocado.

–¿No es el tercero...?

–No, éste es el segundo.

–¡Ah!, ya entiendo. Creo que me he confundido de número y he llamado al señor Martín Fuentes.

–No, aquí no vive ese señor. Además, ese señor ya murió.

–¿Murió? ¡Vaya por Dios!

–Sí. Ese señor era el dueño de varios pisos de la finca.

–Ya, ya entiendo, perdone por la molestia que le estoy causando. Claro, y ahora en el tercero exterior derecha vive Bernardo Pérez y su mujer, Natalia Méndez, y Damasito, el hijo de los dos...

–Ahí vive un señor, sí, pero no sé cómo se llama.

–¿Quién es? –se oyó entonces una voz de hombre, seguido del ladrido de un perro.

–¡Se han equivocado! –gritó la mujer, y colgó.

Hizo un rápido balance de los hechos. En aquel piso había vivido Bernardo, y quizá todavía seguía viviendo allí, o más bien apareciendo por allí de tarde en tarde, pero por lo que fuese, su nombre no figuraba en la guía telefónica. Eso era todo. ¿Y ahora qué? A falta de cualquier otra opción, decidió acercarse al edificio donde habían acabado sus correrías de la noche anterior, aunque para entonces tenía la certeza de que el hombre de la pelliza no era ni podía ser Bernardo. Vio la tapia, y la pequeña puerta de hierro, y el club nocturno (que ahora, cerrado y apagado, parecía aún más ruinoso), y así, bordeando, se acercó a la puerta principal. El lugar resultó ser un instituto de enseñanza media, y los papeles que había expuestos en los cristales, listas de alumnos, avisos, convocatorias, y otros de ese estilo. Se quedó allí un rato, mirando aquel edificio vulgar de ladrillos rojos y aspecto cuartelero, cuyo frente daba a una encrucijada de tres calles estrechas, la bandera mustia sobre la marquesina, y todo él con un aire de envejecimiento prematuro, pensando qué papel podría desempeñar aquella construcción en la historia que estaba intentando desenmarañar.

Tenía pensado regresar esa misma tarde, pero en un instante decidió posponer un día su marcha. Mañana, bien temprano, esperaría frente al inmueble a que los vecinos fuesen saliendo hacia el trabajo, y entre ellos, porque en algún sitio tendría que ganarse la vida, estaría Bernardo, si es que en efecto vivía allí. «Ése es un buen acuerdo», oyó decir dentro de él. «Porque estás a punto de tener a tiro la pieza que con tanto ahínco has perseguido durante tantos años.» Sólo le inquietaba la posibilidad de que el inquilino del tercero exterior derecha estuviera ausente, quizá de viaje, con lo cual tendría que investigar sus costumbres, sus idas y venidas, y eso le llevaría sin duda mucho tiempo. No, la pieza no estaba tan a tiro ni sus huellas eran tan claras como había supuesto.

Pasó la tarde en el hotel, explorando sus incertidumbres, y a las diez llamó por teléfono para comprobar si el misterioso inquilino del tercero había llegado a casa. Nada. A las doce volvió a llamar, y tampoco recibió respuesta. Se durmió convencido de que el lunes sería también un día perdido, pero así y todo, no habían dado las siete cuando ya estaba otra vez al acecho frente al portal de sus tormentos.

Durante más de una hora vio salir a los vecinos, todos con un aire serio y laboral, pero nadie que ni de lejos pudiera ser Bernardo o Natalia. Ni rastro tampoco del hombre de la pelliza. «A lo mejor el sábado vino de visita y ni siquiera vive aquí», pensó. Cuando perdió toda esperanza, entró en el bar, llamó por teléfono y tampoco esta vez hubo respuesta. Salió a la calle y se quedó parado en mitad de la acera. ¿Qué podía hacer ahora? ¿Contratar a un detective de verdad? Porque, ¿cómo llegar a saber más de lo que sabía? Tendría que volver a Madrid otro fin de semana, y luego otro y otro, hasta que al fin un día, por pura buena suerte, lo encontrase en aquel piso que tenía todas las trazas de estar deshabitado. Fuera de eso, de encomendarse a la benevolencia del azar, sólo le quedaba el recurso de llamar de vez en cuando por teléfono, en distintos días y a distintas horas, para intentar descubrir la combinación de sus andanzas y trajines. Pero tampoco podría abusar del teléfono, fuera de registrar las ausencias, porque a la segunda o tercera llamada atendida («Lo siento, he vuelto a confundirme») cualquier otra equivocación sería ya sospechosa. No, no había modo de encontrar una táctica, un plan, un método eficaz. Y, por otra parte, no podría sosegar sabiendo que aquel hombre que tanto daño le había hecho, que había arruinado su vida y la de su familia, y que poseía la clave de todos los secretos, entre ellos el paradero de Natalia y de Damasito, estaba ya a su alcance, pero a la vez era del todo inaccesible.

En eso iba pensando mientras caminaba absorto, sin rumbo, hasta que de pronto se encontró de nuevo ante el instituto de secundaria. Quizá eran sus pasos, orientados por algún oscuro designio, los que lo habían conducido hasta allí. Un gran muchacherío se congregaba ante la entrada y desbordaba las aceras. Había gritos y amagos de persecuciones y peleas. Con una bola de papel, algunos jugaban al fútbol en la calle. Otros, en corro, apuraban con delectación un último pitillo. Un grupo compacto y vociferante se concentraba ante una tiendecita situada allí mismo, en una pequeña calle transversal, donde vendían chucherías, tabaco, bocadillos, bollos y otros artículos del ramo. Por hacer algo, Dámaso se acercó a la puerta cristalera y se puso a ojear papeles. Eran las 8,50. Recordó su época de estudiante, el primer día de escuela, el olor del plumier de madera barnizada con las gomas nuevas de borrar y los lápices recién afilados. Sin querer, empezó entonces a evocar sensaciones y episodios dispersos. Recordó al hombrecillo que llevaba un retablo de San José –¿o era San Antonio?– y que venía por un camino ardiente y polvoriento donde él esperaba por orden paterna para hablar con los viajeros y aprender de su ciencia andariega. El laurel junto a la alberca. Los berros junto al arroyo. Podía llamar a Lalita, por cierto, e invitarla a comer. Le apetecía una buena comida, quizá arroz caldoso, o un guisote de carne, y luego..., pero en ese instante sonó un timbre convocando a las aulas y hubo un revuelo general que lo obligó a pegarse a la cristalera para no estorbar. Cuando pasó el grueso de los estudiantes, se dio la vuelta para irse y entonces se tropezó con un tipo fuerte y mal encarado y sus rostros casi se toparon. Estaba allí, apremiando a los alumnos, pero sin gestos ni palabras, sólo con su presencia, con una mano lista para cerrar la puerta y dejar fuera a los que ya corrían entre gritos y ademanes de súplica.

Y era él, era Bernardo, muy distinto a como Dámaso lo recordaba y lo había imaginado durante años, pero así y todo había algo en él que lo hacía inconfundible. Iba vestido con el uniforme azul de invierno de bedel. Su cara estaba muy golpeada y gastada por el tiempo. La nariz se le había ensanchado hasta adquirir una cierta forma de berenjena, también en el color, y aquí y allá se le dibujaban como redes fluviales de venas, y tenía una honda cicatriz que le cruzaba la mejilla desde la sien y le bajaba por el cuello. La boca se le había adelgazado en una fina línea imperturbable. Todo eso, unido a arrugas y ojeras muy marcadas, y al pelo ralo y entreverado de canas, le daba una expresión dura y sombría. Pero era él. Fue apenas un segundo, de insoportable intensidad, durante el cual el otro no lo miró siquiera, ni respondió luego al balbuceo de Dámaso a modo de disculpa. Aturdido, bajó los escalones. Junto al tenducho de chucherías había un bar, o más bien taberna. Se tomó un café, alelado, incrédulo. Ahora tenía dudas de lo que había visto. ¿No habría sido una alucinación? ¿Bernardo bedel? ¿Bernardo aquel hombre de tan fea catadura, y tan estropeado, que parecía tener diez o quince años más de los cuarenta y siete o cuarenta y ocho que tendría ahora? Y, si era bedel, ¿no era entonces abogado, ni músico, ni empresario, ni nada de lo que testimoniaban las fotos y las noticias que le habían ido llegando durante tanto tiempo? ¿Y Natalia? ¿Qué sería de ella? ¿Y Damasito? No entendía nada. «¿Es que nunca vas a entender nada?», le había dicho más de una vez la madre. ¿Qué misterios encerraba aquella historia, de la que también él formaba parte?

Al rato, recordando su uniforme y sus trazas, señales ostensibles de ruina y de fracaso, se entregó a un sentimiento salvaje de júbilo. Envilecido prematuramente por el tiempo, a cuya venganza nadie escapa. Luego, nuevamente dudoso, buscó en la guía el teléfono del instituto. Compró tabaco y unos caramelos en la tienda de chucherías, un local mínimo regentado por un viejo encorvado y temblón con una bata blanca muy gastada. Mientras esperaba las vueltas, le preguntó, señalando al instituto, a qué hora era el recreo.

–A las once –dijo el viejo, como si anunciara una desgracia.

Además de tabaco y golosinas, había cuadernos, bolígrafos, revistas, comics, pilas, pegatinas, cerveza, auriculares, libros de segunda mano...

–Es que tengo ahí un amigo de la mili y me gustaría verlo.

Al fondo de la tienda, al final de una angostura atestada de mercancía, se veía una puerta entornada y una franja sucia de luz. El viejo le devolvió unas monedas, contándolas de una en una. Todo en él trascendía un aire de extenuación y pesimismo.

–Creo que es bedel.

–Ya.

También vendía aspirinas, abalorios, armónicas, navajas.

–A lo mejor usted lo conoce.

El viejo se sacó de la manga un pañuelo muy usado y se recogió unas agüillas tristes en los ojos. Dámaso le dio un golpecito en el hombro y dobló y se alejó por otra de las tres calles que desembocaban en el instituto, pero sin perder nunca de vista la fachada. Llegó a una esquina y se instaló junto a una cabina telefónica. El azar estaba de su parte. Desde allí se veía de refilón la entrada principal. No pensar, no fantasear, mantener la mente ocupada en la realidad inmediata, esa paloma, esa bombona de butano, ese hombre que camina al compás de una cartera y que quizá sea profesor.

Un poco antes de las once, lo vio abrir la puerta, encender un cigarro y quedarse allí, como haciendo guardia. Dámaso aprovechó para llamar al instituto y preguntar por Bernardo Pérez, el bedel.

–Un momento que voy a avisarle –le dijeron, y enseguida vio cómo giró la cabeza casi al mismo tiempo que desaparecía en el interior.

Sin pensar nada, entró otra vez en la taberna y allí estuvo bebiendo y leyendo el periódico hasta el final de la mañana. Cuando salieron los alumnos y los profesores, salió también Bernardo. Era, en efecto, el hombre de la pelliza. Se alejó con su leve cojera, y Dámaso lo siguió de lejos, sin apuro ni temor a perderlo, porque ahora sabía con seguridad adónde iba. Y sí, llegó a la calle y al inmueble que ya Dámaso conocía muy bien y entró en el portal. Entonces oyó decir: «Ahora ya puedes irte y empezar a disfrutar del triunfo. El zorro ya cayó en el cepo».

6
Las servidumbres del amor

Desde ese día sólo vivieron para servir al monstruo fabuloso que habían creado entre los dos. Nada existía plenamente fuera de aquel trabajo despótico y febril. El entorno –el hogar, las aulas, el barrio, la ciudad– se había vuelto difuso, los conocidos tenían de pronto algo de raro o de lejano, y las cosas diarias, domesticadas por los hábitos, parecían ahora envueltas en una bruma de extranjería y hostilidad. Sólo eran ellos en el mundo, y todo lo demás, estorbos y tardanzas en el camino del amor. Como en el prodigio bíblico, las aguas de la realidad circundante se habían abierto para que ellos cruzaran absortos, sonámbulos, magnetizados por lo que parecía un requerimiento sobrenatural.

Hasta Marta debió de alarmarse porque ya desde enero comenzó a preguntarle, a indagar, a preocuparse otra vez por sus cosas. ¿Qué tal el cursillo? ¿Qué tal el nuevo libro? Bien, normal, como siempre. Y, como lo veía desganado y ausente, «¿Es que ya no lees?», le preguntaba, «¿ya no escribes?». Y era verdad, ya no leía ni escribía, y ni siquiera jugaba con Clara, ni le contaba cuentos, ni veía con ella los programas infantiles de la televisión. «¿Te pasa algo? ¿Estás malo? ¿Tienes alguna preocupación?» Y él callaba, pero su sentimiento de culpa, su fragilidad emocional, le hizo concebir la sospecha de que Marta había descubierto su secreto amoroso. ¿No habría contratado a un detective? Y recordó que últimamente le había llamado la atención un tipo extraño, grueso, con barba y gafas oscuras, y aires ociosos, que rondaba a menudo en torno al instituto. Lo había visto varias veces hablando con el viejo de la tienda de chucherías, y una mañana que se acercó allí a comprar cigarrillos, el otro no le quitó ni un instante la mirada de encima. Un tipo extraño e inquietante. Otra vez, cuando se despedía de Teresa al recaudo de un parquecito, intercambiando caricias furtivas, también lo vio, sentado en un banco, haciendo que leía un periódico pero seguramente mirando, acaso vigilando, tras las gafas oscuras. Claro que, para ser detective, su presencia era demasiado llamativa. Pero, no obstante, convendría precaverse de las sospechas de Marta, de sus astucias de mujer.

–¿De verdad que no te pasa nada?

Y él se encogía de hombros. «Qué me va a pasar», y más de una vez contestó a voces y de malos modos, que lo dejaran en paz, que no lo acosaran con preguntas, que respetaran su silencio de artista, su tristeza, su mundo, su manera de ser. Y luego, cuando se calmaba, se hacía a sí mismo la misma pregunta: «¿Qué me está pasando?». ¿Sería posible que se hubiera enamorado hasta el punto de querer separarse de Marta para empezar una nueva vida con Teresa? ¿Era eso lo que quería?

–¡Sería maravilloso vivir siempre juntos! –había dicho Teresa la primera vez que hablaron de aquella posibilidad todavía inverosímil–. Tú eres mi amor eterno, y nada en el mundo nos podrá separar.

Parecía al principio un juego, el borrador de un relato que estuviesen componiendo a medias, pero pronto, sin saber cómo, la ilusión comenzó a convertirse en proyecto y aparecieron plazos, fechas, lugares, trámites, preparativos, promesas seguras de felicidad, visiones de horizontes espléndidos, anticipos gozosos, y con ellos el deseo irreprimible de iniciar cuanto antes aquella nueva vida, que para Tomás no significaba sólo un renacer amoroso sino también una regeneración intelectual. Pero así y todo empezó a establecer treguas, a trampear con el tiempo, a demorar el momento de confesarle a Marta la verdad de los hechos.

–¿De verdad que no te pasa nada?

Y él pensaba en Teresa, en el próximo encuentro, y sólo de pensarlo el corazón se le desbocaba de vértigo y de dicha.

Dos veces por semana, lunes y jueves, pasaban la tarde en un apartamento, siempre el mismo, que muy pronto colonizaron sentimentalmente y al que Teresa le daba en cada cita un toque personal: unas flores, unos posters en las paredes, papeles de seda para colorear y graduar la luz, unos cojines, una colcha. Aquel espacio era su hogar, un refugio donde sólo existían ellos dos, a salvo de las contingencias del mundo. Vivían para esos encuentros, y los demás días eran tiempo sobrante, peregrinaciones por tierras desoladas en busca de aquel remanso de verdor y de sombra, de aquellas horas dedicadas a servir al monstruo insaciable del amor.

Desde el principio, Teresa había impuesto un estilo propio en los usos eróticos. Ya la primera vez, como una niña que no se conforma con escuchar un cuento sino que interrumpe continuamente al narrador para interrogarlo acerca de la trastienda del relato, tomó la iniciativa y exigió enterarse bien de todo, ser protagonista y espectadora al mismo tiempo.

–¡Ah, no, yo quiero ver cómo lo haces, qué es exactamente lo que pasa ahí abajo!

De modo que, después de ensayar sin éxito algunas posiciones, ella se situó encima, haciendo arco con su cuerpo para que los dos pudieran ver y comentar los pormenores de aquel suceso prodigioso. ¡Y qué maravillosamente impúdica resultaba aquella mezcla de inocencia y de procacidad! Porque además, Teresa iba describiendo puntualmente lo que sentía. Ahora nada, ahora un poquito de dolor, ahora una cosa extraña, porque era un dolor que le gustaba, ahora iba a salir para volver a empezar porque quería ver otra vez desde el principio toda la operación. «Sigue», «Espera», «Dime lo que sientes», ordenaba, pero también pedía instrucciones y consejos: «¿Así?», «¿Lo estoy haciendo bien?», «¿Puedes ver desde ahí?», «¿Crees que aprenderé algún día a ser tan buena amante como Emma Bovary?». Porque hablaba de los mundos literarios como si fuesen parte íntegra de la realidad. No en vano ella quería ser escritora, como Jane Austen, como Emily Dickinson, como Virginia Woolf. Aquella primera tarde ya le pidió a Tomás que la adornase con motivos florales, tal como Mellors había hecho con lady Chatterley. En el bolso llevaba para la ocasión un manojo de siemprevivas, además de las hierbas y flores que había traído para crear un ambiente selvático. Se abandonó a una pose de indolente, olímpica voluptuosidad, y Tomás coronó sus pechos con pétalos y cubrió de flores el pequeño boscaje de su pubis, y luego hizo en su ombligo un nido de ramitas y musgo.

–Ahora sí que pareces una deidad del bosque –y se quedó mirándola sin dar crédito a tanta belleza y perfección.

Y ella:

–Déjame ver de cerca a Su Majestad –dijo, sin descomponer la figura.

Tomás tardó un momento en comprender.

–Más, más cerca –pidió ella, y cuando lo tuvo ante sus ojos lo tomó delicadamente entre sus manos y comenzó a hablarle con la voz que se les suele prestar a los títeres.

–¡Mira qué fanfarrón, qué tirano, qué altivo, qué orgulloso! Parece un rey. ¿Eres un rey? –y al preguntarle lo rozó con los labios–. ¿Ves? Dice que sí. Y es verdad, es un rey feroz y sanguinario. Pero también el más dulce y compasivo del mundo. Así que voy a coronarte monarca absoluto –y se puso a tejerle una guirnalda– del Imperio de Teresilandia, con sus bosques, sus llanuras, sus montes, sus cuevas y sus fuentes, sus noches y sus días, y todo lo que hay en él, y allí gobernarás a tus anchas hasta el fin de tu vida. Pero eso sí, nunca intentarás extender tus dominios más allá de sus límites, porque entonces el pueblo se levantará en armas contra ti.

*

Porque ella era así, imaginativa, inesperada, capaz de los lirismos más ingenuos y, en la práctica, de las más refinadas audacias. A las primeras caricias íntimas se deshacía en quejas, en hondos suspiros de desaliento, en gritos entrecortados, en susurros delirantes, en desmayos y gemidos agónicos, lo cual al principio a Tomás le pareció que tenía algo de teatro, hasta que luego supo que no, que su exceso de sensibilidad no era sólo cosa de la imaginación y de su espíritu libresco, sino que se enraizaba y nutría en la más espontánea y pura realidad.

En una de las citas recordó a mamá Hjntien, que hacía el amor en el más absoluto mutismo, sin una palabra ni un suspiro, porque «en el silencio se esfuma el pudor, y sólo la palabra ha creado la vergüenza».

–¿Te acuerdas de esa frase?

–Sí.

–Me impresionó mucho. ¿Y no te gustaría que yo fuese como ella? ¿Que hiciese el amor tímida y callada?

–No, me gusta cómo eres.

–Es que yo no soy así. En el fondo yo soy muy vergonzosa, no te puedes imaginar cuánto. Pero tú, con tus libros y tus polvos de papel, me has corrompido. Me vas a convertir en... Oye, ¿tú has ido alguna vez de putas?

–Nunca.

–¿Y no te gustaría ir?

–No, no creo.

–Pues yo quiero que vayas. Yo también quiero corromperte a ti. Y yo seré tu puta, y el próximo día te recibiré aquí, en ropa interior, o desnuda, o como tú quieras. Y ahora vamos a discutir el precio y los servicios. ¿Qué quieres hacer o que yo te haga y cuánto estás dispuesto a pagarme?

No hubo ya límites para la pasión. Y no sólo los lunes y los jueves: también se entregaban a ella en el coche, en cualquier oscuridad propicia, una tarde de lluvia en el zoo ante la jaula de las panteras, y hasta en el departamento de Literatura durante los recreos o al final de las clases, expuestos a ser sorprendidos en pleno y acelerado escorzo, y así vivían, exaltados y buscando ocasiones para abandonarse a aquel afán sin fondo ni sosiego. Y en cada momento, Teresa ideaba circunstancias nuevas, fantasías y motivos que enriquecían la situación y avivaban el fuego. Porque era ella la que llevaba la iniciativa. «¿Cómo le vamos a llamar hoy a nuestro amor?», preguntaba, o se limitaba a informar: «Hoy tú eres Julien Sorel y yo Madame de Rênal», o «Yo soy Sofía y tú el vizconde de Valmont», e incluso mezclaba personajes de distintas obras, lo cual facilitaba encuentros imposibles entre Mister Hyde y Lolita, Josef K. y Ana Ozores, Hamlet y Scherezade... Y los lunes y jueves, siempre venía con alguna sorpresa. Una vez se presentó con una videocámara e interpretaron algunas secuencias eróticas. Otra vez preparó una cena de gala a la que asistió sin más atuendo que una pajarita en el cuello y unos zapatos con tacones de aguja. O se disfrazaba de payaso o de gánster.

De cada velada hacía un rito, y todas las horas del amor las quería vivir en un estado de incandescencia, de inspiración, de plenitud. Tomás la acompañaba como podía en aquella frenética sucesión de invenciones. Seleccionaba fragmentos literarios, compraba música para aportar lunes y jueves alguna novedad, bebidas, canapés, pasteles, o elaboraba algunas frases ocurrentes o alguna idea sacada de las honduras de su saber y erudición –convertidos ahora en proveedores de productos sentimentales–, además de miradas rendidas de fervor y lealtad. ¿Y qué más podía hacer? Se sentía desbordado por la vitalidad fantasiosa de aquella muchacha que superaba en atrevimiento e ingenio a sus heroínas literarias. No había momentos insulsos para ella. Cansada a veces por los trabajos amorosos, se tendía sobre las sábanas con una voluptuosa languidez estatuaria para que Tomás se entregase al éxtasis de la contemplación. O proponía intercambios de ofrendas verbales, o el desfallecer juntos en un silencio saturado de melancolía.

Un lunes, al acudir a la cita, el corazón le dio un vuelco al ver enfrente, apostado en una esquina y leyendo el periódico, a aquel tipo extraño de la barba y las gafas oscuras, a quien alguna vez él tomó por un detective contratado por Marta. Había seguido viéndolo en torno al instituto, pero ya sin recelos, sólo con un cierto interés de escritor ante aquella figura ociosa y como sobrante que parecía ir y venir sin oficio, sin norte, sin horario. ¿Sería una mera casualidad que estuviera allí, frente al edificio de apartamentos por horas? Porque aquel lugar estaba bien distante del territorio por el que aquel hombre solía merodear.

Ya arriba, se asomó a la ventana y volvió a verlo, con el periódico desplegado, inmóvil en su esquina. Un relámpago de miedo le hizo una culebrilla por la espalda. ¿No sería el padre de Teresa, o alguien contratado por el padre? Denuncia, juicio, abuso sexual, expulsión del Cuerpo, cárcel, vergüenza, y su vida arruinada en una sola jugada y por un mal azar. «Pues claro que no es mi padre, y si es un detective, será de tu mujer», le dijo Teresa mirando también por la ventana, abrazando a Tomás. «No sé, es posible», dijo él.

–Entonces –y descorrió los visillos–, quiero que hagamos el amor aquí mismo, mientras él nos vigila. ¡Tómame! –y no contenta del todo con la escenificación, cuando ya estaban desnudos y trabados, le pidió que al mismo tiempo llamase a Marta por teléfono–. Llámala como si estuvieses en una biblioteca, estudiando, para que así ella crea que el detective la engaña con investigaciones falsas.

–No, no, eso no debe hacerse...

–Hazlo por mí. Y dile que busque algo, una fecha o un nombre en algún libro, para que la conversación dure un buen rato. ¿No te parece excitante? Además, está en el *Decamerón,* tú mismo me contaste el cuento de los amantes que se las ingenian para hacer el amor delante del marido. ¿No te acuerdas?

Y, como siempre, él cedió a aquel juego que los unía y confabulaba en la corrupción, y habló con Marta mientras Teresa se entregaba a las caricias más íntimas y osadas.

«¿Cuándo vas a hablar con ella? ¿Cuándo le vas a contar lo nuestro?», le preguntaba cada vez con más apremio. Y él, indeciso, abrumado, ignorante de sí mismo y de sus verdaderos sentimientos, no sabía qué decir. Finalmente, Teresa impuso un plazo. Estaban a mediados de marzo. Pues bien, durante el mes de abril él hablaría con Marta, pactarían la separación y pasarían ya juntos el verano, como un preludio de la maravillosa historia de amor que la vida les había regalado. «¿Te parece bien?» «Sí», dijo Tomás, pero sin convicción, porque en aquel momento había intuido un futuro cargado de presagios adversos.

Uno de aquellos días, al regresar del instituto a media tarde, vio a Marta salir de casa, con Clara de la mano, y decidió seguirla. Fue una inspiración súbita: «Va a verse con Miranda», se dijo, porque hacía tiempo que sospechaba de sus idas y venidas, y le parecía revelador que ella a su vez no sospechase de las suyas. Iba además muy arreglada, el pelo airoso y suelto, el tranco poderoso y fácil, que obligaba a Clara a dar carreritas para seguirle el ritmo. Como un velero con buen viento hacia la mar abierta. Se dirigió a casa de sus padres y enseguida salió sin la niña, y apenas tuvo que acercarse a la calzada para que un taxi se detuviera solícito ante ella. Él tomó otro.

–Siga a aquel taxi –dijo–. Vamos juntos.

Era un tanto absurdo eso de ir juntas dos personas cada cual en un taxi, pero aún más absurdo le pareció verse envuelto en una persecución, de la que quizá el taxista le hubiera pedido explicaciones (Oiga, yo no quiero líos, ¿eh?, a ver si vamos a salir en los papeles), y hasta es posible que garantías legales. El taxista lo escrutó por el espejo retrovisor y se concentró en lo suyo. Sí, nada mejor que una proposición absurda para confundir al adversario, como esos insectos que paralizan o atontan a sus víctimas con un mínimo toque de ponzoña. Y no le pareció mal tema para un cuento de humor con fondo filosófico.

Se detuvieron en plena Gran Vía.

–¿No decía que iban juntos? –preguntó el taxista al ver salir a Marta y tirar calle arriba.

–Sí –dijo Tomás mientras se rebuscaba en los bolsillos, ganando tiempo–, sólo que ella todavía no lo sabe. Pero enseguida nos juntaremos más arriba.

El corazón le latía desatinado ante la inminencia de un descubrimiento extraordinario. Manteniendo las distancias, emboscado entre la gente, comenzó a seguirla y a espiarla. Ahora era él el detective, y miró alrededor no fuese que a su vez lo estuviera siguiendo y vigilando el tipo de la barba y las gafas oscuras. Marta caminaba sin prisas, deteniéndose en los escaparates de las tiendas de moda. «Qué guapa es», pensó Tomás. Algunos hombres se volvían a su paso. La falda estrecha y un suéter flojo que al andar le ceñía por instantes el busto, sugerían muy bien las formas de una juventud ya enriquecida por las exuberancias de la madurez. Exuberante y esbelta, y con aquella gracia natural y un poco maliciosa que tenía al caminar. Nada que ver con la jovencita pizpireta de entonces.

¿Adónde iría? ¿Y qué haría él si descubriese que le era infiel? ¿Sería capaz de hacer un drama? Sería, porque de pronto se sintió como nunca arrojado y furioso, capaz de cualquier cosa. Siguió tras ella, cada vez más lleno de barruntos funestos. Entró en una tienda de ropa y complementos, y luego en otra de lencería, y estuvo mirando y probándose por encima algunas prendas. Estaría haciendo tiempo, porque caminaba como al azar, sin prisas, sin apuro. Pero cuando llegó a una callecita en dirección a la Puerta del Sol, miró el reloj y apretó el paso. «Éste es el momento», se dijo. Tenía el rostro como si llevase en él una máscara de pergamino, y la boca tan seca que no era capaz ni de tragar ni de escupir. Eran las 6,30 cuando la vio cruzar en oblicuo la calle y entrar en una cafetería y dirigirse muy decidida hacia el salón.

Tomás esperó un poco y fue detrás, la cabeza gacha y una mano en la cara, y se quedó escondido tras una máquina tragaperras. Asomándose apenas, miró por entre los dedos y la vio sentada en una mesa, hablando y riendo con un grupo de amigas.

Echó a andar hacia casa desbordado por un tumultuoso sentimiento de culpa y de ternura. ¿Cómo podía haber pensado que le era infiel o que había contratado a un detective? ¿Es que no se daba cuenta de que era Marta, Martita, Ratita, Ariel, Damita Duende, la misma muchacha de siempre, a la que él había traicionado sin escrúpulos y sin que la conciencia le hubiera remordido de verdad hasta este mismo instante? Recordó algunos pasajes del noviazgo, recordó el tapiz que ella había tejido, cándidas viñetas que celebraban el aleteo de la vida que pasa, momentos anónimos de dicha, que no aspiraban a la perfección ni a la permanencia, ni a rivalizar en fantasía con los libros, sino a brillar un instante con luz propia para apagarse luego en un devenir limpio y sencillo –y no otro era, según enseñaban los sabios antiguos y modernos, el secreto de la felicidad–. Porque él tenía una carpeta –ahora lo recordaba–, material recogido para un ensayito entre filosófico y literario sobre los avatares de ese viaje esencial que todos emprendemos en busca de la felicidad: «Beatus ille», se titulaba la carpeta. Por algún lado debía de andar. ¿Y qué había sido, por cierto, de ese proyecto, como de tantos otros? ¿Qué había sido, en definitiva, de su vocación de escritor? Añoró las tardes apacibles de escritura y lectura, los crepúsculos vividos sin angustia, la vaga concordia que sentía con el mundo y el universo todo cuando dejaba de trabajar, colmado y agotado, para entrar con segura levedad en la noche.

Y así siguió, purificado por aquel arranque sentimental, atufado de arrepentimiento y de nostalgia, mientras se apresuraba hacia el hogar. En el camino compró un perfume de marca y esa misma noche lo entregó, justificando lo insólito del obsequio con un balbuceo exculpatorio. Marta miró el obsequio y miró a Tomás, intrigada e irónica, buscando, y encontrando al fin, un nexo entre ambos términos.

–¿Sabes lo que creo? –dijo–. Que tienes por ahí un lío con otra y que las cosas empiezan a no irte demasiado bien.

–¡Qué tontería! –dijo Tomás.

–¿Y le recitas poemas y le cuentas historias como hacías conmigo?

Aunque su tono era más benevolente que burlón, Tomás se sintió avergonzado y ofendido. Siguieron hablando, bordeando la débil frontera entre la reconciliación y la ruptura, hasta que lograron establecer una tregua que lo que no tenía de cómico lo tenía de sentimental. Esa noche hicieron el amor después de mucho tiempo, y Tomás sintió que volvían a latir, y a llamear, los rescoldos de una pasión que él creía ya agotada.

Desde ese día, su relación con Teresa comenzó a hacerse más distante, y pronto aparecieron las primeras señales de cansancio y hastío. Le abrumaba la intensidad con que ella vivía cada momento, la altura siempre cenital de su vuelo amoroso, y aquellos extremos de efusión que tenían algo de truculencias de folletín y que a veces dejaban una impresión de falsedad y de artificio. ¿Siempre iba a ser así?, se preguntaba. ¿Siempre esa entrega, esos fervores y embelesos, esa búsqueda implacable de novedades, ese continuo vivir en el asombro? Y se imaginaba interpretando ya para siempre el papel de galán, intentando ser ingenioso a cada instante, conmemorando sin cesar a la amada, viviendo a todas horas el milagro diario del amor, y siempre disponible para las fogaratas eróticas, y sus escenografías y rituales, para el floreo verbal, para el éxtasis, y así cada día hasta el fin de los días: ¿no parecía aquello más bien un anillo infernal para amantes condenados a probar los deleites de la eternidad que tanto ansiaron e invocaron, devorados eternamente por el monstruo que habían creado entre los dos?

¿Y qué pasaría entonces con su vocación de sabio y escritor? ¿Qué sería de su gustosa soledad, de su tiempo consagrado a veces al ensueño, no a la reflexión productiva sino al placer del devaneo, aquel dejarse llevar por la fantasía, sin ánimo de conquistar y colonizar ese mundo mediante la escritura o las ideas sino sólo de sobrevolarlo: de llenarse de imágenes, de vislumbres, de impresiones, de recorrer nuestros reinos secretos, intransferibles, las secretas maravillas que nos acompañarán hasta la muerte, y nos consolarán en el último instante, y nos atormentarán al mismo tiempo por la injusticia de tan enorme pérdida? Porque Teresa, a diferencia de Marta, era demasiado posesiva para no inmiscuirse también en aquella parte de su vida. En los meses que llevaban juntos, no habían creado ninguna costumbre en la que descansar de la tensión amorosa. Siempre estrenando tiempo, estrenando figura, estrenando palabras, caricias, gestos, pasado, porvenir. Y eso sin contar que sólo así, con ese renovarse a diario, podía contrapesar la diferencia de edades, porque cuando ella tuviera sus años él luciría ya casi de sesentón, y entonces todo serían remiendos, celos, y cuanto más viejo fuese, más ingrato sería aquel oficio del amor. Y todavía peor. Porque se suponía que para entonces él tendría que haber escrito las obras prometidas, y haber tenido éxito, para que ella siguiera enamorada, porque su amor había nacido de la admiración, y de ella debía nutrirse hasta el fin de los días. Así que, con Teresa, él no tenía derecho a fracasar. Y como ella lo había idealizado, atribuyéndole más cualidades y talentos de los que realmente tenía, quizá no tardase mucho en defraudarla según la vida diaria fuese mostrando su auténtico pelaje.

Ése era, pues, el panorama que le ofrecía su futuro sentimental. Y de nuevo echó de menos su vida de antes. ¿Qué había sido de sus ímpetus de entonces y de todos los proyectos urdidos en su juventud? Carpetas y carpetas donde había esbozos de relatos, de ensayos, de obras dramáticas, y de las que ya apenas se acordaba. En tanto que ahora, ahí estaba: encenagado en una pasión adolescente, usando su saber y sus luces para seducir a una muchacha –tal como había hecho también, por cierto, con sus pobres alumnos–. Porque ésa había sido su apuesta pedagógica: abaratar su ciencia y convertirla en pasatiempo para ganarse el aplauso del público. ¿Y no era eso demagogia, muchachería, farsa y desvergüenza? Un vulgar farsante, eso es lo que él era. ¡Y qué manera de malgastar su hacienda! Porque ya antes, no había dudado en convertir la tesis en librito amable de actualidad y... Y aquí le salió al paso una pregunta que lo dejó paralizado de espanto: «¿Quién soy yo?», y luego: «¿Qué hago yo en este mundo?». En otro momento, se hubiera sentido ridículo ante aquel arrojo metafísico, pero ahora no: «Soy como el griego que se preguntó por primera vez lo mismo que yo hoy mientras se despiojaba al sol en el ágora», se dijo. Porque, como Esch, como tantos, también él buscaba una tarea que diera sentido a su existencia, y no cualquier cosa, una afición, una rutina bien llevada, la acogedora fetidez del cubil, sino algo que, más allá de los trajines diarios, prefigurase un absoluto. Y eso es lo que había buscado y creído encontrar en Teresa: la vieja e insidiosa ilusión de tocar el sueño con las manos, de sentirse indestructible, inmortal, antes de que el espejismo se desvaneciera en la niebla sucia de los días. Algo que siempre había encontrado sin esfuerzo ni riesgos en los libros y que a veces, en momentos de ofuscación, parecía que también la vida podía ofrecer con iguales ventajas.

Entonces todo se precipitó hacia atrás, como quien desanda el camino hasta la encrucijada donde perdió la orientación. Teresa notó enseguida que algo muy profundo había cambiado en él. «Tranquilo, tranquilo», le decía, y lo abrazaba y lo mecía como a un niño indefenso. «Ya hablarás con tu mujer. Tranquilo. Verás como al final todo se arregla.» Y Tomás callaba, quería decir frases que se le truncaban en el camino, y nunca fue para Teresa más elocuente y sincero que entonces.

Un día, durante el recreo, la vio en un pasillo hablando muy en la intimidad con un compañero de un curso superior. Entre risas y secreteos, insinuaban abrazos y caricias no del todo inocentes. Quizá ella sabía que él miraba y buscaba encelarlo. Pero Tomás no sólo no se afligió sino que se sintió como liberado de un cepo o de una carga. En los días siguientes, puso pretextos para irse pronto a casa y para no comparecer algún lunes o jueves. Teresa no protestó demasiado, y poco después empezó a faltar de vez en cuando a clase. Un lunes, después de decirle por teléfono que ni siquiera podría ir al instituto por un viaje inesperado, Tomás se apostó enfrente del inmueble donde tenían su hogar dos tardes por semana, y al rato la vio entrar con quien al parecer era ya su nuevo amante. Sintió que el dolor de la traición lo purificaba de sus propias traiciones.

Siguieron viéndose, pero ya apenas hablaban del futuro. «Tú nunca has estado seguro de tu amor ni de querer romper con Marta, ¿a que no?», le decía ella. Y él: «No sé, no sé», impaciente, exasperado, deseoso de acabar cuanto antes con lo que le parecía una farsa por parte de los dos. «¿Sabes? Tú en el fondo eres un cobarde y le tienes miedo a la vida, eso es lo que te pasa», le dijo un día Teresa. «Lo tuyo es la literatura. A mí sin embargo los libros se me quedan pequeños, son sólo el punto de partida para empezar a vivir.» Tomás se sintió asqueado de aquellas palabras vacías y pretenciosas que él mismo había usado cuando mejor le convenía.

Unos días antes de Semana Santa, Teresa comenzó a hablar de que a lo mejor hacía un viaje a Marruecos.

–¿Con quién?

–Con un amigo del instituto.

–Sí, es una buena idea...

–A la vuelta, hablamos de nuevo. ¿Te parece?

Y sí, a él le pareció bien. Hizo grandes elogios de lo hermosa que es la amistad después del amor, y siguió hablando, inspirado, eufórico, sintiendo que allí comenzaba para él una nueva vida, y se supo con fuerzas y recursos para recuperar a Marta y para retomar, ya sin miedos ni distracciones, su vieja y noble vocación de escritor.

7
Los placeres del odio

Se entregó a la causa con la pasión excluyente y feroz de un verdadero enamorado. Pensaba en Bernardo a todas horas, y a todas horas sentía la llaga candente del misterio a punto ya de revelarse y, por eso mismo, más apremiante y codiciado que nunca. No importaba la hora ni el lugar: cualquier ocasión era buena para cerrar los ojos y abandonarse al placer de ver en la mente al enemigo vestido de bedel, envilecido por el fracaso y maltratado por el tiempo. Pero poco a poco aquellas imágenes que atesoraba en la memoria se fueron gastando, destiñendo, perdiendo la tremenda fuerza evocadora que tenían al principio. Y no sólo eso, sino que el recuerdo apócrifo o legendario de un Bernardo joven, esbelto, elegante, hermoso y triunfador, fue desplazando a la imagen verídica y exacta de ahora, disputándole la hegemonía de la realidad, hasta lograr suplantarla por completo en momentos de debilidad o distracción. Incluso sus andares, con el vaivén de la cojera, cedían a veces el campo a la gracilidad y pujanza de entonces.

Extraviado en aquel embrollo de verdades y apariencias, se apoderó de él la necesidad de volver a verlo, de observarlo minuciosamente, de empaparse bien de una realidad que a la menor desatención se le hacía inverosímil o ilusoria. Así que un día se compró una cámara de vídeo y, por un ojal abierto en una bolsa de viaje, mientras hacía que buscaba allí algo, enfocaba el visor y filmaba a hurtadillas y con total impunidad. Como sólo podía grabar a su rival los días lectivos, pronto empezó a pretextar enfermedades, problemas familiares, asuntos propios, y llevado por una adicción más imperiosa que la de cualquier alucinógeno, a veces se levantaba al amanecer y, mucho antes de que abriera el instituto, ya estaba rondando por sus inmediaciones.

La primera semana viajó una vez. La segunda, dos veces. Luego empezó a quedarse en Madrid dos o tres días, insaciable en su ansia de asistir al prodigio de la decadencia del joven Bernardo, y alentado por la esperanza de que en cualquier momento pudieran aparecer también Natalia y Damasito. Para entonces, estaba seguro de que con la barba, el pelo largo y las gafas oscuras, era irreconocible. Con esas trazas, solía comprar tabaco en la tienda de golosinas y se quedaba allí muchos ratos charlando con el dueño, al que le había dicho que era agente inmobiliario destinado a recabar información en esa zona, o entraba y salía de la taberna, o daba vueltas a la manzana, esperando como un amante primerizo a que llegara la hora del recreo y apareciese Bernardo con su uniforme y su estampa plebeya, acanallada, para filmarlo y entregarse a un placer como no podía haber en el mundo otro más dulce y refinado. Por primera vez, conocía las delicias del triunfo y del poder. Y sólo necesitaba eso: verlo, embriagarse con su presencia, sentir la atracción vertiginosa de su cercanía, abandonarse a la pura evidencia de lo real. Y andar sobre sus pasos, respirar su mismo aire, mirar las mismas cosas que él miraba.

Luego, ya en casa, no se cansaba de ver y analizar las grabaciones. Rebobinaba, congelaba la imagen, se demoraba en los primeros planos intentando descubrir nuevos detalles que enriquecieran la imagen humillante de quien había sido durante tantos años poco menos que un héroe. Bernardo en la puerta del instituto, aplicado a sus servidumbres de ordenanza; Bernardo caminando por la calle con el uniforme o la pelliza, con su ritmo lento y dificultoso, o entrando en el portal, o quieto en una esquina donde se había parado a encender tabaco, a toser, a gargajear y a tomar aire, porque no parecía andar bien de salud. «Así que éste es el joven y célebre Bernardo, el campeón, el titán, el genio, el siempre ganador, el que sedujo a todos y se apoderó de sus voluntades y del patrimonio con la magia de su talento y sus encantos», no se cansaba de pensar, ni salía de su asombro.

En otra toma, se veían sólo sus zapatos sucios y anchados por el uso, y en otra, después de haberlo visionado muchas veces, descubrió lo que parecía una segunda cicatriz, que le nacía de detrás de una oreja y se le perdía por entre el pelo del cogote. ¿De dónde esas heridas, o más bien mataduras? ¿En qué oscuras pendencias las habría recibido? Y si es verdad que era abogado, cantante y empresario, y había tenido una vida exitosa y magnífica, ¿cómo y por qué caminos había llegado a ser bedel?

Un sábado lo grabó entrando por la pequeña puerta de hierro que había en las traseras del patio, y allí debió de pasar todo el fin de semana, porque en ese tiempo nadie atendió en su casa al teléfono. De modo que, si dormía en el instituto, es porque también tendría vivienda allí, como ocurría con los porteros. Muchas veces lo vio entrar y salir de sus dos domicilios, y pronto tuvo la certeza de que Natalia y él ya no vivían juntos. ¿Se habrían separado? ¿La habría abandonado? ¿O ella a él? En esas conjeturas se le iban las horas, cuando no en comparar su cara y sus aires con los suyos, y los del padre, y los de Natalia, buscando rasgos comunes, por donde pudiera sacar el rastro de un posible parentesco de sangre.

En dos tomas aparecía en la puerta del instituto hablando con alguien que, a juzgar por la edad y los cuadernos y libros que llevaba, debía de ser un profesor. Hablaban casi todos los días un rato, o sólo un momento, y a veces iban juntos al bar en el recreo. Era el único profesor que se trataba con él. Un hombre joven, y atractivo, que a veces pasaba por la tienda de chucherías a comprar chicles o tabaco, y que muchas mañanas coincidía a la salida con una muchacha, una alumna sin duda, guapa, menuda, con un tipo precioso que ella sabía mover muy bien, y ahí estaban las tomas donde se veía a los dos, hablando con las caras muy juntas, dejándose recaditos al oído, mientras caminaban sin prisas, intercambiando libros y papeles, dilatando la despedida, sin decidirse nunca a separarse, o alejándose unos pasos para volver enseguida sobre ellos y prolongar algo más los adioses. Dámaso los había filmado en varias ocasiones porque todo lo que tenía relación con Bernardo le resultaba interesante, y en una de ésas los había sorprendido besándose furtivamente en la boca. Luego ella reposó mimosa la cabeza sobre el pecho del hombre y él le acarició un momento el pelo y la abrazó por la cintura. Serían amantes, pues, o estarían en trámites para llegar a serlo.

Llevado un día por el apetito desordenado de indagar y saber, lo siguió hasta su casa. Vivía cerca del instituto, así que extendió hasta allí sus merodeos y una tarde lo vio salir acompañado de una mujer y de una niña. Supo entonces que estaba casado y que quizá tenía por amante a una alumna. Otra tarde lo vio salir solo, lo siguió, vio cómo se encontraba con la jovencita y cómo entraban juntos en un edificio moderno y de aire impersonal. Buscó en los anuncios del periódico, en la sección «Inmobiliaria. Otros», llamó a un teléfono y comprobó que allí alquilaban apartamentos por horas, como él había supuesto. Poco después averiguó su nombre. Una mañana que lo vio en la puerta a la hora del recreo, hablando con el bedel, le preguntó al viejo de la tienda cómo se llamaba aquel profesor, y lo señaló con el dedo, no para que el viejo se lo dijese, porque era seguro que lo ignoraba, sino para que respondiera alguno de los alumnos que en ese momento estaban allí apiñados. Y, en efecto, «Ése es el de Lengua y Literatura», dijo enseguida uno. Y otro: «Se llama Tomás Montejo». Y Dámaso se quedó dándole vueltas a ese nombre, como buscando en él un significado oculto, un indicio prometedor. Pensó que sus investigaciones se iban ensanchando con variantes, con afluentes, con piezas que por sí solas carecían de valor pero que, combinadas con otras, acabarían quizá por formar una figura clara y singular.

Allá para finales de febrero, logró un nuevo hallazgo en sus indagaciones. Un sábado por la noche vio entrar a Bernardo en el Tucán, aquella especie de night club que había en un callejón cercano al instituto. Al rato, entró tras él y ocupó un taburete en el otro extremo de la barra donde Bernardo bebía en recogimiento y soledad, en una actitud que le recordó a su padre, un codo en el mostrador, una mano sujetando en la frente la cabeza caída, y los ojos fijos en el vaso, todo él absorto y taciturno. Pidió una limonada con ginebra, se mojó los labios y miró alrededor. El lugar era pequeño y el ambiente sofocante y ambiguo: la barra, con su acolchado y su botillería, algunos veladores envueltos en la verde luz íntima de una lamparita con pantalla, un par de sofás, terciopelos marchitos, una tarima redonda, no mucho mayor que una mesa camilla, a modo de escenario donde un hombre ya casi viejo ensayaba acordes de guitarra. Todo emboscado en una densa penumbra rojiza. Aquí y allá se repartían diez o doce clientes, hombres ya bien maduros, y entre ellos iban y venían cuatro mujeres muy maquilladas y también talluditas. En el aire enrarecido había un olor confuso a cosmética rancia, a esencias fuertes y baratas, a tabaco, a licores, a escay recalentado.

De pronto Dámaso cayó en la cuenta de que acaso aquél era el lugar que él había visto en una foto donde aparecía Bernardo vestido con un esmoquin blanco y cantando al son que le hacían dos o tres músicos. Y había otra foto de la misma serie donde se veía a Natalia en negro traje de noche sentada en un alto taburete, quizá el mismo que él ocupaba ahora. Por un instante creyó distinguir algo de luz en la cerrada oscuridad de aquella historia. En ésas estaba cuando uno de los clientes salió a la tarima, un foco lo aisló en un redondel de blanca y cruda luz, se extinguieron las conversaciones, y enseguida el guitarrista inició el punteado de una canción melódica. Salieron tras él a cantar otros dos clientes y una de las mujeres. Ninguno cantó bien, pero todos lo hicieron con sincero pesar y mucho sentimiento, y siempre al final de cada pieza hubo un consabido aplauso solidario. Porque allí todos parecían conocerse desde hacía mucho tiempo, y también las canciones debían de ser siempre las mismas. Y todas eran tristes. Mientras cantaban, algunos aprovechaban para bailar con las mujeres. Quizá cada cual se sabía también las penas y las hazañas de los otros. Según avanzaba la noche, Dámaso fue contagiándose de aquel aire de pesadumbre, de la secreta confabulación sentimental que espesaba el ambiente. Aquel local era como un templo de la nostalgia, de conmemoración de viejos tiempos idos. De repente a Dámaso le pareció que aquellos hombres y mujeres llevaban allí mucho tiempo, años y años, porque habían sido condenados para toda la eternidad a representar cada noche la misma y melancólica función.

Pidió otra copa, y otra más. Al fondo, Bernardo bebía y cavilaba, solitario y mohíno. Pero en un momento dado (que parecía que todos habían estado esperando, a juzgar por la rapidez con que todos callaron y se aprestaron a mirar y a escuchar), también él salió al escenario, le hizo una seña al guitarrista (siempre sentado en la penumbra y con un pie en un escabel), se encendió el foco y sonaron los primeros compases de un bolero. Su voz era bronca y llena de desgarrado y viril dramatismo. Vestía un humilde traje oscuro y cantaba de pie, con ademanes y poses de profesional. Hubo un aplauso más fuerte que de costumbre, y a continuación se arrancó con un tango. La luz resaltaba en su rostro los estragos del tiempo. Su voz, su estampa, el entorno: todo resultaba entre ridículo y trágico, pero había algo más, algo difícil de identificar o definir. Algo profundamente serio, casi solemne, y digno, y ennoblecido por la tristeza del cantante y de la concurrencia. ¿Era aquél, pues, el muchacho inocente que un día entró en casa con su laúd y cantó un aire antiguo con una voz acorde con su aire angelical? ¿Y eran aquéllos –esa voz, esos gestos, esos aplausos– los últimos vestigios del pasado esplendor? Cosa extraña: en aquel momento no sintió ningún odio por él, sino algo parecido a la secreta admiración que le profesaba desde la primera vez que lo vio. Como entonces, también ahora se sentía atraído, hechizado por él. Pero fue sólo un momento, porque enseguida escuchó la voz indignada de su conciencia: «¿No te avergüenzas de ti mismo? ¿Es que no oyes a tu corazón, cuyos mandatos son sagrados? ¿Es que no dejarás nunca de ser el pajarillo inerme ante los ojos del reptil? La dignidad que le otorgas no es otra que la que a ti mismo te quitas».

El cantante recibió los aplausos con una leve inclinación de cabeza, volvió a la barra, apuró la copa, pagó, se puso la pelliza y se fue.

–¡Adiós, Berny! –le dijo alguien.

Dámaso siguió todavía allí un rato más. Luego se encendió de nuevo el foco y el guitarrista pulsó unas notas de afinación. Se estaba a gusto allí, abandonado a la nostalgia y al alcohol. Pero él escuchó un par de canciones más y se marchó.

Había nevado, y las calles estaban encendidas por un pálido resplandor que parecía irreal.

Desde esa noche, sus idas y venidas a Madrid se le hicieron insuficientes para la hambruna que él tenía de saber, de descifrar enigmas, de poner en marcha un plan definitivo de venganza. Entonces empezó a pensar en la manera de entrar en alguna de las dos casas que tenía Bernardo, seguro de que allí encontraría lo que buscaba: cartas del padre y de la madre, documentos, reliquias, pruebas terminantes que fuesen poniendo fin a aquella historia. Cayó entonces en un angustioso estado de obsesión. Descuidó el trabajo, sufría de insomnio, y a cualquier hora lo asaltaba una letanía de frases que tenían la resonancia de una imprecación bíblica: «Él te expulsó del Paraíso», «Él corrompió a tu hermana», «Él provocó la muerte de tu padre y la locura de tu madre», «Él te arrebató la primogenitura», «Él sembró entre vosotros la semilla de la discordia». Fueron días de alucinaciones, de fantasías, de pesadillas. Tan pronto se pasaba los días sin salir de casa, abandonado a la molicie, como se entregaba a una actividad febril. Pensó en saltar la tapia del patio del instituto o entrar de rondón en la otra casa y reventar la puerta con una palanqueta. Pero, ¿tendría valor y mañas para eso? O quizá lo mejor fuese llamar a la puerta, entrar a punta de pistola, maniatarlo, interrogarlo, registrar a fondo la casa y quién sabe si luego, ¿por qué no?, ¿es que lo iba a abandonar el instinto del odio en el último instante? Pero si en la imaginación no conseguía maniatarlo, porque siempre se hacía un lío con las cuerdas y los nudos y la pistola, ¿qué torpezas no cometería entonces cuando tuviera que enfrentarse a las minucias imprevisibles de la realidad? O ultimarlo de noche en una calle solitaria, robarle las llaves y..., pero no, porque Bernardo no merecía morir creyendo que era víctima de un vulgar atraco.

Tardo y ojeroso, los conocidos le preguntaban: «¿Te ocurre algo?», «¿Estás enfermo?», o lo miraban con extrañeza y aprensión. Y él se encogía de hombros o contestaba con un gesto cualquiera. Luego dejó de visitar a Lalita, de pasear con ella al atardecer, porque ya su porvenir estaba comprometido en exclusividad con otra causa.

Así estaban las cosas a mediados de marzo. Sólo hizo una cosa de provecho en ese tiempo. Un día, en Madrid, empujado por un golpe de intuición mientras miraba el escaparate de una librería, se le ocurrió entrar y preguntar si tenían algún libro de Tomás Montejo. No, el librero no conocía a ese autor. Dámaso siguió allí, curioseando en la mesa de novedades, y al ratito el librero dijo: «No obstante, voy a hacer una consulta», y se sentó ante el ordenador. «Sí, aquí está. Tomás Montejo, *Las máscaras del silencio.* No lo tengo pero lo puedo conseguir.» Unos días después, Dámaso comenzó a leerlo, se obligó a leerlo. Se enteró de poco, pero le parecía que estaba haciendo algo útil para la causa. Quién sabe si aquel naipe casaría en algún momento con otros para formar una jugada ganadora.

Pero, fuera de esa modesta tarea, el tiempo se le iba en zozobras y ensueños, y en echar traguitos de ginebra hasta trasponer la realidad. «¿A qué esperas?», le decía el diablo de la guarda. «¿Es que te vas a conformar sólo con verlo, como un enamorado platónico? Necesitas dar adelante un paso decisivo. ¡Vamos, ánimo! No dejes que se enfríe la ocasión.»

Un día como tantos fue a Madrid. Estaba hablando con el viejo de la tienda de chucherías, cuando de pronto le dijo:

–Jefe, le compro el negocio.

El viejo sacó de la manga el pañuelo y se enjugó los lacrimales.

–Usted necesita descansar de tanto estudiante y tanta mercancía. Le pagaré bien. Y al contado.

El viejo no dijo nada. Entró en la tienda y en la trastienda, y Dámaso tras él.

Pocos días después cerraron el trato. Dámaso se despidió del trabajo, rompió con Lalita, hizo el equipaje y se fue a vivir a Madrid, cerca de su enemigo, como un verdadero y rendido y hasta la muerte fiel enamorado.

8
Un hallazgo insólito

Tarde infantil de primavera. Tomás Montejo está solo en casa, sentado en su mesa de trabajo, y cada algún tiempo mira al cielo y luego se concentra con renovado ahínco en sus papeles. Marta y Clara han salido a comprar artículos de playa porque mañana, domingo, partirán los tres a la costa para pasar allí unos días festivos de mayo, y ése será el principio de un porvenir que ahora se abre ante él colmado de promesas y de buenos augurios. Mira otra vez por la ventana: aquel abismo tan limpio, tan azul, lo sume en una ilusión sin contenido: puro afán de vivir. ¿Habría encontrado entonces, como quien dice, el elixir de la felicidad? Porque no se trataba sólo de retomar su antigua vida de soledad y de escritura sino de iniciarse en otra nueva. A los tiernos ideales de ayer añadir la experiencia de hoy: una nueva actitud, ése era el secreto final de la cuestión. Otra forma de ser, de ver las cosas, de enfrentarse al mundo y a sí mismo.

Sus armas principales serían –y volvió de nuevo a sus papeles– cuatro normas básicas de conducta para navegar en tiempos revueltos, cuatro fórmulas mágicas, las cuatro patas donde asentaría su ambicioso proyecto de regeneración. Allí delante las tenía. Grábatelas a fuego en la conciencia. Y si pudieras cambiar de ciudad, mejor aún. Otros ámbitos, otras gentes, otras costumbres. Hablas con Marta, le cuentas tu historia de hijo pródigo, de oveja descarriada, de marinero que quiso desafiar a las sirenas, de Fausto hechizado por el diablo y Margarita, de..., ahí había materia, por cierto, para un tratado de unas cincuenta páginas. Todos esos héroes que se purifican y agigantan a través de los errores y las penalidades, Edipo, Orestes, Santa María Egipcíaca, Raskolnikov, Iván Ilich y tantísimos otros. ¡Qué de proyectos tenía para los próximos años! Porque hacía ya, ¿cuánto?, casi dos meses, desde que empezó a despertar del sueño en que lo había sumido Teresa, una noche desempolvó sus carpetas de juventud, con el temor de encontrar sólo divagaciones y simplezas, mondas y raspas de lo que un día fueron inocentes quimeras, anhelos sin sustancia, y sin embargo descubrió ideas y esbozos para al menos media docena de obras, unas de ficción y otras de ensayo, y todas bien inventadas y nada mal urdidas.

Allí las tenía desplegadas sobre la mesa. Tal era el caso, por ejemplo, de la que había descubierto hacía ya tiempo, «Polvos de papel», que podía subtitularse algo así como «Los cien mejores polvos de la Literatura Universal», y que escrito con gracia y ligereza podría convertirse muy bien en un bestseller. El morbo bendecido por la cultura. Y en otra carpeta que tenía olvidada desde la ya soñada juventud, había encontrado unos papeles viejos cogidos con un clip: «El sabor de la fruta caída en tierra», se llamaban. ¿Qué era eso?, se había preguntado. ¿De qué oscura galería del tiempo salían esas palabras? «Novela breve de carácter filosófico», leyó. «Unas ochenta páginas.» ¡Joder, qué ojo tenía para calcular el género y la extensión de cada obra! Abre de nuevo la carpeta y lee: «Los frutos caídos por el peso de la madurez son los más dulces y sabrosos, precisamente porque a su sazón se ha incorporado un leve fondo aromático a tierra, a podredumbre». Y luego: «Supervivientes, convalecientes, desahuciados. Amores crepusculares. Prodigios a deshora. Alguien que descubre en sus postrimerías una veta de prodigiosa calidad en el yacimiento de su vida, que daba ya por agotado». ¿Era o no era un tipo con talento? Curioso, además, el carácter profético de la idea, porque él estaba viviendo un momento parecido a ése: al cabo del tiempo venía a descubrir el placer refinado de los viejos sabores.

En otra carpeta leyó aquella noche y vuelve a leer ahora, en este día de mayo: «Título: El sabio y el perro. Entre ochenta y cien páginas. Argumento: Un hombre ya mayor (¿un viejo?), filósofo, estudioso, misántropo, gruñón, toda su vida dedicada al saber, se retira al campo en busca del silencio y la soledad que necesita para escribir la gran obra que dé sentido a su existencia. Pero un perrillo vagabundo le desbarata los planes con sus ladridos lastimeros. Se pone a pensar o a escribir, y ahí está el perro con sus ayes inconsolables. Además: goteras, el ir y venir del viento dentro del caserón, puertas que no encajan, ruidos misteriosos. Obsesión del sabio. Un camisón que le deja las canillas al aire. Situación dramática y ridícula. La alta y noble cultura acechada y finalmente derrotada por la pesadilla de lo cotidiano. Etcétera».

He ahí, pues, dos buenos proyectos, dos buenos libros que no había sino que ponerse a ello. Pero el proyecto que más le gusta y le consuela es «Beatus ille», la carpeta que trata de la felicidad. Tampoco es mal tema éste, hoy que tanto se llevan los manuales de autoayuda, de primeros auxilios espirituales, y que tan requeridos y bien remunerados son los servicios de los chamanes de la tribu, aunque sus intenciones e intereses iban por otro lado. Un librito esencial de unas sesenta o setenta páginas, donde se condensara e historiara esa gran aventura humana, la más grande e intrincada de todas, que era la búsqueda de la felicidad. Un buen fajo de fichas donde se reseñan ensayos leídos a punta de lápiz y papel, además de citas y episodios sacados de poemas, dramas y novelas. Leyó nombres al azar: Montaigne, Marco Aurelio, Berkeley, Bertrand Russell, Epicteto, Ortega, Séneca, Spinoza... Porque él había sido siempre muy aficionado a la filosofía. Una especie de trotaconceptos. Y casi todas eran ideas sencillas, por no decir obvias, pero que ahora de pronto le resultaban deslumbrantes, mágicas. Porque no se trataba sólo de escribir un libro sino de llevar sus enseñanzas a la práctica. Eso es, encontrar un equilibrio entre la vida y los libros. Y Marta podía otorgarle esa armonía, y de nuevo se abisma en la contemplación del cielo de mayo.

Marta. Ella también era sencilla, no como Teresa, tan invencionera, tan teatral, que tenía la cabeza llena de pájaros literarios. No, Marta era natural, transparente. No estaba intoxicada de palabras, ni se inspiraba en los libros, sino que se limitaba a ser como era y a vivir sus días sin mayores retóricas. Y no había leído a Marco Aurelio ni a Montaigne. Aprender de ella, eso es lo que debía hacer. ¿Que era poco soñadora e imaginativa? Bueno, ¿y qué? A ella le bastaba con el mero existir. Ser, nada más. Ése era el sueño, ésa la fantasía. ¿Para qué más? Ella nunca se forjaría monstruos ni incurriría en locuras románticas, pero allí estaban sus cualidades y sus logros, todo bien a la vista. Se había casado, tenía una hija, un hogar, una posición, un grupo fiel de amigas, leía revistas de moda y cotilleo, le gustaban los programas rabaneros de la televisión, era guapa, dulce, intuitiva, responsable, graciosa, y no aspiraba a tener más de lo que la vida buenamente le había concedido. ¿Y qué había de malo en ello? Fíjate si no en Teresa. ¿Hubieras preferido de verdad compartir la vida con ella? ¿Todo el día consagrado al Amor, al ingenio, a los libros, y todo el día inventando estrategias para escapar al tedio de existir? ¿Y cuánto hubiera tardado, por cierto, en serte infiel? Marta, sin embargo, sí te ha comprendido. A su modo simple, fiel y sincero. Te ha dado lo que tenía. No más, pero tampoco menos. Y tú en cambio has sido injusto y desleal. Ni la has estimado en lo que vale ni le has agradecido su amor y sus desvelos. Y en cuanto a tus méritos, ¿cuáles son? ¿Dónde está el resplandor de tus virtudes? Así que ahora lo que tienes que hacer, antes que nada, es recuperarla. Dedicarle tiempo, comprarle regalos, cositas, halagarla, cuidarla. Marta por aquí, Marta por allá, Marta Martita a todas horas. Cosa fácil, por otro lado, porque nunca como ahora la había querido tanto. Nunca como ahora había estado tan conmovedoramente enamorado de ella. Y recuperar también a Clara. He aquí, pues, una vida envidiable: leer, escribir, amar, dar clases, viajar un poco, y tener en cada momento un refugio cálido contra las inclemencias del mundo y de la vida.

«Beatus ille». Recordaba muy bien el hallazgo de aquellos papeles juveniles porque unos días después, al salir del instituto se detuvo en la tienda de chucherías donde solía comprar tabaco suelto y caramelos de menta –llevaba años intentando dejar de fumar–, y se encontró no con el viejo de siempre sino con aquel tipo extraño del pelo en greña y la barba un tanto montaraz que más de una vez le había parecido que andaba tras sus pasos. Eso fue a finales de marzo o principios de abril, recordó, cuando el idilio con Teresa empezó a marchitarse. Pensó que habría sustituido momentáneamente al viejo, pero enseguida supo que no, porque el otro, mientras le despachaba, le informó de que había adquirido la tienda y de que, con ella, esperaba haber heredado también la clientela. Lo dijo en un tono cortés y jovial que invitaba a la plática. Intercambiaron algunas frases de compromiso y, cuando ya Tomás amagaba unos pasos a modo de despedida, aquel hombre dijo:

–¿Podría pedirle un favor, señor Montejo?

¿Señor Montejo?, pensó él. ¿Cómo era posible que aquel tipo supiese su nombre? ¿Y qué favor iba a pedirle? Pero apenas tuvo tiempo de profundizar en su desconcierto porque el otro regresó enseguida de la trastienda con un libro en la mano.

–¿Sería tan amable de dedicármelo?

Y sí, era su libro, *Las máscaras del silencio,* y aquel hombre era, por tanto, un admirador, y entonces entendió por qué a veces había creído que lo seguía y lo vigilaba y lo miraba de un modo especial. Claro, y además andaba en tratos con el viejo para comprar la tienda. Ahora encajaba todo.

–Es un honor –dijo Tomás–. Si me dice su nombre...

–Dámaso Méndez.

«¿Ves cómo merece la pena escribir?», pensó mientras ideaba la dedicatoria. «Siempre contarás con el fervor de unos cuantos lectores.»

–Me llamó la atención el título –explicó Dámaso entretanto–. Uno de los grandes temas de hoy es precisamente ése, ¿no es cierto?, el de la comunicación. Luego me enteré de que era profesor aquí en el instituto.

–¿Y qué le ha parecido el libro?

–Interesante, pero a veces difícil para mí. Porque, aunque tengo algunas inquietudes culturales, carezco de preparación. Ni siquiera acabé el bachillerato.

Mientras leía la dedicatoria, Tomás aprovechó para observarlo. Vestía una media bata gris y una gorra deportiva de visera, y su gordura y su aspecto lento y descuidado le daban un aire de mansedumbre que, aun así, resultaba un tanto inquietante. Un hombre todavía joven que regentaba una tiendecita de golosinas y que se interesaba por libros de cierto calado intelectual. Se le notaba además que vivía solo, que había vivido quizá solo desde hacía muchos años, sin mujeres ni amigos, porque su presencia trascendía un aura inconfundible de soledad y de abandono. Sí, un tipo curioso.

–Así que le gusta leer.

–Algo –moderando humildemente con una mano el alcance de su declaración.

No libros profundos, salvo excepciones, sino novelas de entretenimiento, históricas, policíacas, de ciencia ficción... También biografías. Citó a Agatha Christie, a Lovecraft, a Asimov, y a otros autores desconocidos por completo para Tomás. A veces, también algo de buena literatura, Dostoievski, Baroja, Poe. En fin, lo que iba cayendo en sus manos. Los ecos que le llegaban del mundo de la cultura al que él no había tenido acceso.

A Tomás le salió entonces el pedagogo que llevaba dentro. ¿Conocía a Wells, a Hammett, a Zweig? ¿Sólo de oídas? Pues mañana mismo le prestaría con mucho gusto algunos libros suyos. Dámaso hizo con los brazos un gesto abrumado de gratitud. Sí, un tipo interesante. Y admirable. Una persona modesta, un pequeño comerciante, sin apenas estudios, que en la medida de sus fuerzas intentaba mejorar, saber cada día un poco más.

A la mañana siguiente le llevó los libros prometidos, y a partir de entonces se paraba casi todos los días a charlar un rato con él. Comentaban las lecturas o hablaban de cualquier otro tema. La crisis sentimental de uno y la soledad crónica del otro facilitaron una relación amistosa, propicia a las confidencias y a los sobreentendidos melancólicos. A veces, al final de la mañana, entraban en la taberna de al lado a tomar unas cañas, y un día en que la taberna estaba cerrada, Dámaso lo invitó a echar un trago en la trastienda. La trastienda le servía de almacén y habitáculo. Un camastro, un hornillo de gas, una nevera, un armario, una mesa y dos sillas de plástico, un pequeño televisor, algún remate de muebles de cocina, y al fondo un retrete mínimo que sólo recibía la luz residual de un alto y angosto patio interior, además de una bombilla sucia de filamento vacilante colgada del mero cable sobre un espejo sin marco de tamaño cuartilla.

Ése era el paisaje de su intimidad. Hablaron, bebieron cerveza y enseguida pasaron a tratarse de tú. A Dámaso le hubiera gustado estudiar, ser perito agrícola, por ejemplo, o veterinario –sus padres habían sido campesinos–, o profesor de literatura y escritor, como Tomás. Tomás le restó importancia a aquellas ambiciones. En realidad, el hombre siempre estaba descontento con su suerte. Ésa era su grandeza y también su condena.

Y fue entonces cuando surgió de un modo espontáneo el viejo, el inevitable, el siempre novedoso y democrático tema de la felicidad en este mundo.

«Beatus ille». Aquella carpeta juvenil, desempolvada por entonces, lo había ayudado mucho a desengañarse del espejismo de Teresa y a reconciliarse sentimentalmente con Marta. ¿Por qué la gente en general no es feliz? ¿Y qué era la literatura sino una indagación y un catálogo de variantes sobre ese enigma, que contenía y multiplicaba a todos los demás? Leyó allí razones mil veces sabidas y olvidadas pero que ahora le resultaban nuevas y le abrieron los ojos al mundo con un fulgor inesperado de clarividencia. ¿Cómo había podido ignorar durante tantos años ese tesoro de esencialidad? Quizá porque era tan simple, y estaba tan a la vista, que no se valoraba, y ni siquiera se reparaba en él. Leyó al azar: «No añores retiros en el campo. Cuando quieras, puedes retirarte a tu interior, a ti mismo, a tu propia alma». Y también: «El error está en creer que la felicidad excluye el dolor y las angustias. Al revés, las incluye, son ingredientes de ella». Y en otro papel: «Hay que cifrar la felicidad en las cosas que dependen de nosotros, no en las que escapan a nuestra potestad». Y en una cartulina, sólo una frase en tinta azul: «Sé dulce, grave y sincero».

Un mar de sabiduría parecía condensarse en esas tres palabras. Y todo eso lo había rescatado de los libros el jovencito que él fue. Y luego, ¿qué es lo que había ocurrido? ¿Por qué se había extraviado por caminos tan ajenos a aquella buena y clara filosofía? Era como si aquellos papeles fuesen un mensaje en una botella lanzada hacia el futuro. Y ahora llegaba a él, ahora que estaba en la edad justa y en la ocasión propicia para recoger la herencia del joven ingenuo y sabio que había sido. Ahora cobraba sentido todo aquel severo y clásico laconismo que entonces no era sino una retahíla de buenos propósitos, de frases irrebatibles por su misma rotundidad, y acaso seleccionadas y leídas con un propósito más estético que moral. Qué ilusas eran aquellas altas normas de conducta, pero también qué verdaderas y qué doctas. No aparentar nunca más de lo que se es. Hablar sólo cuando tengas algo que decir, y no como tú que eres un puto charlatán. Desde allí, renunciaba para siempre al caudal de palabras, a todo ese bazar de baratijas con el que tanto le gustaba mercadear. Y lo mismo a la hora de escribir: un estilo justo, sobrio y certero. Y embridar siempre el pensamiento, ocupándolo en asuntos concretos, para que no se desboque hacia difusas y torpes entelequias, tal como recomendaba Montaigne. Pues estar en todo es el modo más seguro de no estar en nada. Pero en la misma hoja, escrito de través en un margen, leyó: «Felicitate corrumpitur» (Tácito). La felicidad corrompe. Se quedó absorto, con un vago reconcomio en algún rincón de la mente. ¿Qué querría decir Tácito con esas palabras tan inquietantemente mancornadas? Aunque, por otro lado, las entendía, cómo no, si él siempre se declaró romántico en lo esencial y había exaltado como un privilegio y un don la melancolía y la arrogancia ante la estupidez humana y el horror de existir...

Pero ahora tenía otra edad, otras vivencias. Y la suficiente sabiduría y templanza para no dejarse corromper por la felicidad. Un sereno vivir, una dulce ironía en la expresión, y en la mirada la lejanía sin patria del viajero que regresa al hogar colmado de experiencias, pero con un poso de escepticismo que relativiza cualquier conocimiento que no sea la inocencia inicial con la que un día partió en busca de fortuna. Sí, ya era hora de ir limpiando el alma de tópicos y excrecencias tontamente librescas. Si quería escribir, pues escribía, sin miedos ni prejuicios. Luego, se entregaría a la vida con la misma intensidad con que lo había hecho antes con su obra. Así escribieron Fernando de Rojas, Jorge Manrique, el Arcipreste, Garcilaso, Shakespeare, fray Luis y tantos otros, que antes que escritores eran soldados, frailes, actores, funcionarios, y que de vez en cuando componían (¡con qué maravillosa y soberana libertad!) unos versos, unos actos, unos capítulos, y luego volvían a su vida de diario sin molestarse siquiera en saludar a la concurrencia. Ésos eran tipos de verdad sabios. Gente no corrompida todavía por la fama, ni por las ínfulas del yo, ni por el prestigio de la fatalidad. Sí, había que encontrar esa ligereza descarada entre la vida y la escritura. Y entonces fue consciente de que en aquellos instantes empezaba para él una nueva manera de ser y de vivir.

Ordenó el material de la carpeta y sólo entonces encontró unas hojitas grapadas a modo de agenda, y tituladas: «Cuatro fórmulas mágicas para ser feliz». Allí estaba al parecer, quintaesenciado, el contenido de todo aquel papelerío.

Así se lo contó a Dámaso, mientras bebían en la trastienda, cuando salió a cuento el viejo asunto de la felicidad. «Cuando yo era muy joven, hice un estudio de lo más erudito sobre ese tema», comenzó diciendo, con un tono desenfadado que no excluía un eco emotivo de seriedad. Le contó lo que había significado para él la relectura de la carpeta tantos años después, recitó y comentó algunas citas magistrales, y finalmente, a la cuarta cerveza, enumeró aquellas cuatro fórmulas sencillas e inocentes, con un cierto tufo a filosofía de magazine, es verdad, pero que, bien entendidas, podían ser eficaces para alcanzar, si no la felicidad, sí al menos el modo de protegerse del asalto de ciertas fuerzas oscuras que conspiraban contra ella. Se sentía bien hablando con aquel hombre que escuchaba con una especie de confiada y humilde obstinación.

La primera norma decía así: «Ser en acto». Cuántas veces nos dejamos embaucar por la nostalgia y las culpas del pasado o por las ilusiones y amenazas del porvenir. Y no, no había que escuchar esos cantos de sirena que trabajan para nuestra perdición. Era pecado sacrificar un hoy mediano a un mañana magnífico o a un ayer cuyas miserias y esplendores ya no tienen una segunda oportunidad de enmienda o de celebración salvo en el vano y atormentado mundo de la fantasía. Debemos de acabar de una vez para siempre con la edad de las hadas y de los ogros. ¡Acción, acción! No ser la flecha en el arco ni la vela a la espera del viento. Y habló apasionadamente de Hamlet, de Vania, del «carpe diem», del «ubi sunt?», y de todas esas cosas que todos saben y pregonan pero que todos desatienden.

Dámaso asentía con una expresión reconcentrada. «Cierto», fue todo cuanto dijo al finalizar Tomás su exposición. Ahora, al decir en alto lo que había pensado con tanta convicción en la intimidad, le pareció que todas aquellas normas eran pura palabrería. Se sintió un vulgar charlatán de feria. Obviedades, lugares comunes, filosofía de sobremesa y baratillo.

La segunda norma decía: «Aligerar el yo», y también él empezó a aligerar su discurso. A veces nos tomamos demasiado en serio a nosotros mismos, cuando en verdad no hay mejor consuelo que ocuparse del mundo y olvidarse del yo. Tanta belleza y horror como había por todas partes, tanta gente que conocer y caminos que andar, y siendo además la vida tan breve, tan incierta, ¿no era ridículo andar mirándose el ombligo y escarbando en la madriguera del yo, del uno mismo, entre engreído y torturado? La tercera norma completaba a las anteriores: «Fijar la mirada», que era tanto como ocuparse de las cosas concretas de nuestro alrededor, de nuestro mundo, de aquello que nos hace por fuerza originales, evitando lo genérico y lo abstracto, que por ser de todos no es de nadie. Y la cuarta, sobre la que no había nada que comentar por su propia elocuencia, era la cosa más sencilla del mundo: «Ser en todo momento dulce, grave y sincero».

Cuando se despidieron, era ya media tarde y hablaban con voz borrosa de borrachos. Camino de casa, Tomás recordó algunas noticias que Dámaso le había dado sobre su vida. Todo impreciso y con pocas palabras: «Fui viajante, vendedor de muebles, durante más de veinte años», había dicho. Y cuando Tomás le preguntó por qué se había trasladado a Madrid, y señaló con la mano aquel mísero espacio, él dijo: «Bueno, es una historia larga de contar. Supongo que el destino». Y hablaron del destino, y luego, Dámaso preguntó cómo era aquello de ser escritor, de dónde sacaba los temas, las historias. Tomás habló del oficio literario, de sus placeres y no pocas angustias. Y ya en la despedida, cuando Tomás lo examinó en broma preguntándole por las cuatro fórmulas mágicas de la felicidad, él las enumeró sin tropiezos, y añadió que, en realidad, sólo había sido feliz de niño, cuando no tenía conocimiento de esas reglas ni de otras parecidas. «¿Y después?», preguntó Tomás. «No, después no», y sonrió tristemente. «Hay algo que me prohíbe ser feliz desde entonces.» Y Tomás no se atrevió a preguntar más, pero se sintió intrigado por aquel hombre, por sus silencios, por la extraña profesión a la que había venido a parar, por su soledad un tanto sombría, por las cosas que tenía que contar, y que en algún momento había anunciado, pero que al final no contaba...

Sí, un tipo interesante, y bondadoso, como hacía mucho tiempo que no conocía a otro. Y lo que son las cosas, después de hablar con él, su carpeta sobre la felicidad le gustaba menos que antes, y se prometió que, cuando se animara a escribir sobre ese tema, usaría un tono crítico y distante, de historiador (porque al fin y al cabo lo que iba a hacer era una breve historia de la felicidad), evitando en todo momento cualquier asomo de sentimentalismo.

En los tejados del otro lado de la calle hay una luz dorada que anuncia el atardecer. Las tardes van ya teniendo una cierta lentitud de verano, y es un gusto mirar cómo el día se va apagando en colores que a cada instante toman matices nuevos, y con ellos el aire, el cielo, las distancias, las cosas. Se está bien aquí después de trabajar durante toda la tarde, mirando por la ventana y esperando a que lleguen tu mujer y tu hija –y mañana, camino de la playa, los tres tan felices, y luego, una nueva vida, otro modo de ser, anudar el hilo roto con el joven incorruptible que había sido, y otra vez le salió al encuentro la imagen del hijo pródigo que regresa al hogar, arruinado pero a la vez enriquecido por el oro de sus errores y la sal de sus andanzas–. Pero Marta no lo había recibido con los honores de quien trae en ofrenda la sal y el oro de su arrepentimiento, sino al contrario: «¡Qué! ¿Ya se acabó el cursillo? ¿Ya terminaste el libro?», le preguntaba con cierta sorna cuando rompió con Teresa y lo veía llegar todos los días humilde y a sus horas. Y él sonreía, grave y dulce, pero no sincero, y le proponía ir al cine, a cenar, a dar un paseo con Clara por el parque. Pero a ella casi nunca le apetecía salir, y si aceptaba, lo hacía desganada y sólo después de muchos ruegos. ¿No estaba un tanto fría y distante? Con razón. Seguro que sospechaba de su infidelidad y estaba dolida y recelosa de aquellos fervores repentinos. Y él, paciente, afable, le compraba cositas, la mimaba, se quedaba en casa con Clara para que ella saliera con sus amigas, organizaba excursiones dominicales, proponía futuros viajes, a Egipto, a las cataratas del Niágara, a los fiordos noruegos, y un día, echando el resto: «¿Por qué no nos compramos una casa en la sierra o en la costa?», le propuso, y ella, en vez de alegrarse y fanatizarse con el proyecto, como él esperaba, como hubiera hecho en otros tiempos, lo miró con asombro, como si no entendiera, o como si hubiera oído un disparate o una majadería.

Entonces a Tomás le entró un enorme terror a perderla. Porque ahora la estaba descubriendo de veras: su encanto natural, su arte de estar bonita vestida de cualquier modo, la pasión que ponía en las pequeñas cosas, las canciones que le cantaba a Clara, su facilidad para disfrutar con tareas tan nimias como cuidar de una maceta o hacer una labor de costura. Ella, sin tantos libracos ni carpetas, sí vivía en acto, fijaba la mirada, aligeraba el yo y era dulce y sincera. Miraba en sus cajones, y se conmovía con el orden y la fragante pulcritud de su ropa interior, sus joyitas humildes, sus zapatos lustrosos y alineados todos con tanta perfección. Cierto: nunca había estado tan enamorado de ella como ahora. De todo eso, le había hablado a Dámaso en otra de las veladas que habían tenido en la trastienda, y no sabía cómo en algún momento había salido a escena la palabra «expiación». He ahí la palabra exacta. Expiar sus pecados, volver a ganarse su respeto y su amor: ésa sería su tarea primordial, como quien reconquista un reino perdido, como Odiseo, como Ricardo Corazón de León, como el regreso legendario del rey don Sebastián. Pero lo importante es que ya era primavera, y luego vendría el largo verano, y aquél sería el tiempo de la reconciliación definitiva, antes de adentrarse en un porvenir cargado de proyectos y de un sereno y gustoso vivir.

–¿Y de qué va a tratar tu próximo libro? –le había preguntado Dámaso en una ocasión en que él hablaba precisamente de los planes literarios que tenía para los años próximos. Y él había dudado, porque la idea de cultivar un estilo sobrio y exacto no acababa de convencerle del todo. ¿No sería mejor entregarse a una escritura más libre y alocada? Él casi siempre había hecho las cosas con más anhelo que deleite, y ya era hora de abandonar los prejuicios disfrazados de buenas intenciones para convertirse en el escritor creativo que siempre había aspirado a ser. Así que nada de miedo al fracaso y nada de pudores. Había que traspasar los límites y quebrar los preceptos. Y Dámaso escuchaba con su gesto de siempre concentrado y atento mientras él se desataba en una elocuencia tan libre como el libro que esperaba escribir algún día. Porque había que dejar volar la imaginación en alas de un estilo sincero y audaz, abandonándose al propio genio del idioma, caminando con decisión hacia el horizonte sintáctico que se abre en cada frase, y tomando atajos gramaticales cada vez que la gramática se opusiera a su paso intrépido de escritor. «Eso es lo que yo quisiera escribir: un libro lleno de libertad, de furia, de insolencia creativa», dijo, en un tono rebosante de pasión y de fe.

Estaban en la trastienda, como otras veces, se había tomado un par de whiskies y se encontraba enardecido, inspirado, de modo que siguió hablando de aquella obra entresoñada donde habría sitio y ocasión para todo, todo mezclado, lo real, lo ficticio, lo lógico, lo absurdo, lo vasto y lo menudo, su propia vida entera y verdadera, el que había sido y el que ahora era, sí, pero también sus vidas desatendidas, el que sería, el que fuese, el que hubiera sido, y tampoco se detenía allí el juego de las identidades, porque si lanzaba la red del verbo sobre el mundo para atraparlo en todas sus fantásticas formas y dimensiones, entonces él era también el que hubiera soy, el que habría fui, el que hube sería, el que sea sido, porque allí donde llegara la palabra llegaba con ella la semilla creadora de la realidad –sus infinitas variantes, sus interminables suburbios, su fauna delicada o monstruosa, ciertas formas evanescentes donde por un instante se materializaba lo irreal–, y no había modo de escapar a nuestra terrible y maravillosa condición de criaturas parlantes.

Sí, eso es, un texto que recogiera y arrastrara en su tumultuoso caudal todo cuanto encontrara al paso, sus experiencias librescas y vitales, sus fantasías más peregrinas, sus inspiraciones más recónditas... Y ahora, recordando aquel momento, siente que una secreta sabiduría lo irriga por dentro como la savia primaveral al olmo viejo. ¿Qué hora era? Las 7.42. Un hombre feliz a las 7.42 de una tarde de un sábado de un mes de mayo de un año impar de un siglo que iba acercándose ya a su fin. ¡Qué largos iban siendo los días! Sale al balcón. Los tobillos en escuadra, los codos en la baranda, la mirada y el porte abandonados a la indolencia del atardecer. ¡Y qué hermoso era el mundo! Todo invitaba a fundirse con él, el vuelo escandaloso de los vencejos, aquel hombre que iba por la acera de enfrente con un bulto al hombro, la acacia cuya fina copa de ramitas recién verdecidas se movía apenas con la brisa, el mínimo toque de palidez en el cielo todavía muy azul, y en el aire el anuncio de una noche tibia con sabor ya a verano. Nada en el mundo debía serle ajeno, y en eso consistía justamente la tarea de escribir, en el intento de comprender la honda significación de lo creado, identificándose con cada cosa para interpretarla y darle voz en el gran teatro del lenguaje. Nada, nada en el mundo le sería ajeno en adelante, y viviría con plenitud cada momento, como éste de ahora, que acaso era el más serenamente dichoso que había vivido nunca.

Entonces se acuerda: el tapiz que había tejido Marta para ilustrar y celebrar los primeros tiempos del idilio. Aquel tapiz quizá no era ni siquiera un relato: no contaba: le bastaba sólo con nombrar. Ésta es la casa donde viviremos. Éste es el jardín. Éstos son nuestros hijos. Éste es el perro. Y aquí miren al profesor con birrete y varita. Vean la vida desplegada en unas pocas viñetas esenciales. ¡Ah, la pequeña Simbad!, que daba cuenta de los humildes prodigios de la vida, piensa mientras busca el tapiz en los maleteros, en el fondo de los armarios, en bolsas y maletas, entre mantas y sábanas, lleno de pronto de una actividad frenética y de una nostalgia inconsolable de los tiempos aquellos de la juventud. Recuerda versos de Petrarca y de Ronsard sobre la fugacidad de la vida mientras explora los espacios más íntimos de Marta, su ropa interior en un cajón, en otro sus pañuelos y camisas, en otro sus cinturones y demás complementos, en alguna parte tiene que estar el tapiz, y en el último sus camisones, arriba ya los de verano, encajes y transparencias que parecen de humo, cendales flotantes de leve bruma, y sigue tirando del cajón, fascinado por aquellas prendas tenues y fragantes, de texturas etéreas, hasta que el cajón se sale del carril y cae al suelo y él se queda de rodillas y en ese instante suena el ascensor y le entra el terror de que aparezcan Marta y Clara y lo encuentren allí como un sátiro en pleno disfrute de su oficio, y contiene la respiración encomendándose al azar. Pero no: el ascensor sigue subiendo, y él a toda prisa, urgido por el miedo, intenta poner el cajón en el quicio, y como no acierta se tumba en el suelo para examinar el mecanismo y, apenas mete la mano tanteando en la oscuridad, se topa con algo que hay allí al fondo, en el hueco que hace el mueble bajo el cuerpo de la cajonera.

¿Qué era todo ese montón de cosas desparejas? Saca una carpeta de cartón que luce en la portada figuras en colores de dibujos animados, que él conoce bien porque se la había regalado a Clara la primera vez que fue al colegio, y que ahora está repleta ¿de qué?, prospectos, cartas aéreas con sellos exóticos, fotos, negativos de fotos, postales, pero entre la penumbra del cuarto y del atardecer, el temor a ser descubierto, el no saber a qué atender entre tantos papeles y sobre todo la ineficacia en que lo sume su propio estupor, no consigue apenas enterarse de nada. No enciende la luz por una especie de temor supersticioso a que su delito quede en evidencia. Entrevé la foto de un hombre, un matasellos con unos signos que parecen chinos, una tarjeta enviada desde ¿Valparaíso?, y encabezada con un «Querida Marta», en una letra más bien torpe. Busca la firma y se encuentra con la despedida: «Tuyo», y debajo un garabato ilegible donde intenta identificar la eme de Miranda, porque está seguro de que se trata de ese hombre, tal como había supuesto desde la primera noche que se conocieron. «¡Tuyo!, ¡tuyo!», susurra varias veces, como intentando apurar inútilmente el significado de esa extraña palabra

Asegura la carpeta con sus gomas elásticas («Así que también ella tiene su carpeta», piensa) y vuelve a meter la mano en aquellas misteriosas honduras. Saca un puñado de ropa cuyas prendas tarda en reconocer: bragas y tangas de colores detonantes, con lentejuelas, con cenefas, con encajes, una con dos corchetes que cierran y abren por delante una puertecita de dos hojas, en cada una de las cuales hay un dibujo, o quizá sea una letra historiada, algo bordado en oro, un sujetador cuyas copas son pequeñas flores con todos sus pétalos abiertos, unas medias negras de rejilla, unas ligas, y otras prendas de lencería que dan un tacto arenoso y que le van resbalando de las manos hasta que finalmente se quedan abiertas y vacías, como suplicantes, mientras intenta comprender algo de lo que está sucediendo en una dimensión de la realidad que parece objetiva y fiable. ¿O es que no es sábado, no es mayo, y no se abría ante él hace sólo un instante el panorama de un futuro envidiable? Cuando estaba en el balcón, unos minutos antes, ¿no era el hombre más feliz del mundo? ¿Y ahora? Las 8.05. ¿Qué más habría allí dentro? Una pequeña cámara de fotos, un reloj con su estuche, otro con unos pendientes, y al fondo algo grande y áspero, que debe de ser el tapiz que ha originado esta búsqueda y este descubrimiento insólito y atroz.

En el tiempo que ha durado el registro, sonó el ascensor varias veces, pero sólo ahora, al oírlo de nuevo, tiene el presentimiento infalible de que es Marta. Guarda con rapidez pero con método la cámara, los estuches, la ropa y la carpeta, y forcejea con el cajón hasta engranarlo en su carril. En ese momento suena la llave en la cerradura de la puerta. Marta y Clara lo encuentran sentado en el sillón, leyendo el periódico. Clara está eufórica y habla a gritos mientras le enseña a su padre las compras. Marta, entretanto, entra en el dormitorio. La oye trastear: las puertas del armario, los cajones, el golpe de los zapatos en el suelo –ruidos que se sabe de memoria desde hace muchos años–, hasta que vuelve vestida de andar por casa. Como si acabara de acordarse ahora de la noticia, Tomás dice, con su mejor voz consternada, que ha llamado el director del instituto para un asunto urgente –la expulsión de unos alumnos– que hay que resolver sin falta el lunes. «¡Oh, papi, qué rabia!», dice Clara. «¿Y no podríais dejarlo para después del puente?», dice Marta. Y él, no, dice con la cabeza, haciendo un gesto de contrariedad.

Tomás Montejo pasó la noche en vela, contando las horas que faltaban para quedarse solo en casa y poder examinar a fondo todas las horribles maravillas que prometía aquel escondrijo. Pensó en hallazgos de tesoros, en palacios submarinos, en islas misteriosas, en mapas y en mensajes cifrados. Su vida, de pronto, parecía una novela. Dentro de aquel relato caudaloso que él había imaginado, nunca se le habría ocurrido algo tan extraño, tan fantástico, como estos materiales que la realidad arrastraba ahora en su humilde e infatigable laboreo. Varias veces se recitó las cuatro fórmulas magistrales para ser feliz, o al menos para conjurar la desgracia. Pero comprobó que ni era en acto, ni era capaz de fijar el pensamiento o la mirada, ni de aligerar el yo, ni mucho menos de conseguir la paz de espíritu que lo rebosaba aquella misma tarde, cuando tan fácil le parecía que, en adelante, ante sí mismo y ante los demás, sería ya para siempre dulce, grave y sincero.

Cuarta parte

1
El *León del Mar*

Llevó la carpeta a su mesa de trabajo y la abrió con mucha ceremonia, consciente de cada movimiento, memorizando el orden de las cosas para dejarlas luego cada cual en su sitio. Marta y Clara se habían marchado hacía ya tiempo, pero él no se atrevió a iniciar sus pesquisas hasta estar bien seguro de su soledad. Ahora era ya mediodía y el silencio del domingo ensanchaba hasta muy lejos la mañana apacible y radiante de mayo. A un lado, tenía una libreta y un lápiz para levantar acta de cada papel, de cada testimonio. Como si oficiara un rito, usando sólo la punta de los dedos, examinó los matasellos de las cartas y las postales. Estaban todas ordenadas por fechas y todas dirigidas a un apartado de correos de Madrid. Ninguna traía remite. La letra torpe y esmerada (él, que era experto en la materia, la identificó de inmediato) revelaba a alguien deficientemente escolarizado pero muy escrupuloso con lo poco que sabe, como esos campesinos que lucen con acendrada elegancia su pobre traje de domingo. Luego entonces no podía ser Miranda. Y menos aún cuando comprobó que los mensajes procedían de lugares remotos: Tokio, Melbourne, San Francisco, Singapur, Mombasa. La primera carta estaba fechada tres años atrás, y la última había llegado hacía poco más de una semana.

Tres años. ¿No fue entonces cuando Marta empezó a convertirse –al tiempo que se le enfriaban los suspiros– en una persona distante y distinta? Pero no: en realidad no recordaba cómo fue aquel proceso de desencuentros y desilusiones. ¿Cómo fue? El panorama de su vida conyugal se le apareció en la memoria con una lisura monótona donde apenas se distinguía algún accidente, algún episodio singular. Lo demás era todo tiempo gris, del que ni siquiera quedaba la vaga impresión de haberlo vivido. Desiertos, mares, espacios intergalácticos. Con un suspiro, volvió a la realidad. Cotejando unas cartas con otras, analizó el garabato de la firma, hasta sacar en claro las iniciales: L. S.

Tenía la boca seca y las manos temblorosas y ávidas. No perder la calma, recordar las cuatro normas básicas para ser feliz. Recitándolas, se levantó a buscar una cerveza y sintió cómo algo se removía en lo más tenebroso de la memoria, algo imposible de identificar y que enviaba señales incomprensibles para la inteligencia pero no para el corazón. Una corazonada. Buscó en un armario, encontró un estuche de terciopelo donde Marta guardaba sus más antiguas reliquias y allí, en efecto, estaba aquella foto que él encontró enmarcada en el plástico transparente de su carterita cuando aún no eran ni siquiera novios, y que le inspiró tantos celos hasta que ella (era un día de primavera como hoy y estaban en un parque) le dijo que no, tonto, que era sólo un amigo de la infancia, un vecino, qué cosas tienes, y además se había ido de España para siempre, se había metido de marino porque robó un coche y desvalijó una casa y la policía andaba tras sus pasos. Una foto de estudio. Un muchacho con ínfulas de galán, la expresión dura embellecida por el humo del cigarrillo recién encendido que sostenía con mano indolente muy cerca de la boca. Labios apasionados con un rictus de hastío y de desdén. Detrás, escrito a pluma, con la letra que ya le era familiar: «Para que nunca me olvides, Leoncio Suárez».

¡Leoncio Suárez! Volvió a la carpeta y buscó sus fotos actuales. Al dorso y a lápiz, Marta las había ordenado cronológicamente. En algunas posaba ante monumentos típicos o famosos –una pagoda, la Estatua de la Libertad–. Otras muchas eran de ambiente marinero. En una aparecía muy abrigado sobre un fondo de bruma portuaria. En otras, en la proa de un barco, haciendo que avizoraba el horizonte, o bien manejando el timón, junto al ancla, echado entre maromas con un sombrero sobre el rostro. Según avanzaba, las fotos iban abundando en primeros planos y en motivos equívocos. Empezó a aparecer con el torso desnudo, y luego en bañador, en una de ellas tumbado en lo que parecía la litera de su camarote, levantando los ojos de una revista para mirar un instante a la cámara con una intensidad seductora y viril.

Se saltó otras para ir llegando hasta el final. Entonces se tropezó con una –pero no, no podía ser, y miró alrededor como buscando testigos de su escándalo– donde aparecía desnudo y empalmado, en una playa caribeña. Era un hombre delgado, atlético, curtido por soles y brisas, y con un aire serio y elemental. La convicción de ser él mismo, sin complejos y con algún alarde, lo ponía a salvo de la vulgaridad. Sus manos eran grandes y fuertes. ¿Qué edad tendría? Quizá algún año más que Marta, veintinueve o treinta. Y había que reconocer que era atractivo, el muy cabrón. Lucía un dragón oriental tatuado en el pecho, y un corazón flechado con unas iniciales en un hombro. Buscó, y estaba seguro de encontrarlo, un primer plano de ese tatuaje: «M. L.», en efecto, como no podía ser de otra manera.

Había otras tomas de la misma serie, en todas desnudo y en todas empalmado o en estado de media erección. Luego ¿entonces ella habría correspondido con fotos de ese estilo? ¿Por eso se compró la cámara y la ropa interior de fantasía?, pensó, mientras exponía algunos negativos a la luz. Apenas logró distinguir su silueta: apenas nada para lo que la imaginación ya le exigía. Quería salir corriendo a buscar ahora mismo un lugar donde le revelasen las fotos de inmediato. Pero se contuvo, avergonzado de sí mismo, de la perversa y poderosa excitación a la que era incapaz de sustraerse. Y de pronto un único temor: ¿se habrían visto?, ¿habrían follado?, ¿cuántas veces en esos tres años?

Trajo una botella de whisky y unos hielos, se despachó un buen chorretón que se bebió puro y de un trago, y luego otro, y luego encendió un cigarro sin prisas –ser en acto, aligerar el yo, fijar la mirada y el pensamiento, ser dulce, grave y sincero–, y sólo entonces comenzó a leer la primera carta, palabra a palabra, línea a línea, volviendo sobre cada frase como si se tratara de un texto poético o sagrado.

Desde las primeras cartas se notaba que había entre ellos una familiaridad que venía de muy lejos. A veces sólo necesitaban una alusión, unas iniciales, para rememorar anécdotas de la infancia, del barrio, del colegio, de forma que por momentos parecían usar un lenguaje en clave, de secreteo infantil. Leoncio Suárez había intentado desde hacía años contactar con ella, pero la madre de Marta, que nunca lo había querido bien, «tú ya sabes por qué», debía de haber escondido o destruido sus cartas. Luego, al parecer, Marta interceptó por casualidad una de ellas y así se había iniciado la correspondencia y anudado los cabos de una relación ambigua, que parecía haberse mantenido siempre en el filo que separa y confunde la amistad y el amor.

Fuera de la exaltación del pasado, las cartas al principio eran monótonas y un tanto impersonales. Leoncio Suárez hablaba del tiempo que hacía, del rumbo que llevaban, de las guardias, de lo que comía (daba cuenta detallada de los menús de la semana), de un uñero que le había salido, de las mercancías que transportaban, y poco más. Cuando llegaba a puerto –Nueva York, Hamburgo, Buenos Aires–, se limitaba a informar sobre la pensión en que se alojaba, sobre las pequeñas compras que hacía, de cómo estaba el cambio de moneda, y daba la ciudad por sabida. Ninguna concesión a la estética o al exotismo. Ni una tempestad, ni un riesgo de naufragio, ni una estampa del mar bajo la luna. Tomás pensó al principio que aquel hombre carecía por completo de imaginación. Pero enseguida comprendió que para él, su vida marinera, y el continuo viajar por todo el mundo, era una forma de rutina como cualquier otra. Leoncio Suárez era un auténtico Simbad, en tanto que él no había viajado ni vivido más aventuras que las de los libros. Sus mares, sus países, sus naufragios y tifones, eran las estanterías de su biblioteca.

La escritura de Leoncio Suárez era pobre, hecha con frases rudimentarias, y no había línea sin alguna falta de ortografía. Pero a Tomás, acobardado por la catástrofe sentimental que estaba viviendo, y cómplice ya de su enemigo, le pareció que aquél era el estilo seco y vigoroso de los hombres de acción. Sus sutilezas de lector, de escritor, de profesor, le parecieron amaneradas y tramposas ante aquel verbo escueto que ignoraba, o despreciaba, las más humildes galas de la retórica pero donde latía la vida en toda su misteriosa cotidianidad.

Luego, a las pocas semanas, las cartas empezaron a adquirir un tono sentimental que presagiaba lo peor. «Yo también te recuerdo mucho», «Tú sí que eres guapa», «No te puedes imaginar con qué nerviosismo espero tus cartas», «Me paso las horas enteras pensando en ti». Y así, de frase en frase, pronto las cartas se hicieron claramente amorosas. Comenzaron por confesarse que siempre, desde niños, cada uno había estado enamorado en secreto del otro. Eso es lo que se deducía de los laconismos cada vez más locuaces de Leoncio Suárez: «Tú siempre has sido el gran amor de mi vida», «Siempre te tuve en un altar», «Siempre pensé que tú y yo acabaríamos juntos», «Es verdad lo que dices, estamos hechos el uno para el otro». Y, de pronto, una frase que lo dejó helado de espanto: «Me alegro que por lo menos estés casada con un buen hombre, que te respeta y que te quiere».

Sintió la humillación como algo físico. Un dardo en el costado, un vacío glacial en el estómago, un entristecimiento súbito de la carne y del alma. ¡Un buen hombre! Pero, ¡qué hijo de puta!, ¡los dos qué hijos de puta!, y apuró el vaso y se sirvió otro trago. ¡Qué hijo de la grandísima puta! Qué sabría de él aquel patán, un tipo que no habría abierto un libro en toda su vida, un macarrilla con un dragón pintarrajeado en el pecho. Un buen hombre. ¡Valiente capullo! ¿Y ella? Porque ella era sin duda la inspiradora de la ofensa. Intentó apiadarse de ellos. Dos pobres diablos que, con su humilde bagaje cultural, intentaban construir torpemente un mundo maravilloso de palabras. Dos pobres ignorantes afanándose por engañarse y convencerse entre ellos acerca de grandes ideales que, como mucho, conocerían por las canciones melódicas y las revistas del corazón. Gentes que no habían sido invitadas a la fiesta y se asomaban de puntillas a la ventana para ver danzar a sus señores. Un remedo, una burda imitación, un grosero aleteo, un querer elevarse, una impostura consentida, y finalmente esa ramplonería que engendra la ignorancia cuando le da por lucir sus harapos como si...

Pero no, no, no. Esa burla no es digna. Relativiza las cosas, sé más humilde, intenta comprender. ¿Qué importancia tienen las palabras dichas por decir, como en un juego? Tú también le dijiste a Teresa muchas cosas en las que no creías, fruto vano de un momento de inspiración, de un golpe de audacia, de un arranque de libertad. Y el gusto de convertir fugazmente la vida en escenario, y la tentación de aventurarse en alguna que otra novedad, y las antiguas e inviolables y dulces reglas de la seducción... Sí, también tú a Teresa le dijiste algo así, que Marta era una buena mujer, carente de sensibilidad e imaginación pero buena mujer, y no por convencimiento sino para que Teresa se sintiera ante la otra distinta, única, elegida, como exigen los tópicos de la retórica amorosa.

Más tranquilo, regresó a la tarea, aunque de vez en cuando se sentía aún lacerado por la humillación. Comenzó a saltarse párrafos para conocer cuanto antes el argumento general de la historia. Supo que en esos tres años no se habían visto ni una sola vez. En una de las cartas, él le pedía una foto y le enviaba a su vez una suya. Luego, no había ya carta en que no incluyera algunas fotos y comentara las anteriores, al tiempo que los encabezamientos se iban caldeando y haciéndose más y más explícitos: «¡Amor mío!», «¡Mi eterno amor!», «¡Mi vida!», «¡Mi sueño!», «¡Mi niña!», «¡Mi pasión!». Autorizado ya por ese tono posesivo, Leoncio Suárez le solicitaba, casi le exigía, fotos más y más atrevidas. Y debió de ser por entonces cuando empezó a enviarle obsequios, un pañuelo, un perfume, un reloj, una sortija, unos pendientes, objetos que Tomás creía que ella se había comprado por su cuenta, y se levantó y fue a mirar y, en efecto, reconoció o adivinó algunos, allí estaban bien a la vista, y otros en el escondrijo, como por ejemplo y sobre todo las prendas de lencería, que él le había enviado para que ella le mandara fotos ataviada con ellas. ¡Y de qué mal gusto eran aquellas prendas! Lentejuelas, pedrería, tornasoles, encajes y bordados libertinos, caireles, pompones...

Y al compás de los regalos y las fotos, en pocos meses el lenguaje pasó de la insinuación a la osadía, y de ahí a la obscenidad. Tomás no daba crédito a aquellas expresiones crudas, que se recreaban en su propio impudor. «Tienes un cuerpo de cine», «Nunca he visto unos pechos tan bonitos como los tuyos. Son perfectos. Y tus pezones deben saber a miel»; «En sueños, te he follado mil veces»; «Lo que yo daría por comerte el coño y saborear su almíbar salado»; «¿Por qué no te lo rasuras para mí y me mandas un rizo para hacerme con él un relicario?». Y en la siguiente carta, ya en la despedida, le llamaba «mi chochito». Y esa expresión se repetía en otras, y una vez (se supone que respondiendo a una pregunta de Marta) le decía que no, que no tenía un amor en cada puerto, y que desde que se escribían no había vuelto a ir de putas. «Tú eres mi único amor, mi única putita.» Y ya de vez en cuando le llamaba así, «mi putita». En otra ocasión, fijó un día y una hora para masturbarse los dos a la vez. Se inventó un lugar, una situación, y también un argumento, e instrucciones precisas para los dos intérpretes –allí estaban los decorados, el texto y la dirección escénica de lo que parecía una obra teatral–, con objeto de sincronizar la representación de aquel adulterio consumado a distancia. «Así que esto es lo que soy», pensó Tomás. «Un pobre Charles Bovary. Quién me lo iba a decir.»

Se recreó en la exactitud metódica de sus actos para escapar al pánico que lo iba ganando por momentos. «De modo que también ellos se han inventado sus polvos de papel», se dijo. «También ellos su mundo de palabras.» ¿Y hasta dónde eran reales las palabras? ¿Hasta dónde llegaba el compromiso con ellas? ¿O se trataba sólo de un devaneo, de una vigilia delirante, de un juego donde fingían una libertad que no existía fuera de la imaginación? Mi putita, mi chochito. Palabras, sólo eso. Y quizá ella, mi..., pero no: Marta era una mujer decente, incapaz de tales impudicias. No, no, las palabras no eran en balde, los ensueños no eran inocentes, el viento que se llevaba lo dicho regresaba a menudo convertido en tempestad. ¿Y cómo serían las cartas de ella? ¡Oh, lo que él daría por leerlas! De pronto se sentía consumido por la necesidad de saber, por el mísero afán de saber. Ninguna novela, ningún poema, ningún texto podía compararse a la pasión que lo atormentaba ahora ante el deseo de leer las cartas que Marta le había escrito a su amante.

Siguió leyendo. Y entonces se encontró con un nuevo y fantástico motivo de terror. «Algún día nuestros sueños serán realidad», leyó. «Ya tengo pensado dónde vamos a vivir los tres.» ¡Los tres! Le temblaban las manos como si las tuviera heladas y con el temblor no conseguía enderezar las líneas que leía. «Tú ve preparándote para cuando llegue la hora», decía en una carta del último otoño, y a partir de ahí ya sólo hablaba, hablaban, de un futuro común cada vez más cercano y real. «Comprendo tus dudas pero tienes que decidirte. No puedes sacrificar tu futuro y tu felicidad por miedo de hacerle daño a alguien.» Y en otra del pasado noviembre, justo cuando comenzó su idilio con Teresa: «¿Te has decidido ya?». Y en otra: «Sobre si hablas o no con tu marido, tú verás lo que haces, pero a mí me da miedo de que, si hablas, al final te quedes con él por compasión». Hijo de la grandísima. Y en diciembre: «Iré a España pronto, antes de lo que tú crees». Leyó otras por encima hasta llegar a una de finales de marzo: «Atracaremos en Vigo allá para junio, y ése será el momento que tanto hemos esperado», y le contaba que en adelante vivirían en un barco («He hecho algo de dinero con algunos negocios»), ya lo tenía apalabrado, unas veces en los puertos y otras en la mar. *León del Mar,* se llamaría el barco, por Marta y por Leoncio. «Navegaremos por todos los mares, viviremos en muchas ciudades, remontaremos ríos, y el amor será nuestra única bandera.» Y sí, el amor parecía haberle concedido el don de la elocuencia. «Ya verás qué felices vamos a ser los tres. O mejor dicho, los cuatro, porque pronto Clara tendrá un hermanito.» Y el espanto de Tomás se acrecentó aún más al recordar vagamente algo que confirmó en el acto. Fue al cuarto de Clara y miró en sus cuadernos de dibujo. Y allí estaba el barco, con su nombre, *León del Mar,* las gaviotas, las islas, los peces, las estrellas, un negro, un chino, un árabe... «Luego entonces», pensó, atónito, alelado, sin querer entender lo que la evidencia intentaba decirle, «luego entonces, están preparando la fuga. Y lo que quizá empezó como un juego, como un ir y venir de palabras, va camino de convertirse en realidad.»

Se levantó, se asomó al balcón, entró en el baño, abrió el grifo, vio cómo el agua llenaba y rebosaba el cuenco de sus manos, vagó sin rumbo por la casa, encendió y apagó luces, abrió y cerró puertas, puso el televisor y manejó el mando a distancia, y se admiró de lo bien que funcionaba todo, los interruptores, los grifos, los pestillos, todo perfecto, todo en orden, y sin embargo bajo aquella armonía sellada por la prosperidad y la costumbre se estaba gestando una catástrofe que cambiaría el rumbo de su vida y la devolvería al caos, del que quizá ya no saliera nunca más. Y entonces se consumaría su fracaso vital. Fue al espejo a examinar su rostro, a buscar en él al joven lleno de futuro que un día fue y al hombre cuya derrota ya se perfilaba por entre la neblina del porvenir. ¿Sería capaz de llorar? En otros tiempos lloraba con los libros, había manchas de lágrimas en ciertas líneas, lágrimas que caían como lluvia en los surcos hechos de palabras, lloraba a veces de dicha y casi siempre de dolor, porque sufría y disfrutaba con las alternativas de los héroes como si fuesen cosa propia. Pero ahora no le venían las lágrimas. Quizá es que la pena era tan profunda que no admitía siquiera ese consuelo.

Regresó a la mesa tambaleándose un poco, más que por el alcohol porque así lo exigía su dignidad maltrecha. Leyó las tres últimas cartas. Leoncio Suárez ya sólo hablaba (y es de suponer que también ella) del proyecto de fuga. Él iría a buscarlas a Madrid y, en cuanto pudieran, partirían los tres hacia Marsella: allí los esperaba el barco donde vivirían, listo para zarpar. «Pronto sabré el día exacto en que llegaré a Madrid. Será entre el 15 y el 20 de junio.» Y luego: «Lo de dejarle una carta a tu marido explicándole todo y pidiéndole perdón, no me parece mal. Ya tendrás tiempo de hablar con él más tarde, cuando se desengañe. Y lo de ir a España cada pocos meses para que él pueda ver a Clara y pasar algunas temporadas con ella, también me parece un buen arreglo». Luego entonces Marta parecía haber tomado ya la decisión de abandonarlo, de irse con el otro y de llevarse a Clara, engañada con el señuelo del barco, de los viajes, de las aventuritas. ¿Y qué le dirían? Que papá llegará más tarde, que ahora está malito, pobre papaíto, que ahora está trabajando, ¿escribiendo otro libro?, eso es, un nuevo libro, un libro muy gordo, hasta que Clara se fuera olvidando de él y sustituyéndolo sin darse cuenta por el otro. ¿Sería capaz de hacer algo así Marta? ¿Sería?

Ordenó las cartas, cerró la carpeta y la llevó a su escondite. Volvió a mirar los regalos y las prendas de lencería. Encontró en un rincón la llave del apartado de correos, y al fondo, enrollado, el tapiz que había tejido en los buenos tiempos del amor. Sintió que (ahora sí) le subían las lágrimas mientras lo desplegaba para volver a ver aquellos dibujos que contaban en claro lenguaje infantil la historia de los dos. Pero al momento se le entenebreció el alma al ver que había dos viñetas nuevas, una de un barco, con toda su luz y colores marinos, y con el nombre bordado en rojo, *León del Mar,* y otra donde aparecían cuatro bañistas, dos adultos, una adolescente y un niño de a gatas, todos desnudos y felices bajo una palmera, en una playa tropical.

«¿Y ahora qué vas a hacer?», se preguntó, puesto aún de rodillas ante el armario abierto. Pensó en suicidarse, con las cartas y las fotos (esperaría a revelar también las de Marta) esparcidas a su alrededor. Flotando para siempre en las aguas del sueño, como la pobre Ofelia. Pero no. Mejor matarlo. Estar atento a la carta que anunciara su llegada, ir a esperarlo al puerto, o mejor ya en Madrid, eso es, averiguar su paradero y esperar la ocasión. Pero, ¿cómo?, ¿y con qué arma? No, eso no funcionaría ni en la peor novela de suspense. ¿Qué hacer entonces? Porque algo tendría que hacer para no perder a Marta y a su hija. Para impedir que aquel rufián, que aquel macarra, le arrebatara a su familia.

Eran ya las siete de la tarde cuando se tumbó en el sofá. Había bebido y fumado mucho, y la habitación le daba vueltas y en cada vuelta le parecía que iba a caer en un abismo. ¿Y qué tal el desprecio? Se imaginó convertido en escritor de fama, autor de novelas de aventuras que hacían soñar a medio mundo, y al lado de las cuales las pacíficas travesías navieras del *León del Mar* (¡vaya nombre ridículo!) parecerían excursiones en una motora por un lago. Porque, al cabo del tiempo, dos, tres meses, no mucho más, como le pasó a él con Teresa, ¿en qué quedarían sus andanzas sino en una vida fatigosa y monótona, yendo de acá para allá en una especie de chabola flotante? ¡Qué sabrían ellos de aventuras! O, si no, perderse en África, enrolado en alguna ONG. Y un día, ya viejo y barbudo, Premio Nobel de la Paz. Y aún quiso seguir tramando planes, desvariando, pero ya sólo alcanzó a musitar unas palabras borrosas (Bantusa, León del Mar, un verso de Virgilio) antes de quedarse dormido, con una mano caída trágicamente en el vacío.

2
Una aventura nocturna (1)

A esa misma hora de ese mismo domingo de mayo, Dámaso Méndez estaba sentado en una silla en el interior de la tienda, junto a la persiana metálica abierta hasta la mitad para aprovechar la luz y el fresco de la calle. Todavía quedaba mucho para el anochecer. De vez en cuando echaba un sorbito del pocillo de lata del café y le daba una calada gustosa y a fondo al cigarrillo. Llevaba sentado allí más de una hora, cavilando, esperando. «Tranquilo», oía la voz que lo tutelaba desde hacía tantos años. «Recuerda que las fatigas de hoy, mañana serán gratas de recordar. Piensa que dentro de muy poco conocerás todos los secretos que tanto te han atormentado y que, mientras no los desveles, seguirán royéndote por dentro hasta el fin de tus días.»

Se levantó, echó un poco más de café en el pocillo, añadió un chorrito de ginebra y regresó a su puesto removiendo el azúcar, y allí siguió removiendo un buen rato no ya el azúcar sino su propio pensamiento. La noche iba a ser larga y habría que armarse de paciencia. «Tranquilo. Dedícate a recordar los ultrajes. Examínalos a fondo, porque aún queda mucho ahí por rebañar, y afiánzate en tus huellas, y ya verás como con la herida reverdece el valor.»

Llevaba casi dos meses instalado en Madrid, dedicado al comercio, y ya le había cogido afición a su nuevo oficio, y a su condición sedentaria, y en cuanto a la vivienda, siempre le había dado igual una cosa que otra. A las ocho en punto, ya con el café bebido, preparaba la tienda. Sacaba los caballetes a la acera, ya listos con los tarros de chicles y de golosinas, los tebeos y revistas, la bandeja del tabaco, los artículos de papelería, los bocadillos y la bollería, cada cosa en su sitio, y esperaba, sentado en un taburete, vestido con su media bata gris y su gorra deportiva, a que llegaran los primeros clientes.

Trabajaba sin prisas, serio, reconcentrado, pero cada poco tiempo se erguía ligeramente y miraba más allá, hacia la fachada del instituto, y por un instante se quedaba absorto, con el pedido a medio despachar. «Vete preparando, que ya no puede tardar mucho.» Y luego, en el momento exacto, un susurro imperativo pero lleno de acentos invitadores, casi voluptuosos: «¡Ahora, mira, ya lo tienes ahí!». Entonces se inmovilizaba en su actitud erguida para ver avanzar a Bernardo hacia la puerta del instituto, con su andar lento y torpe, y su aire de vejez prematura, pero con un resto de petulancia y de empaque de galán tardío en la manera de echar los pasos y de balancearse, a pesar de su leve cojera, en su expresión dura y esquinada, y aún más con la cicatriz que le hendía la mejilla, en el manejo del cigarrillo y el llavero.

Era sólo un instante. El otro desaparecía en el instituto y él continuaba trabajando, afable y despacioso. Enseguida los muchachos se iban y no volvían hasta la hora del recreo. Así que él aguardaba en el taburete y atendía a clientes ocasionales, entraba y salía de la trastienda, hablaba con algún transeúnte ocioso, o leía en alguno de los libros que le prestaba Tomás Montejo, con el que ya iba teniendo un trato de amistad. Era sólo un instante, en efecto, y otro instante más tarde, cuando lo veía en la puerta a la hora del recreo vestido con su uniforme de bedel, pero era suficiente para alimentar el odio infinito que le guardaba con una lealtad inquebrantable de amante, y que necesitaba sustentar con el espectáculo magnífico de su decadencia, de su medianía, del desastre final de su vida, de todo lo cual el uniforme era un signo tan humilde como clamoroso. O las veladas en el Tucán, donde Dámaso había vuelto alguna noche a coincidir con él, cada cual en un extremo de la barra, y en una ocasión volvió a cantar con su voz bronca y rota y con aquella figura tan estropeada donde era imposible reconocer al joven hermoso y esbelto que un día fue. Bebía, cantaba, rumiaba a solas su pensamiento, y finalmente se iba y se perdía por un laberinto de callejuelas tan desiertas y oscuras como su propia vida.

Y más grande era el rencor cuanto más cercana y hacedera parecía la venganza. «Ya ves qué insufrible es la espera cuando se está ya listo para asestar el golpe justiciero y mortal», aprovechaba su ángel guardián para espolearlo, para aconsejarlo, para dejar una sentencia al hilo de cualquier situación. «Pero recuerda que el desquite suele venir tarde y con paso quedo, y que, en este oficio, los primeros pensamientos nunca son los mejores. Espera y observa, y ya verás como la ocasión llegará por sí sola. Entretanto, guarda la astucia y el valor para ese gran momento, y no los malgastes ahora en pequeñas tormentas de carácter.» Y tanto o más que la revancha, lo que lo consumía de impaciencia era la ansiedad de saber, de descubrir la urdimbre que unía las tramas de su propia vida y de las vidas de sus padres, de Natalia, de Bernardo, de Damasito, y cómo todas ellas se habían combinado entre sí para formar una historia, un argumento, que él no alcanzaba a comprender.

Por lo demás, sus hábitos eran los de siempre. Comía en algún restaurante económico, cenaba en casa –unas sardinas, algo de queso y embutido–, y luego se dedicaba a ver la televisión y a leer los libros de Tomás Montejo, mientras sin querer recordaba el pasado, o más bien era el pasado el que lo perseguía sin tregua ni piedad, presentándole un mundo edénico que aquel hombre turbio y mediocre destruyó en su propio provecho con sus artes encantatorias de impostor. Y ahora al fin le había llegado la hora de pagarlo. Entonces, y hasta que le venía el sueño, se dedicaba a darle vueltas al modo de entrar en alguno de sus dos domicilios, donde al fin encontraría respuesta a todos los misterios que lo atormentaban desde la más remota juventud. Pero, ¿cómo entrar en esos lugares? ¿Cómo conseguir apoderarse de lo que estaba tan al alcance de la mano? Por eso había forzado la relación con Tomás Montejo, con el propósito de llegar a ganar un aliado para su causa. También un confidente: quizá él supiera cosas del bedel, algo de su pasado, un detalle sin importancia que para él equivaliese a un resquicio por donde entrever algo de luz en aquella vida tan reservada, tan opaca.

El pretexto habían sido los libros, y entre préstamos, devoluciones y comentarios, habían terminado siendo amigos de veras. Se veían a menudo, y aunque empezaban hablando de cualquier cosa, la conversación los llevaba enseguida al tema inevitable de lo difícil y extraño que es a veces vivir. Dámaso sabía que Tomás andaba extraviado en una encrucijada sentimental, en parte porque había descubierto por sí mismo su relación secreta con una alumna, y en parte porque el propio Tomás contó alguna vez, en claroscuro, aquel pasaje de su vida. Ahora, había roto con la alumna y quería recuperar el profundo amor que, sin saberlo, había sentido siempre por Marta. Además, tenía grandes proyectos literarios. Hablaba con fervor del futuro, del horizonte amoroso e intelectual que se abría ahora ante él, más pródigo que nunca en ilusiones y promesas. Uno de esos proyectos trataba sobre la felicidad. «Beatus ille», se llamaba. Una noche disertó sobre él en la trastienda y se explayó en teorías y recetas que a Dámaso le resultaban familiares porque más de una vez las había leído y oído con otras palabras en revistas y programas populares de radio y de televisión, pero que Tomás contaba con una vehemencia como iluminada, como si revelase la fórmula de un elixir o descorriera el velo de un misterio...

Al final enumeró las cuatro fórmulas mágicas para no perder el norte de la felicidad en este mundo, y desde entonces lo primero que hacían al encontrarse era recitarlas de corrido, y aquella breve retahíla se convirtió pronto en una especie de santo y seña de su amistad, de los secretos cada vez más íntimos que iban compartiendo.

Todo eso recordaba mientras seguía sentado junto a la puerta de la tienda esperando a la noche. Y recordaba también que, oyéndolo disertar sobre la felicidad, en algún momento se emocionó y sintió un repentino deseo de purificarse del rencor y del anhelo de venganza que habían sido la única razón válida de su existencia, de descansar al fin de aquella pasión excluyente que lo dominaba y lo sometía a la dura servidumbre de mantener siempre vivo el fuego de una ofensa. Pero fue sólo un momento. «No seas ingenuo», lo desengañó de inmediato su tutor espiritual. «Tu herida no se cura con hierbas ni palabras, y tu dolor sólo se aliviará con el dolor de tu rival.»

Bajó la persiana metálica, se sirvió otro café y se sentó frente al televisor. Durante dos horas siguió con la misma atención la trama de una película del Oeste y los cortes publicitarios. Intentó mantener la mente en blanco, aunque a veces repasaba sin querer y a cámara rápida los movimientos mil veces repasados, salir de casa con la escalera plegable, amarrarse la cuerda, encaramarse a la tapia, tirar de la cuerda y descolgar suavemente la escalera al otro lado, bajar, bordear el patio, tal como había hecho ya una vez para inspeccionar el terreno y ver el modo de entrar en la casa de sus pesadillas. Se atrevió a hacerlo la noche de un domingo de abril, después de comprobar que Bernardo se había ido a dormir a su otra vivienda. Fue una decisión repentina. Corrió a casa, trajo la escalera que tenía comprada para la ocasión hacía ya tiempo, y todo resultó tan fácil que sólo al regresar a casa cayó en la cuenta de que estaba medio borracho. A un lado, a salvo de balonazos y travesuras escolares, y en una especie de callejoncito, había un alto y sucio ventanuco sin reja, sólo con un cristal ciego, que quizá daba al baño. Aquello era lo que él buscaba, la entrada secreta a un mundo que hasta entonces parecía inalcanzable.

Tal como tenía previsto, con una exactitud supersticiosa, a la una en punto salió a la calle con la escalera envuelta en plásticos, disfrazada de bulto de viaje, cerró la persiana y caminó pegado a las paredes y matando los pasos hacia las traseras del instituto. Era noche sin luna. Eran días festivos y las calles estaban solitarias. También Bernardo se había ido de viaje. Lo vio salir del instituto con unas bolsas y unas cañas de pescar, y luego, comentando el caso con Tomás a propósito de que a él también le gustaba la pesca, Tomás le confirmó que, en efecto, el bedel había aprovechado el puente de mayo para ir a la trucha, pero no sabía más, porque el bedel era un hombre de muy pocas palabras. «Aquí tienes la ocasión que esperabas. ¿Ves como merece la pena confiar en el magisterio del azar? ¿Te das cuenta cómo nadie es débil ni está solo si posee el arma invencible de la necesidad?»

Esta vez estaba casi sobrio. Vestía ropa oscura y zapatillas deportivas. Caminó aprisa, con la cabeza gacha, como si fuese a tiro fijo. Los locales nocturnos estaban cerrados. Sólo alguna luz en algún piso, algún farol, que Dámaso rehuyó. Ahora, aunque quisiera pensar, no podía. Todas las energías y las potencias del alma trabajaban para la pura acción.

Desplegó y adosó la escalera a la tapia, se ató la cuerda a la hebilla del cinturón, tomó impulso, dio un salto desesperado y se aferró al borde de la tapia y con manos y pies, torpe y furiosamente, gateó hasta la cima. La oscuridad y el silencio del otro lado parecían más densos y profundos. Esperó a acompasar la respiración y luego se puso a tirar de la cuerda. La escalera raspaba y rebotaba en la tapia, y a Dámaso le pareció que hacía tanto ruido que de un momento a otro iba a despertar y a alarmar a todo el vecindario. Extremando el cuidado, muy poco a poco, pasó la escalera al otro lado y la deslizó con la cuerda hasta dejarla asentada en el suelo. Allí la altura era menor, y sólo tuvo que estirar los brazos al descolgarse para tantear con el pie el primer peldaño de la escalera. Durante un rato se quedó al acecho, escuchando, esperando que los ojos se acostumbraran otra vez a lo oscuro. Sólo se oía el bullebulle lejano de la ciudad. Con una mano tanteando en la tapia y la otra sosteniendo al hombro la escalera, andando agarbado y muy tenue, bordeó el patio hasta llegar al ventanuco de la casa. El lugar, estrecho y encajado entre el muro del instituto y el de la propia casa, daba apenas espacio para abrir la escalera, y no resultaba fácil maniobrar, pero a cambio le ofrecía la ventaja de poder trabajar a sus anchas.

Subió dos escalones y encendió la linterna. ¿Sería capaz de entrar y salir por aquel lugar tan angosto? Sacó del bolsillo un pequeño martillo con la cabeza envuelta en un trozo de bayeta, tanteó el cristal y golpeó, dos, tres veces, probando la resistencia y afinando el pulso hasta que encontró el punto exacto y oyó dentro un estropicio y luego una granizada de cristales. Y luego, cuando se hizo el silencio, algo más. Una agitación confusa, unos indescifrables signos de alarma. Y después, nada. Ahora, tenía erizado el vello de los brazos, y las piernas le flaqueaban y le trasmitían un leve tembleque a la escalera. «Si me voy, quizá ya no me atreva a intentarlo de nuevo, y cargaré con esa culpa para toda la vida.» «Tranquilo», oyó decir de inmediato. «No hay obstáculo ni rival que no se rinda ante la audacia. ¡Ánimo! Ahí, al alcance de la mano, está todo lo que has deseado saber durante tantos años. Recuerda eso y espera a que la rabia se convierta en valor.»

Tanteó con la mano hasta encontrar el pestillo y empujó hacia dentro las dos hojas del ventanuco. Pero en ese instante, ¿no volvía otra vez a oírse algo, un trajín sordo, un vago removerse, en alguna parte de la casa?

Pero esta vez no tuvo dudas, porque de pronto el coraje y la ira, y el afán ciego de saber, eran mucho más fuertes que cualquier temor que la realidad o la fantasía pudieran provocarle.

3
Ni una gota de poesía
Una aventura nocturna (2)

El lunes a primera hora llevó a revelar los negativos a un barrio lejano y unas horas después ya estaba en casa, con todas las fotos ordenadas por series y puestas en la mesa como un mazo de naipes.

Las primeras eran fotos de estudio: una sucesión de poses serias y convencionales. En otras aparecía en la calle, como una turista en una ciudad exótica, y en las expresiones –una risa mal reprimida, una seriedad impostada, un gesto de burla– se notaba una complicidad traviesa no tanto con el destinatario como con quien estaba tras la cámara, una amiga quizá, que debía de estar confabulada en el secreto y en el juego. Ya en esas tomas había miradas y posturas incitantes, anunciadoras de lo que vendría después: un nuevo reportaje, realizado en la intimidad del hogar, donde ya aparecían motivos claramente eróticos. En una de ellas aparecía tumbada de costado en el lecho matrimonial –y nada había más malicioso que esa misma profanación–, un codo en la almohada, una mano hundida en el cabello cuidadosamente revuelto, y la falda subida lo suficiente para insinuar –y prometer– lo que el rostro con su media sonrisa de Gioconda sabía que ocultaba. Preterición, reticencia, ironía: así se llamaba el arte retórico de decir callando, de mostrar escondiendo. Él lo había explicado muchas veces en clase, y lo había usado en su propia escritura. En otra foto, la misma licencia de elusión y alusión: vestida con un niqui muy ajustado, y echada hacia atrás en una explosión de risa, mostraba el pecho, lo exhibía, lo ofrecía, en toda su descarada plenitud.

En otras, pertenecientes a otro carrete, y de fecha más reciente, pero también en casa, aparecía en biquini. En el dormitorio, en la cocina, en el salón, en su despacho, donde él estaba ahora, qué hija de puta, sentada en el borde de la mesa, de su mesa de trabajo, con las manos en la nuca, como desperezándose, en plan mujer fatal. En la mesa y en las estanterías se veían sus cuadernos, sus carpetas, sus libros, su bote repleto de útiles de escritura. Se le humedecieron los ojos ante aquella ofensa a lo más sagrado de su vida: la literatura, la creación, el conocimiento. Y luego en la cocina, posando de espaldas con un delantalito sobre el biquini, medio enseñando las nalgas, la muy zorra. ¿Cómo había podido rebajarse a tal vulgaridad?

¿Y se las habría hecho con el disparador automático o con la ayuda de una amiga? No, más bien la amiga. Demasiado bien enfocadas, y además aquellos gestos y figuras que se veía que eran compartidos, celebrados por otra persona, que acaso le iba dando instrucciones. Quizá las dos infieles, Marta y Marialgo, las dos casadas, como Emma Bovary y Ana Karenina, pero marujonas y putoncillas. Un poco más a la derecha, más peraltada la cadera, y abre un poquito más las piernas, así, eso es, clac, clac, que eso los pone muy cachondos. Y quizá fuese ella, Marialgo, quien la animara a posar en ropa interior. ¡Oh, Marta, estás preciosa!, ¡tienes un cuerpo genial!, clac, clac, no me extraña que los marineros enloquezcan por ti. La ropa interior que él conocía, que guardaba tan ordenada y pulcra en los cajones. Tan suave y fragante, casi inmaterial. En una de las fotos (Vamos, Martita, no seas tímida, sólo un poquito para que se los imagine) se había soltado las tiras del sujetador para insinuar púdicamente la abundancia espléndida de sus senos.

A partir de ahí, las fotos iban derivando hacia la procacidad. En una aparecía con el torso desnudo y el pulgar de una mano encajado en el elástico de las bragas, tirando hacia abajo para mostrar apenas el primer vello púbico, mientras en los labios entreabiertos reprimía ingenuamente un gesto de escándalo ante su propia audacia. Como si quisiera acallar arriba la elocuencia de abajo. En otras de la misma sesión, el pulgar tiraba del elástico cada vez con más decisión y malicia (por allí debía de andar Marialgo dirigiendo las operaciones), hasta que en la última se mostraba todo en todo su negrear, clac, clac, al tiempo que la otra mano se abría para ocultar el rostro, teatralmente avergonzado del atrevimiento, pero dejando filtrar entre los dedos una mirada de concupiscencia como él nunca hubiera sospechado en Marta.

Tomás sintió la imperiosa necesidad de masturbarse, y ya en un estado humillante y brutal de incontinencia, comenzó a pasar fotos como si siguiera el curso de un relato pornográfico. Fotos que estarían expuestas en el camarote de Leoncio Suárez, que se habría masturbado como él viendo aquellos desnudos, aquellas posturas sicalípticas, aquellas miradas impúdicas, aquellos desfallecimientos mórbidos, aquel instante intolerable en que ella mostraba en un primer plano, casi con un verismo de lámina didáctica, su más secreta y lúbrica y rasurada intimidad. ¿Y se habría atrevido a enviarle esa foto a Leoncio Suárez, su amante epistolar, o se habría quedado sólo en un juego entre amigas? De cualquier modo, no se habían visto, y se trataba por tanto de un mundo virtual, intentó consolarse, alumbrar con la luz purificadora de la razón aquel sombrío paraje de corrupción y libertad. Pero algo en el fondo de su corazón le decía que no, que todas aquellas palabras e imágenes eran tan de verdad, y valían tanto, como cualquier realidad objetiva y tangible.

Mi putita, mi chochito. Pero aquello era muy viejo, tanto como el lenguaje. Él mismo había hecho un pequeño diccionario escatológico con algunas obras de la literatura española clásica. Al sexo femenino le llamaban por ejemplo la crica, el huerto, la alcancía, el bollo, el coso, el cufro, el pantano, y al pubis le decían el pegujal, el otero, la comarca, y al miembro viril el dinguilindón, el caramillo o el cirio pascual, y el acto sexual era poner a cazar al hurón en la floresta, y en la posición invertida, meter la iglesia en el campanario. De esos ejemplos se acordaba. El pensamiento era libre, pero entre él y la acción había un gran trecho, casi siempre insalvable. Mi putita. Tomás dudó entre apelar a la dignidad o participar de aquel banquete de lujuria nunca visto, nunca siquiera imaginado. Toda su antología literaria erótica, todos sus polvos de papel, le parecieron juegos de niños al lado de este repertorio de cartas y fotos sacadas en bruto de la más burda y simple realidad, y ajenas por completo a cualquier enaltecimiento artístico.

Vio un par de desnudos de la amiga, una mujer también guapa, pero con cierto aire de matrona. Dedos cortos, gorditos y enjoyados. También rasurada. Quizá una a la otra, o cada una el suyo pero frente a frente, muriéndose las dos de risa. Vio a Marta exhibiéndose con la lencería charra y las baratijas que le había regalado el otro. Detrás, en una de las tomas, aparecía una sección de la biblioteca, y podían leerse los títulos, los autores. Allí estaban, y usó una lupa para asegurarse de aquella prodigiosa depravación, algunos de sus autores más queridos: Thomas Mann, Marco Aurelio, Molière, Montaigne, y allí se detuvo, y pensó que él podía citar fragmentos de memoria de esas obras, describir escenas, hablar largamente de los personajes, que para él eran más familiares y verídicos que la gente que conocía en la cotidiana realidad, evocar los días felices que había pasado embebido en esos libros, donde aparecía la vida en su verdad y en su más pura esencia. ¡Qué sabrían ellos lo que era imaginación! ¡Y qué sabrían ellos del amor! Ni una gota de poesía. Nada. Sólo el deseo famélico y prosaico, y la filosofía de folletín y de bolero, toda esa carroña sentimental de la que se nutren las almas más groseras. Miró alrededor: libros y libros. Ése era su verdadero mundo, y con él tenía de sobra para pasar los años que le quedaran por vivir.

Y ya no quiso mirar más. Esa misma mañana llamó por teléfono a Marta para comunicarle –mensaje seco y breve– que tendría que pasar todo el puente en Madrid. Luego salió de casa y anduvo sin rumbo durante mucho tiempo. Era incapaz de pensar en nada, pero su mente era un hervor de imágenes y de fragmentos inconexos de ideas. Aunque no había comido nada desde el sábado, el olor que salía de los bares y restaurantes le producía náuseas. Le hubiera gustado hablar con alguien. No tanto para descargarse de las penas como para oír el son de su voz abriéndose paso entre las palabras, poniendo en orden las piezas descabaladas de su vida. Entonces se acordó de Dámaso. La tienda estaba cerrada. Dio unos golpes en la persiana metálica, y al rato se oyeron acercarse unos pasos. Mientras esperaba, intentó recitarse las cuatro normas básicas para ser feliz. Ser dulce, grave y sincero, aligerar el yo, ser en acto... Pero de la cuarta, por más que le dio vueltas, no consiguió acordarse.

Ese mismo lunes, Dámaso Méndez se levantó muy tarde, después de un sueño entreverado de pesadillas y lúcidas rachas de vigilia, todas mezcladas y confundidas entre sí. Había vuelto a casa cuando quedaba mucha noche para el amanecer, pero había estado en vela, bebiendo y pensando, o más bien intentando reunir en la memoria los fragmentos rotos de su reciente aventura, hasta que se dio cuenta de que era ya de día. Entonces se derrumbó en el camastro y cuando se despertó no supo en qué punto de su vida se encontraba, si era representante de muebles, o si era ya anciano, o si era el niño que, tras soñar su propio futuro, se levantaba apremiado por su madre para ir a la escuela. Una voz en la calle lo había devuelto definitivamente a la vigilia, pero aun así, durante un rato siguió envuelto en una atmósfera de irrealidad. Los sucesos de la noche anterior, al recordarlos ahora, parecían parte del sueño o de los delirios del alcohol. Eran más de las cuatro. Fue al baño, se quitó al paso la camisa y metió la cabeza bajo el chorro frío de la ducha. La luz residual del patio interior anunciaba débilmente una tarde luminosa de mayo. Mientras se secaba el pelo, recordó que un día como éste, yendo a nidos, encontró uno de jilguero en un almendro, con la pájara enseñando el colorín de la cola entre la espesura de las hojas. Aquel recuerdo insignificante debió de tocar algún resorte secreto de la memoria, porque al pronto sintió una honda y agudísima punzada de nostalgia, y supo que aquélla iba a ser una tarde desolada y tediosa. No tenía ganas de leer, ni de ver la televisión, ni de salir a pasear, y apenas siquiera de vivir.

Se puso una camisa limpia y se echó de nuevo en el camastro, con la mirada cuajada en el aire. La aventura nocturna lo había dejado en un estado flojo de estupor. Encendió un cigarrillo e intentó recuperar la calma. «Tranquilo, tranquilo», pensó. Demasiada tensión, demasiadas expectativas, demasiados años de ansiedad y de espera hasta llegar a aquel momento en que abrió el ventanuco y alumbró el interior con la linterna. Quizá el momento más importante de su vida, o al menos de sus últimos treinta años. Porque no era sólo entrar en una casa, sino en un mundo perteneciente a otra dimensión temporal. Un auténtico viaje al pasado.

Tuvo que hacer un gran esfuerzo de concentración para que las prisas por mirar y saber no rompieran la secuencia lineal de sus actos. Era un retrete, como él había supuesto, pero que servía también de trastero. Entre otros cachivaches, vio unas garrafas forradas de mimbre, una estufa de butano, un televisor destripado, algunos materiales de construcción. Le costó un mundo entrar por el ventanuco, a pesar de que lo había ensayado mentalmente mil veces. Pero entró, no recordaba cómo, y al caer al otro lado volvió a oírse el ruido, aquella sorda agitación de alarma que había escuchado antes. «Tenías que haber traído la pistola», pensó, mientras salía al pasillo siguiendo el haz de luz de la linterna. En la otra mano llevaba el martillito, en posición de ataque, y caminaba midiendo cada paso, como si fuese por terreno minado.

Ahora, al recordar aquella escena, le entraron ganas de reír, de celebrar con una sana risotada la imagen de un hombre que resultaba tan ridículo como valiente, pero valiente al fin. Eso es, aligerar el yo, burlarse de uno mismo, ser práctico, no dejarse vencer por la primera adversidad. El recuerdo fluía ahora con claridad y precisión. Dos puertas fronteras. Una estaba abierta, y el cono sedoso de luz fue recorriendo un sofá, un sillón, una mesa baja, un aparador con botillería en la vitrina y un televisor empotrado en el centro. Un saloncito de estar. La otra puerta estaba cerrada. Apenas la entreabrió y se filtró la luz, volvió a escucharse al otro lado el sobresaltado bullicio de amenaza o de miedo, esta vez fuerte y claro, y al tiempo que retrocedía un paso, empujó con el pie la hoja de la puerta y buscó el ruido con la linterna como si apuntase con un arma de fuego. Y entonces el hombre valiente y ridículo iluminó sobre un estante cuatro jaulas de perdigones, cada una con su perdigón dentro. Se golpeaban la cabeza contra el techo, cloqueaban, pateaban y aleteaban. Les chicheó para calmarlos a la vez que hacía un rápido barrido de luz por el cuarto. Aparejos de pesca y de caza, entre ellos dos escopetas en sus fundas. En un rincón, dos sabuesos acostados en una manta que apenas levantaron los párpados para mirar con una inocencia insondable.

La última habitación era un dormitorio, con su armario y su mesilla de noche, y una alfombrilla que era una piel de zorro. Entonces recorrió todos los cuartos bajando las persianas, y luego fue encendiendo luces y buscando como loco lo que hacía tantos años que ansiaba descubrir. No había muchos sitios donde mirar, de modo que al rato, después de haber buscado y rebuscado por todos los muebles y rincones, se sentó en el sofá y se sintió muy cansado, y en el mismo estado de pasmo en que seguía ahora. Era un cansancio el suyo no de esa noche, ni de la tensión de los últimos días, sino de los trabajos y anhelos acumulados durante muchos años. Casi durante toda su vida. Ya sin prisas, sacó de la vitrina una botella de ron y bebió unos tragos a morro. Luego se dedicó a botar sobre el suelo una pelota de béisbol que había llevado para dejarla en el retrete, junto a los cristales rotos. Estaba atónito, sin entender por qué no había encontrado nada, ni la más leve pista, sobre el pasado de Bernardo, de Natalia, de Damasito, de sus padres ni de sí mismo. Nada. En los cajones y estantes había papeles que eran recibos y facturas, mecheros usados, trapos y rebujos de cuerdas y de cables, manojos de llaves, enchufes, medicinas... Pero ni una foto, ni una carta, ni un documento, ni una reliquia, ni la más remota alusión al pasado: nada. Miró hasta en los muebles de la cocina. El fregadero estaba lleno de cacharros sucios, los fogones y encimeras pringosos, el suelo salpicado de desperdicios. La casa toda era un lugar impersonal, que podía pertenecer a cualquier hombre solitario, dado al abandono y sin ningún pasado memorable. «Yo mismo, sin ir más lejos.» Pensó si no se habría equivocado, y el Bernardo Pérez que vivía allí no era el mismo Bernardo Pérez que él buscaba. Al fin y al cabo, aquél era un nombre apenas singular. Le entraron ganas de tumbarse en el sofá a dormir, a descansar de la vida, pero entonces volvió a oír la voz, tan melosa y firme como siempre: «¿De qué te quejas, alma de ratón? No has descubierto nada, es cierto, pero eso ya de por sí es mucho. Porque ahora ya sabes dónde buscar sobre seguro la próxima vez».

«Y tenía razón», pensó ahora, y se levantó y se quedó sentado en el camastro, mirando al suelo, dejando el pensamiento a su libre albedrío.

Había dejado al azar la manera de salir por el ventanuco. Usó un taburete y, mal que bien, raspándose las manos y las rodillas, logró alcanzar de nuevo la escalera. Pero ahora no recordaba si había dejado las persianas como estaban y la botella de ron en su sitio. No conseguía recordarlo. Y además estaba el taburete. Pero era igual, porque ahora el pensamiento se había hecho fuerte en un único tema: ¿cómo iba a ingeniárselas para entrar en la otra vivienda, donde sin duda habría de descubrir todo cuanto no había encontrado la noche anterior?

Desanimado, se derrumbó de nuevo en el camastro, y otra vez tuvo el presentimiento físico de una tarde fastidiosa y eterna. «Debería comer algo», pensó. Y ya estaba reuniendo fuerzas para levantarse, cuando en ese momento sonaron unos golpes en la puerta metálica. «¿Será la policía?», pensó, y ensayó un gesto simpático de cinismo para recibirlos con cierta dignidad.

4
Confidencias
Un pacto secreto

Dámaso y Tomás hablaron interminablemente durante la tarde y la noche de aquel lunes apacible de mayo. Dámaso fue el primero en contar la historia entera de su vida, desde que andaba a gatas junto a los zócalos hasta su aventura frustrada de la noche anterior, y cuando Tomás acabó de contar la suya, que iba desde la mañana en que conoció a Marta hasta esa misma tarde del lunes, empezaba ya a amanecer. No habían salido ni un momento a la calle. Pidieron por teléfono hamburguesas y pizzas y luego Dámaso hizo una jarra de café y durante muchas horas estuvieron hablando sin pausa, el narrador narrando, el oyente escuchando e interrumpiendo alguna vez para intercalar un comentario o asegurarse bien del curso del relato.

A Tomás, la historia de Dámaso le pareció extraña, y como tocada por el dedo de la fatalidad. «¿Problemas de amor?», le había preguntado Dámaso al subir la persiana metálica y verlo allí, pálido y desamparado en mitad de la acera. Y él, «Desastre total», había dicho, mientras entraba en la trastienda. Le sirvió de beber, y cuando ya estaban acomodados, y tras acomodarse también en la conversación con un preámbulo de dichos volátiles, llegó la hora inevitable de las confidencias, y Dámaso fue el primero en hablar.

–Es curioso –dijo– que mi conflicto sea justo el contrario del tuyo. ¿Cómo decir? Tú estás viviendo una historia de amor. La mía, sin embargo, es la historia de un odio.

Se quedó pensativo, como siguiéndole el rastro a una intuición.

–¿Alguna vez has conocido de verdad el odio? –pero no esperó respuesta alguna sino que continuó hablando como para sí mismo–. No, no, claro que no. Tú no has podido conocerlo. Ni tú ni casi nadie. Debemos de ser una pequeñísima secta en todo el mundo. Quiero decir, bajar a los abismos del odio, como quien dice al mismo infierno, allí donde es posible escuchar la voz de la divinidad que preside aquel reino sombrío y maravilloso. Y eso, no durante unos días, o unos meses o años, sino durante toda la vida. Toda la vida consagrada a servir, como un anacoreta, a ese dios, o a ese diablo, dulce y cruel a un tiempo, déspota, amoroso, omnipotente y protector.

Y así, templando y preludiando la voz y el tono del relato, poco a poco fue entrando en materia, hasta evocar la tarde de septiembre en que estaba jugando a la sombra del eucalipto tutelar y oyó unos pasos apresurados que venían hacia él.

Había devanado tantas y tantas veces su pasado en tantas noches de insomnio y días de soledad, que la narración le salió sola, sin esfuerzo, con la lisura de una recitación largamente ensayada. Y durante mucho tiempo Tomás escuchó la historia de la infancia de Dámaso, y cómo un día apareció el intruso, el usurpador, el expoliador, el bastardo, el mago, el seductor, el portento, el superlativo, el sibilino, el admirable, el fénix, el precoz, el único –en ningún momento lo llamó por su nombre–, la criatura tentadora y angélica que hechizó a la familia, él incluido, y se apoderó de sus voluntades y se arranchó en la casa paterna, y la fue destruyendo no se sabe bien cómo ni por qué, ése era el misterio último de la historia, hasta desbaratar el patrimonio y provocar la ruina, y el suicidio del padre, y la locura de la madre, y la desaparición de la hermana y del hijo de ambos, y que mucho antes lo sustituyó en el corazón paterno y lo arrojó –a él, a Dámaso– de aquel paraíso en que vivía o creía vivir, y lo condenó a un exilio que iba ya para los treinta años. Treinta años royendo el hueso pelado de la humillación, del ultraje, y asistiendo al prodigio de una vida plena de lujos, de triunfos y placeres, de viajes, de fiestas, de juventud invicta, recibiendo noticias y testimonios de los éxitos inagotables del encantador, del elegido, del notorio, del elocuente, del adelantado, del talentoso, del genial, del encumbrado, del ducho, del versado, del supremo, del siempre flamante, del fascinador, de aquel hermoso demonio de ojos verdes, mientras él –Dámaso, que era tanto como decir el torpe, el indocumentado, el botarate, el iletrado, el mequetrefe, el incompetente, el peruétano, el zote, el garrafal, el ramplón y el patético– iba y venía, bicheando, por tierras de Castilla, perseguido a todas horas por el demonio del rencor y el afán de venganza... Hasta que luego sobrevino la decadencia de aquel mundo maravilloso, y su derrumbe y destrucción final, al menos para sus padres, porque los otros, Bernardo, Natalia y Damasito, un día desaparecieron, y ya nada más volvió a saberse de ellos.

–Y durante años yo busqué su rastro, porque mi vida ya no tenía otro sentido que entregarme sin descanso a esa causa. Hasta que finalmente, por un golpe de suerte, y cuando ya había perdido la esperanza, lo encontré.

Tomás no pudo evitar la idea de que allí había en bruto una novela. «En realidad», pensó, «el mundo está lleno de historias, y eso es lo que me ha faltado a mí: más gentes y menos personajes, más vida y menos libros. En adelante, libaré en la flor y no en la miel.»

–¿Lo encontraste? –susurró.

–Sí, y por eso dejé mi trabajo y me vine aquí, a Madrid, y compré esta tienda precisamente en esta calle.

Tomás lo miró con la boca chafada de asombro.

–No entiendo...

–Tú lo conoces, y hasta tienes una cierta amistad con él.

–¿Yo? ¿A quién conozco yo?

–Al seductor, al mago, al elegido. A Bernardo Pérez, el bedel.

–¡Cómo! ¿Quieres decir que el bedel, ese hombre al que los alumnos llaman Dalton, es el mismo tipo de tu historia, el muchachito rubio del laúd, el abogado, el artista, el...? No, no es posible.

–Es él, aunque desde ayer he vuelto a tener algunas dudas. Y por eso, cuando vi que tú te relacionabas con Bernardo, yo busqué el modo de relacionarme contigo, por si pudiera establecer, a través de ti, algún vínculo con él.

–Comprendo. Pero no. Él apenas habla, y nunca de sí mismo. Desconozco tanto su pasado como su presente.

Al hilo de la historia, Dámaso había sacado algunas prendas que aparecían en ella y la ilustraban, el reloj de oro que le robó al muerto, la pistola que le robó a su padre, fotos donde aparecían Bernardo y Natalia, jóvenes y hermosos, en el Mercedes blanco descapotable, montados a caballo, con esmoquin y traje de noche en un night club, con Damasito junto a la Torre Eiffel, vestido con el ropaje de abogado, las cartas que le había escrito la madre durante años para tenerlo al tanto de los esplendores de aquellas criaturas que parecían haber nacido para la dicha y el placer.

–¿Y dices que no encontraste nada en su casa, ninguna huella de todo ese pasado? –preguntó Tomás.

–Nada.

–Qué extraño. A lo mejor ese hombre no es el que tú buscas.

–Aún queda la otra casa –y miró a Tomás con tanta y tan intencionada fijeza, que Tomás terminó por sentirse aludido, y hasta involucrado en la historia.

–Sí, he oído que tiene otra casa.

–La tiene, y todo es cuestión de entrar en ella. Sólo para mirar. Para saber. Nada más que eso. Allí tiene que estar por fuerza la solución de todos los enigmas. Pero, ¿cómo entrar sin la llave?

–Claro, ya entiendo –dijo Tomás, temeroso y a la vez excitado por una historia cuyo desenlace prometía algunas sorpresas–. Y quieres que yo consiga esas llaves.

–Sí, ésa es mi esperanza.

–¿Y cómo podríamos hacer? Quizá un molde de masilla, o una copia... –y entonces se dio cuenta de que estaba comprometiéndose en una aventura peligrosa y, lo que era peor, real. Pensó en Marta, en Leoncio Suárez, y en Dámaso, que andaban metidos en lances aún más temerarios, y se dijo que por una vez debía demostrarse a sí mismo que no le tenía miedo a la vida, y que era algo más que un intrépido ratón de biblioteca.

Se quedaron callados un buen rato, hasta que al fin Tomás dijo en un susurro:

–Con una condición: entrar contigo en el piso para ser testigo del final de la historia.

Y siguió un silencio que valía por un pacto secreto entre los dos.

La vida de Dámaso, mostrada lealmente en toda su cruda intimidad, animó a Tomás a contar la suya. Necesitaba aligerar peso, compartir sus desdichas con alguien, encontrar quizá, al igual que Dámaso, un aliado para su causa. Pero, comparada con la historia de Dámaso, que tenía un aura trágica y novelesca, la suya le pareció un mal folletín, o un drama grotesco donde los personajes parecían títeres carentes de hondura y de verdad. Sin embargo, según contaba, fue congraciándose con su relato, con el adolescente que un día se retiró a su cuarto, abrió un libro, leyó una página y luego miró a la calle y fue como correr el velo de su propio destino: sería escritor, hombre de libros, y los escenarios de sus aventuras serían una biblioteca, un aula, un papel en blanco. Evocó su primera juventud, entregada a los laboriosos placeres del estudio, sus primeras experiencias profesorales, sus muchos proyectos literarios –ya Dámaso conocía algunos–, además de la tesis, que le abriría las puertas de la universidad, de modo que todos esos anhelos y tareas ocuparían el manso pero ardiente discurrir de sus días. ¡Y cuánta confianza y qué generosa entrega atesoraba entonces en su corazón! Aquéllos fueron buenos tiempos. Se sentía como purificado y bendecido por los altos ideales a los que estaba consagrando su vida, en tanto que su carácter se templaba en el fuego de la disciplina y en la pasión por el conocimiento.

Y un día (no lo olvidaría nunca: estaba leyendo y comentando la primera escena de *El tío Vania,* ya vestido para irse a clase) apareció Marta, y con ella el amor. Fue uno de esos instantes que contienen el germen del destino, y que pueden cambiar para siempre el rumbo de una vida, como aquel otro en que descubrió de repente su secreta vocación literaria.

–O como cuando apareció Bernardo con su laúd –comentó Dámaso.

Y contó el noviazgo, y los primeros y dulces años conyugales, y cómo luego se fueron distanciando y extrañando, dándose por sabidos y encomendándose a los buenos oficios de la monotonía y de la costumbre, mientras él desbarataba y abarataba la tesis para transformarla en un libro que no alcanzó ni el éxito de lo liviano ni el prestigio de lo denso sino que se quedó en tierra de nadie, como un símbolo de lo que habían venido a ser sus ambiciones literarias y su trayectoria sentimental: pasiones primerizas, breves sueños de juventud, vuelos que se agotaban en las ínfulas y bravatas del primer intento. Y siguió con su historia hasta llegar al idilio con Teresa, cuya crisis final coincidió con el regreso de hijo pródigo a sus fervores literarios y a las querencias del hogar, al calor de Marta, a la que ahora redescubría con todos los encantos y cualidades que vio en ella cuando la conoció. De modo que de pronto se abría ante él una nueva vida, que no era sino la que había proyectado en su temprana juventud, pero recuperada tras casi diez años de trashumancia y extravío, de los que ahora volvía enriquecido por la experiencia y los anhelos de expiación.

Cuando acabó de contar el último episodio de su historia –el hallazgo casual de la correspondencia secreta entre Marta y Leoncio Suárez y el plan, ya inminente, de fuga–, despuntaba por el ventanillo del patio interior la primera claridad del alba. Aquél iba a ser otro día radiante de mayo. Se quedaron extáticos, con la vista perdida en un ensueño. El largo desahogo narrativo parecía haberlos amansado. Parecían dos náufragos exhaustos pero felices de haber llegado al fin a tierra firme. Dámaso hizo más café y tostó unas rebanadas de pan que regó con aceite de oliva. Luego, ya más reconfortados, comentaron los lances de sus vidas y encontraron raras afinidades entre ellas. En ambas aparecían dos aventureros de catadura un tanto ambigua, que habían venido a sustituirlos y a expoliarlos. En ambas estaba el deseo ardiente de saber –las cartas de amor que había escrito Marta, el misterio que velaba las andanzas de Bernardo y Natalia–. En ambas había una mujer seducida, y en ambas, un deseo de venganza. En la mesa, entre ceniceros repletos de colillas, vasos, tazas y platos con restos de comida, estaba la pistola. Quizá fue eso lo que los indujo a recordar entre risas el argumento de *Extraños en un tren.* Dámaso ultimaba a Leoncio Suárez y Tomás a Bernardo. ¿Quién iba a resolver un enigma donde los nexos entre las víctimas y los verdugos resultaban tan desligados y recónditos?

–¿Y ahora qué? –preguntó Dámaso, pasado aquel momento de expansión–. ¿Qué vas a hacer ahora para que no te roben a la familia?

–¿Y qué puedo hacer? Estoy como Hamlet: de todo dudo y a todo estoy dispuesto. Así que, una cosa con otra, voy a buen paso hacia ninguna parte. ¿Qué harías tú en mi lugar?

Dámaso guardó un silencio cargado de vagas respuestas omitidas. El futuro se abría ante ellos como un animal de presa cuyo inquieto removerse al fondo del cubil podían percibir casi físicamente.

Durante los dos días festivos que quedaban del puente, comieron y cenaron juntos, y Tomás invitó a Dámaso a su casa y le enseñó las cartas y las fotos, analizaron de nuevo sus historias y merodearon en torno a los posibles desenlaces, pero sin atreverse a enfrentarlos de cara. ¿Qué sorpresas les reservaba el futuro? ¿Qué sería de ellos dentro de uno o dos meses?

«Al menos Dámaso tiene cierta iniciativa, algún as en la manga, pero yo, ¿qué puedo hacer sino esperar, como el reo su sentencia?», pensó Tomás cuando vio de vuelta a Marta, dorada por el sol y las brisas marinas, y con un aire elástico y juvenil que la hacía más bonita y deseable que nunca. Tomás buscó en ella algún signo por donde entrever el porvenir, pero sólo encontró su expresión confiada y alegre de siempre. ¿Sería posible que estuviera decidida a fugarse con Clara sin decirle nada y sin sentir siquiera lástima por él? ¿Hasta allí habría llegado su desamor y su repulsa? ¿Hasta allí su ceguera y su pasión por el otro? En el anular lucía la sortija que le había regalado su amante, y en la primera ocasión que tuvo comprobó que, en efecto, llevaba grabadas en el interior las iniciales de sus nombres. Intentó sonsacar a Clara con preguntas ingenuas e insidiosas. ¿Qué tal se lo había pasado en la playa? Muy bien. ¿Le gustaba el mar? Muchísimo. ¿Y no le gustaría hacer un viaje en barco alrededor del mundo? Clara se llevó una mano represora a la boca y se calló. ¿Le gustaría? Y Clara:

–No lo sé.

–¿No lo sabes? ¿Y estos barquitos que pintas? ¿Qué pone aquí? ¿Es el nombre del barco?

–De eso no puede hablarse. Es un secreto.

–¡Un secreto! ¿Y lo sabe alguien más o sólo tú?

–No te lo puedo decir porque eso es parte del secreto –y eso fue todo cuanto logró saber.

Por lo demás, todos los días encontraba algún momento propicio para mirar en el escondrijo y ver si había llegado alguna carta nueva. Vivía en un continuo sobresalto, y nunca como entonces fue tan tierno y adulador con Marta. Pero ella acogía sus homenajes con una sonrisa donde él creía detectar matices de burla, de indiferencia, de crueldad.

Por primera vez en la vida se encontraba inerme ante su destino, como Orestes, como Edipo, como el rey Lear, como otros héroes de los que tantas veces él había hablado magistralmente en clase, y de los que había escrito con una solvencia intelectual de la que ahora no quedaba ni el más leve vestigio.

5
Nunca serás un hombre de acción

Conseguir una copia de las llaves del piso fue más fácil de lo que Tomás había supuesto. Ahora se paraba con más asiduidad que nunca a echar un cigarro y a hablar con el bedel. O, más que hablar, intercambiaban frases sueltas, sin ilación, cada una solemnizada luego por un largo silencio. ¿Qué tal había ido la pesca? Y el otro: «Bah, poca cosa», decía, siempre lacónico y sombrío. «Pero lo importante es salir al campo. El contacto con la naturaleza», decía Tomás por decir algo, y el bedel movía desengañado la cabeza y hacía un gesto de pesimismo, y así transcurría el tiempo, y en cada pausa Tomás aprovechaba para mirar en la casilla donde el otro dejaba colgada de una percha la ropa de calle, pensando que allí estarían por fuerza las llaves de la casa. Luego decían otra frase y otra vez a callar. Y cuando Tomás miraba a aquel hombre, casi siempre con un poco de barba sucia, envejecido, desaseado, lúgubre, cojitranco, y con aquella cicatriz que le cruzaba la mejilla y el cuello, no podía creer que fuese el héroe de la historia de Dámaso. ¿No se habría equivocado en sus pesquisas? Claro que, ¿no era un tipo de la misma calaña Leoncio Suárez y había conseguido enamorar a Marta hasta el punto de persuadirla a fugarse con él?

Siguió adelante con el plan. Observó que, después del recreo, el bedel solía ir a un bar algo distante del instituto, y más para sus andares dificultosos y cansinos. Pidió a Dámaso que cronometrase los tiempos, que resultaron ser de en torno a media hora. Tomás empezó entonces a retrasarse unos minutos en su entrada a las aulas tras el recreo, cuando el vestíbulo quedaba despejado, para estudiar la táctica sobre el terreno, hasta que al fin fijaron un día, y nada más salir el otro camino del bar, entró en la casilla y, ocultando la maniobra con unos papeles, metió la mano en los bolsillos de la chaqueta y extrajo a la primera un manojo de llaves. El tacto del forro de los bolsillos le produjo la impresión de haber tocado la piel de un reptil. Nunca había sentido el miedo de un modo tan físico e inminente como en ese instante. Tanto, que a punto estuvo de devolver las llaves a su sitio, y ya iba a hacerlo cuando vio a Dámaso empujar la puerta y dirigirse sin prisas hacia él.

El intercambio fue rápido y limpio. Dámaso le entregó un paquete de cigarrillos y él las llaves a modo de monedas. Tal como habían planeado, Tomás descolgó entonces el teléfono público que había en una pared frente a la puerta de la casilla y, con gestos y monosílabos, fingió que conversaba. Cada pocos segundos miraba afuera esperando ver a Dámaso de regreso. ¿Y si, a pesar de los ensayos, se retrasaba en la hechura de los moldes y llegaba antes el bedel? Lo habían pensado juntos. Si descubría el robo, era evidente que cambiaría la cerradura de la casa y no dejaría ya las nuevas llaves tan al alcance de cualquiera. Si no lo descubría, ¿cómo hacer para devolver las llaves a la chaqueta antes de que advirtiera la desaparición? Todo eso pensaba Tomás, y muchas más cosas, y hasta repasó la historia entera de su vida, porque una de dos, o el tiempo iba muy lento o bien Dámaso no acababa nunca de llegar. Oía los pitidos intermitentes al otro lado de la línea y en cada uno parecía encontrar una advertencia, una alarma, un clamor que lo delataba como lo que era: un delincuente en pleno y flagrante menester. Y, sin embargo, algo en él gozaba sabiéndose en el filo del riesgo. Por momentos se sintió audaz y paladeó a fondo los sabores crudos de la aventura. Luego le volvió el miedo y le entraron ganas de huir y de abandonar a Dámaso a su suerte. «Nunca serás un hombre de acción», se dijo. «Ya ves cómo la vida te viene grande en momentos de apuro.» Pero quince minutos después –no se le había ocurrido mirar el reloj–, apareció de nuevo Dámaso, esta vez con una revista en la mano. Hicieron el intercambio, las llaves volvieron a su sitio, y poco después él estaba ya en clase, explicando gramática.

Desde ese día, se entregaron con fervor y método a la espera. Aunque algunos sábados solía el bedel quedarse a dormir en la vivienda del instituto, querían asegurar mejor el momento de entrar en el piso. Quizá algún fin de semana saliese fuera de Madrid. «¡Qué! ¿Ya no vamos de pesca?», le preguntaba Tomás a menudo. Pero el otro movía desalentado la cabeza, o miraba amargamente al suelo, o respondía con cualquier frase que, entre la vaguedad y el fatalismo, no informaba en sustancia de nada. Y casi todos los días, Dámaso y Tomás se reunían para hablar de lo suyo, presos los dos en la misma red de expectativas y presagios. La proximidad de la acción los mantenía tensos y a salvo de especulaciones y de dudas.

Intuían que algo estaba a punto de ocurrir y, en efecto, un día de primeros de junio, de pronto todo empezó a precipitarse hacia su desenlace. Una tarde, al volver a casa, Tomás creyó ver en la cara de Marta la señal que esperaba. Aunque velada por un aire forzado de normalidad, había en ella una expresión demudada de pánico. ¿Le ocurría algo?, ¿alguna preocupación?, ¿le dolía quizá la cabeza?, y ella: «No sé», con voz desfallecida, «no me encuentro bien», y se tumbó a oscuras en la cama y allí estuvo hasta que, a medianoche, cuando ya Tomás se había acostado, la oyó levantarse y trastear en la cocina. Luego se quedó durante mucho tiempo en el salón, y por más que Tomás aguzaba el oído no le llegó ni el más leve signo de su presencia, de su actividad.

Al día siguiente, parecía haberse repuesto de su trastorno, pero aún le quedaba en la cara un resto de palidez, una sombra de angustia. ¿Estaba ya bien?, ¿ya curada del todo? Y ella fingió una sonrisa que en su triste artificio confirmó lo que Tomás había sospechado desde el primer momento. A media tarde, cuando Marta fue al colegio a recoger a Clara, se precipitó al escondrijo y allí estaba la carta. La leyó de rodillas, atropelladamente, tomando al vuelo el contenido, y luego más despacio, memorizando lo esencial. Leoncio Suárez llegaría a Madrid el 14 de junio. Le enviaba la dirección del hostal donde se alojaría y un teléfono de contacto. Lo demás era todo un fraseo amoroso cuya retórica Tomás ya conocía muy bien. «Mi cielito», «mi tesorito», «mi sueño adorado», invocaciones a la primera noche en que pudieran ver juntos las estrellas (como marinero que era, Leoncio Suárez las conocía muy bien y por sus nombres), el temblor de la estela de luna en la mar calma, «mi tesoro», «mi putita», «mi reina», y el despertarse juntos, la luz, el frío, la tempestad, las olas, el amor eternamente joven, y otros lirismos que Tomás juzgó indignos del peor folletín o del bolero más destartalado. Y, ya hacia el final, cerrando un pacto cuya elaboración parecían haber debatido largamente: «De lo que me dices de tu marido, tu decisión es la ideal. Porque si hablas con él, y le cuentas, te faltará el valor para dejarlo, como tú misma reconoces. Piensa que para sanar los males de amor no hay mejor medicina que el tiempo, y piensa que no se puede luchar contra el destino, y en lo dichosos que vamos a ser juntos durante toda nuestra vida».

Eso ocurrió un miércoles. El jueves no tuvo ánimos para ir al instituto, y ni siquiera para hablar con Dámaso y compartir con él su desamparo. Llamó por teléfono, pretextó un malestar y se pasó la mañana en el parque, dándole vueltas a su situación, buscando la forma de escapar a la desgracia que ya se cernía sobre él. Pero, ¿qué podía hacer? ¿Hablar con Marta? No, eso sería humillarse, rebajarse, puro chantaje sentimental, pecado que luego, si ella se quedaba, tendrían que purgar durante el resto de sus vidas. Ya para siempre esclavos de aquel acto de coacción disfrazado de súplica y sellado con lágrimas. ¿Y hablar con él? ¡Oh, no, Dios, eso nunca, qué cobardía, qué indignidad, cómo puedes siquiera pensar algo así! Y en cuanto a acabar con él, ¿se atrevería Dámaso a hacerlo si se lo propusiera en serio? Pero no, qué tontería, ¿cómo vas a pedirle que se convierta por ti en un criminal? Tendría que hacerlo él mismo y él sería el primer sospechoso y no tardarían en atraparlo, si es que el remordimiento y el temor no lo incitaban antes a confesar su crimen. Bueno, ¿y qué? Iría a la cárcel, de acuerdo, y que cayera sobre Marta el peso entero de la culpa. Y cuando Clara preguntara dónde está papá, por qué no viene papá, a ver cómo le explicaba su ausencia, la muy puta.

Pero, ¿hasta cuándo duraría el embriagante sabor de la venganza? Y allá en la cárcel, ¿podría escribir, tener sus libros, sus carpetas, sus cuadernos, sus...? ¿Cómo iba a vivir él sin su biblioteca y sus papeles? ¿Y qué sería entonces de sus proyectos literarios? No, aquella celada no tenía salida, salvo que en el último instante, cuando entre la niebla del ensueño comenzasen a surgir los duros perfiles de la realidad, a Marta le faltara el valor y la convicción para fugarse. O podía ocurrir también que, a los pocos meses, desengañada de aquel zafio y turbio aventurero, que en toda su vida había abierto un libro..., aunque también Marta, es verdad, y aquí se detuvo indeciso, tampoco ella, quizá tal para cual, pero Marta era de otra manera, otra sensibilidad, otra, otra, otra cosa, una veta virgen de inocencia, y quizá dentro de unos meses, despertada bruscamente del sueño al que se había rendido por, por, por un romanticismo pueril alimentado de telenovelas y revistas del corazón, como Emma Bovary, regresara arrepentida al hogar: él, Tomás Montejo, el profesor, el buhíto, el zampalibros, el escritor, el sedentario, ése era su único y eterno y verdadero amor.

Llamó a casa, pretextó un compromiso académico y tomó un sándwich y una cerveza en el mismo parque y luego se tumbó en un banco y se durmió. Pasó la tarde caminando, intentando pensar y sin lograr pensar en nada, a la deriva del mundo y de sí mismo. Cenó de raciones, estribado en la barra de una freiduría, y llegó a casa después de medianoche. Esta vez fue él quien se quedó en el salón, insomne y huero, hasta el amanecer.

Al otro día, viernes, decidió hablar con Dámaso, pero otra vez los acontecimientos le tomaron la delantera, porque al salir de clase vio que el bedel estaba en la casilla, sentado en su mesa, jorobado y concentrado en una labor menuda, como de relojería, que lo obligaba a mirar muy cerca de las cosas. Se acercó y vio que estaba armando anzuelos. Sus manos eran grandes y desmañadas, y manejaba la finura del hilo con una torpeza medio desesperante. No quiso distraerlo, pero el otro notó enseguida su presencia y se quedó mirándolo con la tarea en suspenso. En efecto, esa misma tarde saldría de nuevo a la trucha, y regresaría el lunes de madrugada para llegar en hora al instituto. Tomás le deseó suerte y fue derecho a ver a Dámaso. No necesitaron apenas palabras. Había llegado la hora, y decidieron que al otro día, sábado, apenas anocheciera entrarían en el piso. Tomás estuvo a punto de contar la última entrega de su historia, pero prefirió ir a casa porque necesitaba con urgencia ver el rostro de Marta y leer en él alguna noticia sobre su propio destino.

Encontró una nota en la mesa de trabajo: «He salido a comer con mis amigas. Luego recogeré a Clara. Te he dejado la comida hecha». Cuando regresó con Clara, a media tarde, oyó de lejos su voz alegre y cantarina, y en su cara no quedaba ya ni el menor rastro de inquietud. Se animó. Quizá alguna amiga le había abierto los ojos a la realidad y ahora volvía como recién despertada, y liberada, de una pesadilla. ¿Lo había pasado bien con las amigas? «Muy bien», dijo, con un entusiasmo juvenil donde él creyó reconocer a la Martita jovial y despreocupada y traviesa de siempre. «Además», pensó, «ninguna mujer le hace la comida al hombre a quien piensa abandonar en unos días.» Era un argumento un tanto absurdo, pero en ese momento a él le pareció poco menos que irrebatible.

6
La doble vida del gran Berny Pérez

Esperaron a que la calle quedase despejada y al primer intento abrieron el portal y se escabulleron por el corredor. No habían cruzado una palabra desde que salieron de la trastienda, ya cerrada la noche. Ligeras cazadoras de verano, las solapas altas, la vista baja, el tranco sigiloso y resuelto. Sin hablar, a oscuras, matando las pisadas, uno tras otro subieron la escalera hasta el tercer piso. Bulla de televisores, el llanto de un niño y poco más. A tientas, Dámaso probó varias llaves hasta dar con las buenas, primero el cerrojo, luego el pestillo, y apenas empujó la puerta se oyó a alguien que salía de uno de los pisos de arriba. A toda prisa, medio atropellándose, entraron y cerraron la puerta a sus espaldas.

Los pasos se perdieron escaleras abajo. Sólo entonces encendió Dámaso la linterna. Cruzaron lo que parecía el salón y, una a una, fueron cerrando las ventanas y corriendo visillos y cortinas. Entonces encendieron las luces y ante ellos apareció un panorama nunca visto. Una gran parte del salón estaba convertida en una especie de retablo, formando un recinto propio, como el escenario de un teatro o la capilla de un templo. Un armazón de madera, cubierto con paños que caían en grandes pliegues hasta el suelo y se extendían por él, servía de soporte a una disparatada exposición de objetos, dispuestos allí como si fuesen ofrendas o piezas de museo. Dámaso y Tomás se miraron sobrecogidos por la visión de aquellas cosas que con su solo estar allí alcanzaban una suerte de presencia perturbadora, casi de carácter sagrado.

Dámaso al principio no entendió nada. Veía sin entender, y los ojos se le extraviaban en aquella diversidad de objetos desparejos que le eran familiares y al mismo tiempo extraños, misteriosos. Cubriendo las paredes y parte del techo había decorados y fotos gigantes. Los decorados estaban pintados con la estética ingenua y vehemente de los clásicos cartelones de cine. Dámaso vio fondos urbanos, entre ellos algunos inconfundibles de París, de Nueva York, de ciudades exóticas del Lejano Oriente. Vio una playa paradisíaca, un velero, la cabina de una avioneta, la perspectiva de una selecta y espaciosa sala de fiestas, con escenario y pista de baile. Aquí y allá, vio indumentarias que tenían algo de carnavalesco: entre otras, un ropón completo de abogado, un vestido femenino de noche, con sus zapatos de tacón de aguja y un bolsito dorado de metal, un traje de amazona, un esmoquin blanco. También un laúd, una guitarra, un teclado eléctrico, unas maracas, una armónica. Y sombreros de fieltro y ala ancha, de paja, de lona, y una gorra marinera, y una pamela con la sombrilla a juego.

Tomás dudaba entre mirar a Dámaso o al retablo. Vio cómo Dámaso daba unos pasos para examinar más de cerca las cosas. Sin hablar, le hizo una seña para que se acercara y con un dedo le fue mostrando los objetos más menudos. Señaló y tomó en sus manos un montón de pulseras, collares, broches, pendientes y otras alhajas de bisutería. Una medalla conmemorativa, que le pasó a Tomás para que descifrara la leyenda: «Bernardo Pérez. Primer Premio de Jóvenes Concertistas de Cámara de Hamburgo». Y las tarjetas: Bernardo Pérez, Profesor de Música, Diplomado en Bellas Artes, Abogado, Empresario, Cantante.

Mirando y remirando, Tomás encontró un interruptor. Lo pulsó, y se encendieron conjuntos de lucecitas de colores que definieron espacios propios, a modo de altarcillos. En un rincón, hasta entonces oculto por la sombra que hacían en él el armazón y los ropajes, apareció una silla de ruedas, y sobre ella, en la pared, una vitrina iluminada por un cordón de bombillitas rojas, verdes, azules, donde había una larga trenza, gruesa y muy bien enroscada, unas uñas como de vampiresa pintadas de un rojo pálido que en otro tiempo habría sido escarlata, una larga boquilla de ámbar, un frasquito con una sustancia que parecía sangre, todo allí expuesto como si se tratara de reliquias y exvotos.

Dámaso y Tomás se miraron atónitos. ¿Qué quería decir aquello? En el rincón opuesto al de la vitrina había un proyector antiguo montado sobre un trípode. El rollo de la película estaba listo, y el objetivo apuntaba hacia una pantalla instalada al otro lado del salón. No tuvieron sino que apagar las luces y accionar la cámara. Un cono polvoriento de luz llenó la pantalla de rayaduras y crepitaciones. Y entonces aparecieron ellos, jóvenes, hermosos, invictos y felices. Vieron a Bernardo, alto y apuesto y vestido de gala, cantando ante un micrófono. «Berny Pérez», se leyó sobreimpreso por unos instantes en grandes y ostentosas cursivas.

–¡Es él! –susurró Tomás–. Es como mentira pero es él. Y parece un actor de cine.

El sonido salía borroso. Era un corrido mejicano, con alardes de gallos y falsetes. La cámara giró hacia los espectadores y siguió hasta la barra. Sentada en un alto taburete estaba Natalia, con un aire voluptuoso de saciedad y de indolencia que la hacía aún más hermosa, con el mismo traje de noche que habían visto expuesto en el tablado, y fumando en una larga boquilla de ámbar, que también conocían. Con un chaparrón de aplausos concluyó la secuencia. No había orden cronológico, porque en la siguiente aparecía Bernardo vestido de abogado, lleno de majestad, con un gran diploma de pergamino cruzado sobre el pecho. En otra secuencia (todas tenían una música romántica de fondo) se les veía a los dos en el Mercedes blanco descapotable, ataviados con leves prendas deportivas, felices y despeinados por el viento. Sobre todo Natalia, sus gestos joviales, su risa, su belleza preservada y bendecida por un resto indestructible de inocencia infantil. En otra aparecía también Damasito, los tres en bañador en el borde de la piscina de un chalé suntuoso, y luego lanzándose todos al agua y chapoteando y jugando con una gran pelota de colores. En otras imágenes de peor calidad, iban a caballo por una gran pradera, Damasito en un poney («Ahí están en Uruguay», susurró Dámaso), y luego en una playa, y a bordo de un velero, y Bernardo tocando el piano en un escenario –se oía la música, y a veces la cámara mostraba al público: un teatro repleto de gente vestida de etiqueta–, y riendo y saludando ante monumentos emblemáticos de lejanas ciudades, y justo ahí, Dámaso detuvo la película, encendió la luz y miró a Tomás, los dos concertados en un atisbo de entendimiento. Los fondos magníficos de las ciudades y de otros lugares exóticos eran los grandes decorados y fotografías que cubrían las paredes. Decorados quizá hechos por el propio Bernardo, y que por eso en las tomas salían siempre difuminados o entrevistos, para que no se notase el artificio.

«¿Lo vas viendo claro?», oyó la voz diabólica que acechaba en su negra conciencia. «Todo fue una artimaña para labrar tu perdición. Ahora ya no tienes pretextos ni dudas para cumplir con tu deber.» Ciego de estupor y de ira, fue a donde los atavíos de abogado, entre cuyos pliegues se exhibía el diploma, rasgó las cintas y los lacres y comprobó que, en efecto, estaba en blanco. «Ahí tienes en síntesis toda la historia. Ése es todo el misterio a cuya solución has sacrificado treinta años de tu vida.»

Pero luego, pensándolo mejor y hablando con Tomás, los dos llegaron al convencimiento de que no se trataba de una mera impostura. Algo de cierto tenía que haber en todo aquello. ¿Cómo explicar si no el montaje de aquel tinglado con todas las piezas de la historia? ¿A cuento de qué? ¿Para perpetuar y rendir homenaje a una mentira? ¿Y en ella iba a participar Natalia, así sin más ni más? No, no podía ser un simple simulacro. Pero entonces, ¿hasta dónde llegaba la apariencia y dónde empezaba la verdad? El misterio, a pesar de lo tangible de las pruebas, no resultaba tan fácil de resolver como él había supuesto.

*

Actuaban los dos como sonámbulos, sin hablar, abrumados por aquel mundo anómalo y sombrío, pero que tenía mucho también de prodigioso. Fueron de acá para allá, curioseando, buscando algo que aportara un poco más de luz a aquel enigma, entraron en otros cuartos y revolvieron los armarios, hasta que finalmente se sentaron en el sofá del salón para descansar de las pesquisas y reponerse del asombro. Y entonces allí mismo, en la bandeja inferior de la mesita baja que completaba el tresillo, vieron una carpeta azul, de cartón muy gastado, y tan abultada de papeles que las gomas elásticas apenas conseguían mantenerla cerrada. «Así que también aquí hay una carpeta», se dijo Tomás. «Es como si todo el mundo tuviera una vida secreta de papel.» La pusieron sobre la mesa, la abrieron con mucho cuidado y, juntas las cabezas, comenzaron a examinar el contenido.

Lo primero que descubrieron es que todo allí estaba ordenado por riguroso orden cronológico. Hasta las cartas del padre –a Dámaso le dio un vuelco el corazón al reconocer la letra– iban intercaladas por sus fechas entre los documentos, fotos y demás papeles.

–Tenemos toda la noche por delante –dijo Tomás–. Buscaré algo de beber.

Dámaso leyó con manos temblorosas las primeras cartas del padre. Llevaba treinta años pensando en cómo serían los encabezamientos y las despedidas, y se sintió decepcionado cuando leyó: «Querido Bernardo», o «Querido Bernardito», pero nunca «Querido hijo», como tantas veces había supuesto en sus delirios. Estaban todas escritas en un torpe estilo preciosista. Le daba consejos, lo felicitaba por sus éxitos, lo animaba a seguir adelante, sin ponerle límites a la ambición. Ni una sola vez lo nombraba a él, a Dámaso, al hijo legítimo, al primogénito, y a Natalia sólo le reservaba una posdata, y no siempre, para mandarle un beso, a modo de desperdicio. Y un saludo a doña Águeda. Allí el único que existía de verdad era Bernardo.

Lo segundo que sacó en claro es que, durante la época de estudiante, le enviaba todos los meses una asignación fija, y no poco generosa, para los estudios y la estancia. Luego, una cantidad importante para la entrada de un piso, y luego otra para montar el bufete. «Todo es poco para tanto empeño», decía en una de las cartas. Y, entre medias, recibos, transferencias bancarias, escrituras, comprobantes, resguardos, facturas, giros, pagarés. Así que aquella historieta de que a Bernardo le habían concedido una beca era también una engañifa para guardar las apariencias, urdida seguramente por el padre, que lo había enviado a Madrid a su costa para que estudiara y desarrollara sus varias y talentosas cualidades y se convirtiera en el sabio, en el artista, en el fenómeno, en la eminencia, en el coloso, en el genio que prometía llegar a ser.

Y de pronto –y apremió a Tomás para que se esmerase en el examen del hallazgo– una foto donde aparecía uniformado de chófer, con la gorra de plato en una mano y abriendo con la otra la puerta del Mercedes blanco descapotable –la cabeza ligeramente inclinada– a una mujer que ya tenía un pie en el interior. Al fondo se veía el chalé que ya conocían por las imágenes cinematográficas. Sin necesidad de hablar, los dos comprendieron al instante, por si quedaba alguna duda, que Bernardo no era abogado, ni diplomado, ni empresario, sino sólo un criado, un menestral. Con el automóvil del amo fueron a ver y a deslumbrar al padre, y en la piscina de esa misma mansión grabaron la secuencia donde aparecían con Damasito, que debía de ser el hijo de algún amigo, un niño tan falso como el chalé, y el Mercedes, y los caballos, alquilados para la ocasión en algún picadero de las afueras de Madrid. Y en otra foto (ahora empezaba a aflorar la realidad en toda su brutal evidencia) se les veía a los dos vestidos de camareros, con chaleco y pajarita, en una sala de fiestas que también les era familiar, porque enseguida apareció en la carpeta la parte de la historia correspondiente a su carrera de cantante melódico. El gran Berny Pérez. Y ahí estaban las fotos de estudio, los afiches, las tarjetas de visita, los anuncios promocionales, los programas donde se anunciaban sus actuaciones en verbenas y festivales pueblerinos y en la misma sala de fiestas donde quizá, ya de madrugada, cambiaba el atuendo de barman por el esmoquin de artista.

Siguieron adelante. Por una carta del padre de esa época dedujeron que Bernardo le había contado que de momento abandonaba el próspero ejercicio de la abogacía para dedicarse por entero a la música, su verdadera vocación. El padre lo elogiaba con mucha grandilocuencia por el valor de renunciar al prestigio y al bienestar y a lo seguro para iniciar una nueva vida desde el limo del anonimato y la bohemia, y otra vez aparecieron recibos de banco con transferencias puntuales para ayudar al genio en su nueva andadura. ¿Todo aquello significaba, pues, una vulgar estafa?, se preguntó Dámaso. ¿Había sido entonces su vida un cúmulo de burlas y errores cuyo producto final era una especie de broma, de fraude, de chirigota de mal gusto?

–¡Sigamos!, ¡sigamos! –dijo Tomás, intrigado por el relato.

Y entonces comparecieron fotos y programas lujosamente impresos de supuestos conciertos de piano en lugares selectos de todo el mundo, además de testimonios no menos magníficos de su carrera –recreativa: una mera concesión a la música popular– de cantante melódico. Y en medio de tantos esplendores, un pobre anuncio de publicidad de buzoneo: «B. Pérez. Electricidad. Fontanería. Albañilería. Pintura. Reparación urgente a domicilio», y un número de teléfono. Y, entretanto, el padre escribía cartas exultantes, eufóricas, donde animaba a Bernardo a seguir adelante, siempre adelante, y celebraba sus éxitos y reafirmaba en cada línea la fe ciega que tenía puesta en él. Y en ninguna de las cartas aparecía el nombre de Dámaso. Como si no existiera, ni hubiera existido jamás.

*

Fascinados y sigilosos, siguieron mirando en la carpeta y encajando las piezas de aquella historia singular. Enseguida encontraron un nuevo episodio, que le daba al relato un sesgo inesperado. Cogidos por un clip, había un conjunto de papeles que parecían formar capítulo propio. Eran papeles judiciales, requerimientos, expedientes, alegatos, además de un par de recortes de periódico donde se informaba del atraco a una joyería, de un herido por arma blanca, de tres detenidos, uno de los cuales era Bernardo Pérez. Por el último documento, que era una copia de la sentencia, supieron que lo habían condenado a tres años de cárcel, que habría de cumplir en El Puerto de Santa María.

–Aquí es cuando se fueron a Uruguay –dijo Tomás.

–Sí, éste es todo el secreto de aquel viaje tan repentino y tan extraño.

–Quizá tenían allí algún conocido que les servía de intermediario en la correspondencia.

–Puede ser.

El padre, como siempre, acogió la noticia con júbilo. Porque no sólo iban a hacer negocios sino que también los impulsaba el anhelo del viaje y la sed de aventuras. «Nada hay más grato y de mayor provecho», decía en una carta con su estilo pomposo, «que el viaje. Ni vida más yerma y miserable que la que no ha gustado de las mieles y sinsabores de andar al albur por la anchura del mundo.» Y bien porque se lo sugirieran, bien por decisión propia, el caso es que envió una buena cantidad de dinero para participar en los negocios y sobre todo en el prodigio de las nuevas andanzas. Y hasta quiso unirse a la expedición para darle así un giro espléndido a su vida cuando su curso entraba en un remanso ya definitivo, y lo hubiera hecho si entre todos no le hubieran quitado de la cabeza aquel intento.

Venía a continuación en la carpeta un gran mazo de cartas. Era la correspondencia de Bernardo y Natalia durante esos tres años. Largas cartas acompañadas siempre de hojas y pétalos, mechoncitos de pelo, besos de carmín, dibujos de flores y paisajes idílicos. Leyeron algunas al azar. Supieron así que doña Águeda trabajaba de asistenta y Natalia de cajera en un supermercado. Que Natalia viajaba dos veces al mes para ver a Bernardo. Vieron algunas fotos de Bernardo en el patio de la cárcel. En una de ellas aparecía con un hombre bajito y gordo con el que había hecho una gran amistad. Se llamaba René Lobo, aunque casi siempre se refería a él como «mi socio», y como quedarían en libertad por las mismas fechas, estaban planeando montar a medias un negocio para rehacer sus vidas y las de los suyos. Se enteraron de la muerte de doña Águeda, y Dámaso recordó el retrato fúnebre que habían mandado desde Uruguay, y que habría hecho Natalia con ayuda de alguien, y donde aparecía sentada en un trono de mimbre y vestida y pintada y coronada de flores como para una ceremonia nupcial. Porque también aquella muerte formaba parte de la leyenda que habían urdido entre los dos. Dámaso se sintió otra vez abrumado por la vieja sospecha de si Bernardo no sería su hermanastro, y si el padre no sería por tanto cómplice del incesto.

De aquella época del Uruguay databan fotos –se supone que hechas poco antes de que Bernardo ingresara en prisión– que mantenían viva la llama de sus días portentosos. Pero lo que más les impresionó, y que de algún modo los redimía de la impostura, era la sincera inspiración de las cartas. Aquellas criaturas terrenales que fingían ser etéreas, se querían de verdad. Ni Dámaso ni Tomás habían leído nunca cartas de amor tan doloridas por la ausencia y tan llenas de ternura, de entrega, de halagos, de fidelidad, de pasión, de fe incondicional en ellos mismos y en el porvenir. Había como una ingenuidad y una pureza de adolescentes en cada línea, en cada palabra. «Bernardo, mi dulce Bernardo, mi niño, mi hombre, mi vida, no debes estar triste. Ya verás qué pronto pasa el tiempo. ¿Y qué son tres años en la inmensidad de nuestro amor? Luego estaremos juntos para siempre, y tú terminarás triunfando, ya verás como sí, porque tarde o temprano la gente se dará cuenta del gran artista que tú eres», leyeron en una carta cualquiera, entre frases candentes y promesas eternas de devoción y de lealtad. «Así que también ellos, a su modo, creían en la posibilidad de construir y hacer real aquel mundo magnífico que habían fingido para el padre», pensó Dámaso. No, quizá no eran unos vulgares farsantes. De todo eso hablaron Dámaso y Tomás mientras leían fragmentos de las cartas de Bernardo, de Natalia, del padre y de la madre, unas verdaderas y otras mentirosas, pero todas apasionadas y todas con un fondo desesperado de autenticidad.

Y pasaron los tres años y entonces sobrevino lo que ellos mismos llamaban «la edad dorada», así se lo había dicho a Dámaso su madre y así lo leía ahora en misivas regocijadas y vehementes. Junto con René Lobo, el socio, montaron lo que en la ficción era un emporio del espectáculo, con academia de música y danza y sala de fiestas con atracciones en directo y por todo lo grande pero que en la realidad no pasaba de ser un pequeño club de alterne, poco más que un puticlub, en cuyas imágenes Dámaso reconoció de inmediato el Tucán. Atmósfera equívoca, penumbras insinuantes, mujeres baratas, un tabladito para la música donde Bernardo volvía a lucir el esmoquin blanco para cantar al son de un guitarrista al que Dámaso había visto actuar en vivo hacía muy poco tiempo. El gran Berny Pérez. Y Natalia, otra vez con su traje de noche, y el socio René Lobo, gordo y feliz, y dos camareras con bodys, medias de malla, tacones de aguja y rabos de conejo. Y tampoco faltaban, cómo no, las contribuciones del padre para participar en el nuevo y colosal proyecto. Tales fueron, pues, los años dorados.

Y luego, como siempre, otra vez la decadencia y el desastre. Papeles de denuncias, de deudas, de desahucios, de citas judiciales, una orden de cierre, un nuevo juicio, y poco más. Allí acababa la aventura: la tentativa de alzar de nuevo el vuelo sobre la plúmbea y fatídica naturaleza terrenal.

–Y ahora es cuando se inventaron lo de la cadena de boutiques por media Europa –dijo Dámaso, y juntos leyeron las facturas de compra, permisos de venta ambulante, fotos de una furgoneta y de un tenderete de ropa en un mercadillo de pueblo. Y ellos: risueños, contentos, y siempre jóvenes y hermosos. Y allí estaba también el socio, René Lobo, con el que al parecer habían fundado aquel boliche, cada vez más gordo y más alegre, vestido con una guayabera y un sombrero de paja. Encontraron un plano con las rutas de algunos de los viajes: pueblos y pueblos, muchos de Castilla, de modo que quizá alguna vez, pensó Dámaso, se cruzó con la furgoneta, o curioseó en algún mercadillo por donde andaban ellos. Supieron también que Bernardo seguía actuando de cantante melódico en verbenas y fiestas durante el verano, acompañándose él mismo a la guitarra, el socio a la batería y Natalia al teclado.

Y debió de ser una de esas noches, ya de madrugada, cuando sobrevino el final de la historia. Allí estaba la noticia del accidente y el nombre de los accidentados. A René Lobo se le veían las punteras de los zapatos blancos de rejilla asomando por el plástico fosforescente que cubría su cuerpo junto a la furgoneta panza arriba. Por lo demás, traumatismos, quemaduras, pronósticos reservados, y luego un montón de papeles médicos que leyeron aprisa para llegar pronto al desenlace. De aquella época no quedaban imágenes, pero los historiales clínicos eran suficientes para imaginarse a Natalia postrada en la silla de ruedas que tenían a la vista, el rostro deformado, irreconocible, y es de suponer que recluida, escondida ya en casa para siempre. Fue entonces cuando Bernardo opositó a bedel y se entregó a una vida vulgar y sedentaria, quizá enaltecida por la abnegación, entregada con fervor al cuidado de Natalia, al hechizo de un amor que, a juzgar por lo que aquel lugar tenía de homenaje y de perpetuación, debió de ser tan grande como indestructible.

–Aquí fue cuando desaparecieron –explicó Dámaso–. Cuando dejamos de tener noticias de ellos, salvo quizá mi madre... Quizá ella sí...

El resto –y apenas les sorprendió el hallazgo– era un acta de defunción fechada tres años después del accidente, y la fotografía de una lápida de mármol blanco donde sólo ponía: «Natalia».

7
Víctimas y verdugos

Durante un rato estuvieron hablando en susurros, comentando los pormenores de la historia. Los dos comenzaban a entrever algo de su trasfondo. ¿No parecía todo una función teatral cuyas piezas, incluido el atrezzo, estaban allí reunidas después de que se hubiera disuelto la compañía y archivado para siempre la obra tras una única e irrepetible representación? ¿Qué significaba si no aquella doble versión de las vidas de Bernardo y Natalia, la magnífica pero fingida por un lado, y la real y prosaica de la carpeta por el otro? Era como si los espectadores hubiesen asistido a la puesta en escena de una historia ficticia, y luego –como segunda parte de la obra– al ir y venir de los actores en sus existencias cotidianas, una vez que se habían despojado de sus máscaras y de sus caracteres ilusorios. Claro que, en ese caso, ¿quién había sido, o actuado, de público?, iba a decir Tomás, pero en ese momento se oyeron unos pasos lentos y pesados que subían por la escalera y que fueron a detenerse allí mismo, tras la puerta del piso. Oyeron un jadeo, y luego un trajín de llaves, y cómo una entraba en la cerradura, y vieron girar el pestillo y el entornarse de la puerta, en cuyo vano apareció recortada en negro una figura que reconocieron al instante.

Tomás se quedó paralizado en un ademán de levantarse, el rostro lleno de sorpresa y terror, pero Dámaso dio un salto con una agilidad que a él mismo le pareció irreal y retrocedió unos pasos para ganar terreno y dominar el panorama, con el brazo extendido cuanto daba de sí y la pistola apuntando a la puerta. Unos segundos antes, al oír los pasos en la escalera había oído también la advertencia de su voz interior: «Ahí lo tienes. Tal vez se trata de una casualidad o tal vez no, pero éste es el momento que tanto has anhelado. ¿Ves como hiciste bien en traer la pistola? Recuerda que os usó y os destruyó a todos, también a la pobre Natalia, como acabas de ver. Hazle pagar por todo el daño que os hizo. ¡Vamos, prepárate para recibirlo como se merece!».

Lo vieron avanzar con su leve balanceo de cojo y, al entrar en la luz, vieron la honda cicatriz que le surcaba la mejilla, cuyo origen ahora ya conocían, y en la cara la expresión dura y sombría de siempre. No mostraba enojo ni sorpresa. Iba sin afeitar y vestía un traje oscuro, gastado y deformado por el uso, sin corbata, la camisa abierta sobre la pelambre cana y crespa del pecho. Se detuvo en la entrada del salón, saludó con una mínima reverencia a Tomás y luego miró largamente a Dámaso, como si lo viese borroso o a lo lejos, casi un minuto estuvo remirándolo sin decir nada, hasta que luego cabeceó como admirado de algo y dijo:

–Así que por fin te atreviste a entrar –en su voz gruesa había un tono de cansancio más que de burla–. Y ya veo que no olvidaste la pistola.

«¡No le dejes hablar!», oyó el clamor de su conciencia. «Desconfía de ese corazón de manteca que tú tienes. ¿No ves que intenta seducirte con palabras, como hizo con todos los demás? ¡Vamos, dile quién eres y aprieta el gatillo! ¡Mátalo! ¡Extermínalo! ¿No ves que eres débil y no puedes entrar en guerra con él?»

Miró a Tomás. Había vuelto a sentarse, pero en su cara seguía intacto el mismo gesto de temeroso estupor que debía de haber también en la suya. Porque, ¿qué hacía allí Bernardo? ¿No se había ido de viaje? ¿Y por qué no parecía extrañarle la presencia de dos intrusos en su casa, y por si fuera poco en plena noche, sino que más bien actuaba y hablaba como si él mismo hubiera concertado en este lugar y a esta hora una cita con ellos? «Así que por fin te atreviste a entrar», había dicho. Según eso, lo conocía, sabía quién era y había estado esperando su visita.

–Así que... sabes quién soy –afirmó o preguntó, con un acento desafiante de astucia.

–Lo sé desde el principio, desde antes de que te metieras a tendero. Desde que andabas rondando el instituto y siguiéndome por las calles y sacándome fotos a escondidas. Tampoco parece que sirvas para detective o para actor. Y está por ver si sirves para matar a alguien.

«¡Dispara!», oyó el grito histérico e imperativo de su diablo de la guarda. «¿O vas a permitir que ese canalla, después de arruinarte la vida, venga encima a cachondearse de ti? ¿Es que no tienes sangre en las venas? ¿Serás capaz de soportar el espectáculo bufo de tu cobardía?»

–Para eso sí sirvo, hijo de puta –dijo, descargando su furia en cada sílaba, y con la mano izquierda soltó el seguro, a la vez que daba un paso adelante y se ponía de perfil para asegurar la puntería.

Pero para entonces ya Tomás había tenido tiempo de levantarse e interponerse entre los dos.

–Calma, calma –acompasando las palabras con las manos en alto–. Tranquilos.

Se acercó a Dámaso y le tendió la mano pidiéndole la entrega de las armas, pero Dámaso rehusó aquel gesto de concordia y, sin dejar un instante de mirar retadoramente a Bernardo, se limitó a poner el seguro y a guardársela de nuevo en el bolsillo. Tomás fue entonces a por otra copa, sirvió brandy para todos, e invitó a los contendientes a ocupar los sillones del tresillo. Bernardo, a quien el arranque de ira de Dámaso no parecía haber impresionado en absoluto, aceptó la invitación, pero Dámaso prefirió seguir de pie, inmóvil, pálido, los labios temblorosos y la mano hundida amenazadoramente en el bolsillo de la cazadora.

Indeciso entre las partes, Tomás se sentó en el borde del sofá, como en un gesto de imparcialidad, y mientras pensaba en qué decir, tomó la copa y por un momento pareció que fuese a proponer un brindis, pero al final se limitó a dar un sorbo y a dejarla en la mesa con el mismo cuidado y afán de exactitud con que buscaba y elegía las palabras que estaba a punto ya de pronunciar.

–Así que usted, Bernardo –dijo en un tono exquisitamente conciliador–, sabía desde el principio que Dámaso era Dámaso y que esta noche, justamente esta noche, vendríamos a su casa. Es sorprendente su, cómo decir, su sagacidad.

–O su torpeza –dijo Bernardo, señalando con la barbilla a Dámaso–. Ya anduvo enredando en la otra vivienda, como era de esperar, y dejó su rastro por todas partes. Aquello era como una caballería que hubiera pateado un sembrado. De modo que ya sólo le quedaba venir a husmear aquí. Supongo que a usted, señor Montejo, tan aficionado a los libros, le interesó la historia de su vida, que él habrá convertido en una especie de novela. Así que, para participar también yo en la aventura, facilité la copia de las llaves y me inventé un viaje para que ustedes pudieran actuar con total libertad.

En su voz no había acentos de orgullo o de reproche. No había nada. Era sólo una voz cansada, demasiado cansada para la ironía o el desprecio, pero cuyo son y cuyo contenido admiraron a Tomás, que nunca hubiera sospechado en aquel hombre adusto y silencioso tantas palabras seguidas y bien enjaretadas, ni tal seguridad en la prosodia y en los gestos. De pronto, se había convertido en otra persona, en el Bernardo con dotes intelectuales y alma de artista del que Dámaso le había hablado.

–Pero, no entiendo –dijo Tomás, a modo de disculpa. Dámaso seguía de pie, enhebrando a Bernardo por el perfil con una mirada torva de pájaro rapaz–. Quiero decir, ¿por qué facilitó las cosas?

–¿Y para qué prolongar más el misterio? –y señaló el retablo–. Eso lleva ahí muchos años, desde que murió mi esposa. Es mi modo de recordarla y de aliviar su ausencia. De rendir culto a nuestro pasado común. Porque el presente es un tiempo que a mí no me concierne. Hace años que ya no vivo en él. En fin, supongo que habrán visto todo, incluidas las películas, que dejé listas para su proyección. Pero esa carpeta –allí estaba, todavía abierta, sobre la mesa baja de cristal– la puse ahí a propósito, después de reunir los papeles, las cartas, las fotos, y ordenarlos por fechas, todo bien clarito, para que Dámaso entendiese finalmente la historia de todas nuestras vidas, incluida la suya. Una historia en la que al parecer él se considera el gran damnificado, el insigne y noble perdedor. Por cierto –y se echó la mano al bolsillo interior de la claqueta–, se me olvidó aportar esta foto y esta tarjeta al expediente –y se las tendió a Tomás, que se levantó y, sin mirarlas, se las acercó a Dámaso.

En la foto aparecía una joven de un atractivo modesto pero ilusionado. Dámaso interrogó a Bernardo con la mirada.

–Atrás, atrás –dijo Bernardo.

«A Bernardo y a Natalia, con mucho cariño de Dorita», leyó al dorso. El nombre le sonaba, y tardó unos segundos en recordar y deducir que aquélla era la novia que la madre le había inventado a Dámaso para mejorar su imagen ante los demás. Y lo mismo la tarjeta: «Dámaso Méndez. Director de Ventas», leyó.

–¿Y esto qué demuestra? –dijo Dámaso, en un tono áspero y retador.

–Ya veo que aún no has entendido bien la historia. La triste historia de nuestras vidas; aunque, de todas, con mucho, las más desdichadas son las de tu padre y la mía. Y de las dos, la mía más que la suya.

Encendió un cigarrillo y echó un trago, como dejando que sus últimas palabras se expandieran bien en el silencio.

–Tú quizá no sabes cómo era yo de adolescente, casi de niño, antes de que tu padre viese en mí la simiente del genio y me tomase bajo su protección. Contigo hizo lo mismo antes, ¿no es cierto?, pero, afortunadamente para ti, no encontró las trazas que buscaba. Pero en mí sí. Y yo era un chaval sencillo, travieso y de lo más normal. Tocaba un poco el laúd, tenía buena voz para el canto, me gustaba dibujar, leer... Sí, era un muchacho listo, guapo, curioso y aplicado. Pero tu padre despertó en mí la idea y la esperanza de que yo era una especie de genio, alguien llamado a realizar grandes tareas, un ser único, a quien la naturaleza había adornado de cualidades raras y portentosas. Todas las dotes de las que tú carecías me las atribuyó de un solo golpe a mí. Y yo me lo creí. Me creí que era, en efecto, un caso excepcional, una lumbrera en ciernes, un niño prodigio, un elegido, y que llegaría tan lejos como yo quisiera. Y él me decía: «No te conformes con poco, Bernardito. Si te lo propones puedes llegar a ministro, o a almirante, o a ser un artista de fama mundial, o un empresario de altos vuelos. Lo que tú quieras. Incluso presidente de Gobierno. Y quedarás inmortalizado en la memoria de las gentes, y dejarás huella imperecedera en este mundo, que es el único que hay». Y mi madre también se lo creyó. Y Natalia también. Todos, y tu padre el primero, quedamos presos en su red. Todos caímos en la tentación y comimos de aquella fruta milagrosa. Y desde entonces tu padre sólo vivía para mí y para mi futuro, y estaba dispuesto a sacrificar todo a ese objetivo. Yo sería su gran obra. Y aquí tienen ustedes –y se señaló a sí mismo y a su entorno– el resultado de tantos sueños y desvelos.

La mirada de Dámaso se había amansado, pero aún conservaba un duro fondo de severidad, mezclada ahora a la desconfianza. Y la voz: «¿No ves que te está engatusando? No le creas ni una palabra. Quiere convertirse en víctima para conseguir tu clemencia y que encima quedes tú deudor. Y tú, idiota, sandio, torpe, ¿serás capaz de caer en esa burda trampa? ¿A qué esperas para hacerle callar de una vez para siempre? ¡Defiéndete! No retardes ni un instante más lo que ya tienes decidido».

–¿Quieres decir que tú, el autor de la trama y de sus fechorías, te consideras no ya una víctima sino la víctima principal de todo este montaje?

Pero Bernardo estaba embelesado en sus recuerdos y no pareció prestar atención a las palabras de Dámaso.

–Y me mandó a estudiar a Madrid –siguió contando, con su voz rota y grave–. Y aquí enseguida los planes se torcieron. No sé si me faltó talento, o voluntad, o las dos cosas. Quiero decir talento y voluntad para la tarea titánica que me había sido impuesta. Porque toda medianía me estaba prohibida. Cualquier fallo o error hubiera sido un drama. Así que, sin saber cómo, por contentar a tu padre, que tantas ilusiones había puesto en mí, empecé a fingir, primero una pequeña mentira, apenas una mínima corrección de la realidad, una pincelada de maquillaje, un retoque, una mejora, o un callar ciertas cosas, y luego otra, y otra, hasta que llegó un momento en que ya no hubo forma de parar...

»Pero pronto nos convencimos de que aquellas mentiras estaban al servicio de una buena causa, encaminadas a un buen fin. Porque yo seguía creyendo en mí mismo, en mis grandes cualidades, y también mi madre, y por supuesto Natalia, mi dulce y adorada Natalia, que se vino pronto a Madrid con el consentimiento y el estímulo de su padre: Síguelo, no pierdas la oportunidad de vivir junto a él, y que nuestro nombre quede unido al suyo para siempre, vino a decirle. De modo que buscamos un atajo. O, si se quiere, otra manera de hacer las cosas. Aquello era como una apuesta a la ruleta, y las mentiras consistían simplemente en envites fallidos, pero necesarios para preparar el camino a la jugada ganadora. Yo no servía, o no quería servir, para abogado ni para los estudios académicos. Pero había otras formas de alcanzar la gloria, de realizar el sueño. Me dedicaría a la música y triunfaría como cantante. Quizá por ese rumbo saliesen a la luz los dones que había en mí, y agarrase en buena tierra la simiente del genio.

»En cuanto al resto de la historia, ya ustedes la conocen. Mientras me iniciaba en el mundo de la canción ligera, trabajé de chófer, de barman, y hacía pequeñas chapuzas a domicilio. Pero, claro, para entonces yo era ya abogado, con bufete propio, y licenciado en Bellas Artes, y en el Conservatorio, y concertista de piano, y teníamos que hacer verdaderos malabarismos para ir manteniendo viva aquella farsa. El Mercedes, las fotos y las películas, el falso hijo, las postales desde sitios lejanos, las ropas alquiladas... Y más de una vez estuve a punto de poner fin a tanto engaño, de confesar la verdad y liberarme de aquella pesadumbre, pero siempre Natalia y mi madre me disuadían de aquel intento. "Ni se te ocurra", me decía Natalia. "Lo matarías del disgusto o te mataría él a ti de rabia. Además, piensa que tarde o temprano acabarás triunfando, porque no puede ser de otra manera. De momento, lo que le vamos a decir es que dejas el bufete para dedicarte por entero a la música. Luego ya se verá." Y seguimos adelante con la invención, o si se prefiere con la apuesta, jugando fuerte, confiados en que al fin la fortuna nos sería favorable.

–Apostando el dinero ajeno, comiéndoos la hacienda, arruinando a los padres y de paso robándome lo mío –dijo Dámaso, y oyó cómo la oscura voz de su conciencia le decía: «Ahí has estado bien. En tu sitio, como tiene que ser. Y ahora niégate a seguir escuchando, que ya ha hablado bastante. Por demás. Y ya no es el tiempo de las palabras sino de la acción, porque en las guerras no hay más ley ni discurso que los de las armas. Dile eso, y hazle pagar al contado todos los desagravios que te debe. Las humillaciones y calvarios que has pasado por él».

–Todo eso se invirtió en el sueño –dijo Bernardo–. Ésa fue la voluntad de tu padre, y luego la fatalidad hizo el resto. Y ése fue también, por cierto, mi castigo. Porque aunque yo seguía con mi carrera de cantante, y hacía algunos bolos en pequeños pueblos de provincias, y en algunas salas de fiesta de Madrid, y siempre lo servido por lo comido, al final resultó que aquel camino no iba a ninguna parte. Y si han examinado la carpeta con atención, conocerán también aquel lance de mi vida en que, con otros dos compañeros del ramo, un cantaor flamenco y otro que iba para boxeador, decidimos tirar por la calle de en medio y asaltamos una joyería. Y todo para seguir construyendo aquella torre de Babel que nos habíamos propuesto, y que ahora consistía en abrir una sala de fiestas para tantear al destino en esa dirección. Sería empresario, además de cantante. Quizá de ese modo podría cumplir la tarea a la que me había visto sentenciado.

»Que si fui o no una víctima, me preguntaban antes. Júzguenlo ustedes mismos. Consideren el caso de alguien que dedica toda su vida a perseguir inútilmente una ilusión. Toda la vida caminando, o más bien intentando avanzar, con una carga enormemente superior a sus fuerzas. Desde que era casi un niño, desde que alguien, queriendo redimirlo, sembró en él la semilla maldita de la ambición ilimitada, de la lucha sin tregua, del triunfo y del poder por única bandera. Y la tentación de retar a la muerte oponiéndole el conjuro de un nombre y de una obra. Y le convenció –cosa fácil, por otra parte– de que había nacido para la gloria y de que su misión en este mundo era alcanzarla a cualquier precio. Y ésa ha sido mi vida: tratar de cumplir la misión que tenía por condena. En la cárcel y después de la cárcel, cuando con mi socio, René Lobo, el único amigo de verdad que he tenido en la vida, fundé un pequeño club de alterne y variedades, el Tucán, que ustedes conocen, y que se llama así no por el pájaro, sino por la estrella. René le puso ese nombre. Y todo para comenzar de nuevo, para intentarlo una vez más. Porque siempre había una vez más, y a cada caída seguía un penoso ponerse en pie para... ¿Para qué? ¿Para llegar adónde? ¿Para acudir a qué necesidad? Y, entretanto, había que seguir manteniendo la otra vida, la legendaria, y viviendo en la clandestinidad, con la amenaza de ser desenmascarado en cualquier instante. Porque tu padre, desde los primeros éxitos, quiso venir a verme, a ser testigo de las maravillas a las que tanto había él contribuido. Pero siempre, entre unos y otros, encontramos la manera de disuadirlo, de posponer el viaje para un momento más propicio. Y pasaba el tiempo, y tu padre estaba cada vez más orgulloso de mí, de su obra, aunque seguía a la espera de un triunfo definitivo que me lanzase a la fama y me abriese de par en par las puertas de la gloria. «¿Por qué no te dedicas a la política?», me decía. «La política es el camino más corto hacia lo lejano, y además ahí es donde yo creo que darás lo máximo de ti, donde brillarás mejor con tu luz propia.» Tu padre, que fue impulsor del sueño y a la vez víctima de él. Y yo veía cómo se iban los años y no lograba remontar el vuelo ni desenredarme de la trampa en la que había caído, por causas ajenas pero también por gusto propio, y por la fe que todos habían puesto en mí, todos, incluido yo mismo. Pero luego empecé a atormentarme con la duda sobre mi verdadera valía –todos aquellos dones que me habían atribuido de muchacho y que yo acepté y en los que creí durante años, sin sospechar de ellos quizá en ningún momento–, y a sentirme acosado por la esperanza de que el próximo intento sería el definitivo.

»Pero Dámaso cree, sin embargo, que el perdedor es él. Que yo fui el privilegiado y él el desposeído. Que yo le robé al padre y a la hermana y me apoderé con malas artes de la herencia. Quizá no le falta razón, entre otras cosas porque la razón está siempre disponible para quien quiera abastecerse de ella. Supongo que me habrás odiado mucho y muy encarnizadamente desde hace muchos años, y lo comprendo. Lo comprendo muy bien porque yo también te he odiado con toda el alma en más de una ocasión, pensando que era a ti a quien le correspondía la carga que me cayó a mí encima, y he envidiado mil veces la suerte que tuviste escapando a tiempo, o siendo expulsado del hogar, y repudiado, que para el caso viene a ser lo mismo, y yéndote lejos, lejos, fuera de la tiranía de tu padre, donde pudieras llevar una vida libre y descansada. Así que claro que me considero una víctima, aunque también –visto al cabo del tiempo– cómplice de mis verdugos. De mis dulces verdugos. Víctima de tu padre y en cierto modo de Natalia, cuya fe en mí acabó siendo otra forma no menos refinada de suplicio. Pero lo de Natalia era otra cosa. Su fe procedía del amor, y con eso queda dicho todo. La única cosa grande y noble, y verdadera, que ha habido en mi vida ha sido ella. Por ella doy por buenos todos los trabajos y sinsabores, y todas mis culpas las doy por expiadas.

»Y una noche de julio... Porque la aventura del Tucán había acabado como siempre en naufragio, y ahora nos dedicábamos, Natalia, René y yo, a vender ropa por los mercadillos de los pueblos, y de paso a actuar en galas y verbenas, quizá hayan visto en la carpeta algún programa de mano: Los Berny, nos llamábamos. Aquéllos fueron buenos tiempos. Íbamos de sitio en sitio, dormíamos en cualquier parte, comíamos de lo que hubiera, nos bañábamos en los ríos, no teníamos prisa ni nadie que nos obligara, y parecía que al fin podríamos descansar un tiempo Natalia y yo, concedernos una tregua en la persecución de la gloria y en el mantenimiento agotador de la farsa. Nunca había sido tan feliz como entonces. Y una noche de julio, como iba diciendo, volvíamos de una actuación, casi de amanecida. Habíamos tenido mucho éxito. Allí mismo nos salieron otros dos contratos, y no sé de dónde apareció un representante y, entre copa y copa, nos habló de hacer una gira de invierno por América. Veníamos contentos en la furgoneta, Natalia, René y yo. Yo iba al volante. De nuevo aparecían las promesas, los grandes proyectos, la oportunidad de una nueva baza ganadora. Y recuerdo que sentí como un escalofrío, no sé si de esperanza o de temor, ante la aparición de aquel viejo fantasma. Otra vez estaba allí, con su cortejo, con su lúgubre cortejo de afanes e ilusiones. Cantamos una canción a coro, y al final Natalia gritó: "¡Biennnnn por los Berny!", y se abrazó a mí y yo aceleré, no tanto en el espacio como en el tiempo. Aceleré hacia el futuro, y fue como si el futuro, en correspondencia, se precipitara también hacia nosotros. Y luego, en el silencio de la madrugada, tumbado en la hierba fresca de una arboleda, recuerdo que se veían entre el ramaje las estrellas, ya débiles y lejanas, y que entonces me acordé de una cosa que me había contado mi socio René allá en la cárcel, y fue que una vez estuvo en Santiago de Chile y que, en una placita, vio una noche a un viejo vestido pobremente que tenía instalado un telescopio de latón, aún más viejo y pobre que él, y un cartelito de cartón al lado donde ponía con mala letra: "Hoy, Júpiter". Cobraba sólo la voluntad, y cada algunas noches, según las órbitas o a saber qué, cambiaba de astro. Según René, apenas se veía un resplandor difuso, pero el viejo, muy serio, decía: "Ése es Júpiter", o "Ésa es la Hidra", o "Ésa es Tucán", o "Ése es Venus", y el que quería se lo creía y el que no, no. Y allí, tumbado bajo las estrellas, pensé: "Ya está, ya se acabó. Ya no soy abogado ni músico ni nada", y me pareció que en ese momento despertaba de un sueño que empezó en la niñez. "Hoy, Júpiter", me decía en alto, y decía: "¿Me oís, Natalia, René? ¿Me oís?", y en vez de dolor me sentía liberado y feliz, como si flotara, o al menos así es como lo recuerdo. Y sí, ahí fue cuando decidimos desaparecer para siempre.

Hubo un largo silencio, que nadie se atrevía a romper. Finalmente habló Dámaso:

–Pero mi madre sí supo lo que había ocurrido, ¿no es así? –su voz era un susurro apenas–. Quiero decir, no sólo el accidente, sino también todo lo demás.

–Sí, ella sí sabía –dijo Bernardo–. Yo creo que ella adivinó todo desde el primer día, desde antes incluso de que empezaran a suceder las cosas. Pero se calló, y aceptó el juego, por tu padre, porque lo conocía muy bien y sabía que sólo aquella desmesura, aquel delirio, aquella esperanza, o aquel lo que fuera, le daba a su vida algún sentido. ¿Y qué podía hacer ella contra una pasión tan desaforada como la que dominaba y atormentaba a tu padre? Le siguió la corriente, como a los locos, y fue testigo silencioso del desatino de ambos bandos. Y me figuro que también a ti intentó protegerte.

–¿Y él? ¿Llegó a saber algo?

–¿Tu padre? Supongo que sí. Supongo que al final, atando cabos, algo debió de sospechar.

–Y por eso se suicidó.

–Fue un final trágico para todos. Para tus padres, para René, para Natalia... Aunque lo de Natalia sigue siendo un misterio. Porque ella siguió creyendo en mí hasta el último instante. O fingiendo que creía. No lo sé. «Sólo la mala suerte ha tenido la culpa de que no hayas triunfado. Pero a lo mejor todavía no es tarde para que el mundo conozca tu talento», me decía. Y aquí, en este mismo lugar, cantaba para ella. Ella me lo pedía casi todas las noches. Yo montaba una especie de escenario, con cortinajes, luces y decorados, y me ponía el esmoquin, como si estuviera ante un gran auditorio, y actuaba para ella. Y ella allí, en la penumbra, en su silla de ruedas, con la cara quemada, irreconocible, escuchando, aplaudiendo, y bebiendo hasta que la borrachera la extraviaba en un discurso donde ni ella misma sabía ya distinguir entre la realidad y la leyenda. Y yo la consolaba y le decía que sí, que todavía no era tarde para volver a intentarlo, y me emborrachaba con ella y siempre acabábamos reconciliados con la esperanza, y evocando un futuro esplendor, inventando negocios, viajes, noches de recitales, regresos a un tiempo otra vez joven y prometedor, y así todas las noches durante tres años y... Y ella siempre esperándome, y yo no le decía que trabajaba de bedel sino que siempre le traía alguna mentira de regalo, alguna esperanza, de manera que también con ella me vi condenado a mantener el fuego de una segunda vida... ¡Ah, Natalia! Mi linda, mi dulce, mi adorada niña...

La voz se le fue quebrando hasta que al fin se calló, al borde de las lágrimas. Apuró la copa, cerró los ojos y pareció entregarse poderosamente al recuerdo o al sueño.

Dámaso y Tomás se miraron con una misma expresión de desamparo. Dámaso seguía en pie, aunque se había ido acercando durante el largo parlamento del otro, al calor de un discurso que le traía la imagen de un Bernardo muy distinto al que él había conocido e imaginado. Y entonces ocurrió algo insólito en lo más hondo de su alma. Era un sentimiento no experimentado jamás, y que venía como envuelto en un resplandor de lucidez. De pronto el rencor acumulado en tantísimos años se desbordó en un súbito y torrencial acceso de piedad. De un solo golpe de intuición comprendió el trabajo inhumano que se echaron encima el padre, y Natalia, y el propio Bernardo, para crear un héroe real con el barro de la ilusión, y acaso también de la vulgaridad, y sin otro poder ni arte que una fe que hundía sus raíces en el puro sueño, en el puro e inocente y desesperado deseo de redimir entre todos sus vidas apasionadas y superfluas. Una criatura a la que le otorgaron atributos y poderes poco menos que sobrenaturales para emprender con ella, tras su estela, la travesía magnífica que habría de llevarlos a un futuro de promisión. «No debes odiarlos», recordó las palabras que tantas veces le había dicho su madre. ¡Pobres, pobres! Todos engañándose fielmente a todos y a sí mismos. Todos construyendo un sueño, un ideal, una ficción, donde él, Dámaso, parecía haber representado el papel de descreído, de hereje, tan necesario quizá para que los otros se reafirmaran en sus creencias y quimeras.

Miró alrededor y le pareció que aquel lugar era un santuario, el mísero espacio de un sueño materializado, con algo también de recinto teatral, y que ellos, Bernardo y él mismo, con Tomás como figurante, eran actores que estaban representando la última escena de la obra. Poco después caería el telón y allí comenzaría la vida de verdad, o los ensayos para un nuevo espectáculo. Miró a Bernardo. Se había quedado dormido con la copa en la mano. Lo vio viejo, sucio, vencido, hecho una ruina. Quizá ahora estaba soñando con Natalia, con luminosos y juveniles días de gloria. Toda la vida consagrado a un sueño para finalmente ser arrojado al infierno de la más innoble realidad. Dámaso supo entonces que ya nunca más volvería a oír los arrullos, mandatos e insidias de su voz interior. Aquella voz, o demonio, que lo había acompañado, perseguido, durante treinta años, y que de pronto se había disipado como una niebla o como un espejismo. Se preguntó entonces por qué la vida era así, tan difícil, tan rara, tan ridícula, y por qué él tenía que haber pagado un precio tan alto para alcanzar la paz, no el éxito, o la sabiduría, o la plenitud vital, sino sólo un poco de paz consigo mismo y con el mundo.

Tomás le quitó delicadamente la copa de las manos y la dejó sobre la mesa. Le hizo una seña interrogativa a Dámaso y los dos salieron con sigilo, y ya desde la puerta se volvieron para mirar por última vez aquel extraño panorama antes de apagar la luz y alcanzar las escaleras, y luego la calle, donde ya se insinuaba la primera claridad del alba. Sin ponerse de acuerdo, y mientras se subían el cuello de las cazadoras, miraron las estrellas que ya empezaban a palidecer. «Hoy, Júpiter», dijo Tomás, y los dos sonrieron tristemente y emparejaron y apretaron el paso por la mitad de la calzada.

Luego, en la trastienda, hicieron café y comentaron los sucesos de la noche, y las novedades últimas de la historia, y finalmente también ellos se quedaron dormidos, tal era su cansancio después de una noche tan larga y llena de emociones.

8
Aquí empiezan las verdaderas aventuras

El 12 de junio, dos días antes de la llegada a Madrid de Leoncio Suárez, Tomás Montejo se ausentó de casa con el pretexto de un viaje escolar de fin de curso. Estaría fuera casi una semana. Se despidió muy cariñosamente de Marta y de Clara, y conteniendo la emoción salió con el equipaje al filo del atardecer.

Fue a alojarse en el mismo hostal donde Leoncio Suárez lo haría al día siguiente, con la intención de merodear en torno al drama que se avecinaba, y quién sabe si acabar participando en él. Quería ver a su rival, vigilar sus movimientos, asistir al encuentro con Marta, verlos juntos, empaparse bien de aquella realidad todavía inverosímil. Quizá entonces se atreviera a tomar alguna decisión. Pero, ¿cuál?, ¿qué podía hacer?, o mejor dicho, ¿qué debía hacer? Mucho tiempo estuvo a vueltas con esas preguntas, no tanto para razonarlas y responderlas como a la espera de que el corazón le enviase alguna señal definitiva. ¿Algún personaje literario se había encontrado en una situación semejante a la suya? Pensó en los místicos. La vida de Dámaso había sido una especie de vía purgativa hasta alcanzar la purificación final. Pero, ¿y la suya? ¿Qué sentido tenía la suya? ¿Algo de Valle-Inclán o de Chéjov? ¿Algún folletín? De pronto volvió a la realidad. ¿Es que siempre andaría con los libros a cuestas, siempre buscando en ellos las claves para descifrar los conflictos y enigmas de la vida? ¿Por qué no mandaba alguna vez a hacer puñetas la literatura? A Marta la hechizó con palabras, cuando era apenas una niña, y ahora, tantos años después, allí estaba otra vez ensopado en palabras, en aquella papilla verbal que había sido siempre el único sustento de su vida. Pero no: si se había ido de casa, no era sólo para huir o para asistir de espectador al desenlace de su propia historia, como si la leyera en un libro, sino para no influir en Marta, para facilitarle la decisión, para dejarla a su albedrío y no caer en la tentación de mendigar una sucia limosna de amor. Así debía ser. Eso es, no ponerse patético, ser un hombre de carácter, un hombre íntegro y sereno en la desgracia, como Edipo. Ése sería su modelo en esta hora funesta que el destino le tenía reservada.

Cuando salió del hostal era todavía de noche. Dulce, grave y sincero, fue a la estación de Atocha y tomó el primer tren en dirección a cualquier parte, que resultó ser Toledo. «Hoy, Toledo», no pudo evitar el retruécano. Allí estuvo tres días, callejeando, paseando junto al Tajo, leyendo a Garcilaso, sufriendo como nunca en la vida. Hubo tardes eternas y tediosas, y por primera vez conoció lo que era la soledad sin esperanza, sin fondo, sin consuelo. Pero consiguió resistir, y venció muchas veces el impulso de llamar por teléfono para saber si Marta y Clara seguían en casa o si se habían marchado para siempre. «Mi fuerza está en no necesitar saber», se repetía a menudo. «Si aguanto esta prueba, quizá logre salvarme.»

Luego viajó en autobús de pueblo en pueblo, haciendo tiempo, y un par de veces se fue andando de un lugar a otro, después de cambiar por una mochila su maletita de viaje, y sintió el alivio de fatigarse en el camino, de ser en acto, de aligerar el yo, de fijar la mirada, y siguió aguantando la tentación de llamar por teléfono para salir de una vez por todas de las incertidumbres que lo atormentaban.

Al fin volvió a Madrid, flaco y vagabundo. Antes de ir a casa, pasó por la tienda de Dámaso. Estaba cerrada, y en la taberna de al lado le dijeron que había liquidado el negocio y que se había marchado no se sabía adónde. De allí fue a casa. En el buzón, una carta de Dámaso, donde le enviaba su dirección y su teléfono, por si se animaba a visitarlo, y le preguntaba qué había pasado al final con Marta, con Clara y con él mismo. «Llámame en cuanto sepas algo», le decía. ¿Saber algo? «En realidad, ya lo sé», pensó mientras examinaba su cara en el espejo del ascensor y veía pintado en ella la confirmación física de un presagio infalible, que ya lo acompañaba desde que había visto desde la calle las persianas y ventanas de casa, demasiado bajadas y cerradas para la buena tarde de junio que hacía. Empujó la puerta y se enfrentó al pasillo en penumbra. Por la hondura y quietud del silencio supo que no había nadie en casa, y hasta intuyó que aquel silencio no era provisional sino que llevaba allí mucho tiempo, y que por tanto no iba a romperse dentro de poco con la llegada de alegres voces femeninas que anunciaran el regreso a la vida sosegada de siempre.

Fue derecho a su cuarto de trabajo. Estaba casi a oscuras, atravesado en oblicuo por listones polvorientos de sol que se filtraban por las últimas rendijas de la persiana mal cerrada, y en la mesa, despejada de libros y papeles, y muy resaltado por las sombras que lo rodeaban y enmarcaban, había un sobre en blanco. Eso era todo. Subió la persiana y la habitación se inundó de luz. Se sentó entonces a la mesa y estuvo un rato mirando el sobre, como si fuese cosa mágica, sin atreverse ni siquiera a tocarlo. Alrededor, sus libros, sus carpetas, sus folios, sus cuadernos y agendas. Había cuadernos grandes, pequeños, gordos y flacos, de colores, de alambres y de anillas, y aquí y allá, en botes y plumieres, todo tipo de útiles de escritura. Palabras y palabras. Un laberinto de papel en el que el mensaje de Marta era el último texto, por ahora, que había venido a abrir una nueva galería en sus días entreverados de ficción. «Éste es mi mundo», pensó entonces. Recordó la tarde lejana de su adolescencia, cuando un día se retiró a su cuarto, abrió un libro y decidió ser un hombre de letras. Lo demás, lo que se llamaba vida, había sido sólo un sueño, un paréntesis, y ahora volvía a enlazar con aquella tarde, y con su única y verdadera posibilidad de salvación.

Cuando comenzó a anochecer, Tomás Montejo no había abierto aún la carta. Su mente estaba en otro lado, en otro texto. Había sacado una carpeta sin estrenar para empezar a tantear una novela que se le había venido ocurriendo en los últimos días y que era como si ya estuviese escrita, un relato que en realidad eran dos historias entrelazadas, sacadas del barro mismo de la vida, y que eran la de Dámaso y la suya propia, unas cuatrocientas páginas, calculó, y de la cual tenía ya pensado hasta el título. Por la ventana entraba una leve brisa de verano. Miró al cielo. Aún no se distinguían las primeras estrellas. Sí, bueno o malo, aquél era su mundo, y ahora, como Ulises, después de algunas peripecias, regresaba finalmente a su hogar. Y aunque el dolor era mucho, tampoco la esperanza era poca.

Tomó un lápiz, lo afiló a conciencia, y escribió la primera frase. Sí, allí empezaban para él las verdaderas aventuras.

Últimos títulos

594. La tía marquesa
Simonetta Agnello Hornby

595. Adiós, Hemingway
Leonardo Padura

596. Las vidas de Louis Drax
Liz Jensen

597. Parientes pobres del diablo
Cristina Fernández Cubas

598. Antes de que hiele
Henning Mankell

599. Paradoja del interventor
Gonzalo Hidalgo Bayal

600. Hasta que te encuentre
John Irving

601. La verdad de Agamenón
Crónicas, artículos y un cuento
Javier Cercas

602. De toda la vida
Relatos escogidos
Francisco Ayala

603. El camino blanco
John Connolly

604. Tres lindas cubanas
Gonzalo Celorio

605. Los europeos
Rafael Azcona

606. Al encuentro de mí misma
Toby Litt

607. La casa del canal
Georges Simenon

608. El oficio de matar
Norbert Gstrein

609. Los apuñaladores
Leonardo Sciascia

610. La hija de Kheops
Alberto Laiseca

611. La mujer que esperaba
Andreï Makine

612. Los peces de la amargura
Fernando Aramburu

613. Los suicidas del fin del mundo
Leila Guerriero

614. El cerebro de Kennedy
Henning Mankell

615. La higuera
Ramiro Pinilla

616. Desmoronamiento
Horacio Castellanos Moya

617. Los fantasmas de Goya
Jean-Claude Carrière y Milos Forman

618. Kafka en la orilla
Haruki Murakami

619. White City
Tim Lott

620. El mesías judío
Arnon Grunberg

621. Termina el desfile seguido de
Adiós a mamá
Reinaldo Arenas

622. Una vida en la calle
Jordi Ibáñez Fanés

623. El ejército iluminado
David Toscana

624. Cuerpo a cuerpo
Eugenio Fuentes

625. El corazón helado
Almudena Grandes

626. Secretos de un matrimonio y Saraband
Ingmar Bergman

627. Felicidad obligatoria
Norman Manea

628. Despojos de guerra
Ha Jin

629. Los ejércitos
Evelio Rosero
II Premio TQ de Novela